70

1953—2023

四川文联
七十年

「三亲」卷

四川省文学艺术界联合会 编

中国书籍出版社
China Book Press

图书在版编目（CIP）数据

四川文联七十年. 3，"三亲"卷 / 四川省文学艺术界联合会编. -- 北京：中国书籍出版社，2023.11

ISBN 978-7-5068-9630-6

Ⅰ.①四… Ⅱ.①四… Ⅲ.①文艺-作品综合集-四川-当代 Ⅳ.①I218.71

中国国家版本馆 CIP 数据核字（2023）第 210428 号

四川文联七十年·"三亲"卷

四川省文学艺术界联合会　编

图书策划	许甜甜　成晓春
责任编辑	李　新
装帧设计	书香力扬
责任印制	孙马飞　马　芝
出版发行	中国书籍出版社
地　　址	北京市丰台区三路居路 97 号（邮编：100073）
电　　话	（010）52257143（总编室）（010）52257140（发行部）
电子邮箱	eo@chinabp.com.cn
经　　销	全国新华书店
印　　刷	四川科德彩色数码科技有限公司
开　　本	710 毫米×1000 毫米　1/16
字　　数	365 千字
印　　张	25.625
版　　次	2023 年 11 月第 1 版
印　　次	2023 年 11 月第 1 次印刷
书　　号	ISBN 978-7-5068-9630-6
定　　价	328.00 元（全三册）

《四川文联七十年》丛书
编委会

编撰委员会

主　任：陈智林　邹　瑾

副主任：刘建刚　王忠臣　江永长　仲晓玲

委　员：（按姓氏笔画排名）

　　　　王　凡　王道义　邓子强　邓　风　白　浩　杜　林

　　　　杨小兰　李　多　吴晓东　吴　彬　何　怡　张　霞

　　　　罗雪村　赵　晴　胡　文　胡　蓉　贺　嫚　高　敏

　　　　黄红军　龚仁军　寒　露

编辑部

主　任：江永长　仲晓玲

副主任：赵　晴　白　浩　黄红军　邓　风　贺　嫚

编　辑：肖　龙　王富强　潘存厚　蔡文君　钟　铮　杨　溢

　　　　黄芸芸　张　莹　王　娜　彭　丹　任虹宇　吴　歆

　　　　周春锋　林　静

顾　问

马识途　李　致　席义方　郑晓幸　朱炳宣　钟历国　黄启国
蒋东生　平志英

（以下按姓氏笔画排名）

马晓峰　王　川　王玉兰　王　迅　艾　莲　田捷砚　代　跃
刘成安　孙洪斌　李延浩　李明泉　李　树　宋　凯　杨晓阳
张令伟　张旭东　林戈尔　孟　燕　郝继伟　贾跃红　黄泽江
龚学敏　龚晓斌　梁时民　董　凡　韩　梅　童荣华　寒　露

前　言

　　1953 年 1 月，四川省文联成立。2023 年是全面贯彻党的二十大精神的开局之年，四川省文联也迎来了成立七十周年的喜庆日子。

　　七十年来，特别是党的十八大以来，在省委的坚强领导下，四川文艺界踔厉奋发、乘势而上，在名家培养、精品创作、对外交流、队伍建设和国内外影响力等方面，均取得了丰硕的成果。值此四川省文联成立七十周年之际，为回顾七十年发展历史，总结七十年发展经验，梳理七十年发展成就，组织工作力量，精心编撰《四川文联七十年》丛书。该书分为三卷，分别为《四川文联七十年·大事卷》《四川文联七十年·名作卷》《四川文联七十年·"三亲"卷》，旨在从历史大事、名家名作和四川文艺人"亲历、亲见、亲闻"三个方面，回顾总结四川文艺的发展历程、工作成果，为推动四川文艺高质量发展提供借鉴。

　　党中央高度重视文化建设和文艺发展，习近平总书记关于文化建设的一系列新思想新观点新论断，深刻阐明了新时代新文化使命的科学内涵和实践要求，为新时代新征程上传承发展中华文化赋予了重大责任、作出了科学指引。《四川文联七十年·大事卷》（以下简称《大事卷》）分为综述、大事记、获奖名录、附录四个篇章。其中，综述篇全面总结回顾四川文艺界发展概况，总结分析文艺发展规律，研判思考文艺发展趋势；大事记主要记录 1953 年至今四川文联系统的大事、要事；获奖名录重在收录1953 年至今，各艺术门类、各事业单位获得的国际、国内重要奖项的作品、个人、集体项目等；附录收录省文联成立至今历任党组成员名单、历届主席团成员名单和各协会历届主席团成员名单。《大事卷》记录四川文艺发展成果、工作情况，真实、立体、全面描绘了四川文艺"全景图"。

《四川文联七十年·名作卷》（以下简称《名作卷》）突出以人民为中心的导向，围绕创作优秀作品，勇攀文艺高峰，集中反映四川文艺界扎根人民、扎根生活，创作反映时代发展、社会进步和人民生活富足的优秀作品情况。《名作卷》主要收录1953年以来思想精深、艺术精湛、制作精良，体现历史观、民族观、国家观、文化观的美术、摄影、书法、民间文艺（主要包括剪纸、年画、唐卡、农民画）等平面艺术作品，其中重点收录呈现党的十八大以来的创作成果。《名作卷》包括美术作品121幅、摄影作品95幅、书法作品73幅、民间文艺作品69幅。

《四川文联七十年·"三亲"卷》以散文、随笔、纪实等文学形式为主，记述亲身经历的事情、亲自参与的文艺创作、亲耳聆听的文艺故事，撰写身边的四川文艺人，记录在文联工作的经历等。

《四川文联七十年》的编辑和出版工作，得到有关部门及社会各界的鼎力支持。众多专家学者、文艺工作者和文联工作者为此倾情投入、辛勤付出，为本书的出版付出了大量心血和智慧。在此，本书编委会向大家致以衷心的感谢和敬意！

目录
CONTENTS

回顾

怀念

故事

回顾

沙汀与川西文联的成立

陈静静　钟庆成

　　布后街 2 号，坐落在成都市最繁华的商业中心春熙路附近一条相对僻静的小街上，它曾经是四川辛亥革命元老熊克武将军的公馆。朱红油漆的大门外卧着一对威武的石狮子，青砖砌成的高墙上嵌着拴马桩。走进公馆，大大小小的院落，环环相扣；花园水榭、亭台假山散布其间；古树名木、花卉盆景四季相伴。如果这座巴蜀园林风格的院落能够保存至今，定是一处最具成都地域特色和历史价值的人文景观。1950 年成都解放之后，熊克武将军把自己的公馆无偿捐献给政府。从此，布后街 2 号便成了四川省文联的诞生、发祥之地。如今，世事变迁，斗转星移，一晃整整 60 年就过去了。虽然地理位置没变，但昔日古色古香的深宅大院，早已被千篇一律、单调乏味的火柴盒式的办公楼、宿舍楼所取代，门牌号码也由布后街 2 号变成了红星路 85 号，进出省文联、省作协的工作人员，绝大多数也对省文联 70 年来的历史变迁不知所以。但是，布后街 2 号作为四川省作家、艺术家之家的美好记忆，仍然保存在人们的心里。

　　1950 年 1 月，成都刚解放，贺龙元帅就派人到绵阳，将经党组织批准长期潜伏在家乡安县睢水关，从事文学创作的沙汀召至成都，要他到文化管委会报到，参加川西文联的筹备工作。沙汀与贺龙元帅早在抗战初期就结下了深厚友谊。20 世纪 30 年代初，沙汀只身前往上海，加入左联，积极投身左翼革命文学运动，在鲁迅、茅盾等亲自指导帮助下，取得了突出的成就。1937 年"七·七卢沟桥事变"之后，抗战全面爆发，沙汀辗转回到四川，随即于 1938 年 8 月带上妻子，与著名诗人何其芳、卞之琳一行四人奔赴延安。沙汀担任了延安鲁艺文学系的代主任。毛主席亲切地接见了他们，并指出："作家应该到前线去。"随即沙汀带领鲁艺文学系的部分学员，跟随贺龙率领的 120 师从晋绥挺进冀中抗日前线。在艰苦的行军、战斗生活中，沙汀与贺龙朝夕相处，倾心交谈，被贺龙元帅献身中国革命事业的传奇人生所感动。回到延安之后，沙汀很快创作出长篇报告文学《随军散记》（后改名《记贺龙》），真实生动地刻画了一个光彩夺目的英雄形象，在抗战初期方兴未艾的报告文学中异峰突起，在文坛上产生了很大的影响。1939 年底沙汀离开延安前往重庆，在周恩来的直接领导下，开展大后方文艺界的抗日统一战线工作。

川西文联是四川省文联的前身，也是四川省成立最早的文联。沙汀接受筹备工作任务之后，立即在四川文艺界开展广泛的联络工作，迅速与李劼人、邓均吾、陈翔鹤、陈炜谟、林如稷、刘盛亚等四川文艺界很有影响的进步人士建立起密切的关系，登门拜访谢无量等知名大学教授，借助他们的声望，联系了全省更多的文艺界人士。并与随军南下的晋绥老区文艺工作者常苏民、白紫池、羊路由等人举行了会师座谈会，学习《在延安文艺座谈会上的讲话》和有关文艺方针政策的文件，在有了一定的思想基础和组织准备之后，文管会提出了举行"第一届川西文学艺术工作者代表大会"的日程安排。沙汀被推举担任大会报告的起草工作，这对习惯于形象思维进行文学创作，从来没有写过这类公文的作家沙汀来说，还真是个不小的难题。但他没有推辞，在晋绥老解放区同志们的帮助下，找来一些材料，特别是东北地区文代会上刘芝明同志的报告对他帮助最大。

很快，大会报告提纲草拟出来了，提交文管会文艺处讨论。在讨论中，争论自然是不可避免的，最激烈的莫过于四川的戏剧改革究竟是以京戏为主，还是以川戏为主。在当时还不知道电视为何物的时代，即使已经出现的电影，也仅在少数大城市里拥有少量的观众，而已有五六百年历史的戏曲，包括京剧和种类繁多的地方戏曲，则是中国绝大多数老百姓精神文化生活的基本需求。白紫池是随军南下的老干部、老文艺工作者，曾参加过延安文艺座谈会。他酷爱京戏，对成都京剧团上演由革命老区带来的新编《三打祝家庄》《逼上梁山》《红娘子》等剧目获得成功极为满意，认为京剧最适合表现格调高昂的现代题材，戏剧工作的重点应该放在京剧上。但是，他却忽视了川剧在四川乃至整个西南拥有上亿观众这样一个最基本的现实。

沙汀的意见却与之截然相反，认为川剧在四川有广泛而深厚的群众基础，不仅为几千万四川老百姓所喜闻乐见，就是贵州、云南也有大量观众。戏剧改革不能仅凭个人的兴趣爱好，而应以满足广大人民群众的精神文化需求为出发点。成都川剧团上演的《小放牛》等从老区带来的新剧目，也受到观众的喜爱。说明川剧是能够表现新的时代、新的生活、新的剧本的。因此，在四川搞戏剧改革，首先应该抓好川剧，要进一步从剧本到表演、唱腔去研究川剧的艺术特点和规律，不断地加以改进，满足广大群众的精神文化需求。对于外省的同志来说，不是一下子就能欣赏川剧，这可以理解，他们需要一个了解它、熟悉它的过程，但是和西南地区上亿喜欢川戏的老百姓相比，他们只是一个很小的群体。争到最激烈的时候，沙汀忍不住一下子站到椅子上大声叫嚷起来。好在白紫池同志早已摸透沙汀的性格脾气，为人也很有修养，并不与之计较，反而觉得十分有趣地大笑起来。最后，为人诚恳的白紫池觉得沙汀的意见有道理，是正确的，放弃了自己原来的主张。经过充分讨论，沙汀起草的大会报告在文管会内部取得了一致认可。川西文代会召开的时候，大会报告中关于戏剧改革这一部分，在参加会议的代表中反响最好。甚至一位美术界的代表也向沙汀表示，不止戏剧有这个问题，其他艺术门类也一样，你要改造它，首先得学习它，了解它，喜欢它。这样才能有利于文艺事业的发展与繁荣。

文代会筹备工作的另一项重要任务是酝酿川西文联主任、副主任、委员人选。这关系到如何广泛团结文学、美术、戏剧、音乐等各个方面的杰出人才，实现老解放区的文艺工作者与四川本地文艺界人士的融合，共同为刚刚诞生的新中国文艺事业发展服务的大问题。在一些具体的人事安排上，分歧再次出现了。川剧男旦周慕莲被誉为川剧的一代宗师，他与有川剧圣人之称的康芷霖一起创办的"三庆会"，在西南地区的川剧界中具有很大的影响力。著名美学家王朝文先生把周慕莲表演艺术的经典之作《情探》，作为戏曲艺术的奇葩向全国推荐。在筹备会上，沙汀提议安排周慕莲先生作第一届川西文联委员，没想却遭到一些人的反对。有人认为周慕莲在旧社会经常出入达官贵人的公馆府邸，为军阀、官僚唱堂会，任人欺侮，缺乏反抗精神，如果安排这样的人作文联委员，社会影响不好。沙汀则认为解放前玩弄、欺凌川剧艺人，是腐朽黑暗的旧社会造成的，受谴责的应该是那些军阀、官僚和一切剥削阶级，而不应该是那些受压迫、受侮辱的川剧艺人。共产党建立的新社会，应该以博大的胸怀，同情、爱护、关心这些杰出的川剧表演艺术家，团结他们为新中国服务，为老百姓服务。在争论中沙汀又忍不住大动肝火，他情绪激动地说："如果周慕莲当不成川西文联委员，我还要提名他当西南文联委员。"沙汀甚至还跑到川西区党委找到有关负责同志，表达自己的意见，并得到区党委领导的赞同和支持。经过充分酝酿和细致的组织筹备，"第一届川西文学艺术工作者代表大会"于 1950 年 8、9 月间在成都顺利召开，由常苏民同志担任第一届川西文联主任，沙汀、李劼人、陈翔鹤等人为副主任，文代会取得了圆满的成功。

从川西文联到西南文联，再到四川省文联，沙汀不仅是中国文坛上成就卓著的著名作家，还是四川省文艺界德高望重的领导者、组织者。他善于团结各个艺术门类的作家、艺术家一起工作，珍惜人才，力促创作，为四川文艺事业的繁荣与发展做出了很大的贡献。1958 年沙汀得知罗广斌等人正在创作长篇小说《红岩》的时候，亲自到重庆为作者请创作假，安排他们参观学习，和他们一起讨论作品的立意构思、人物塑造、篇章结构，直接参加作品的修改定稿，为这部轰动全国的长篇小说付出了大量的心血。1960 年春，沙汀在北京参加全国人大会议期间，得知著名川剧表演艺术家廖静秋患了癌症，将不久于人世，心里十分着急。他立即与参加人代会的四川籍作家巴金、李劼人一起商量，联名给时任文化部部长的夏衍写信，希望把廖静秋最有代表性的表演剧目《杜十娘》拍成电影，留存后世。文化部迅速安排拍摄，廖静秋抱病拍完《杜十娘》后安然去世，使这份宝贵的艺术财富能够传存下来。沙汀十分关注中青年作家的成长，经常发表文章评介推荐中青年作家的优秀作品。他曾对著名作家克非说，愿意拿出自己的稿费，帮助他修改长篇小说《春潮急》。对农民作家周克芹，沙汀更是关怀备至，对他的成名之作《许茂和他的女儿们》，不仅在《文艺报》上发表文章给予中肯的评介和积极的推荐；而且在周克芹遭遇困境的时候，挺身而出，极力保护作家的声誉和创作才华。沙汀为四川文艺事业发展所做的贡献和感人故事还有很多，今天当我们纪念四川省文联成立70 周年的时候，缅怀文艺界前辈们献身社会主义文艺事业的不朽功绩，定将激励我们继承前人开创的道路，为社会主义文艺事业的不断繁荣发展，实现中华民族的伟大复兴，做出新的贡献。

文星成都大聚会

——四川文联成立小记

白　航

四川解放后，被分成四个行政公署管理，曰：川东行政公署（重庆、江津一带）；川南行政公署（泸州、自贡一带）；川西行政公署（川西坝子温、郫、崇、新、灌的"天府"中间地带）；川北行政公署（遂宁、南充及通、南、巴老苏区一带）。到1952年秋，四个行政公署撤销，恢复四川省的建制。于是，四个地区文联的同志，一部分人去了西南大区——重庆，大部分人马都集聚到了四川的省会成都，来到了布后街2号众多精致的小院里，住了下来。据我这个害了健忘症尚还有点记忆的老朽搜索枯肠，勉强记起了一些同志的名字，让他们重现一次青年时代的浪漫与那时对革命理想的追求。他们当时的音容笑貌是我在一次一次的记忆搜索中捕捉到的。

四方文联以"主人家"的川西文联兄弟伙最多。他们是沙汀、常苏民（两位是川西文联的主任和副主任），还有羊路由、郭生、洪钟、萧崇素、萧然、萧才秀、李彬、闫风、张宴清、苏克玲、萧荑、周洋、邱漾、茜子、方赫、王伟、牟康华、干美瑶、傅先慧、敖学琪、刘美琳等（排名是随意写的）。还有陈翔鹤（教育厅副厅长兼文联副主任），还有西戎、流沙河从《川西农民报》调来。陈新、黎本初则从成华大学调来。他们组成了庞大的川西"文艺兵团"。

从川南来的是李友欣、杨树青、石天河、陈之光（这位老兄原来分配到共青团工作。到成都后，他被文艺吸引才跳槽到了四川文联）、胡子渊、冯国宾（外号"表妹"，因为回乡探亲带回了一个漂亮的表妹。这被当时文联多数"和尚"们所羡慕，故赠此一个爱称，以期自己也能有此艳遇。他曾下放到会理，而今表妹已离他西去，但他膝下已儿孙成行，乐不思蓉了），还有一个马铁铮先生，据说现在到处教跳舞，生活得颇为自由自在。

从川东走来了李累、文辛、傅仇、李伦、杨维（抗日时期老干部，曾担任过文工团副团长，营教导员，常在口边嘟哝这些历史，但为人心地却很善良，有人喊他作"阳萎"，颇感不敬，杨兄早已谢世于西昌），还有席向和白峡等。

川北以创造社老诗人段可情为首，其下有白航、康工弟、储一天、黄丹、潘玉璞等同志。他们从山区来，有些腼腆，来到成都总算见到了大世面，自然十分高兴。

由以上这群人，在1953年1月四川省文代会后，组成了四川省文联。他们分别住进布后街（清代布政司后街之简称）和新巷子的两所小院里。以下，且听我慢慢介绍这两处住所。第一所小院即为布后街2号。建筑颇为精美，而结构复杂，真算得是房屋深深深几许了。共有五重房屋，九个小院，外加一处运动场（比篮球场还略大些），一处后花园。后花园里有果树，假山、亭台、水榭、荷花池等建筑，还有一处厅堂（文联用作饭堂，可摆十几张方桌），旁边还有一大间厨房。

院内处处栽有花草，有9棵百年以上的铁树，长得比人还高，后来还开过，黄色的多株花朵，较为少见。还有广东玉兰、铁脚海棠，特别有一大笼珠兰，每逢开花季节，香遍数院，历时七八天之久，今日思之，做梦时也会沾上它的几许香气。四川的珠兰茶，就是采用这种香花制成的。现时，没有珠兰茶买了，或许是因为珠兰已从四川大地上消失。

这个小院还曾做过法国的领事馆，早沾了一点洋气。当时有些房间内还有冬季取暖的壁炉设备，可以烧木柴取暖，烟从墙壁上修建的专门烟道里，从屋顶冒出去，一点不会熏黑墙壁，比起屋内的火塘来，要显得文明了许多。

再者，这里是成都四大凶宅之一（或曰是十六大凶宅，待考），一定有许多鬼怪故事，需要文艺工作者们去深入发掘，写出一部新的《聊斋志异》来。不过，我们在此住了5年多，算起来约有2000多个日日夜夜，却从来没有见到过一个鬼影子。

20世纪50年代四川省文联工作人员在布后街2号旧址合影

在这一座小院的后面，隔着一条小巷（巷名新巷子，现在已辟成车流不息的宽阔大马路了，叫武成大街）又有一座小院，名为新巷子1号，也属于文联。两座小院之间，架起一座过街天桥，联系两院的交通往来。两边虽然都有门，却是门虽设而常关的，以防小偷入内。从巷子中走过的人，看到这座木制天桥，一定会感到十分神秘，而走在上面更有种飘飘欲仙的感觉。

这座建筑结构简单敞亮，有三重房屋，三个小院，在一条线上展开。

中间院子较宽，是主院，有鱼池、花台，南面墙边修有一座有红漆座椅和栏杆的亭子。院中还有几棵大树遮阴。院与院之间皆有过厅。后院较小，但玲珑剔透，有柑子树，有葡萄满架，更妙的还有一眼水井，只有一人多深，水质清亮碧绿，舀上来喝一口，甘甜宜人。井前还有一间厨房，大约是原来主人家的煮饭之所（后来利用它作了中灶灶房，当时县以上干部可吃中灶）。特别在夏日炎炎之时，买一两个西瓜，投进井中，捞起以后比今天存放在冰箱中，味道更是别具一番滋味。

以上说的是我们初到四川文联时的居住环境。

下面说说四川文联当时在文艺界有影响的一些人物。

四川省文联旧址，布后街2号院门　　　　　　　　　（李诚摄）

沙汀：一家人住在布后街2号第二重小院左边的一个小院内（4口人，夫人黄玉颀，女儿杨刚虹、小儿子杨刚毅）。他是用四川方言写作的全国著名的革命作家。抗战初期曾随贺龙将军转战华北，开辟抗日革命根据地。所写《记贺龙》一书，使他声名外扬。后在四川老家安县一带写作品和搞革命活动。1953年四川省第一次文代会上，被选为省文联主席。

段可情：创造社时期的诗人，作家。曾在苏联东方大学学习过，听过托洛斯基等名人的讲演。在川北时曾任川北大学校长，川北文联副主任。到四川文联后，仍被选为副主任。

陈翔鹤：著名文学团体沉钟社的社员，来四川文联后任文联副主任。一家人（和妻子共两人）住在二重小院的右边一间大房子里（此处后来改作了小会议室）。后来调到北京的《光明日报》编副刊，写了一篇以古代人物为题材的《铸剑》小说，在全国产生了一定影响。后来被批判，可惜复可叹！

西戎：解放区著名作家，和马烽合写了一部《吕梁英雄传》，在山西吕梁地区的报纸上连载而成名。调文联后任四川文联秘书长，兼四川文联机关刊物《四川文艺》主编（原为《说说唱唱》）。他和他夫人一齐调来文联（夫人管理图书），住在三重小院正中左边的一间房子·里。

羊路由：在毛主席发表了《在延安文艺座谈会上的讲话》之后，他和王大化创作了《夫妻识字》的秧歌剧，从此走红各解放区，它和《兄妹开荒》等剧目，成为解放区各剧团必演的节目之一。他在四川文联主编《四川音乐》。住在第四层小院的北屋，为人朴实和气，他是成都附近人氏，能融入群众当中。以上是住在第一个小院中的知名人物。

在第二个小院中，住着文联副主任兼党组书记的常苏民夫妻，常为人随和，没有官架子，头发自然卷曲，仪表修整，颇有绅士风度。夫人李彬，据说曾是持双枪、骑快马的抗日女英雄，但那时见面，却难于与此对上号，她衣着较讲究，有时还烫发，戴着一副眼镜，显得文质彬彬，弱不禁风。她管理文联的组织部门。

以上就是四川文联成立初期主要的人员，因记忆常常难以"信赖"，错记必定难免，还望一些老同志加以订正。

2003年9月13日

一次文学盛会

——1956 年四川省文联"文学创作会"侧记

孙贻荪

　　1956 年对文学来说，是生意盎然、生机勃发的一年。正是这一年，文学春天的号角在长城上空吹响，在巴山蜀水间缭绕。正是在这大好时光里，四川省文学创作会，于 1956 年 12 月中旬在省文联所在地成都市布后街 2 号隆重召开，会期 10 天左右，是四川文学史上一次文学盛会。

　　我有幸作为省直属单位的代表参加这次盛会。两年前我从朝鲜战地归来。这时宝成铁路工地上，开山的隆隆炮，正在深山峡谷里回响。老战友雁翼时任中铁二局文工团团长，建议我去秦岭工地，那里才是诗歌的沃土。工地上，我接到省文联开会的通知，它是一张请柬。顿时犹如游子听到故乡亲人的呼唤，匆匆披一身风雪赶回成都。

　　12 月中旬的一天午后，天气晴朗阳光暖人。诗人雁翼领我来省文联所在地报到。来到布后街 2 号大院门外，碰见文联领导沙汀，身披件棉大衣在走廊下来回踱步，似乎在思考着什么。我们怕惊扰他，便轻手蹑脚地从他身后绕过。不料他还是发现了我们，回过头对我们说："来报到的吧？正好下午开个预备会，对会议日程有详细说明，好生听听。"

　　预备会由创联部主任李累主持，详细介绍了会议安排。当他讲巴金、李劼人、陈荒煤（文化部副部长兼电影局局长）等大家要为我们授课时，顿时响起热烈掌声。预备会公布了小组讨论分组名单。四川是诗歌大省，诗歌分为甲乙两个组，每组约30人，我在第一组，以成都诗人为主。召集人雁翼，会务兼记录流沙河。诗歌第二组由重庆、川东、川南各地诗人组成，组长梁上泉。文联机关的诗人白航等因有公务，不固定哪一组，临时任意选一个组参加讨论。此外还有小说组（也是两个组）、戏剧组、散文组、文艺理论组、曲艺组。

大会开幕极为隆重。由沙汀致开幕词，省委宣传部李亚群副部长讲话，省文联创联部主任李累做工作报告。报告全面总结近年来小说、诗歌、散文、文艺理论等方面的成就。小说创作提及许多人名，记得其中提到了绵阳的克非，说他乡土语言运用生动，继承了老一辈作家的创作风格。说到诗歌特别提到老诗人黄化石的诗，他巧妙地把苏联马亚可夫斯基的阶梯式的句式为我所用，把写川西坝子田野的长诗，写得音韵铿锵！

我是这个诗歌大家庭里的新成员，李累在报告里用温馨的语言，对我诗歌创作取得的细微成绩加以鼓励，对我这个初步诗坛的青年人来说，是莫大的荣幸，牢记于心。之后数十年的人生路上虽遇风雨，却不改诗人本色！不久前参加省作家协会举办的"作家回家"活动，就是佐证。

巴金先生正好这时回到久别的故乡，省文联领导邀请他为大家讲第一课，他欣然允诺。这对参加这次会议的人来说非常有幸。说来也巧，成都正在上演香港拍的《春》和《秋》的电影，场场客满，只好加映夜场。《家》《春》《秋》是巴金先生的激流三部曲，在读者心里是三座文学丰碑。在这样的背景下，巴金先生授课受到的欢迎与尊重，超过人们的想象。

先生讲课没有提纲，更不要说讲稿了。即兴讲来，不徐不疾，将激流三部曲的情节安排、人物塑造，以及时代的局限性，都毫无保留地一一道来，如涓涓细流，流入心田。讲了一上午，没有休息。有人递条子问先生对香港拍的《春》《秋》两部电影有何看法？先生摆摆手笑道，他们能拍已经很不错了，尊重他人的创作，不发表意见。

我有幸受邀和巴金先生合影，共进晚餐。这张照片我一向视为珍宝，但在"文革"中被没收！甚为惋惜。

第二天李劼人先生讲课。讲他的代表作《死水微澜》《暴风雨前》《大波》。先生穿一件绸面的长衫，有点像"五四"时代的学者。他时而坐着时而站着，绘声绘色。先生学识渊博，时而讲法国留学生涯，时而讲在嘉乐纸厂的惨淡经营，时而讲辛亥秋保路运动的血腥斗争。一天时间不够，下面听讲人纷纷递条子，请他再讲一天。他沉吟片刻说："要得！明天再讲一上午，下午大家提问。不过我要跟大家请个迟到假，明天早上送苏联专家上火车，今晚上要和他们话别。我是成都市副市长，有一大堆活儿等着我去干。"他一边说一边向大家拱手，博得一片掌声。

第三天陈荒煤讲课。他的名字没有前面两位耳熟能详。文联领导特意向大家作了介绍：他是位左翼作家，后来去了延安，写过不少作品，现在担任文化部电影局局长，请他专门讲授电影。当时电影这门学问，陌生而又新奇，所以大礼堂里鸦雀无声，一片宁静，只有他讲课的声音。不久前各大城市举行南斯拉夫电影周，上映了几部南斯拉夫战争题材的电影，颇受欢迎。他以南斯拉夫电影为教材，先从电影脚本讲起，然后仔细分析镜头的调度，妙在何处，又讲蒙太奇的运用。受益匪浅！之后高缨写电影《达吉和她的父亲》剧本，雁翼去峨影厂担任厂长，都与陈荒煤讲电影有关，在他们心中，埋下了一粒种子生根发芽。两位都曾与我谈及。

一天小组讨论中途休息，彼此闲聊。雁翼随口说："孙贻荪的诗集马上由陕西人民出版社出版，正在印刷中。"流沙河一听马上接过话茬："我的诗集《农村夜曲》也正在印刷。"诗友们连忙投来羡慕的目光。这么年轻出诗集啊！这一年流沙河25岁，我24岁。

听说我的诗集付梓，流沙河忙找我从集中抄两首给他，明天文联联欢晚会上找人朗诵。我抄给他《嘉陵江浪里的姑娘》《秦岭大爆破之夜》两首。第二天晚会上，由川大一男一女两位学生朗诵。晚会结束，流沙河特意把两位朗诵者引来与我相见，我感谢他们为我的诗再度创作，为它插上飞翔的翅膀。

一天白航来小组参加讨论，喜形于色，宣布了一个令人振奋的消息：《星星》诗刊创刊号明年1月问世。他像朗诵诗一样念了征稿启事，还讲了创刊号上有哪些作品，提到有在座的流沙河的《草木篇》。

他以长辈关怀的目光鼓励我说，给编辑部拿点诗来。会议结束时我给《星星》编辑之一白峡老师留下诗稿，4月刊出。当时全国各地的稿件像雪片一样飞来，几位编辑剪拆信封收稿件，拆得手发软，挑灯夜看来稿。

小组讨论会上，流沙河对当前诗歌创作中的某些现状，做了一次系统发言。引经据典，讲诗歌本质，滔滔不绝，讲了一下午。对口号式概念化的作品作无情鞭挞。当他谈及我的诗歌创作时说，孙贻荪的诗不喊空洞口号，有一定的艺术感染力！听了颇受鼓舞，于是我萌生想法，哪天约四川文学编辑茜子和流沙河小坐，请他们为我的诗歌把把脉，找出不足。

机会真的来了！一天下午大会休会半天，流沙河邀请老诗人黄化石、茜子和我上五一文化茶楼喝茶。五一文化茶楼在春熙路口，文联的人常去那里小坐，它是观察生活的窗口。

我们一行走到文联大门口，不期又遇见沙汀。他问我们去哪儿？回答上五一茶楼。流沙河本想邀领导同去，却欲言又止。化石老师生性幽默，伸出右臂微微俯下身，做了个邀请的动作，请领导与我们同去。沙汀点头笑说，既然大家放假半天，我也该享受！走！喝茶去。

天冷，茶盏里飘出的轻轻雾气，让人感到格外温暖。我们的话题从"其香居茶馆"说起。沙汀说四川茶馆是四川民间的一道特有的风景，普及城乡，是社会的缩影。俄国契诃夫提倡坐三等车厢，四川火车尚不普及，我建议四川作家多坐茶馆。今天喝这趟茶，围绕文学这个话题你言我语，算得上是会外的一次活动，让我这个后生受益匪浅。

最后大家争着付茶钱。沙汀说都别争，我付。大家乘兴而返。

年前大会闭幕。那天正下着雪，大家三五一群，围坐在一个杠炭炉边，听领导讲话。文联副主席段可情致闭幕词。他的语言如音乐般动人，暖人心田。他说时届岁末年关，各地这么多代表齐聚成都，开了这么久的会，是一次文学盛会。希望大家回去之后，用行动贯彻，他们在成都听候诸位的佳音。

行走漂泊中灵魂闪烁

——我记忆中的作家艾芜先生及其他

鄢家发

一

成都市新巷子 19 号，一座清末民初的川西古院，今早已不复存在了。

40 多年前，大约是 1971 年，四川省文联复刊的《四川文艺》(《四川文学》前身，1976 年更名) 上，选发了我的两首小诗 (记得一首是《雾雨山下钻井队》，另一首是《雷电摄下新图画》)。我简直不敢相信自己的眼睛。我从川东边远的小城，转辗来到川中川西，半工半读，在技工校教书，做野外勘探、油田管道工，办厂宣传墙报，在文艺宣传队写歌、写报幕词，做石油报临时记者，因文字，曾几经错误批判追查。人生漂浮不定，剩下一点爱好，就是读书，尤其是诗歌、小说等文学书籍。也试着写点小的分行的文字。

二

诚惶诚恐，我怀揣着从成都新巷子 19 号《四川文艺》编辑部寄来的信，来到这条清静如水洗的寻常小巷，在一座显得衰败的四合院门前，踟蹰徘徊，仰望我多年敬慕的四川文学艺术界的最高殿堂。入秋雨后的一个早晨，斑驳的石墙内，一棵年迈的银杏古树探出高高的墙头，密匝而蝶状的叶片，经秋霜变黄飘落，静静地洒半巷子碎金。半掩的院门，出来一位清癯的老人，我紧张胆怯地走向前去，恭敬轻声地问道："老师，这儿是《四川文艺》吗?"他好像有点耳背，小巷空若无人，他停住步，躬下腰微微一笑："《四川文艺》?就在院里，往这儿进。"石门后有一个耳房，耳房旁有一道小小侧门。后来我才知道，那竟是我青少年时所崇拜的大作家艾芜先生。我早年读过他的《南行集》。今亲见到大名鼎鼎，却是一位朴实无华、亲切又约显内向严肃的老人。

三

在古院进门右边厢房里的诗歌组，我见到刊发我处女作的诗人编辑傅仇先生。

傅仇先生是四川荣县人。1965 年，我高中毕业，出来后，我人生第一站，就是去四川荣县石油师训学校学习，半工半读。年幼无知，喜舞墨弄笔，结果受到批判，下放油田荒野。6 年后，傅仇先生从来稿中选发了我的诗歌作品。我无亲无戚，无任何关系，傅仇先生此前，也不认识我，因诗结缘，他是我学习写诗的第一位敬重的人，让我终生铭记。可惜 50 多岁因病而逝，叹先生去世太早。

四

《四川文艺》诗歌编辑室的对面，左厢房是《四川文艺》的散文组，古院清静极了，偶尔有人出入，轻脚轻手，悄然无声，我那时看到身形瘦削、文质彬彬的白航、陈犀、沈重先生等，后来我来《星星》工作，白航先生和陈犀先生成了我的直接领导，这是我人生的幸遇。允执厥中，笃行诚厚。

五

《高高的山上》，是艾芜先生"文化大革命"中创作的短篇小说，同时发表在 1972 年的《四川文艺》上。不久，传来北京中央"文革"小组的人点名批判，写在文化部的简报里。艾老作为左翼联盟的革命作家，受过鲁迅先生关注和介绍，一生都在革命的潮流漩涡里和风暴中辗转漂泊及挣扎，晚年多自省反思，而这篇小说触及了一些人性的东西。当时有些人说这是"资产阶级的人性化"，修正主义的"顶风作浪"。《四川文艺》发表艾老的新作，受到追查，大小报刊的批判文章，艾老这篇作品，在文学界内外引起不小的震动并暗相传读，我也悄悄弄到一本，这本杂志一直珍藏多年。

六

1976 年前后，我作为基层的业余文学青年作者，得到《四川文艺》编辑前辈们的关照，让我参加一些文学活动，每次在布后街 2 号的文联机关大院，开文学座谈会，我都躲在最后一角，听聆教诲，而更多想见见我敬重的作家诗人，但却很少看到艾老的身影。开完会或中途悄悄地从布后街 2 号，跨过一座小小的松木天桥，去新巷子 19 号的《四川文艺》的小院，看望编辑老师，领上一两本稿笺，那时没有恢复稿费，得到几本稿笺信纸，一直舍不得用。而在诗歌组的平房里，透过旧式木格小窗，往院内看去，一位老人在院内一帚一帚打扫落叶，或在平房前石台上搓洗衣物，胸前挂着洗白了的蓝布围裙，这就是艾老先生。后来，时而也看到从北京回来的老人沙汀，在文革极左思潮的年月里，我作为他们作品的深情读者，暗暗地为老人们祝福。

七

拨乱反正，春光乍现。1978 年，党的十一届三中全会后，《星星》诗刊复刊，我来到编辑部做见习编辑。布后街 2 号四川省文联作协的活动渐多，但大小会上很少见到艾芜、沙汀等老人。会议主席台上，很少见到他们的座位牌子和身影。但在机关大院的墙栏的告示上，时常见到艾芜的名字。那时刚改革开放，文联大院的作家知识分子们，积极认购国库券，体谅国家动荡后的经济困难，艾老认购的几大千，数目之大列文联之首，《星星》编辑部白航认购几百元最多，而我认购了可怜的几十元。

八

而我，唯一听过一次艾老的文学讲座，好像是在新繁或大邑县的四川文学讲习班。艾老用平实的叙事语言，讲叙《诗经》及民歌里的爱情及爱情故事，栩栩如生，鲜活而又优美地呈现古典诗歌、民歌民谣里的淳厚诗意和情趣场景。那次讲座艾老还谈到读书的问题。至今已近 50 年了，仍记忆犹新。

九

《星星》诗刊的几位老编辑，个个皆学富五车，又各有各的读书藏书爱书的习惯。白航老主编在繁忙的工作之余，不动声色，出版了一部《李白与杜甫》学术研究的专著，细心读来，却与郭沫若先生在上世纪 60 年代中期所写的扬李贬杜《李白与杜甫》的书有不同看法和观点，以古籍史料为佐证，不媚上、不媚俗，求实求真，我暗暗敬重白航先生的胆识和学识。流沙河先生嗜书如命，记忆特奇，在编辑部里堪称一部活字典。先生 20 来岁时，写诗罹祸，扫厕拉粪，守菜园，后在文联机关的图书资料室里打杂做工，躲在图书室的暗角里，不分白天黑夜地读书，古籍、天文地理及中外书刊无所不读，偷偷地做读书笔记，一部十多万字的《字海漫游》，关于古文字研究的，在这样的环境下完成。

这部书稿，在"文革"初期被抄家洗劫而去。老人后来对我讲起，多有无奈和感叹。好在先生晚年，虽患着眼疾，仍重著《流沙河识字》《白鱼解字》等几部关于文字的书，乃得到补救而幸慰。《闲话庄子》《诗经十二讲》《诗经现场》等著作，都是先生读经读典后用现代人的眼光研读的成果。

十

我从小就有爱书读书的习惯，来到四川省文联《星星》诗刊，如小虾小鱼得水。当时文联有一个图书资料室，虽经文革洗劫已残缺所剩无几，但仍有不少现当代作家的好书。图书室里，打扫得干干净净，书架上一尘不染，一有空就在那儿读书查资料，尤其是四川作家的著作，巴金、艾老、沙老、李劼人老等的书比较齐全一些。安安静静坐下来读书有多好，肖才秀那时是图书室管理员，不时还倒一杯水来，我很感动。后来熟了，我叫她肖大姐。原来她是艾芜的亲家，艾老儿媳王沙的母亲。她看我读书很勤，常来借书，多网开一面，让我读到不少好书。但我从未向她问起艾老的情况，她也从不提艾老的书与事，守着对老先生的敬畏和尊重。

十一

晚年，我的家与肖大姐家成了邻居，同楼同单元。她独身一人住在五楼，我住七楼，没电梯，她早上买菜回来，我见着就帮她提上楼，她老是推让，总是客客气气。她总是闲不住，一个人把楼层的过道打扫得干干净净，家里还养了不少小鸟，不时飞上我七楼凉台的藤蔓中叽叽啾啾……秋后夕阳，这寂静中的歌唱，总让我想起这座老文联故宅里的许多文化人和文学老人的岁月沧桑。

十二

我退休后，搬出了大慈寺路30号，离开省文联宿舍已几年了，很少进城，偶尔回去，才知道许多我熟悉的老人走了，肖才秀大姐走了，车辐老人也走了。

20世纪80年代初，我进文联住的是车辐的那一套一的底层宿舍，狭窄的小书屋只有七八平方米，房内堆满了书，拥挤不堪，几乎容不下多余的人，而铁藜窗棂上爬满牵牛花，淡蓝淡蓝的一朵一朵，活灵灵充满鲜活生机。这后来也成了我的书房，我仍保留那扇开满牵牛花的窗。车老乃资深名记、文人杂家、美食家，嗜酒。酒后就天南海北，对于上世纪30年代的那些文化人，无所不知，如老舍、曹禺、吴祖光、白杨、丁聪等，他还给我看过新凤霞为他画的画，谈四川作家，他说他这个人是美食好吃嘴，艾芜才是真正的作家，平民作家，素食主义者，艾老生活朴素简单，日常就吃蔬菜与白水豆腐，加他最好吃的新繁泡菜，对艾芜的为人和作品是敬重佩服的。

十三

诗人作家高缨先生，20世纪50年代曾在《星星》工作，曾与艾芜一起重走大凉山，重走南行路，我对他很尊重，他对我很关心，20世纪八九十年代他还暗暗地主动托人写我的诗评。他常年在外，深入现实生活，时有诗歌新作，大都寄给我，我编发过的有《月亮船》组诗，印象极深。对他的小说《达吉和她的父亲》、散文《西昌月》等著作尤其喜欢。有时外地诗人来成都，我陪客人去看他，他对人谦和真诚。我还在他家吃过便饭，他时而谈起艾老，我想他们的心是相通的。

十四

20 世纪 70 年代中后期到 80 年代初，我在成都市西城区图书馆里淘到不少书（我与秦治中馆长较熟，他们处理一大批"文革"后收集的书刊），其中有老版的《南行集》《淘金记》《死水微澜》及臧克家的《春鸟》、艾青的《诗论》、傅仇的《伐木声声》等等，而有幸购得两套 1957 年创刊的诗刊《星星》，全套 46 本。另一套是北京的《诗刊》。我如获至宝。这些书刊我不知翻过多少遍，积沙成土，积土成金，阅读的有幸，也是我有缘的阅读。

十五

我进《星星》诗刊后，编辑部很稀缺这些期刊的历史资料，我拿出一套捐给了编辑部，供大家读用，老一代编辑们尤其珍惜，这是他们罹祸遭遇的见证。后来，我慢慢地收集作家诗人赠送的书刊，去出版社讨回新近出版的书籍，我用自行车，一车一车地驮回来，又一捆一捆地搬上六楼的编辑部，在白航主编的关心同意下，在陈犀、流沙河、游藜的尽心支持下，装满了几大柜图书资料，当时经济拮据，只能购买一些如字典辞海类的必备工具书，时而与游藜先生去新华书店内部发行部，购得一些书回来，由曾参明老大姐一一登记上账，游藜先生与我分工保管。何洁带我去金堂拉回几个大书柜和书桌。图书资料室初具规模，编辑部有了自己的藏书。读书聊书藏书评书之风甚好，那些岁月值得让人怀念。

十六

在后来的日子，老编辑们陆续离开。我与曾参明将这些多年收集购得的藏书，一本不剩交给了后来的人。铁打的营盘，流水的兵，后来这些藏书慢慢散失殆尽，每当见到一二残缺的书架书柜，让人痛心和无奈。

而让我惋惜的是，在那批藏书中好像有《艾芜全集》和《沈从文全集》等，是我从四川文艺出版社无偿讨回来的，不知流落何处。那时我对这两套书读之入迷。

十七

在那个文化思想禁锢的年代，艾芜先生经历无数坎坷，为追求人生自由和理想，漂泊而穿越苦难，曾坐过南洋缅甸等当局的监狱、民国时期的国民党监狱，以及"文革"时期的监狱，但艾老一直不停地真诚地对社会政治思想文化进行反思，对底层民众苦难命运一如既往地同情和关注，及对人性进行一次次探索。虽然他在"文化大革命"中遭受长期关押审训，老人既不检举揭发他人，也不自辱批判自己，沉默如金，正气凛然。他留给我们的作品是历史的见证。

十八

耄耋之年，重走大小凉山，重回南行路，超然淡定，求真求实，笔耕不辍，远离名利官场是非，写下了许多说真话的文字，一部对人和人性反思的长篇小说《远山朦胧》经反复修改而完成。这是艾芜先生留下的最后的小说作品。

十九

四年漫长的岁月，艾芜先生瘫残地躺在病床上，挂着吊针，不能动弹，痛苦无奈地望着近在半尺的书桌，读《楚辞》《诗经》，艰难握管，偶作笔记；读经诵典，只言片语，却表述博大精深的文化精神。面对生命最后的日子，回归中国传统文化经典里取火暖心，或漂泊回归灵魂的安息之地。

逝者如斯，落叶归根。爱他，他也深爱着，川西新都清流乡翠云村的一撮土地。这里与桂湖毗邻，是明代翰林，清流杨升庵的故居。杨慎直谏，遭遣流荒，南行边地，这里，又多了许多追古贤慕今才之思。

二十

艾芜先生是近代20世纪一位本原的乡土作家，自由灵魂的漂泊者。他的作品与沈从文先生的《边城》《湘行散记》，有许多同源同工之美。他的作品，同时又让我们想到俄国文学家诗人莱蒙托夫的《当代英雄》里的那些边地小说里的人物场景。艾老的《山峡中》《春天的雾》等，是我深爱的作品，引导我后来对法国作家梅里美的《卡门》及川端康成的《雪国》《伊豆的舞女》反复对比阅读。这些边地凄美如挽歌，深深地感动着我，也长久影响我后来的一些诗歌散文写作，那些年月，我不合时宜地，老跑到那些高原野岑边地的老少边穷地区行走，去体验他小说中的诗意。

二十一

20世纪80年代初，云贵川开诗歌青年笔会，《星星》编辑部派我参加。会后顺路，跑了云贵高原边地，寻找艾芜先生的南行踪迹。后来多次去川南叙永的永宁河畔、雪山关等水路古道驿站觅艾老的南行之路。1989年黔江作家协会成立，我又专程去了一趟三省交界的沈从文笔下的边城湘西凤凰，又沿着酉水、沅河顺江而下，走近武陵山区，行程几千里。几年的边地行走生活体验，我用编辑的空余时间，断断续续地记录下来，后来结集出版了《寂地》《边地雪笛》《永恒的漂泊》《散落的烛光》等，虽是些幼稚不成熟的作品。但这是我对艾芜先生、沈从文先生等作家的精神敬慕和追随。

二十二

艾芜先生已去世好多年了。

今天还有许多人想起他和他的作品。我想一个作家和他的文字真正活在人们的心里，并长久地留存，是不容易的。

二十三

艾老是四川省文联老领导、老作家、老前辈。这是我，一个后来者，对艾芜先生，及我敬重的人和已逝的作家诗人的一份追怀和纪念。

　　图片左三至左六分别为：作家艾芜、沙汀、高缨、李致，在文联大院与青年作家合影。摄于20世纪80年代初

悲亡树

流沙河

　　四川省文联（原含四川省作家协会）当初成立时，会址设在成都市布后街 2 号。至今仍在此，50 年不变。街名布后，源自清朝，意即布政使署衙门后街。布后街从前是一条僻静幽深的小巷，家家小院，没有一家商店。2 号院最大，曾为辛亥革命元老熊克武的家宅。宅南向，凡五进，木构平房，样式中西合璧，精致典雅。大院又可分为七个小院，院中皆植花木，曲廊窄道互通，生客往往迷路。后院又有绣楼、敞轩、花园、假山、凉亭、沟渠、水榭、荷池，非常好玩。前门黑漆双扇，玄关壁上浮雕贴金麒麟，五蝠绕之。门外高墙，上嵌有拴马石，供来宾系马用。熊家大宅有专职园艺师，川人叫花儿匠，照管大院花木。宅院移交时，他给每一株花木挂牌子，写明名称，如"日本横田枇杷""广东大白玉兰"之类，一一指点解说，交割与新主人川西区文联管总务的干部。那些晋绥解放区的南下干部，人都朴实，但文化低，园艺常识阙如，不免言之者谆谆而听之者藐藐。待到 1952 年我从报社调到省文联来时，上百株名贵花木的牌子都丢失了。当年革命运动轰天动地，谁还有那些资产阶级的闲情逸致去照看花木。

　　最早被砍伐一光的是左院大片的桃花林。空地做了篮球场，同志们要锻炼身体。后院左侧一株丹桂，树身径尺，做了单杠架，很快就死了。50年后一位老街坊对我说："小时候，你们院里的桂花香遍了一条巷子。"算是多情的悼词吧，亏他还记得。数年后，假山一带的竹林又被总务科长胡乱移栽，死得一竿不剩。此前，假山下的沟渠因后门修天桥已经填平，致使荷池水涸见底，菡萏魂销。同时，后院左侧第墙一排柏树，为预防窃贼逾墙缘树而下，全砍掉了。要修男女厕所，又砍掉许多树。后院中间，敞轩北面的花园早已荒芜了。后院右侧断断续续修建寝室，再砍掉许多树。此外，大院各处原有许多果木，桃李杏梨石榴枇杷苹果之类，因无人照管，皆死于病虫害。

最伤心的是第三进庭院左侧两棵树。一棵老树是珠兰，拱把粗了。暮春花发，淡香不俗，清韵有格。每日午后，定有一位茶商，挟持黑布雨伞数柄来此，撑伞倒置树下，让那芥子似的珠兰因风自落。黄昏又来收伞，日可获花数两。每年花季过了，那茶商定要送猪肉来。记得有一年送18斤肉。最多的那一年，1954年，50斤肉。第二年实行社会主义改造，私营商店改为公私合营，私营的茶商不再来收花。从此市面上再无珠兰花茶卖。名花珠兰本来娇气，无人照管，不再开花。横牵一绳，缠系树身，晾晒衣物，为时既久，阴悄悄气死了。另一棵大树是广东大白玉兰，高出屋脊，花大如洗脸盆，庭院溢香。古诗云："中庭有奇树，绿叶发华滋。"此树可当之。怎奈浓阴蔽日，挡了办公室的光照，终被斩除，丧命钢斧。右侧那一棵小桃红，绒花粉红，裹枝绽放，妖艳可狎。怎样死的，我在机关农场劳改，无从知悉，想亦亡于虫害。这第三进庭院本是熊家大宅的核心，花木不但繁多，而且特别珍贵，皆遭厄运，纷纷谢世。最经得住摧残的仅有两棵老苏铁，俗呼铁甲松，树龄有百年，对称耸立在中道的两边，若迎宾然。满院花木死绝之后，唯此二老又熬了20年，活到上个世纪80年代之末，衰竭立枯而死。

最悲壮的是第二进庭院右侧靠墙的楠木。树身两人伸臂合抱，树龄不低于两百年，树冠阴蔽整个小院。院南一隅，有我一间寝室。那时年少，尚在顺境，未免多愁善感，早晨枕上听见楠木树间鸟叫，总要吟宋词句：

"数声啼鸟，梦转纱窗晓。"小院人迹罕至，楠木之外，又有果树数株，日光不到，满地青苔。斑鸠在我檐下筑巢产子，僻静可知。1957年我当右派，从这里搬迁了。楠木古树，因为地下水位沉降，吸水不足，营养不良，病了。懒得医治，干脆砍掉。先从树冠肢解，然后截断树身，就像凌迟处死。如此故国乔木，说伐就伐，无人疼惜。

布后街2号一隅　　　（李诚摄）

52年前的熊家大宅，早已片瓦不留，寸草皆绝。旧址之上，如今只有四围水泥楼房，中间空地做停车场。高空俯视，就像4只火柴盒围成正方形，关一群甲壳虫，物不文、景不艺，毫无情趣可言。

我在这里糊口50年了。去年迁居大慈寺路本单位的另一宿舍。上个世纪60年代，我在这里守过建筑工地、种过蔬菜。后来又到机关农场劳改，稼圃操作之外，还培植桉树苗。苗大了，运回来，在这里重新栽，大约有数十棵。将近40年过去了，如今仅剩两棵，已成大树，高齐六楼，挺直健壮，给我安慰。50年间，东西写了一些，或早已速朽，或将要速朽，都留不下来。唯此两棵桉树，能活到我身后许多年，让后人晓得，我也有作品。

无尽的情怀

——记沙汀生前最后的日子

钟庆成

沙老走了，离开我们整整一年了。

每当我伏案整理他的遗稿的时候，目光总要在他和艾芜生前留下的最后一张合影照片上凝视片刻。我觉得自己好像仍旧坐在他们身边，倾听两位生死相依、患难与共的老人诉说着长达半个多世纪的绵绵心曲。

1991 年 11 月 11 日，沙老被厚厚的羽绒服、围巾、帽子紧紧地包裹着。他要告别工作、生活了多年的北京，回四川老家去了。在首都机场，他愉快而诙谐地向送行的朋友道别说："我要去南极探险啰！"是啊，对一位年近 90，双目失明、病魔缠身的老人来说，沙老的回乡之路的确是一条充满危险的路。

1992 年 7 月 15 日沙老因肺部感染住进了省直二医院，他已连续第三个夏天因肺炎住院了。日益衰竭的呼吸功能，再也经不起暴热骤冷的气候折腾了。经过 3 个多月的治疗，沙老 10 月 26 日才出院回家休养。

长期住在省医院的艾老，深知医院生活的苦处，听说沙汀出院回家了，非常高兴，一定要来看望。

11 月 7 日是星期六。下午 4 点多钟，艾老右脚穿着特制的十多公分高的厚底鞋（因股骨骨折，后右腿萎缩了一寸多），拖着病弱的身躯，来到长发街17号。他一步跨进沙汀的家门，就大声道："子青，我看你来了！"

艾芜知道，老朋友的眼睛看不见了，耳朵也不大好使，怕声音小了听不见。

这次沙汀似乎有某种感应，反应格外敏捷。只见两道剑眉飞快地一扬，脸迅速侧向一边，耳朵对着门口声音传来的方向，惊异地问我，"小钟，是哪个？声音咋个这么熟。"我赶紧凑近他的耳边说："艾老特意从医院出来看你来了。"

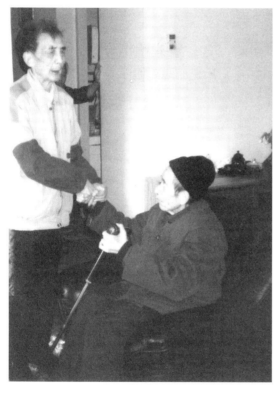

沙汀（左）与艾芜（右）（钟庆成摄）

沙老腾一下从座椅上站起来，移动着颤颤巍巍的脚步，双手向艾芜走来的方向伸出老远。情绪非常激动地说："道耕，你自己走路都恼火，咋个跑这么远来看我哟！"两位老人的手紧紧地握住，沙汀、艾芜心里都很清楚，这样的时间不会太多了。他们手拉着手，紧靠着并排坐在一起。直到艾芜起身告辞，二老的手都没有松开过。我不断地按动照相机的快门，把这十分感人又十分珍贵的画面永远保留下来。

中国当代文坛上，巴金、沙汀、艾芜三位川籍文学大师，同年出生于1904年，明年是他们89岁的生日。按民间习俗，男人的生日过九不过十。

沙汀、艾芜手拉手地商量着，明年春暖花开的时候，请巴金回成都，在家乡共庆90大寿。谁知仅一月之后，艾芜、沙汀竟相继而去，这一美好的文坛盛事再也实现不了了！沙老出院之后，我们又请来成都中医学院的专家李仲愚教授继续给他调理治疗。几副药下去，效果十分明显。身体略为恢复，沙老急性子脾气也上来了。他不止一次对我说："还有好多事情要做哟！耽搁的时间太多了，要抓紧才行啊！"我知道，他在用最后的生命同时间赛跑。

沙老双目失明已有两年了，这对握了一辈子笔杆的作家来说，还有什么比不能看书，不能写作更痛苦的呢？

面对冷酷的黑暗，沙老没有屈服。他经常吟颂陶渊明《读山海经》一诗："刑天舞干戚，猛志固常在……"他要像刑天那样，以乳为眼，坚持不懈地写下去，直到生命的最后一刻。沙老不仅很快从失明后的痛苦中解脱出来，而且以惊人的毅力学会独自使用录音机写作。回到成都后的短短一年中，就有12篇文章，4万多字在全国报刊上发表。这对一位双目失明，年届90的老人来说是怎样一种拼命精神啊！

身体稍好一点，沙老就拟出一份近20人的名单，上面有周扬、何其芳、成仿吾、沈从文、陈昌浩等等，他计划写一系列的回忆录和随感杂记。他还想为岳母黄敬之写一部传记。这位旧社会的知识妇女，把一生都献给了教育事业，在沙老心中留下了难以忘怀的记忆。摸惯了笔杆儿的人，总是止不住提笔写字的欲望，我在一块纸板上挖出一行行空格，下面铺上纸夹在胶合板上，沙老经常在空格里摸索着写写画画。尽管写出来的字很难辨认，却留下一道不屈不挠的生命轨迹。

11月29日，我准备好磁带和录音机，早早地来到沙老身边，他要为长篇小说《红岩》创作的事实真相口述一篇重要文章。这件事情沙老酝酿了好几个月，并要我收集了大量资料。这次录音持续了40多分钟，我几次叫他休息，他都拒绝了。录完之后，他瘫倒在床，大口大口地喘气，我赶紧打开常备的氧气瓶。好久沙老才缓过气来。

沙老 88 岁生日快到了，子女们准备在 12 月 9 日热热闹闹地庆祝一下。沙老提前十多天就给我打招呼："小钟，千万不要对外面讲哟！我们党有规矩，不兴祝寿。文联、作协的领导事多，不要给他们添麻烦。"

　　就在这时候，艾老因肺炎救治无效，于 12 月 5 日上午 8 点半左右去世了。当天上午，我得到噩耗的第一个反应，不能让沙老知道。我深知两位老人长达半个多世纪的深情厚谊，沙老的病弱之躯肯定承受不起这个沉重的打击。我立刻给杨礼挂通电话，通了艾老逝世的消息和我的想法。他完全同意我的意见，对父亲封锁消息，即使到非讲不可的时候，也要让他老人家高高兴兴过完生日，视情况而定。

　　12 月 9 日，沙老的亲戚们从海南、北海、绵阳、都江堰……赶回来了。儿孙绕膝，四世同堂，其情也切切，其乐也融融，往日宁静得有些寂寞的家，洋溢着天伦之乐的热闹气氛。文联、作协的领导送来盛开的腊梅和蛋糕，代表文艺界向沙老的生日祝福。我看着沙老脸上漾着幸福、欢愉的笑容，心里不免暗自担忧，如果他老人家知道艾芜去世的消息，又将是怎样一种情状呢？

　　是的，论起沙汀、艾芜长达半个多世纪的深厚情谊，悼念艾芜还有谁比沙汀的感情更深呢！人们企盼读到沙老的悼念文章是完全可以理解的。但是，人们并不知道，一位年近 90 刚刚走出医院大门的老人，此时无论是感情上，还是健康状况上，都已经承受不了这样的打击。生日过后，在有关方面的再三要求下，我和刚虹、刚宜反复商量，决定还是把这个不幸的消息告诉他老人家。12 月 11 日上午，我和刚宜围坐在沙老身边，刚宜语调轻缓地说："爸爸，有件事情要告诉你，听了千万不要着急。"

　　"哦，啥子事？"沙老吃惊地问道。

　　"汤伯伯去世了，是感冒引起肺炎造成的。"

　　只见沙老平时叭嗒不停的嘴唇一下子凝固了，看不见东西的眼睛直愣愣的，好一阵子寂然无声。突然一串悲怆痛苦的哭喊声，从深深的心底爆发出来！

"哎呀！唧个搞的嘛，前几天他还来看我，咋个一下子就不在了呢？他这辈子太苦了，太苦了！"一行浑浊苍老的眼泪滚出干涩的眼眶，牵线似的流淌下来，我的心揪得更紧了。

我和刚宜一左一右，用尽各种语言安慰劝导沙老，好一阵子他那火山爆发般的情绪才稍稍平缓一点。沙老对我说："我心里乱得很，当年万慧法师在缅甸送艾芜回国时，曾经赠诗一首：'为文皆苦，无食不酸。茅草地来，别我江干。'前面两句很能概括他的人生。就以此为题，把我讲过的一些事情串起来，写篇文章表达我的悼念之情，你赶快回去写吧！"看到沙老悲痛欲绝的样子，我真不忍离开。

回到家里，我细细回想沙老前几天讲述他和艾芜之间的往事，连夜整理好题为《为文皆苦，无食不酸》的悼念文章，想不到两天之后，竟成沙老的绝笔。

第二天一早，我赶到沙老身边，只见他精神萎顿沙哑失声，嘴张得大大的，喘息不止。保姆告诉我，沙老昨晚一夜未睡，时而叨念老朋友清苦一生的遭遇，时而呻吟叹息不止。我想，悲痛欲绝，也不过如此吧！我摸摸沙老那双冰凉的手，贴近他的耳朵说："沙老，你这样怎么行呢？出院才几天，如果肺上的老毛病又犯，就不好办了，要节哀珍重啊！"

沙老说："我们这辈子风风雨雨，什么事情没有经历过？到了这个年龄，生死早已看得很淡了。只是和道耕这辈子的情分放不下啊！"

我把昨晚赶写出来的稿子读给他听，他对个别字句作了一些改动后说："写得不错，赶紧送出去吧！"我刚要起身，沙老又问："艾芜的遗体告别仪式什么时候举行？我要参加。"

我一听就慌了，赶紧劝阻说："沙老，外边那么冷，你这个身体怎么受得了呢？"刚虹也进来劝说："我们已经代表你到汤伯伯家里去了，大家商量由哥哥代表你去参加遗体告别仪式。"最后沙老不再坚持了。

我把稿子送回作协，心里仍不踏实，又骑车赶到医院找来医生，灌回氧气。医生检查以后说："他的肺功能很差，悲伤过度很容易出危险，要让他尽快平静下来。熬点参汤补补气，有什么异常赶紧送医院。"

艾芜（右）与沙汀（摄于20世纪80年代）

12月13日是个星期天，沙老又一个晚上没有睡好。早上9多钟起来，吃了半截红薯又躺下睡了。刚虹、刚宜一直守护在身边。下午4点左右，沙老突然昏迷，立刻送省医院抢救。以副院长为首的抢救小组迅速成立，各种仪器设备送进了病房。

沙老静静地躺在病床上。他双目紧闭，鼻孔里插着输氧管，胸部、手腕、足腕连接着五颜六色的导线，嘴张得大大的，艰难而沉重地呼吸着。一条不规则的绿色曲线，在心脏监护仪上跳动着……

省委有关部门的领导赶来了，作协、文联的负责同志也赶来了……但是，晚了，一切都太晚了。12月14日零点23分，沙老的呼吸停止了。

沙老走了。他紧随着老朋友走了。他不能让艾芜再一次孤零零地漂泊、流浪。他们一同来到这个世界，也要携手走向那冥冥的远方。不过，中国文坛上一对璀璨的双子星座，会永远闪闪发光。

1993年9月

一树红梅叶芬芳

——徐棻艺术创作 60 周年

马识途

翻过年来，是 2010 年，我进入 96 岁了。虽然自我感觉良好，并且斗胆作了"第一个五年计划"，希望混到 100 岁，但是我到底已经是近瞎渐聋，行走不便，身内许多零件都已磨损，有的只是修修补补，凑合着使。什么时候要我去报到的通知书说不定已经在路上，我是时刻准备着的人了。因此之故，医生告诫我，现在正是流行感冒加上什么 H1N1 流行之际，叫我猫在暖房里过冬，等春暖花开惊蛰过了，再出门活动。我谨遵医嘱，未敢怠慢。

这时宣传部有电话来，请我参加徐棻的艺术创作 60 周年研讨会，我正犹豫间，我女儿却鼓动我参加，出门走走，呼吸新鲜空气。李致公也打电话来，约我同去。我想也好，那就参加吧，那里可能会见到许多多日不见的老朋友，也许以后见面的机会不多了。

既然要来，免不了要讲话，我头脑虽然还不糊涂，但脑子里的记忆装置常常断线，有时说话前言不搭后语，于是由我口授，由我女儿记录下来，并请致公替我在会上一读。

我要讲的话，其实不过两句，一句是恭祝徐棻艺术创作 60 周年，一句是关于振兴川剧的老话。

徐棻是我们振兴川剧的积极分子，锲而不舍地从事川剧剧本创作，所谓剧本，一剧之本也。她和魏明伦两人为川剧剧本创作做出了突出的贡献。魏明伦，我曾在为他和阿来所办的发奖会上鼓励他，希望他走莎士比亚的路子，不说像莎士比亚一生能创作和编改 37 部传世的剧本，至少可以唱响川剧，编出它十几本吧。他努力做出了闻名遐迩的成绩，蜚声海内。但是他在送我的文集中却在转载我的讲话的缀后语中表示，因为演出困难，他感到无能为力了。但是我仍然对他怀抱着希望，希望他能继续在振兴川剧中显露他的才华。我感到高兴的是，徐棻仍然在坚持着，颇有孤臣孽子的情怀，令我感佩。但是她说她也老了，我说应该老当益壮，岂失白首之心？老骥伏枥，志在千里嘛。我用我的一联诗句送给她"夕阳未必古原好，漫对晚晴发浩歌"，以表达我对徐棻的希望，"天意怜幽草，人间重晚晴"，在你的晚晴时刻中，继续发出我的浩歌吧。

　　我还想对振兴川剧说几句话。还是我说过的老话："只要四川人还没有灭亡，川剧就不会灭亡。"川剧是植根在四川人血脉中的，但是我必须加一句话："川剧一定要与时俱进，改革创新。"只要我们锐意创新，我对川剧还是抱乐观的看法，振兴有望。为什么？我想川剧其实是高雅的艺术，继承了词曲的优良传统，只要我们全民的文化水平提高了，是会有越来越多的人去欣赏川剧这种高雅艺术的。我看现在大学生以至中学生也越来越欣赏中国的古诗词、古散文。就以诗词来说，现在全国参加诗词学会的会员据说有 25000 多人，比做新诗的人还多，诗社诗刊不下数百。这个为"五四"后新诗出现压了几十年的传统诗词又振兴起来了，中央正在提倡京剧等传统戏曲，川剧自然也在其中。川剧同时也是一种通俗的对一般群众进行高台教化的艺术。我曾经看到在乡镇演出川剧，看台下站着的乡民那么痴迷，那么喜笑颜开的样子，可见农村仍然是川剧让平民接受高台教化和艺术欣赏的好地方，也是好市场。将来农民的钱多了，必然要求更多的他们熟悉的川剧艺术演出。川剧为人民服务是有广阔天地的。

说到这里，我还想起两件有关振兴川剧的事，附带提一下。一是演现代戏的问题。川剧表现现代生活，是应该的，但过去我们提倡了许多年，成功的演出并不多。我一直想这个问题，根本的毛病，过去下农村演现代戏，在主题上多是政治教育和政策宣讲的形象化，艺术的成分不多，所谓"捞起锄头就上台，喊些口号就下台"，没有形成艺术的程式化和艺术美的展示。看看传统的川剧，那服饰，那台步，那水袖扇子手帕，以至哭声笑声，都是根源于当时生活而又加以艺术化了的。我观农民宁愿看林黛玉的葬花小锄，却不愿看穿粗布衣服，在台上捞起的大板锄。虽然那是反映现实生活的，但是缺乏艺术性。可见农民也是喜欢美的。这个问题不解决，还不如演令人感动的古装戏受看。

　　还有一件事是前几天报上登出中央宣传部、纪委、监察部、文化部五部委发出号召，希望文艺界多反映反腐倡廉。我想川剧界对此也应该有反应吧。反腐倡廉的小说我读过两本，写现实生活，但太模式化、雷同化，没味道。川戏如果要响应号召，还不如从古戏本去找出好故事，比如包公的"斩侄"就好。历史上出名的恶贪和廉政的官吏很多，可以入戏的当也不在少，可以编来演出，以古喻今。甚至可以编出好戏来，徐棻是行家，你以为如何？

　　［补后：2023 年，九十高龄的剧作家徐棻荣获"中国文联终身成就奖（戏剧）"。］

识途老马　引我前行——感恩马老琐忆

仲呈祥

　　去年底，我惊喜地收到 108 岁高龄的老革命家、老作家马识途馈赠我的两部新著：《那样的时代，那样的人》和《马识途西南联大甲骨文笔记》，赶紧拜读，感触良多，受益匪浅，遂电话致谢并请教。接电话的是马老的女儿马万梅。她告知我，马老因体内装有起搏器，只能在座机上通话。于是我另拨通座机，那边便传来慈祥而熟悉的乡音："小仲呀，好久不见了，真想见面聚聚聊聊、摆摆龙门阵呀！"我向马老简要汇报了初读《那样的时代，那样的人》的肤浅体会，他听后很认真而深沉地说："我写这些回忆，是向巴金老人学习，讲真话，真真实实地把我知道的那个时代的那些人物写出来。历史是一面镜子，要以史为鉴。而历史是活跃于历史中并决定着历史走向的人物创造的，因此，为人物画像、传神、写貌、立传，是我这个同时代人义不容辞之天职。"我表示赞同，并笑道："您老人家两年前不是说要'封笔'吗？我就断言您这笔是封不住的！""使命使然呀！不把自己所知所晓的这些真实的人物写下来，传之后人，死不瞑目！"马老字字铿锵道……

　　由此我想起了几年前马老在发表为《红岩》作者之一的罗广斌正名写的那篇《少爷·革命者·作家》后，用苍劲有力的隶书给《光明日报》题写的八个大字："人无信仰生不如死"——啊，这不正是马老践行的人生格言吗！

听万梅大姐说，马老两年前虽曾公开宣布过"封笔"，但写作欲望不止。先是继续在电脑上一句句地敲，眼睛实在受不了，医生警告说不要再用电脑了，于是改成左手拿放大镜照、右手用笔写。马老的信仰、毅力、恒心，真真非凡！他把革命家的初心、人民作家的赤心，都倾注于字里行间。他笔力雄浑，观察敏锐，风格平实深沉，情浓而意真。从鲁迅、郭沫若、周扬、巴金、冰心、阳翰笙、张光年、夏衍、曹禺到闻一多、吴宓、黄宗江、汪曾祺、刘绍棠、杨绛、周有光，再到李劼人、何其芳、沙汀、艾芜、李亚群、周克芹、车辐……无论是身居高位的文坛要人，还是江湖的名流雅士，抑或是民间的凡夫俗子，在马老笔下都各具个性、风采迥异、跃然纸上，其人生蕴含的理想、信仰、价值、追求，至今仍激励我们"不忘初心，砥砺前行"。

作为后生，我的文艺生涯与马老的最初关联，还是在那场"文革"中。那是1966年酷暑，我在成都酱园公所街小学任语文教员，被集中起来搞运动，我这个还不到20岁的文学青年，竟被当成"马（识途）、李（亚群）、沙（汀）的黑爪牙"被揪了出来。天呀，说实话，那时我连这三位自己敬仰的大领导、大作家的尊容都尚未见过，怎么会糊里糊涂地就成了他们的"黑爪牙"了呢？原来，其时，北京正在猛批邓拓、吴晗、廖沫沙的"三家村"，上行下效，四川也要揪出个与之相对应的"三家村"——那便是马、李、沙的"三家村"了。马识途时任西南局宣传部管文艺的副部长，李亚群时任四川省委宣传部管文艺的副部长，再加上四川文联、作协的主要领导人沙汀。从邓、吴、廖到马、李、沙，我一个初出茅庐的小学教师，只不过在《成都晚报》《四川日报》上发表过十几篇小杂感之类的豆腐块文章，就被顺藤摸瓜地抓出来当了"黑爪牙"。既被揪出，周末是不准回家的，须关起来交待"罪行"。记得家中老母亲赶到集中地的守经街小学门口寻子，抬头望见教学楼上那迎风飘浮的"揪出马、李、沙的黑爪牙仲呈祥"大幅标语，顿时便晕了过去……塞翁失马，焉知非福？也许正因为此，"四人帮"一旦覆灭，新时期一经开启，马老、沙老（李亚群老惜哉已去世）才注意到我这个并未曾谋过面的"黑爪牙"，并格外有点儿关照。1978 年，组建四川社科院文学研究所，所长吴野老师奔走四方，意欲调我，就得到了时任主管部门省委宣传部副部长马老和办公室主任卢子贵的鼎力支持。之后，主持中国社科院文学研究所工作的陈荒煤副所长要调我去北京参加由朱寨主编的国家重点社会科学项目《中国当代文学思潮史》的学习与写作工作，也得到了时任中国社科院文学研究所所长沙老的特殊关照。

其实，早在"文革"后期，邓小平复出进行全面整顿，"四人帮"疯狂反扑，又刮起批判"右倾翻案风"逆流，刚解放出来在四川省委宣传部任副部长的马老就身处逆境而以特殊的方式对我进行过一次令我终生难忘的言传身教。那时，也是刚解放出来的老作家艾芜回报生活、为民立言，以真情实感创作了反映知识青年上山下乡生活的短篇小说《高高的山上》。谁知因此祸从天降，被诬为"右倾翻案风"的代表作横遭批判。我当时在《成都晚报》帮忙打杂，奉总编辑章文伦之命，携一份措辞激烈的批判《高高的山上》的清样到省委宣传部请主管副部长马老审示可否发表。（其实，章总编辑也在使用"缓兵之计"。）马老在办公室里接见了我，我呈上清样，他接过去，严肃深沉地说："艾芜是刚解放出来的老作家，批判他的新作要慎之又慎。清样留下，待我认真看后再议。"他把我送到办公室门口，拍着我肩，意味深长地说："小仲呀，我们都是挨过批的人，批人批作品务必实事求是呀。"马老这番话，言简意赅，对我震动很大。我从他的言谈举止中，深切领悟到他严谨的实事求是精神，体味到他对艾老换位思考后的真挚情怀。果然，这是马老高超的政治智慧和斗争艺术铸就的"缓兵之计"——后来的历史雄辩证明：马老对艾老及其《高高的山上》冒着风险的保护，是完全正确的。

马老对唯物史观的笃信和辩证法的娴熟，给我教益极深。20 世纪 80 年代，四川省作协创办了文艺理论批评刊物《当代文坛》，马老亲自兼任主编，并点名要我返川作助手兼副主编。每次向他汇报办刊思路，他总是强调一要注重导向，二要注重四川特色。他说，注重导向就是要有马克思主义文艺观的定力，切忌追风趋时；注重四川特色就是要大力推荐评介四川作家作品。马老主张对适合中国国情的西方文艺理论批评成果要借鉴，但切忌今日追意识流、明日又追女权主义，"言必称希腊"，用西方文论来导引剪裁中国当代文学。为了高扬四川特色，培养地方作家，马老任主席的四川省作协还专门借成都郊县的新繁荣誉军人疗养院宝地办起了"青年作家培训班"，集中了谭力、雁宁、魏继新等数十名初露头角的青年作家，由时任《四川文学》主编履冰（李友欣）老师和老作家黄化石等授课辅导。马老和履冰老师还要我任辅导员，督促我要为每位学员的新作写出有分量的长篇综合评论，在《四川文学》上连载。我在写作过程中，不断向马老、履冰老师求教，获益良多。记得有一次，我把学员每人新创作的短篇小说放在文件袋里夹在自行车座后的架子上，骑车回编辑部，脑子里想着哪篇小说应着重评点什么，未注意后架上的文件袋。殊不知，骑到编辑部，下车一看，大吃一惊，文件袋不知何时被颠簸丢了。我惶恐不已，赶紧返身骑车沿途去找，终未寻着。马老听后，语重心长地说我骑车时顾此失彼、单向思维，不足取也。履冰老师只是淡淡批评我"太不小心了"，便布置各位学员找出底稿，重新复写，这才保证了《四川文学》按时发排、付印、出刊。

马老对川籍作家，从周克芹到魏明伦，再到阿来，当然还包括重庆升格为直辖市之前的罗广斌、谭力、雁宁等，都十分关照。《那样的时代，那样的人》中对周克芹的专篇回忆，马老对周克芹亦师亦友的关怀备至，对英才早逝的痛惋，读来令人涕泣。马老写此书，曾有言道："一、列入本书的人物，全是去世了的；二、这些人物都或多或少曾经和我有点关系，至少是我认识的；三、我写的都是我回忆得起来的事实，或者偶有错误，我无法去查对了；四、最后还想说一句，又一度想学巴金，我说的是真话。"言之凿凿，情之深深。不久，我调进京专注于完成《中国当代文学思潮史》项目任务。马老谆谆嘱咐："我出生在忠县石宝乡，1931年北出夔门，求学革命。巴蜀虽多才，但欲成大才，必出夔门，到外面广阔的世界闯荡锻炼。巴金出川后，始有《家》《春》《秋》；沙汀赴沪转延安，始成《淘金记》《还乡记》《困兽记》；艾芜南行，终得《南行记》；李劼人能写出《死水微澜》，也与他赴法国留学经历有关。你务必珍惜赴京求学求职的宝贵机会呀。"这段叮嘱，始终刻印在我的脑海、铭记于我心中。2010年，我接到四川省文联的通知，要我返蓉参加"魏明伦从艺60周年研讨会"。我与明伦兄，手足之情，多年深交，遂匆匆返蓉，与会者有马老、李致（巴金之亲侄、四川省文联名誉主席）和余秋雨、贾平凹、季国平等名家。时任中国文联主席的孙家正还题赠魏明伦"五味俱全精彩迭出"八个大字。在会上，马老热情洋溢地肯定魏明伦这位"巴蜀奇才"在川剧剧作、杂文、碑赋三方面的出众才华和取得的骄人成就，进而进言，期望魏明伦余年能发挥独特优势、心无旁骛地专注于川剧剧作，创作出更多更好的如《易胆大》《四姑娘》《巴山秀才》《变脸》这样的经典剧作，真正成为"川剧界的莎士比亚"。言罢，全场掌声四起。我从心底感受到马老对明伦兄的殷殷厚望，并深以为然。纵使天才，个人的精力也是有限的，而艺术之海无涯，从这个意义上讲，每个艺术家都在以有限的人生精力应对无涯的艺术创作之海，以有限应对无限，这就需要集中精力抓住主要矛盾。惟其如此，即便像鲁迅这样的第一等天才，尽管在小说、散文、考古、金石、诗歌、历史诸领域里都才华横溢，但晚年都不得不放弃写反映红军长征的小说之夙愿，而专注于"战斗正未有穷期"的杂文创作。殊不知，在场的余秋雨先生却道出了一番不同的见解。余先生的大意是说，21世纪已与莎士比亚所处的时代完全不一样了，期望魏明伦成为"当代中国川剧界的莎士比亚"是不可能的。我甚不以为然，认为这是曲解了马老期望的原意。因为明伦兄自己就把川剧喻为"母亲"。他说过："川剧是孕我的胞胎，养我的摇篮，哺我的乳汁，育我的课堂。她与我形影相随长达半个世纪，结下了千丝万缕的血缘关系。她对我的陶冶，我受她的影响，写下来将会是一部沉甸甸的书。""地道川味，早已化入我的潜意识，就连我荒诞的思维方式和笔下的这一点幽默，也是来自她的遗传基因。"我断定，连明伦兄也会赞同马老而不以余见为是的。但出我所料，马老却含笑听完余先生高见后，对我道："秋雨的意思，是要魏明伦和我们懂得必须与时俱进。"听罢，我更深切体悟到马老之"识途"高见，正是源于那种可贵的包容豁达、择善而从的文化心态和人格魅力，这是多么值得吾辈学习效仿啊。

马老有句名言："鲁迅是中国的脊梁，巴金是中国的良心。"马老多次在不同场合说过："我始终认为鲁迅是伟大的中国人，虽然只看见过两次，却一直是我人生途程上立着的一块丰碑。"马老在《那样的时代，那样的人》里有专篇浓墨重彩地回忆了自己两次见鲁迅的情景：第一次，1932年，他在北平大学附属高中上学，同学约他到和平门外的师大操场参加一次进步学生的秘密集会，其实是听鲁迅演讲。"不多一会儿，看见一个个儿不高比较瘦的半大老头登上桌子，没有人介绍，也没有客套话，就开始讲起来。哦，这就是鲁迅！鲁迅讲了些什么，他那个腔调我听不清楚，我似乎也不想听清楚，能第一次看到鲁迅，而且在这种场合看到鲁迅，也就够了。不多一阵，鲁迅讲完，忽然就从桌上下去，消失得没有踪影。"这段文字笔底流淌出的是一个北出夔门来到北平求学的高中学子对初见鲁迅的崇敬、膜拜和狂喜，是多么真切动人啊！第二次，1936年，马老在南京中央大学参加了中共外围组织秘密学联。10月，鲁迅逝世，山高水长。为了参加在上海举行的出殡活动，他告假赴沪，只见礼堂门外高挂"鲁迅精神不死，中华民族永生"挽联，遂拍照永存。挤进礼堂，他远远看到灵柩中鲁迅"睡"在那里，再拍照永存，然后参加送葬群众队伍，在路上还和警察、特务发生冲撞，至万国公墓完成送葬后始返南京。这两次平实无华而充满真情挚感的回忆记述，浸透着"鲁迅魂"，是我读到的、所有见过鲁迅的前辈的类似回忆中，印象最深刻、思想穿透力最强的文字。

马老还深情地说过："文学泰斗巴金老人是我最崇敬的中国作家。"马老以百岁零七之高龄撰写《那样的时代，那样的人》，就立誓要学巴金讲真话。早在 1987 年秋，被誉称"蜀中五老"的巴金、张秀熟、沙汀、艾芜、马识途就相约聚会于成都，共游新都宝光寺、桂湖草堂蜀风园、李劼人故居"菱窠"，盛传为当代文坛之佳话。其时，"五老"之中，马老行五，受命作《桂湖集序》赋诗以纪其事。"问天赤胆终无愧，掷地黄金自有声。""才如不羁马，心似后凋松。"马老对前四老，敬重有加。尤其与巴老，蓉沪之间，互致问候，常在念中。巴老曾托侄儿李致带新著《再思录》签名赠马老，马老随即回赠新著《盛世微言》，并题曰："巴老：这是一本学着您说真话的书。过去我说真话，有时也说假话，现在我在您的面前说，从今以后，我一定要努力说真话，不管为此我将付出什么代价。""说真话"，这是马老立下的誓言。2005 年，巴老仙逝，马老因故不能赴沪送行，又特作《告灵文》，嘱爱女万梅灵前代涛，并再度立誓："而今而后，我仍然要努力说真话，不说假话，即使要付出生命的代价。"马老学巴老，为吾辈学习文坛前辈树立了楷模。

"讲真话"是为了求真理。马老面对市场经济中出现的某些不正之风，总是一针见血，敢讲真话，勇求真理。一段时间，文坛"趋时"，刮起了"娱乐过度风"乃至"娱乐至死风"。马老很忧虑，对我说，鲁迅当年有篇杂文，题为《趋时与复古》，他既反趋时，也反复古，认为两者殊途同归。时尚是需要研究分析并正确对待的，但时尚的未必全是永恒的，而永恒的未必全是时尚的。文艺要通俗，但不能低俗、庸俗、媚俗；文艺要娱乐，但不能娱乐过度乃至娱乐至死。他先后在《人民日报》撰文，旗帜鲜明地反对唯票房、唯码洋、唯收视率、唯点击率的唯经济效益倾向，批评文坛的"三俗"之风。石破天惊，令人叫绝。尤其令我深受教育、倍感鼓舞的是，马老于 2018 年 5 月 25 日以 104 岁高龄在《人民日报》文艺评论版头条发表长文《彰显社会主义文艺的中国特色》，指出："一切文艺都有思想性和艺术性，但近年来也有人提出文艺作品有思想性、艺术性、认知性、教育性、娱乐性的所谓'五性'，我不以为然，却难以分析，直到读到仲呈祥同志的一篇文章，才恍然判明。他提出要区分文艺理论上两组不同的概念，思想性和艺术性同时产生于作品创作过程中，而认知性、教育性和娱乐性以及我们经常说的观赏性则产生于作品问世以后。一个在当时，一个在事后。思想性和艺术性属于创作美学的范畴，认识性、教育性、娱乐性以及观赏性等都属于接受美学的范畴，是不可以混同的。""我很赞同这种说法。娱乐性当然是有必要的，但应该有个度。过度强调娱乐性就有可能让食利之徒为了获取扩大化了的利润，而乘机大量生产和制作'三俗'作品。这些作品与我们提倡的主流价值观相左，挑战公众的道德底线，带来不小的危害。"分析得鞭辟入里，入木三分。与其说是马老读了我的文章有感，倒不如说是我从马老那里学习了辩证思维。

有一段时间，文坛刮起了一股"民国复古风"，失度地吹捧抬高一些民国时期政治倾向不那么好的作家、艺术家，贬低丑化一些革命的作家、艺术家，美化民国的文化生态环境。马老对此，以历史见证人的身份予以有力驳斥。譬如，他爱憎分明道："近年来，有人以不屑或惋惜口气，甚至带几分揶揄挖苦贬低郭沫若，甚至隐私揭发、人身侮辱。这是黑白颠倒！"他说，马克思主义认为，一个伟大人物、非常人物，在非常之时，做非常之事，总是有誉有毁。世上无不犯错之人，没有完人。马老在《那样的时代，那样的人》中为郭沫若开专篇辩诬："我不是说郭沫若没有错误，我是说如果发现他在学术研究上、某些创作上、某些行止上犯有某些缺点和错误时，不要带有某些主观的臆测、某些不实的夸大甚至诬蔑，乱下结论、乱戴帽子，甚至侮辱人格。而且在指出一个人的错误时，要顾及他的一生行径、他的主要成就方面，分开主观与客观、大行与细节方面。"这正是鲁迅主张的要"知人论世"，"考其全人"。马老深情正直地呼吁："希望研究者诸公拨乱反正，给郭沫若这个历史人物一个不朽的定位。"

马老百岁时，中国作协曾为他在中国现代文学馆举办了一次很有气场的书法展。马老自幼临汉碑、习汉隶、学名帖，练就一手或厚重或清秀的好书法，进入了以心书字、循古而不囿古的高境界，堪称当代一大书法家。但他一直谦称自己并非书法家，直至去年在家乡重庆（忠县今属重庆）办107岁书法展时，在展厅《告白》中落款仍为"写字人马识途"。书法家如是，作家亦如是。明明有《老三姐》《找红军》《清江壮歌》《夜谭十记》《夜谭续记》《川西历险记》《盛世危言》……彪炳文学史册，却始终称自己只是个"业余写作者"。马老的虚怀若谷，可见一斑。尤为可贵的是，他不忘初心，心系人民，还把自己数次书法展获得的几百万元悉数捐献，为支持四川大学学子实现"文学梦"设立了奖学金。

在马老百岁书法展上，中国文联主席、中国作协主席铁凝，中国作协原党组书记金炳华特来观展，马老特意把我叫过去，有意味地称："你也姓马，搞马克思主义文艺批评呀!"我脸红了，深知这是几十年来马老对我的教诲与厚望。我想起不久前，马老曾在电话里对我说："你现在从事影视艺术评论，不少反映解放前隐蔽战线斗争的谍战剧，细节违背生活真实，不懂地下工作的纪律，要照荧屏上剧中的做法，恐怕地下工作者早就'莫谓书生空议论，头颅掷处血斑斑'，被敌人抓进监狱了!"写过《川西历险记》、长期从事党的地下工作的马老，一语中的道破了悖离生活真实、按西方类型片模式胡编乱造的某些谍战剧失败的根由，直说得我耳根子泛红。之后，2014年中国文艺评论家协会成立，我被选为首届主席。马老闻讯，又托人带来一幅他的珍贵墨宝："隔靴搔痒赞何益，入木三分骂亦精"。仰望马老手书的郑板桥名句，那雄浑苍劲的隶书，我明白，马老是在激励鞭策我旗帜鲜明地褒优贬劣、激浊扬清，把好文艺评论的方向盘。之后，马老还把新出版的他根据自己的亲身地下工作经历创作的20集电视剧剧本寄给我，我虽四方推荐，但不识货想赚钱的投资方却至今仍未开机。每念及此，我都深感愧疚，对不起恩人马老，对不起从事隐蔽战线斗争的先辈，也对不起自己从事的文艺评论事业。

琐忆至此，仍觉对马老的感恩之情意犹未尽。万语千言，汇成一句话：像马老那样为人、为学、为文，砥砺向前，奋进不止，力争也能锻造成为"识途"的老马。

难忘文学前辈的敬业精神

黄少烽

我从师范毕业后被分配到遂宁安居区教书。教学之余，也偷着写一些东西。大概在1974年吧，《四川文学》（那时叫《四川文艺》，1979年改名《现代作家》，1991年改《四川文学》）复刊了，我立即订了一份，一边看刊物，一边偷偷地写起东西来。我又回想起了在粮站当工人的那段生活，想起了那个与洪水夺粮的非常的夜晚，那晚经历的事情自然成了我写作的素材。每天晚上，当我在煤油灯下改完了学生的作业后，便拿出稿纸写我的东西。一周下来，便完成了一篇7000多字的短篇小说，而且不揣冒昧地寄给了当时全省唯一的一家文学刊物《四川文艺》。

稿件投出，我便焦急地等待回音。不久，我居然收到一封编辑部的来信，一见地址和落款，我不觉眼前一亮。那正是《四川文艺》编辑部的来信，信是毛笔书写，字写得十分漂亮（后来我才知道那是陈之光老师的手笔）。信上说稿件已经收到，正在研究。虽然只有寥寥几个字，却给了我莫大的喜悦。

但此后较长时间便无消息。不久，遂宁县文化馆的同志来安居区举办文艺创作培训会，我无意中得知一个重要情况：《四川文艺》准备发表我的小说，写了公函到区中心小学征求意见，并了解作者的情况。但学校在回函中说，作者一贯不关心政治，走"白专"道路，所以不同意发表。编辑部不死心，又将公函发到了安居区文教办……

得此信息，虽然我对学校领导心有怨气，但同时又有几分惊喜，想不到我第一次写出的小说就得到《四川文艺》的认可。1974 年 7 月，我从遂宁安居调回了家乡射洪。万万没有想到的是，我在射洪工作了两个月，对投去的稿子已失去信心时，有人从遂宁安居带来了两本刊物，说是上面有我写的文章。我急忙取出刊物翻阅，原来是两本 1974 年 8 月号的《四川文艺》，我的短篇小说《粮站新兵》果然刊载其中。看到刊物，我自然喜出望外，对编辑老师的崇敬与感激之情油然而生。本已被学校领导判了死刑的作品，他们却顶住压力坚持发表。这样做，在那个年代，需要多大的魄力与胆识，又要承担多大的风险啊。

小说处女作的发表，更加坚定了我走文学之路的信心，也使我的命运有了转机。不久，我被县文教局从学校抽到县上写先进典型的材料，后来又编写歌颂劳动模范的演唱节目。这些工作完了之后，我被调到文化部门从事群众文艺创作的辅导工作，编辑刊物《革命文艺》（后改名为《射洪文艺》及《陈子昂文艺报》）。工作条件的改善使我很快又写出了新作，因为这篇新作，使我和《四川文学》的编辑老师们有了近距离的接触。

1975 年夏天，我被临时抽到基层去搞大学中专招生的试点工作。目睹招生工作中错综复杂的矛盾和种种不正之风，我心潮难平，回来后就写了第二篇小说《得意门生》。这篇小说写得很仓促，可以说构思尚未成熟就草率成篇，也未多作修改就寄给了《四川文艺》。我心里明白，自己写小说还差火欠炭，这篇东西有可能被"枪毙"。寄出不久我就开始后悔，怎么能将这种粗制滥造的东西拿去耗费编辑老师的心血呢。但覆水难收，已经没有办法了，我只能心存一丝侥幸：倘若能得到编辑老师的只言片语的回复也就够了。

没有料到的是，编辑部很快来信了，仍然是一手漂亮的毛笔字。这封信我至今仍然珍藏着，不妨抄录于下——

黄少烽同志：

　　你的小说《得意门生》我们打算改用。拟请你到成都本刊编辑部来住几天，一是交流此稿的修改意见，由你作些改动；二是对射洪各公社的农民业余作者寄给本刊的作品交换一些意见，商量今后如何加强对他们的辅导问题。文星公社业余创作组的小说，我们曾去信请他们（杜正志、胡雪松）修改，如果已经改好，望你把它和别的可用的稿件一并带来。

　　此事，我们已先后同县委宣传部及你们单位电话联系，请你接此信后，同馆里的同志商量，于春节后立即来蓉。如果你不能成行，望将原因告之，以便我们再同县委联系。

　　祝好

《四川文艺》编辑部

1976 年 1 月 29 日

　　读罢这封信，我不知怎样来表达我当时的激动心情。一篇那样粗糙的东西，竟让编辑老师三番五次地与有关方面联系，不光为我的拙稿，还惦记着我们县其他的农民业余作者，支持着我的工作。我还有什么可犹豫的呢，于是在春节过完之后立即安排好我后阶段的工作，然后马不停蹄地奔赴省城。

　　来到成都市新巷子的《四川文艺》编辑部时，已是傍晚，编辑们已经下班了。我敲门之后，有一位精神矍铄的老先生开了门。老先生说，现在编辑们都回家去了，只有他一人住在里面。我以为老先生是看门人，便说明来意，请他给我安排住处。老先生耐心地告诉我，须得到东风路某处去找一位叫肖才秀的女同志，是她在负责安排。

　　我照老先生所示，在东风路省文联宿舍找到了肖才秀同志。那阵子已是晚上 8 点多钟了，肖同志二话没说，就同我一道返回编辑部大院对面的接待

新巷子19号，四川省文联旧址之一。《现代作家》（原为《四川文艺》，后改为《四川文学》至今。）编辑部所在地。　　　（李诚摄）

处，忙着为我铺床打开水，并给我交代了一些具体事项。她还告诉我，编辑部经常请一些有基础的作者来这里改稿，前不久简阳的周克芹也来这里改过他的作品。从肖同志那儿，我才知道被我误认为是"看门人"的老先生原来是我心仪已久的文学前辈艾芜先生。我暗暗骂自己愚蠢、糊涂，有眼不识泰山，不然的话，原本可以向艾芜老师请教一些问题的。

第二天上班时间，我就到编辑部去了。陈之光、刘元工两位老师和我谈了对稿子的修改意见，并将稿子交还给了我。我将稿子仔细翻看着，见上面很多地方画了横线，有的地方打了问号，还有的地方加了简短的批语。但稿子上的笔迹与两次来信都不同，也不知是哪位老师所为。

这天晚上我在所住的院子里遇见一位清癯高瘦的长者，他一见我就问："是黄少烽同志吧？"我回答后他请我到他那儿去谈谈。原来他也住在这座院子内，住处离我不远。通过交谈，才知这位长者正是《四川文艺》的主编李友欣（笔名履冰）老师。我曾在不久前的一期《四川文艺》上读到过他写的小说《八月的阳光》。

友欣老师告诉我，《得意门生》这篇稿子他已经看过了，那些符号和批语就是他加上的。稿子基础不错，要有信心把它改好。还安慰我说，没有修改基础的作品，我们是不会把作者请来的。这次请你来，一是要把稿子改出来，二是稿子改完后再多住几天，你们基层的同志大多很忙，可以趁此机会读点书，学习学习。当天晚上谈得很久，除了谈我的稿子，友欣老师还谈了一些创作方面的问题，他说要真实地、客观地反映生活，不要盲目跟风。他主张对作家要宽容，不要动不动就扣帽子打棍子。他对当时文艺界的一些过火的做法表示忧虑甚至不满。他说老作家艾芜刚刚重返文坛写出一篇作品《高高的山上》就挨批。这样搞，哪个还敢写东西。他说的这些现在看来虽然算不了什么，但在当时（1976年3月"文革"结束前夜），是要担很大的风险的。友欣老师说话声音很轻、很慢，甚至显得有些疲倦。我知道他身体不太好，患着好几种慢性病，不忍多耽误他的休息时间，便起身告辞了。

那次我在编辑部住了20多天，主要是修改作品。每改之前，陈之光、刘元工两位老师都先让我自己说修改的方案，我说了后他们就提建议。每改出一稿他们都认真及时地审读，读完后又找我交换意见，指出我这次修改的得失。从几次谈话中，我充分感受到他们对我这篇长达15000字的稿子所耗费的心血。往往有的时候已改不下去了，经他们稍作点拨，便又"峰回路转，柳暗花明"。

改稿之余，也与编辑老师闲聊其他，话题自然说到我的《粮站新兵》"出笼"的经过。从元工老师口中证实，当时编辑部确实先写信去我所在的学校，"碰壁"之后，又写信到安居区文教办，最终获得区文教助理（即后来称的"区教办主任"）的同意。说罢这些，元工老师不无感慨地说道："虽然几经周折，最终还是遇上了好人，小说还是出来了。"

在编辑老师的鞭策与辅导下，稿子终于改成。友欣老师最后和我谈了一次话，大意是说稿子基本可以了，再叫他们打磨一下，下期就可以发了。这就是发表在《四川文艺》1976年6月号的小说《山花红艳艳》。这一期刊物和刊载有《粮站新兵》的那一期刊物我至今仍珍藏着。几十年之后，射洪县于2014年9月召开了"黄少烽文学创作50年座谈会"。当主持人在会上展出这些40年前的文学刊物时，其中年轻一些的与会人员甚为新奇并感叹不已。也难怪，当年这几期刊物出版发行时，他（她）们还没有出生呢。此是后话。

自那以后，《四川文艺》便将我列为骨干作者，并随时关注着我的创作情况。为了提高我的创作水平，多次提供机会让我进行技巧的学习和创作实践，尤其是1981年12月，编辑部推荐我参加了中国作协四川分会在新繁举办的第一期文学创作讲习班（即被四川文学界戏称为"黄埔一期"的）的学习。在长达两个月的时间里，得到了一批成就卓著的老作家如流沙河、高缨、克非、黄化石以及李友欣等的具体指导，获益匪浅。甚至到了1992年，我有感于当时的文学一味照搬西方、远离社会、远离读者的现状，写了一篇《走出圈子谈文学》的杂谈先后在《川中文学》和《工人日报》刊出，《四川文学》的老主编陈进老师不知在哪儿看到了我的这篇拙文，立即写信来给予鼓励，并将文章在他主编的《四川作家通讯》（即现在的《四川作家》）予以转载。

算起来，我与《四川文学》结缘已经40多年了。编辑们和我的创作，和我的人生，乃至和射洪这个川中大县的文学事业有着多么密切的关系！因为有了这些文学前辈，我的第一篇小说能够在省级文学刊物发表，从而走上文学之路。也因为他们的鼓励和精心指导，我的写作才得以延续下去，至今已在各级报刊发表文艺作品近200万字，因为有了他们，我从一名教师改行从事全县的文艺创作的组织与辅导工作，而且一干就是30多年，直至退休。其间先后担任了射洪创办主任、遂宁市作协副主席、射洪市文学艺术界联合会名誉主席、射洪多个文艺社团的顾问或名誉会长。在我本人和射洪县广大文艺工作者的共同努力下，射洪县的文艺事业得到较大的繁荣与发展，1996年10月《中国文化报》曾以《子昂故里翰墨香，文艺创作结硕果》为题、1996年6月12日《四川日报》曾以《子昂故里奏响黄钟大吕，射洪县文艺创作形势喜人》为题，分别介绍了射洪文艺事业的成就。这种情况被一些媒体称为"巴蜀文坛的'射洪文学现象'"。

《遂宁日报》和《遂宁文化报》均在头版登载特约记者的文章，文章以《"射洪文学现象"引起关注》为题，对射洪文学创作给予高度评价。

我从前辈老师那里学到的不仅仅是如何写作，更重要的是感受并学习如何做人。我正是将他们"甘为人梯"的奉献精神带到我的工作中，努力为基层业余作者服好务，从而取得了一点成绩。

我常想，没有前辈们"为人作嫁终不悔"的奉献精神，没有他们留下来的"甘当人梯、不计个人得失"的优良传统，无论是四川省还是我们县，文学创作不会有今天这个好局面，出不来这么多作品，也不会涌现这么多的人才。也许现在来说这个话题已显得迂阔而不合时宜了，但我坚持认为，文学事业中的奉献精神是永远需要的，是应该珍惜并发扬的。尤其是在回顾四川省文联走过 70 年历程的时候，对前辈们曾经付出的辛劳和作出的贡献更是不应该忘记的。

画坛人梯李少言

李焕民

2012 年是李少言逝世 10 周年。10 年来，大家一直在怀念他，认为四川美术界能有今天的繁荣，都与他当年在党的领导下，用毕生精力艰苦奋斗打下的基础分不开。

李少言的功绩分为两个方面，一是他一生创作了大量版画，在艺术上取得了很高的成就，是中国新兴版画运动的元老级画家之一；第二方面是他从艺以来，尤其是新中国成立以后，对四川美术事业的发展、繁荣所做出的突出贡献，是任何人所不能替代的。

有人说，"李少言是美术界的帅才"，因为他心中有全局，"能看几步棋"，坚持原则，坚定不移。又有人说，"李少言是将才"，因为他真才实干，事无巨细，身先士卒，事事落实。确切地说他两者兼而有之。

一

作为四川美术界的领导人，少言首先考虑的是美术队伍的建设问题。四川需要一支思想强、业务精、能打硬仗的美术干部队伍。这个工作他在进城以后就开始了。1949 年末重庆解放，他随军进城，在《新华日报》美术组任组长，西南局委托他以《新华日报》为依托，创办《大众画报》、"新华图片社"，筹组西南美术工作者协会，为此他从北京中央美术学院、

版画家李少言

西南服务团和四川调来了一批青年业务干部，又开办了摄影训练班。在工作中这批干部得到了锻炼，日后都成为各条战线的骨干。西南大区撤销以后，四川美协从《新华日报》独立出来，会址设在重庆化龙桥。少言、牛文、林军在上述干部中挑选了几位适合做协会工作的业务人员，其中包括李焕民、宋广训、黄玄之等，1956年又调来了吴凡、傅文淑，1958年又从中央美院附中调来了年仅20岁的徐匡、吴强年，于是形成了20世纪50年代四川美协老中青相结合的驻会美术干部队伍。

作为四川美协主席，在配备干部的同时，考虑的是如何正确贯彻党的文艺政策。20世纪五六十年代党的文艺政策从总的看是好的，但有"左"的干扰。当时一个政治运动接着一个政治运动，而且都是先从文艺界开刀，"反右派""反右倾""以阶级斗争为纲""文艺整风"等等，使文艺界不少有才华的文艺家受到不公正的待遇，一度造成了文艺界万马齐喑的沉闷局面。但是20世纪五六十年代的四川美术却显得十分活跃。四川美协以李少言为首的版画群体会同四川美术学院的江敉、谢梓文、尹琼、王叠泉、袁吉中、江碧波……西南师范学院美术系的尚莫宗、胡定宇……重庆市文联的丰中铁（后调入四川美协）、重庆市艺术馆的朱宣咸、成都的阎风、苗波、王伟、李野（后调入四川美协）、王明月（后调入四川美协），以及各地、州、市业余版画家们，组成了庞大的版画群体，创作了大量反映时代、各具风格的优秀作品，其中不少作品在国际或国内获得金、银、铜奖。

四川版画的繁荣与当时文艺界接连不断的政治运动形成鲜明对比，于是引起了非议，有人指责四川美协"只抓业务，不抓政治"，说李少言是"大红伞"，更有甚者公开发表文章批判四川美协创作的优秀版画中有"中间人物论""题材广阔论"的产物。少言知道这些舆论预示着什么，但他坚定不移，实事求是。他向作者们说："只要自己做得对，不要理睬别人说什么，我们按'延讲'精神工作没有错，不能动摇。"与此同时他向当时任中共重庆市委书记的任白戈同志汇报四川美术界的实际情况，说明四川美协没有类似问题，争取市委的支持。

由于少言的胆识，四川美协的创作环境一直比较宽松，大家分期、分批，轮流下乡、下厂，或到少数民族地区建立各自的生活基地，踏踏实实与工农相结合，优秀作品不断问世，使四川美术界创作的繁荣局面一直延续到"文化大革命"前夕。

"文化大革命"开始后，李少言这个"大红伞"一下子变成了"大黑伞"，四川美协成了"大黑店"，李少言被打入"十八层地狱"，他被揪到各地去游斗，无论怎样斗他，他从不乱说别人。他这种政治品德赢得了全省美术工作者的信赖。1972年少言复出，让他抓四川省美术创作，他当时没有明确职务，但他一号召，全省美术工作者立即响应，加倍努力。就在1972年，四川美术创作在全国"纪念'延讲'发表30周年美展"中又居前列。

少言爱才、识才。他说："一个领导如不爱才，就没有资格做领导。"他在"出作品，出人才"方面的工作经验，是值得我们研究学习的。

少言认为美术工作者从学校毕业以后，必须到生活中去，与人民相结合，解决立场、情感、审美的问题。有条件的应选一个地区作为自己长期深入生活的基地。他还主张美术干部要担任一定行政工作，以增强其政策观念，使坚持正确的文艺方向成为画家的自觉行动。少言很重视在创作上发挥集体智慧，特别重视草图讨论会，他自己的作品也同样在草图讨论会上请大家评头论足，提倡艺术民主空气。在草图讨论会上，少言从不作结论，他认为既是草图，作者的意图还没有充分表达出来，不能把草图看死了，要看发展。看起来不行的草图，经过集思广益，可能向行的方向转化。主要是通过讨论，使大家的思想活跃起来，进入创作状态，兴奋起来，发挥创造性思维，使画稿产生质的飞跃。草图讨论会所涉及的问题是广泛的，诸如艺术与时代、艺术与生活、艺术家与人民、题材、主题、构思、技巧等等，这是提高美术队伍的艺术水平、加强美术队伍思想建设的好形式。四川美协的草图讨论会已形成传统，并推广到全省。少言经常带着美协干部到各地去看稿子，与大家一起研讨创作中的问题，从中发现人才，了解他们的工作、生活情况，帮助他们解决具体问题。四川当今画坛不少有成就的画家都是少言下去之后发现他们的才能，在他们困难的时候帮助过的。

少言在评选画稿或草图讨论会上，没有把自己当成官，他平等待人，坦诚相见，他的意见作者可以接受，也可以不接受。对于熟悉他的人来说，少言这种直率很自然，数十年如一日，很透明，很亲切。但是，不熟悉他的人，也曾造成过误会。有一次少言到四川美术学院看画稿，见到罗中立的油画《父亲》，少言认为这幅画很好，送到北京有可能获奖，只是画面中的农民看不出是解放前的还是解放后的，如果加个圆珠笔，时代感会清楚一点。少言这个意见按照他的一贯作风，作者可以接受，也可以不接受，不知怎么这句话传出去了，说要作者加圆珠笔是"长官意志"。一时间文化界把"圆珠笔事件"当成文艺界围剿"长官意志"的典型进行批判。有人为此不平来安慰少言，少言说："他们爱怎么说就怎么说，只要我问心无愧。"他与罗中立之间照样往来，像是没有发生过任何事情一样，这也是一种胸怀，也是一种境界。

少言爱才，他不仅爱护美术人才，更关注那些既能画画又有组织能力的人才，他说："抓骨干，带一串，抓典型，带一片。一个地区或一个单位出现了一个骨干，那个地区的美术工作就能发展起来。美术骨干要有献身精神，要有凝聚力。甘孜由于出了郎加，才能把甘孜画家团结起来，形成力量。"当甘孜州委决定任命郎加为州文化局局长时，郎加曾找过少言，请他向州委说情，不要让他当文化局局长，他想画画。少言没有同意，少言说："一个地区需要有一个人为美术事业做出奉献，而你是最合适的，如果没有你，大家会散了。你当局长会更好地关心美术。"少言实际上是谈自己的经验，一个地区没有这样一个人是不行的。

如今，我们要建设四川美术强省，需要培养更多的美术人才和组织领导人才。少言创下的很多经验仍值得借鉴。

二

人们怀念少言为四川雕塑繁荣所作的努力。20世纪50年代四川美术学院一批雕塑家崭露头角，少言鼓励他们到四川大足石刻翻制、临摹唐宋石刻，学习民族遗产。协助这批青年雕塑家为中国革命历史博物馆创作雕塑作品，《百万农奴站起来》《方腊》《小八路》《收租院》群雕等优秀作品相继产生。他组织了以四川美术学院雕塑系师生作品为主的"四川雕塑展览"，在北京、上海、武汉、重庆展出，产生了巨大影响。

三

1992年5月，少言费尽心血的四川美术馆在成都落成，这在当时全国各地美协中都是绝无仅有的。同时少言又做了一件大事，创立"神州版画博物馆"。那时，中国新兴版画泰斗们还都健在，少言与李桦、古元、彦涵、力群、王琦（健在）共同发起，在四川建立中国唯一的一个"神州版画博物馆"。版画元老们将一生的作品无偿捐献给"神州版画博物馆"，这一壮举带动了全国版画家纷纷捐赠，现藏品已达 7000 余件，超过中国美术馆所收藏的版画数量，居亚洲第一。这是功在千秋的历史业绩！不是金钱可能衡量的，何况他们留下的不仅是作品，还有令人敬仰的高风亮节。

四

少言一直关心少数民族画家的培养，1964 年他从四川美术学院民族班毕业生中选调了其加达瓦（藏）、阿鸽（彝）两同志到四川美协，竭力培养他们成为新中国成立后第一代少数民族美术家。达瓦、阿鸽也没有辜负老一辈画家的期望，达瓦创作了《开路》《我的童年》木刻组画，阿鸽创作了《我的阿妈》木刻组画，《人民画报》《人民日报》以及全国报刊接连转载，一代新人成长起来。

20 世纪 80 年代初，为了进一步推动民族艺术的发展，少言借自己解放初曾担任西南美术工作者协会负责人的影响，发起四川、云南、贵州、西藏联合举办"西南少数民族画展"的倡议，这一倡议立即得到响应，于是在四川、北京举办了"西南少数民族画展"，展出西南 32 个民族的作者的作品。画展引起社会各界的关注，但是也反映出一个问题，就是民族画家的画风区别不大。产生这一问题的原因是与少数民族画家到内地学习没有强调发展各民族自己的文化艺术传统有关，这就引出了一个如何培养少数民族画家的大问题。少数民族画家到内地学习绘画基础，扩大审美视野，增长中外美术知识是必要的，但不能脱离本民族的传统。在反映时代内容时，要保持民族特色，要在深厚的民族文化传统上进行开拓、创新。为解决这一个问题，四川美协在重庆化龙桥举办了几次创作班，请甘孜的画家仁真郎加、尼玛泽仁、祥秋志玛、陈秉玺、格桑等到四川美协进行创作，还请了甘孜民间艺人前来与他们共同合作，从中探讨民族艺术发展道路。创作班解决了一个认识问题：民族画家必须走民族化道路。希望他们回去以后走向寺庙，走向民间，观摩学习佛教绘画。郎加、尼玛、祥秋、陈秉玺、梅定开等坚定不移，他们从一个寺庙走向另一个寺庙，访问民间老画师，研究民族传统艺术。他们越深入越感到民族自豪，越坚定，全身心投入藏画创作，用藏族艺术形式创作出新唐卡画《格萨尔王》等一批优秀作品，受到国内外专家的首肯，更受到藏族人民的欢迎。少言又组织新唐卡艺术赴香港、阿尔及利亚展出，引起国内外艺术界的瞩目。经过20多年的奋斗，现在新藏画已在国际上产生广泛影响。他两次到藏区，与甘孜州委、州政府商讨成立"藏画院"，培养了大批在国际上知名的藏族画家。

五

20世纪五六十年代的四川版画繁荣有目共睹，于是有人说："李少言只抓版画，不重视国画，四川美协干脆改为'四川版协'算了。"其实少言很重视国画，与国画家们建立了很深厚的友谊，50年代在重庆为柯璜、王渔父、杨济川、钟道泉、吴一峰等国画家举办画展；60年代又为冯灌父、姚石倩、陈子庄、周伦园、赵蕴玉、苏葆桢、熊君、冯建吴、宋吟可等国画家举办画展，召开作品讨论会，请国画家到四川美协驻会创作，由协会出经费组织吴一峰等一批国画家到名山大川写生。在六七十年代，敢于为国画家撑腰是需要胆识的。冯建吴先生在感动之余曾赠给少言一副对联："莲有君子德，兰为众人香。"为了壮大协会的国画队伍，1964年他从中央美术学院国画系调来了朱理存、张文瑞、马振生三位画家，组织他们下厂、下乡、体验生活，回来后讨论创作草图，他们的创作水平迅速提高。他们也曾一度创作过很有影响的版画，但少言对他们说："调你们来美协，目的是发展国画，你们可以尝试一下版画，但主要精力要放在国画上，要在国画创作上做出成绩。"他们不负众望，创作了很多经典作品，为四川争了光，对推动四川国画创作起了很大作用。

改革开放后，"百花齐放、百家争鸣"的方针得到进一步贯彻，少言把更多的精力放在扶持国画、发现国画人才方面。邱笑秋、谭昌镕、彭先诚、徐恒瑜、张修竹、秦天柱、刘朴等一大批当时的中青年国画家都是在少言具体的关怀下成长起来并活跃于四川画坛，走向全国。四川美协每年举办的 50 多个展览中，有一半以上是国画展览。国画已成为四川省最活跃的画种。少言曾谈到："一个地区不可能所有画种齐头并进，只有根据实际情况，先使一个或两个画种发展起来，取得经验，然后全面推开。"少言这个思想基本上是把传统的行之有效的"以点带面"的工作方法，成功地运用于艺术领域。四川版画的现实主义创作道路和经验，影响所及是整个四川美术领域。

六

四川美术在"李少言时期"能取得那么大成绩，除了他的领导才能、高尚品德、人格魅力之外，还在于他是画家，是内行，懂得艺术规律，他一生都没有离开创作实践。

作为画家的少言，中学时便迷上了鲁迅先生倡导的中国新兴版画，曾在美术老师李又罘指导下学美术。1938 年他到达解放区后，向老木刻家陈九同志学习版画，边学习边开始创作。1939 年末，少言调到八路军一二〇师司令部，给贺龙司令员、关向应政委当秘书。当时只有 21 岁的李少言以巨大的激情、惊人的毅力在战火硝烟中，仅用一年多时间，完成了由 60 余幅组成的大型木刻组画《八路军一二〇师在华北》，艺术地表现了八路军艰苦卓绝的战斗生活。这套组画结构庞大，内容丰富，感情强烈，形式多样，这样的巨著产生于战火硝烟之中，不可思议。我曾问过少言，他说："打完仗别人休息，我就刻，下大雨打着伞也要刻。我每刻完一幅，贺龙司令员、关政委都要拿去欣赏，还给我的作品提出意见。有一次贺龙同志说'你的马腿没画对，马走起来四只腿是交叉的。'他用四个手指比画着……"从少言的回忆中，我们不仅感受到少言本人的毅力，还感受到在残酷的斗争中革命将领的潇洒，对文艺干部的爱护。

《重建》作者：李少言，创作年代：1942，规格：32.3×24.5cm，材质：黑白木刻

1941 年，少言调晋西美术工厂任厂长，并参与创办晋西《大众画报》、晋绥《人民画报》，担任《晋绥日报》美术编辑。这期间他创作了大量木刻作品。例如反映 1942 年日寇对我根据地实行"三光"扫荡后，八路军帮助群众重建家园的木刻《重建》，是抗战木刻中的精品，被收入《抗战八年木刻选集》。刻画日本侵略者日暮途穷、闻风丧胆的木刻组画《地雷战》曾获晋绥"七七七文艺创作奖"。

特别值得一提的是，当时解放区办报没有照相制版条件，凡用图片须由木刻刻出直接印刷。抗战期间《抗战日报》《晋绥日报》上的战斗英雄像、战争形势图，甚至标题字、刊头、题花都由少言刻出。少言从不拒绝这些琐细的工作，他认为这都是群众需要的革命工作，美术工作者应该努力去完成。

晋绥边区的第一张邮票也是少言刻的，是毛主席正面头像，现在成了邮票中的珍品。另有一张解放区邮票刻的是毛主席侧面像，专家考证也出自少言之手。少言回忆当时是刻了一张毛主席侧面像邮票，送去审查没有通过，后改刻为毛主席正面像，邮票当时在晋绥边区邮局正式发行。那张未批准的侧面像样票当时没有退回，不知被谁保存了。现在这张样票在拍卖会上出现，而且价格高得惊人，可见少言的作品现在都成了珍贵的历史文物。

新中国成立以后，少言先后担任中国美术家协会副主席、四川省美协主席，曾兼任四川美院党委书记、四川省文联党组书记、四川省委宣传部副部长等职，在繁忙的工作中，他

1955 年李少言（中）与李焕民（左）吴凡（右）在重庆美协研究版画作品

仍坚持深入生活进行创作。其作品的风格与抗战时期、解放战争时期有很大不同，以开朗、自信、抒情为主调，画风更加民族化，是他的创作第二个高峰期。

20 世纪 50 年代他刻了《四十年的愿望》《工地也是学校》《向往》《旗手》等，表现了祖国蒸蒸日上和人民奋发的精神风貌。20 世纪 60 年代他创作了大量水印木刻，把现代化建设寓于清新明快的抒情作品中，如《荒溪》《湖畔》等，在木刻民族化方面起到了积极的推动作用。20 世纪 60 年代他还创作了大量主题性作品。如《老街新貌》《破路》等，在《红岩》小说版画插图中他创作了四幅作品：《丁长发掩护突围》《刘思扬渴望战斗》《魔窟——白公馆》《江姐上华蓥山》，十年浩劫过去以后，少言又焕发出艺术的青春。20 世纪 70 年代后期他刻了《敬爱的周总理永远活在人民心中》和《川藏路上水帘洞》。1987 年，他带着自己大半生创作的 100 余幅木刻精品回到家乡——山东临沂，将这批作品无偿赠送给家乡父老。回到阔别 50 年的家乡他发现革命老区临沂发生了惊人的变化，今昔相

比，感慨万千，于是连续创作了《故乡行》木刻组画 21 幅。少言是从抗日烽火中走过来的老同志，他深知今天的幸福生活来之不易，他在《故乡行》组画中所描绘的一景一物都体现着战争与和平建设的对比，饱含着对往昔峥嵘岁月的缅怀之情，感人至深。

少言一生始终坚持"文艺为人民服务，为社会主义服务"的方向，坚持版画的战斗传统，坚持在民族艺术基础上创新。他的作品从一个侧面记录了中国革命和建设的历史足迹，被誉为"战斗的进行曲，时代的抒情诗"。

少言 1949 年进城时不过 31 岁，他把延安精神带到四川，和四川原有的画家及大批青年共同奋斗，使四川美术出现了空前的繁荣。《人民日报》曾发表文章称"五六十年代四川版画名列前茅""六十年代四川雕塑异军突起""八十年代四川油画走在前列"，这是对四川美术成就的概括。

我们今天怀念他不是要复制"少言模式"，而是要继承"少言精神"，继承他坚定的信念、朴素的作风，一心一意为人民服务、甘为人梯的品德。在新的历史时期，少言身上的品德仍是我们的楷模，是四川美术事业宝贵的精神财富。

书缘·人缘——我说李致

周良沛

不想，此事一晃，又是 30 多年了。

20 世纪 70 年代末，十年动乱结束不久，我将编好的《胡也频诗稿》《戴望舒诗集》《徐志摩诗集》请严文井（1915—2005）同志审阅，当然是希望得到他的肯定。此时，他是人民文学出版社的一把手，按照我当时的想法：此书此时要在国内出版，自然只有找他。因为胡也频（1903—1931）身为"左联五烈士"之一，无疑是被推崇的，他的作品中，受到推介的多是《到莫斯科去》《光明在我们的前面》这类思想先进、倾向鲜明的小说，他的诗则极少被提及，它们也全是胡也频成为革命者之前，受李金发（1900—1976）的"象征主义"所影响的产物。当年，直至今日，诗坛所移植西方的种种"主义"，多是对于这种种"主义"的哲学基础不顾，只是从它一些表面技法的模仿，不伦不类，可以一笔带过，但对于研究这么一位革命先烈来讲，却不是可以一笔带过的事。人民文学出版社 1956 年就出版过戴望舒（1905—1950）的《诗选》，但选得太"严"了，是本很薄的小册子，若以人选诗，他抗战时在香港坐了日本人的牢，其不屈的爱国之情实可钦佩，但作为诗人，他是中国新诗之"现代派"的代表人物，既是介绍诗人，只见"人"不见"诗"之全貌，总是一大遗憾。其中的徐志摩（1896—1931），一直是位有争议的人物。时至今日，我也绝不赞同将他作为否定"五四"后新诗运动中许多进步诗人的标签，那样对徐志摩本身也是一种伤害。但是对他笼统的否定，也缺乏起码的公平。

同时，"突破禁区"，也是此时"解放思想"的必然。我自己也是本着历史唯物主义，还新诗运动运行的一个原貌，才来选编和整理及评述的。但是，它的出版，它的"突破"，似乎又应该在北京这个权威的文学专业出版社更合适些。一般情况，稿子投去，它分到哪位编辑手上，他个人，或者还经过上级定下一个处理方案再回复给我，三月半载，那就是很快的了。我直接找了严文井同志，当然是心情有些急，希望我自己的历史唯物观可以得到认可。所以能够直接找上门去，还是人民文学出版社筹备《当代》的创刊时，从我这里拿了两首长诗《大路之歌》《击鼓》去，终审都是文井同志，他是战前的"京派"作家，不是一般的文化行政干部，这两首诗发稿刊出前，他都约过我去谈诗聊天，还有这么一点文缘，我也才敢直接闯去找他。对此，他很久都没吭声，不知道说什么好。看来，是处于很为难的境地。他当然不会对书稿本身发表什么意见，更不会像某些人那么简单、粗暴地否定这些诗集的作者。他颇费斟酌地用词遣句，才说了一句：

"我还看不出来现在是可以出徐志摩的时候！"

作为同是出版家的作家，是鉴赏水准、文学品味很高的行家里手。这句话是处于在此岗位的行政语言。这回，我不该同他去争，当知礼而退。

可是，现在还不是"可以出徐志摩的时候"这句话，对我也是颇费思量。30年过去了，事后想来，这些书一面市，就出现那些自己都没弄明白戴望舒、徐志摩就"吃"他们的人，借此贩私，鼓吹"现代主义"（在此得特别声明，如此说并非笼统否定它，它涉及意识形态中诸多复杂、敏感的话题，似应另拟专题专论）导致许多热爱、初学写诗的年轻人之思想混乱、无视艺术规律的乱象看，影响是不好的。从这类受众的接受水平看，说这本书稿还不是出版的时候，并不是没有道理的。但这种令人不愉快的情况，实际上也是对过去没有完全遵照艺术规律来对待艺术的报复。可是，它们出版的时候又该在哪年哪月呢？我只能那么干等着它么？为什么不可以主观能动地开始积极推动它的出版，再创造一个可以出版它们的时候呢？

出版社不在我手上，干着急也无用；我也很固执，仍然想方设法在扩大有关资料的搜集，在自己的能力和水平之内，完善诗集的编辑工作。

在上海，见到巴（金）老（1904—2005），我特别喜欢同他谈我所读过的他的小说，也特别喜欢他不形于色的热情，悠然于慢条斯理的语态之谦和尊严，是隔开眼前所涉及的某些具体问题的超越，又被他不形于色的热情所亲切、温暖。我们谈了他写的和曹禺改编的《家》，他谦虚地赞赏了曹禺的改编，为我写过诗，诗又是语言的艺术，说到曹禺的戏剧语言是很值得学习时，巴老似乎看准了我在不务正业，问道：

"你这阵子还写诗么，在忙些啥子哟？"

我如实禀告了我上述的无奈。

"徐志摩？"他也跟文井同志那样单独地提出"徐志摩"来，怔了一下，也是在想了一下吧，随着自言自语地说了一声"还是可以出的罢"，立即声调高昂，语速也快了：

"你去找李致，叫他出！"

这对我太突然，我懵了。孤陋寡闻，当时还确实不知"李致"为何许人也。不过，我相信，巴老介绍的人，总是有头有脑的人物，还怕找不到么？正因为是巴老所说，我凭口空说，还不当成打着巴老的牌子招摇撞骗？我只得央求道：

"巴老，你给我写个字条嘛！"

"什么都不用，就说是我说的就行了，我会同他打招呼的！"

我再说什么，已是对巴老的不敬了。

可是，"李致李致"这两个字整天在我脑中打转，"李致"到底是谁呢？是个什么样的人呢？我怎么这样孤陋寡闻到浅薄无知呢？巴老不仅提到，而且是他那么可以信赖、托付的人，绝非一般人士。看到《辞海》，我拿到手上，准备在上面查找，一想，不对，巴老托付叫解决问题的人，肯定是位能与巴老坐在一条板凳上的名人，也肯定是位大活人，怎么可能是《辞海》上作古的圣贤呢？说不定是个年轻人，小帅哥也可能的嘛。关起门来，比过去搞"运动"的准备阶段之"闭门思过"还难受。在这个圈内混了几十年，如此浅薄，自当思过。苦了自己两天，忽然想起一同访问过海港的徐靖姐、大同兄不都在成都么？何不问问呢？那时还没有直拨电话，到邮电局挂了长途。

"唉呀，良沛，你怎么搞的？"徐靖大姐快人快语，音质很好的长途，传来的声音也特别爽朗："李致李致，李致你都不晓得？是我顶头又顶头的上司吧——"

听此，难免有点委曲，我又不是万事通，不是太浅薄才求问人嘛。"你晓得就好找他了！"

"你找他啥子事嘛！"

"巴老叫我找他——"

"哎呀，李致就是巴老大哥过继给他的儿子嘛——你还不趁机会来成都耍耍？"

耍耍，哪有这等心情？不过，有此一语，全盘通明，万事俱备，且有东风。一切的一切，都明白了，一切的一切，事情好办了。后来我知道，李致父亲就是《家》中的觉新的原型，连续生的都是女儿，生下幺儿李致，照过去的乡俗，怕养不活，就过继给当时还没有和萧珊结婚、单身未婚的巴金做儿子。后来巴老婚后有儿有女，更主要的是李致也养活了，长大了，才改口叫巴老为"四爸"。但他们的父子之情，尤其共渡十年动乱之后，是更深了。这自是后话。无怪才有巴老"你去找李致，叫他出"这样的口气。我急忙把稿子重翻一遍，那时邮局还没取消"航空"邮件，

"航空挂号"寄出后约一周的光景，有四川人民出版社文艺编辑室电话，当时我当然不认识，后来也成了合作的好伙伴、好朋友的张扬相告：书稿收到，同意出版，现在正在做发稿前的编务工作，请放心。电话的内容、说法都是事务性的，却像一把火将我的身心都燃烧起来了。

当我来到成都盐道街3号，那时文艺社还没有分出来，只是四川人民出版社的一个"文艺编辑室"，办公室很挤，也人才济济，室内的光线很暗，丛书出得一套套的十分耀眼。编诗的戴安常、张扬，在办公室凸出去的一间小偏房，里面还加塞了徐靖姐与曹礼尧，四张办公桌横竖一摆，多进来一个人，连身子都转不开。可是，一边在验"四川诗丛"的样书，还在整理我送来的诗稿，那边徐靖大姐正在忙活她的"当代作家自选"丛书。已见预告的十一位前辈作家的选集，也是闹嚷嚷地乱着校样和稿子的事。看得出来，这是一项出版规划塑以成形的忙碌。照徐靖所说，李致是她"顶头又顶头的上司"，那么，此刻我看到的正是李致出版思想的工作蜂房，是一所以真正的文学艺术酿造蜜汁的车间。若是换另一个人，他可以有比李致更高的才能、热情，若无李致从巴老继承过来的人脉，像视巴老为"挚友、益友和畏友"的萧乾（1910—1990）、曹禺（1910—1996）等等这样同龄、同辈之友的人脉所提供的文化资源，这个蜂房不会有这么繁忙的劳作，和奏响它酿蜜的音乐。这真是一种迷人的气氛，事隔多年，盐道街3号也不知怎么样了？记得后来王火（1924—）接总编，年轻编辑竟然不知抗战时就在四川，与老舍（1899—1966）长期、密切合作的女作家赵清阁（1914—2011）是谁，把她写红楼梦的稿子压了很长时间。王火翻出来，即刻自己看了，编了，发了稿，并同编辑细心地讲赵清阁……回想起来，这是一个令做编辑的可以陶醉的工作环境，时隔多年，不知今日如何？当年我一走进来，就被它吸引住了。过一阵，安常说"李局长会来看你"，自然是句顺水人情的客套话。

李致一进来，见我这陌生人很自然就想到我是谁了，上来寒暄。出乎意料，他和巴老的瘦弱是完全相反的结实、健壮，说话也是和巴老相反的响亮、高亢，这里是丝毫不含半点贬意的说，和巴老温和的平民风不同，他还是真像一位当"长"的，是他追问某些事由的进程、问责，和站在更高角度的指点，完全有他拿得下、镇得住的气度。他除了问安常安顿我住在哪里，嘱咐安常好好关照我后，又托我回北京见冯至，帮他催催他当面约好的多卷《冯至选集》的稿就走了。我有些纳闷：他怎么知道我跟冯至有些关系呢？

冬日，天黑得早，也冷，那时我还年轻，能睡早觉和懒觉。准备上床时，有人敲门，一看，竟是李致。他在房里走一走，看一看。不是他问住得怎么样，我还无法告诉他，北京几大出版社改稿住的招待所，都是几个人一间的硬板床，现在住在后来美国领事馆都设在此处的，成都此时顶级的锦江宾馆待以贵宾，若无他对此一问，我这缺乏修养的人，还难补上两声道谢。

他也跟我说徐志摩，想来他和文井同志一样，也有行政职务所无法绕开的想法。不过，他显然翻过稿子，认为动脑子请卞之琳（1910—2000）写序的这个点子，就出得好。卞之琳与徐志摩原有师生之情，后来走的又是不同的人生路。在"改革开放"的旗帜下，由昔日的，又是革命者的学生来评说他的先生，不论说得怎么样，都是时代变化的文化形态。他很赞赏序跋中认为过去对徐志摩缺乏历史唯物主义，看他"颇有一些诗，特别在艺术上，能令今日的我们觉得耐读，不难欣赏，而且大有可供我们琢磨一番的地方"。又再讲：不要"矫枉过正"，既用来"批评过去对徐志摩的评论走到了一个极端；也提醒今日的年轻人不要走到了另一个极端"的态度，正像对胡也频不提李金发对他的影响一样，这对那些以人论诗者，尤其是官员，是一个很好的交代。李致认为有了我们以上的说法，在"'开放'的时代，以'开放'的眼光，拿它当内部的《新诗资料》出版，以借鉴、拿来，总不会有啥子问题吧？"

唉呀，之前我们怎么就没有想到这一点呢？真该多敲几下自己的脑袋，睁大一点眼睛看李致。从生怕这本书出事到为此的理直气壮，真考人的智慧。这一想，我真服了他了。

然而，和李致在一起，怎么可能不说巴老呢？原来出这些书的事，巴老不论是上年纪，记性差，还是事多事杂，或来不及，事实上还未向李致作交待。他一听转述巴老对我说的那两句话，完全深信无疑；只有巴老，也只是巴老对他，才这么说话。他俩，不论当称"叔侄"，还是"父子"，真是心有灵犀一点通。其实，他过继去时，巴老单身未婚，不可能领他，婚后有了儿女，更不可能接他过去。倒是抗战胜利后，重庆血染校场口的事件，毁了"新政协"，十几岁的李致，为避狂暴的白色恐怖，跑到重庆巴老主持的"文化生活出版社"，名义是自修实际是读文学书以藏身。对李致的这段经历，我是特别感兴趣。这个不营利，连上巴老才几个人的出版社，在中国出版史上，是很不简单的一座碑石。它出版的，文学圈内称之"白皮书"的"文学丛刊"，扶持了多少还年轻的作家，在"文学丛刊"中有他不寻常的亮相，成了中国现代文学史上矗立的塑像。20世纪三四十年代中国现代文学的精英和他们的代表作，几乎（是"几乎"，不可绝对化）囊括在内，如鲁迅（1881—1936）的《故事新编》，曹禺的《雷雨》《日出》《北京人》，何其芳（1912—1977）的《画梦录》，冯至（1905—1993）的《伍子胥》，艾芜（1902—1992）的《南行记》等等。

巴老健在时，我有段时间在上海，周末必上华东医院看望，天气要好，还要推着轮椅让他出来晒晒太阳。太阳下的舒适，若能唤起他懒洋洋的睡意，自然是我所愿。否则，可谈的已经不只是他的小说，还有李致和"文化生活"了。我这年纪，新中国成立前自然无法有加入到他作者群之幸，但做个编辑，且是军人出身，能在那个行列编辑那样不是个别，而是普遍都有品味的书，真是我的英雄梦。我真希望文化生活出版社还能挂出牌来。"我是看不到这样的奇迹！"巴老这句话，包含他对"文化生活"多深的感情，又有多少遗憾啊。后来，李致遇到柯岩（1929—2012）也加入到这个行列，跟他议此事，他更为有此共识者的同志受鼓舞。"生活书店"在邹韬奋（1895—1944）的亲人努力下，虽然还挂靠"三联"，总走出第一步，挂牌出来了。之前，我们怎么没有想到这么办呢？

李致过去在"文化生活"的磨砺，不仅增长了才能，从看稿到书的发行之整个流程，都很熟悉，这不仅是一种能力，也养成了他某种职业性的习惯，也像演员出身的文化领导干部喜欢"泡"剧团一样，李致也喜欢"泡"出版社。

话一投机，天南地北，我们已经不是出版和作家的关系，是知音好友了。

往下，新诗资料出得也多，闻一多（1899—1946）、朱湘（1904—1933）、李金发等等，还有一套《台湾香港诗窗》，忙得一塌糊涂，我也来得更勤。一时间，成都盐道街3号，已成我的半个家了。李致不时来看我，总要叫我上他家坐坐，吃饭、聊天。他夫人丁大姐，本来不可能对我有什么了解，自然是以李致之情为情，热情之至，贤德之至，总把我当作一个还是小孩子的小弟弟，把好吃的留给我吃。在锦江宾馆住，对我已经很奢侈了，她还担心我这不方便那不顺的，出门时还得往我袋里塞上点什么，手上给提上点什么才让走。几年之间，完全成了一家人。30几年，一直如此，直到孩子长大，有次李斧出差回国，要从香港再越洋而去时，他从爸爸那里知道此时我在深圳，竟然过了罗浮桥找来请我吃了顿饭，聊了一阵天，才赶回启德机场返美。在世风的人情冷落中，想到李家这三代人，无法不心动……

如今，年过80，来日不多，对先走了一步的巴老、丁大姐，只有献上鲜花，洒杯清酒。丁大姐虽然不是直接搞出版的，李致若无她揽下整个家的烦恼和琐碎，出版是干不得这么顺的。然而，在此"顺"中，还有多少想做没有做的事所留下的遗憾啊。趁自己健在，还让我有个梦吧，若有来生，我们——不仅是我个人，还能让我也加入到"文化生活"之列，跟李致一道，为读者编辑、印制、出版些好书吧！

布后街 2 号二三事

罗渝蓉

1980 年我原工作单位撤销。承我先生的恩师老作家黄化石老师推荐，时任《四川文学》常务副主编陈进老师同意将我调入编辑部，协助徐自立老师做通联工作。由于当时四川省文联和中国作家协会四川分会（四川省作协前身）尚未分家，陈进老师说，还需请示时任文联党组成员、作协秘书长、《四川文学》主编李友欣同志，报请文联党组批准。后来友欣同志与我谈话，告知作协办公室急需充实人员，决定我调入后安排在作协办公室工作。对于这个决定，我既感到兴奋，又有一丝小小的失落：热爱文学多年，这次真的踏入梦想中的文学殿堂了，但这个安排让我渴望进入编辑部工作的憧憬暂时远去，还失去了与温和儒雅的陈进老师做同事的机会，甚觉遗憾。当时《四川文学》编辑部在新巷子办公，而作协办公室在与之后院相连的布后街 2 号院内。

1980 年底的一天，我来到布后街 2 号的四川省文联中国作家协会四川分会办公室报到上班。这是一座有着五进的院落，当年在很多人眼中神秘又古朴，除四川省美协外，其他协会都在院中设有办公室。1985 年，作协从省文联分出来。换言之，我在四川省文联工作的时间，是 1980 年底至1985 年。尽管还不足五年，有些经历却让我终生难忘。

一

1980年底，"文革"后第一次全省少数民族文学创作会在成都召开，地点在城西三洞桥的四川省民委招待所。作协办公室通知我先去会上协助会务工作，调动手续接下来再办。来到会上后，我发现所有的人都十分友善，特别是老同志，都亲切地叫我小罗。更让我惊讶的是，大家对领导的称呼都一律免姓叫名字，比如友欣（李友欣）同志，本初（黎本初）同志、大同（唐大同）同志……

会议结束后，我去布后街2号二进院内的省文联办公室了解我的调动手续办理情况。办公室主任王兵林接待了我，并亲切地跟我聊起了家常。一会儿，外面走进一位身材高挑戴着眼镜的中年人，他一只手拽着白线手套，另一只手拿着套着胶线花的自行车钥匙，腋下还夹着公文包。王主任介绍这是政工科科长张作才。张科长笑眯眯地说，呵呵，是小罗吧？你先上班，手续我们下周就去办。他用浓郁的安徽口音解释说，因为最近调入文联的人员较多，科里人手紧，跑不赢。那年月，偶尔能在电影里看到手握人事权力的政工科长，都是一副公事公办不近人情的面孔，哪想到文联的政工科长这么和蔼通达。彼时虽然是冬天，但是心中却是满满的暖意和感激。后来文联和作协分家了，但都还在原布后街2号旧址上建起来的一幢大楼里办公。随着岁月的流逝，政工科长变成了人事处长。再后来，他离休了，若干年后我也退休了，但是只要见到老爷子，那份无拘无束的亲切感便会油然而生！

二

1981年夏季的一天下午，突然下起了滂沱大雨。临近下班了，大雨还没有停歇。那时大家都是骑自行车上下班。这样子骑车回家，肯定会淋成落汤鸡。一会儿，办公室的电话铃声响起，原来行政科奉领导指示拟用汽车把没有住在文联宿舍的同志送回家，先统计一下家庭地址然后定行车线路。接到这个电话，心中既感动又激动。现在我只记得那天和我同车的有曲协的胡小梅，她后来因心脏病去世。后来的那些年，下班时自然遇到过无数次大雨。但每每想起1981年夏天那次大雨中的汽车，想起大雨中与我同车的胡小梅及我下车时她对我亲柔的叮嘱，心中总会荡起阵阵温馨。

三

布后街2号大院一进和二进之间有一个开水间。令人想不到的是，里面烧开水的不是锅炉，而是现今只能在成都市人民公园内鹤鸣茶社才看得到的老虎灶。那时上班都很准时，清早8点左右，大家都风尘仆仆从城市的各个地方赶到布后街2号。上班第一件事就是打开水，记得管理开水间的小姑娘叫小范（年代久远，也许不准确），大家都在开水间互相问好，从灶上提起沉甸甸的水壶往塑料壳或竹壳的水瓶里灌。冬天，办公室取暖也是在开水间提一个小范早就点燃的煤炉来解决。有时候，还没有到下班时间炉子就熄了，那就只好硬扛着冷到下班。那几年，尽管工作条件比较艰苦，但是大家都干劲十足，特别是人与人之间那份友好和单纯，时隔多年，想起来仍让人感慨不已……

四

我在布后街2号作协办公室的第一份工作，是整理会员档案。看到那些如雷贯耳的名字，真的让我振奋和惊奇。那时，写《许茂和他的女儿们》的周克芹居住在简阳红塔乡，写《春潮急》的克非居住在绵阳。当时驻会作家定期在布后街2号大院二进与三进之间的会议室里举行例会，交流文学创作情况。那时的交通也不是很方便，二位老师来去都是乘大客车或者火车。照他们当时的名气，是可以要求文联派车去车站接送的。但在我的记忆中，他们从未提过此类要求。每次开会前，他们都会给作协办公室打电话通报行程。于是我就给位于红星路口的（当时隶属于成都军区某部）红星招待所打电话，订好房间后在作协办公室等他们。待他们顺利抵达后，我用自行车驮着他们简单的行李一同步行去招待所。安顿好后，他们常就催促我走，余下所有的事情都是他们自己打理。也许，这些小事对于两位老师来说不足挂齿，但他们的豁达和平易近人却令我难以忘怀。

布后街 2 号

刘云泉

布后街 2 号是一座由三个口字型天井串联起来的中式木质大院，平层涵养气象，曲径通幽典雅，院子里铁甲松在天井里稳稳地站着，往来无白丁，算得上一座极其有范儿的文巢。新中国成立前这里是熊克武的私家公馆（熊克武曾是全国政协副主席），新中国成立后就成了四川省文联机关办公所在地。布后街 2 号是成都的一张名片，一说起布后街 2 号便成了文学艺术的代名词，大学生以分配到这里工作为荣，从业自信，似有蹈翰神秘感。这里时有文讯艺事传来，开会也像沙龙，艾芜、沙汀、萧崇素、马识途、雁翼、李少言、常苏民、高缨、孙静轩、李致、陈之光、李友欣、李累、黎本初、李焕民、吴凡、周克勤、流沙河等等，都是这里的标杆人物。有的既是文联领导也是文艺专家，他们自己从事创作，尊重创作规律，识人举才，多是平易近人、可敬、可亲、可爱者。各大协会独立自主工作，协会之间彼此协助，你中有我，我中有你，我也参与一些协会的互动工作，如作协、如美协。工作欣慰，劲头十足，可谓家和万事兴，林茂鸟知归，布后街 2 号是一座真正的文艺之家，使人饱领归宿感温馨气。

布后街 2 号，其中有两道场景至今使我印象特别深刻：一是流沙河在大院进门后第一个天井右厢房里，可以说时时月月年年都能在小窗下看到他，瘦身不移，伏案木坐，敲字炼句，目无旁人，度过了一个又一个寒暑

布后街2号省文联旧址院内一隅（李诚摄）

春秋。一次雨中印象，天井雨丝把流沙河纳入雨帘画面中，真像一幕苦僧情景剧，或是一幅中国画《寒士守窗苦吟图》。在窗下坐炼敬业，用他的话说：每月要完成两篇专栏文章，还要端诗刊《星星》饭碗，处理各类稿子信件，连屙尿不到胀慌时是不去厕所的。

沙河老师也有放松身轻时，去处唯一就是书法家协会办公室。沙河老师喜欢书法，我们也就常聊书法、文字那些事儿，议点瞎扯，阵语时沸，风声雨声笑声声声入耳，龙门阵东南西北笑谈。这种相聚逸事，哪怕文联老房子拆了，新建了文联作协大楼，仍然也是期会几乎每天，直至我的退休为止，无可奈何花落去。

可能因为沙河老师常来书协办公室，毫不夸张地说，我的办公室美女如云，高朋满座，文联样子，竞飞蓝天。

还有一个与沙河老师涉笔成趣的故事。

20世纪80年代中期的某一天，我收到一封群众来信，打开一看，信中内容大概如下：我叫徐德勋，流沙河妹夫，金堂县政协供职。长期以来，一直梦想请一位文人画家，与流沙河共同创作完成《草木篇》，经成都市群众艺术馆（后来的成都市文化馆）吴跃林、谢梓雄慎重推荐，认为省文联书法家协会刘云泉最合适这类题材创作，而且与流沙河又是邻居同事。我把徐德勋信中的内容和请求告诉了流沙河，沙河老师爽朗大笑：

"这件事我早就知道，不好意思给你说，嘱他亲自给你写封请求信。"原来流沙河知道并认同这事儿，我也就二话不说高高兴兴地答应了。

给徐德勋创作的草木篇不大，大概是三尺纸，100厘米×30厘米，我画草木五幅，流沙河亲自出手《草木篇》原文，把字跋在画面上。画作完成后，徐德勋感谢我一桶菜籽清油、一瓶蜂糖，并由流沙河亲自转交给我。

转交清油蜂糖那一瞬间，突然神会灵机一动：不如我们再创作两套，流沙河一套我一套，老师欣然同意，还说："有点意思。"后创作的两套《草木篇》幅面大些，四尺整纸对开，特别之处当是沙河老师所跋《草木篇》原文，款位十分得体，大小高度合适，字迹非常精心，可谓沙河老师难得的小楷力作。制作完成后我让沙河老师先选，极其喜悦地完成了两位属羊人的啃草心愿。

布后街2号，第二个深刻印象那就是相处氛围，有矩又和谐，身轻无累，自有向上动力，种豆得豆，种瓜得瓜。口号是文联的中心任务是出作品出人才，文联要为文艺家服务，核心工作是落实在"联"和"协"字上。文联是家，以文艺工作者为友，协会同志互相串门，谈笑风生，相互协作。每到一个节庆吉日，群贤毕至，欢聚一堂，作协吟诗，剧协唱戏，音协高歌，舞协起舞，曲协花鼓、谐剧、金钱板，美协书协笔会。记得有年元旦文联联欢，陈之光出上联"潘驼背李累"，一位作协朋友下联即出"蒲公英吴凡"。李累曾在解放区上演《抓壮丁》中扮演潘驼背，《蒲公英》是版画家吴凡的代表作，曾荣获世界青年联欢节金奖。李累、吴凡都是文联代表性的艺术家。

我是文联布置会场的专业户，几乎包揽了美协书写前言、文联甚至其他协会布置会场的写写画画。那时乐此不疲让人练达，至有近心朋友，亦有逢缘机遇，愚人也智，傻人天乐。

记得那年艾芜老去世，高缨老师把这一消息告诉我不到一小时，就即兴一联挂在悼念大厅："心正笔正,留在青山真学子;名退利退,应让贪辈知汗颜。"流沙河和叶延滨面对此联都说:平仄暂时不管,意思肯定到位,"正"和"退"是一位文学老人品德修养的写照。

庆幸我在布后街2号度过了半辈余生。

与长登同志一起工作时的点滴记忆

钟昌式

2003 年，我从四川省文化馆能调入四川省文联工作完全是因为彭长登同志的缘由。

1978 年本人自农村调入四川省图书馆工作时，就有幸一直跟随彭长登同志。长登同志对工作极强的原则性、对同志认真负责的领导干部形象和不畏权势、淡泊名利的做人精神使我受用一生。

2002 年本人自四川省图书馆调任四川省文化馆工作后，长登同志对我讲："我与来忠（注：即钱来忠，时任四川省文联党组书记）同志讲了，建议你去文联工作。"为此，他专门给文联党组写了一封推荐信。我讲，我 1984 年从省图书馆到文化厅就与钱厅长工作在一起，他是了解我的。长登同志说，那不一样，我推荐你我负责。此时，我才知道，长登同志是"文革"后，省委决定恢复四川省文联后派到省文联来工作的副书记和第一任秘书长（1980 年）。记得 20 世纪 80 年代初，中国书法家协会在成都举办会议，全国许多著名书法家都来了，会议安排在锦江宾馆。为开好这次大会，树立良好的形象，长登同志从省图书馆调集了从打字员、会务后勤、安全保卫等人员和从打印机到车辆等设备到会上来帮助工作。当时，一些同志不理解。他专门开会跟同志们讲这次会议的意义（省文联恢复成立后承担的首次全国性活动），要求与会工作同志要充分尊重艺术家，竭诚尽心地做好服务工作。结果会议很成功。启功先生离蓉前专门一一向与会工作人员致谢。许多同志还因此获得了他的墨宝。

20世纪80年代初的一个夏天，我随长登同志去自贡参加会议，住楠木林宾馆。晚上9点过，自富顺来了两位电影院的同志，向长登同志汇报工作时，谈到有一职工病故在放映机旁，按当时政策，可允许子女顶替参加工作一人。但不知何故，政策一直未落实，其家属生活十分困难。他听后，当即让我安排车子去富顺。不得已找了个"大北京"，赶到富顺时已深夜11点过了。他把县委宣传部、文化局的领导找到，谈了话，当夜又返回自贡，已快凌晨两点过了。第四天，我们去宜宾、泸州后到重庆。此时，富顺的同志赶来向长登同志汇报——问题解决了，孩子已上班。长登同志十分欣慰。我则大惊，私下对富顺同志说，你们打个电话，请文化局的转告彭局长就行了，何必赶这一趟呢！富顺同志说，彭局长听了个消息，就连更晓夜地赶到县上，我们不尽快办好，当面向彭局长报告心头难安啊！此事，让我深切理解了毛泽东同志讲"政治路线决定之后，干部就

从左二至右为：文艺理论家彭长登、音乐家安春振、戏剧家杜天文、音乐家常书民、美术家李少言。摄于20世纪80年代初　　　　　　　　（李诚摄）

是决定的因素"的意义。党的事业之所以长盛不衰,与各级领导干部严格执行党的政策和密切联系群众的工作作风是分不开的。我以为,此事不仅解决了一家人的问题,也教育了一批干部和影响了许多的人。

尽管长登同志在省文联工作的时间不长(1981年调省文化局副局长兼省图书馆馆长,离休后一直担任省图书馆名誉馆长,直到2010年12月19日去世),但他始终保持着对文联工作和事业发展的关心。2003年3月,我到文联报到后去向他报告,他讲:"文联工作最重要的就是服务,多向老同志请教,要尊重老同志。做事要有原则,不要随大流。有些事别人能干你不能干。不要去争名求利,埋头干好工作。"在后来的文联工作期间,我都坚守这些教诲与要求,不敢越雷池半步。

大慈寺路 30 号的前世今生

方　赫

　　你可知道，在成都大慈寺路北面，鳞次栉比的高楼背后，隐藏着一个小院。林木掩映间，散落着几座楼房，幽静、沉寂。小径拐弯处，斑鸠悠然地来往啄食，直到有人走近才展翅飞去。偶尔，从楼房窗户里传出清脆的钢琴声，恰似在告诉你：这儿就是四川省文联职工宿舍。

　　别小看这个不起眼的小院落，自 20 世纪 60 年代至今，曾有不少作家、艺术家在这儿居住。他们是：老作家沙汀，诗人戈壁舟、安旗夫妇，诗人孙静轩、雁翼、傅仇、唐大同，作家曾克、柯岗夫妇，克非、榴红、周克芹、李友欣、李累、陈之光、沈绍初，美术家李少言、丰中铁、李焕民，音乐家常苏民、安春振、敫学祺、邱仲彭，民间文艺家萧崇素，书法家刘云泉，还有作家、名记者车辐，学者、作家流沙河……

　　在那些年月里，小院里的每家每户彼此照顾，和睦相处，一派祥和的景象。每天一早，丰中铁照例下得楼来，在院坝的小桌上铺开纸笔，写起他那遒劲的隶书。你如果索要，他慨然允诺，不取分文。夏日黄昏，则小院里一片欢腾，家家户户的大人、小孩都拿着椅子、板凳，到院坝里来消暑纳凉。一时间，扇子摇得呼呼响，家长里短的龙门阵摆个没完。男孩子们追逐打闹，比试拳脚，女孩子们跳橡皮筋、玩木头人游戏。大家都是其乐也融融，在一片欢声笑语、喧哗叫嚷中，送走西下夕阳，迎来华灯初上。

　　当时，正值国家经济困难的年头。市面上物资紧缺，许多生活用品都凭票供应。正如诗评家安旗所戏言："现如今，是从嘴巴到屁股都紧张！"平时出门，揣一大把票证在身上。过年了，更是家家户户拿着各种盛放器具，争先恐后地赶到东风商场（今春熙坊），凭证采购多种年货。但是，汤圆粉得自己解决呀！而全院唯有沙汀家有一扇石磨。于是，全院各家各户便派人依次排班夜以继日地推磨。好在都是本院住户，相互熟悉，不会卡位加塞。所以，也都会赶在除夕夜把汤圆粉磨出来。

　　那时，小院里除有两座红砖四层楼房外，还有横竖两排平房，四川省音乐家协会就在前面横的平房办公。横的平房拥有一层楼和一个小天井。时值 20 世纪 80 年代，技术精湛、英

车辐（右）1981 年在四川省第二次文代会上 （李诚摄）

勇善战的中国女排在国际比赛中屡创佳绩，国内也掀起一股女排热。可那时电视尚不普及，全院唯有音协二楼有一个不太大的黑白电视机。于是，每当中央电视台转播女排比赛的夜晚，各家的大人小孩子便自带椅子板凳，先先后后拥上二楼，占据一个好座位以便观赏。转播中，每当看见"铁榔头"郎平勇猛扣球，或者川籍怪球手张蓉芳力挽狂澜，大家就欢呼拍掌，连声叫好，直到转播结束。在回家路上还赞叹不绝，那种激动情景，至今难以忘怀。

左一为诗人孙静轩　　　　　　　　　（李诚摄）

有一天，老编辑李仑不知从什么地方弄来一只会说话的鹩哥。这可在全院里引起极大的骚动，他家位于进院通道的拐角处，人们进出必从此经过。此刻，鹩哥总是亲切地说着："你好！再见！"声音清晰悦耳，与人声无异，令人免不了停下步来，与它继续问答几句。这一来，通道往往为之堵塞，难免有人抱怨。几天后，鹩哥不见了，通道通了，但也沉寂了。人们反倒又想念起鹩哥来，很想再看见它的出色表演，问李仑："你把鹩哥弄哪儿去了？"他总是笑而不答。

小院里，人缘最好的是诗人孙静轩。这个山东汉子，性格豪爽，讲义气，喜助人，与前妻分手后，孤身独处。他除了熬夜写诗，便是与朋友喝酒、下棋、打麻将。有时玩到深夜回来。因我家正对进院的通道，他懒得绕道后面，进我家，直接从阳台跳进来，拿两个馒头，便赶回家去写作。他撺掇我们几个年轻人，组成了一支球队，篮排球都打。我们与附近的三幼、川报、二医院都交过手，互有胜负，便自以为还不错，居然请来了省体委女篮过招。原以为对方是女子，颇不在意，觉得胜券在握，谁知，结果是输得一败涂地，颜面扫尽。此外，还有森林诗人傅仇，个儿高高，深度近视，戴一副厚如啤酒瓶底的眼镜。1973年春，我和他一道去炉霍地震灾区采访。因去得匆忙，未带行李。到达目的地后，指挥部领导批评我们："是来救灾还是来参观？"然而，来都来了，我们就各自领了六床空投棉絮。晚上睡得很舒服，但傅仇忘了他来到的是天寒地冻的甘孜藏区。第二天早晨，才发现昨晚泡在水杯里的假牙，已冻如冰块取不出来了，只好拿到开水房去烘烤。类似这样的逸闻趣事还有不少，是足可以写成一本书的。

时光飞逝，几十年过去了。小院里的作家、艺术家有的去世，有的搬迁，有的调离，有的出国定居。比如作家刘俊民，举家移民美国，她本人现任洛杉矶华人作协主席。至今仍然住在小院的作家、艺术家，也都年逾古稀，老态龙钟。但可喜的是，这些作家、艺术家的子女大都学有所成，奋发有为。作家周可风的儿子周春芽，如今是著名画家，当选市文化名人。歌唱家敖学祺的儿子敖昌群如今是作曲家，四川音乐学院的前院长。他们的快乐童年都是在这个小院里度过的。

十几年前，诗人胡笳，把院落空置的活动室整理出来，收集了这个院子里住户公开出版的部分作品，大多以文学作品为主，同时涵盖了文联的所有艺术门类，以及表演类的书籍、画册和光碟等千余册（张），整整两个墙面的书架，大家把这里命名为"巴蜀文脉苑"。院子里和院外知道这个地方的文化人，常来相聚，成为成都文人聚会的一个场所。如今，在成都，像这样流传有序，有历史、有故事、有作品、有温情、有规模又不断文脉的院落，应该找不到第二个了。

这个院子

嘉　嘉

成都布后街 2 号和新巷子 19 号，被城市拆改粗暴地抹得干干净净，已经有 30 多年了，就剩下大慈寺路 30 号，跟这个城市的著名时尚圈太古里隔街对峙，为四川省文联和省作协存了个面子，里子如流水，走的走，来的来，只是"文联（作协）宿舍"始终留在我们嘴里。

我们在这里长大，至今还叫它的旧时名字"东风路宿舍"。

院子 1965 年建成，两幢 4 层楼房，一幢楼顶上架着巨大口号牌"战无不胜的毛泽东思想万岁"，字多，排得密。另一幢是"伟大领袖毛主席万岁"排得疏朗些。那时东风大桥下面就是农田，邻近的武成大街通猛追湾游泳池一带，是堆积如城墙的渣滓坝，文联宿舍在城乡接合部，显得很洋气，带厨卫的单元房在这个城市还不多见。

院子曾经的居民被挤到毛家拐街、福字街（现 4 幢墙外的停车场），最近的住户几乎开门就贴到了文联宿舍的外墙，一到下大雨，屋顶上爬满了各家男主，拿砖头压油毛毡。宿舍楼上的住户能看到这些人家锅碗瓢盆包括刷马桶的动静。

我妈干过一段时间拆迁建院的打杂活，拆不动的时候，曾奉命对几个带头大哥大爷说瞎话，房子起来了会考虑给他们好处。他们居然信了。宿舍完工后靠毛家拐街墙下开了扇小门，我妈进出总被强行拦住接受羞辱：

"吔——曾老师，我们的洋房在哪儿喃？是不是把你的让给我们住嘛？"我妈像过街老鼠，不敢再走小门，直到牛高马大的我妹铃铃跟他们正面痛怼一场后，形势才有了改变。

院子朝南临东风路（现在的 1、2 幢和电力局电梯公寓）是一大片空地，搞不懂为什么全部种上了棉花，收获季节，我们都扎在地里，摘棉花像过大节，快乐得很，"文革"一来，上层建筑遭占领，电力局来了，棉花地没了，宿舍面积缩小了好多，今天都看得出来。

少年的我们赶上了"文革"，父母开始了没完没了的运动，草堂学习班、安仁学习班，最后是塆垱"五七"干校，我们长时间被单独撂在这个院子，敞放。刚小学毕业的冬苗（作家周可风的女儿）、一华（理论家洪钟的女儿）和铃铃背着家人向黄××借了 5 块钱，东南西北都打不着方向的小屁孩儿，要结伴去北京见毛主席，经告发，从火车站被逮回来，一人暴挨一顿。春芽（冬苗的弟弟）不躁，坐在桌子前画画，边画嘴里边突突突发出各种武器的打击声，自造场面。我家隔壁房子一度是文联堆书的地方，每次红卫兵来查看，铃铃就溜进去，把窗户插销拔掉，然后通知同学王铁（作协王一奋的儿子）翻窗去偷书。黄桦（剧协黄丹的女儿）打小就没把自己的毛根儿弄伸展，奇怪的是她喜欢摆弄别人的头发，有次保姆要带画家丰中铁的孙女上街剪头，黄桦硬生生把人拦下来，操起剪刀一刀下去，夹得丰岱惊叫，耳垂被剪出条口子，血滴得急，围观者赶紧找来胶布粘上，黄桦竟接着完成了她的创作，最终剪出了个啥发型，已没人记得了。黄桦后来成了著名影视化妆师，伙伴们怀疑她的才华是被她的胆子激出来的。

吃饭对孩子是个大问题，爹妈留下生活费，L 家兄妹前半个月乱吃瞎喝，后半个月酱油拌饭，留守组把他们拉到我家厨房开现场会，当晚我家伙食是稀饭、锅贴、空心菜杆儿炒豆豉。剧协邹志诚的夫人蔡老师在纱帽街小学教书，联系好了学校食堂，让孩子们搭伙，每人每月 5 元，起码不用为做饭着急了。那阵食堂也饥荒，不是炒菠菜拌菠菜就是土豆丝土豆泥土豆坨坨，吃得吐清口水。孩子们瞄上了东风大桥下农民的菜地，夜晚提了口袋去地里打晃，很少空手回来。

这期间发生过两起中毒事件，一次是我和我妹冬天取暖炭火中毒，挣扎着求助剧协文辛的夫人刘传雅，死里逃生。另一桩是剧协席向的三个女儿吃了发芽的土豆，上吐下泻，脱水晕厥，全躺倒医院。

缺爹少妈的日子放肆又孤独，行政科长孟毅和夫人李秀梅像亲人一样接纳了我们，对我们只有慈爱，不讲道理，黑的红的麻麻扎扎各个家庭的孩子，在孟家都能享受到平等的温暖。他们家的饺子是一簸箕一簸箕地包，枣糕是一笼一笼地蒸，泡菜是满坛满坛地腌，我们去，都是连吃带裹。饭饱食饱了，几个姑娘和孟家两个女儿横排挤作一床，孟伯伯两口子站在门口傻乐。作家李友欣（履冰）的女儿李南玲回忆："有段时间，友欣同志不知何故躲进了孟伯伯家，在物质紧缺的年代，孟家老小冒着风险好吃好喝地让我爸在他家住了两个多月。之后友欣同志被抓走了，我又成了孟家常客。那时猪肉都是凭票供应，打顿牙祭不容易，但只要孟家吃肉，我和弟弟必然被叫去。秀梅嬢嬢一边看着我们吃肉，一边泪眼婆娑地说：'娃娃好造孽。'"

初中毕业，我和一华支边到云南生产建设兵团，秀梅嬢嬢给我们一人准备了一份礼物，有毛巾、搪瓷碗和布包包，她把我的手拉得很紧，一句话不说，鼻涕眼泪越擦越多。我到兵团后，妹妹就混吃混喝在孟家了，孟家待她如女儿。

同年去兵团的，还有王晶（音协王广源的儿子）、牛泊（作家杨禾的儿子）、敖路（音协敖学琪、刘美琳夫妇的儿子）。敖路浓眉大眼身段挺拔，在师部宣传队做专业演员，跟我几个不是一回事。

有一次回家探亲，正好碰到王晶，见我连海带、挂面都往兵团带，不可理喻，他去的三师，是往家里带白糖带外国纱巾。我和一华去的二师就没那么幸运了，这样说吧，我在连队呆了三年半，食堂供应了我们三年半的盐巴汤泡红米饭。一华谈恋爱找了个司务长，最开始也和吃有关，司务长直接管食堂。

我妹铃铃举全家之力，每个月给我寄包裹，每个月都要急哭一场，邮局往往因为气候拒收猪油腊肉。我妈从干校带信回来，要铃铃去找音协竞波的夫人熊焰，她在邮局工作。熊焰一听，二话不说，果真是月月帮忙，铃铃记她的好，记到今天。

父母也隔三岔五从干校寄来罐头，有红烧猪肉、广味香肠，我撬包裹下手狠急，一罐香肠几分钟就吃得精光，我从没问过罐头的来路，请客也大手大脚，终于父亲来信说，罐头一些是他从偏门高价买的，一些是李友欣伯伯送的，李那一级干部当时有点食品补贴，听说兵团苦，就说都给嘉嘉寄去。父亲还说，铃铃不吃肉油，水肿了。此后我对包裹有了畏惧，拿肉当药引子，和着野菜、竹笋、山木耳煮，有隐隐肉味便知足。

1979 年，我从兵团返城到省文联工作，重回东风路宿舍，觉得院子老了萎缩了，像我的父母，像幸存的长辈。我有幸成为当时已 74 岁高龄的民间文艺家萧崇素先生的学生，他带我一趟又一趟跑少数民族地区，介绍我认识邓珠拉姆、阿鲁斯基等民族民间文化学者，对接因为文革中断了十多年的少数民族文学、民俗学的挖掘整理和研究，老先生的书柜对我完全开放，并纵容借走不还，他认为一本书在书柜里存放的价值，远不及它在需求者手中流动的价值。萧性情温和，与世无争，学养甚高，从不摆谱，他的精神世界快乐又干净。但我察觉到了他的着急，他没法把我这个初中都没读完的青年，速成为他希望的后继者，他从不服老，可还是一天天老去。97 岁的某一天，表达过他对人生最后的眷恋"红尘真好"后，萧先生微笑着走了。

大慈寺路 30 号院早已不是 50 多年前的样子，二三十年里几经改建，楼高了，密了，绿植多了，面向繁华又保持着它低调的书卷气，即便是下午，针落到自家地面都能听到回音。少年的伙伴已各自东西，我们仍联系紧密，联系我们的自然是这个院子，对院子的人和故事念念不忘。

院子对面那些蛛网一样的老巷子，被太古里吸进了巨大的胃，想起和尚街曾经有个老虎灶，灶台上十几个火眼，一眼坐一只终日翻滚的开水壶，院子的孩子天天邀约去打开水，一角钱买 15 张水票，可以灌 15 只 5 磅或 8 磅的水瓶，为的是省下几个蜂窝煤。

萧崇素（右）与尼麻他（右二，白马藏族）、阿鲁斯基（右三，彝族）、邓珠拉姆（左一，藏族）在一起

（李诚摄）

忆在四川省文联工作二三事

尹蓓蓓

1985 年，我脱下军装，转业到四川省文联工作，1995 年，因照顾家庭调入北京中国文联系统工作。我生命中年富力强的 10 年是在四川省文联度过的，与四川省文联结下了不解之缘。离开四川省文联已近 30 年了，但是对四川省文联的情感依旧浓烈，对它的回忆仍历历在目，回味无穷。永远不会忘记那些前辈、师长、同事、朋友对我的关心、教育、指导和帮助。

可敬可爱的老处长

1985 年，我转业来到四川省文联工作，它和部队完全是两个不同性质的单位，对我来说，一切都是那么陌生。

我到地方工作的第一个直接领导是人事处的张作才处长，他是一位值得尊敬的师长。

张处长高高的个子，瘦瘦的，带一副眼镜，安徽口音，说话慢条斯理，柔中带刚。

他教会我如何与艺术家们接触，如何和他们做朋友。他带着我，去老同志家走访，如艾芜老、沙汀老、叶石老、安春振老、孙汤金老等等，一家一家，熟悉情况。外出办事，我们常常是一人骑一辆自行车，既方便又自在。夏天天气热，走累了渴了，老处长就下车在街边小摊随便一坐，来一杯散装啤酒解暑，稍事休息又继续前行。

老处长经常说，人事工作，关系到每个人，一定要慎重，要设身处地为他人着想。人事干部，要心胸宽广，要受得委屈。工作中，他要求我们，要认真仔细，要保存好所有的文件、人事档案和资料，哪怕是一张小纸条都不要轻易丢掉。老处长的言传身教，让我学到了不少东西，逐渐成熟起来，并在工作中一以贯之。十年以后，当我来到新的工作单位，由于遭人嫉妒而受到诬陷，反贪局、检察院都介入检查，而当检察官看到我提供的资料和所有字据后，禁不住说："你的资料完整清晰，是它们还了你清白。"

应该说，是老处长保护了我！老处长的教诲，让我终身受益！

云南采风之行

1991 年 10 月，文联组联处在攀枝花市组织召开"四川省少数民族地区文联工作座谈会"。会后，组织了一次采风活动，到云南去采访和慰问西南地勘局下属的锰矿技术人员和工人。

参加采风活动的有时任文联党组副书记、戏剧家朱炳宣同志，组联处处长倪锡文同志，西南地质勘查局宣传处副处长、书法篆刻家郭强同志，组联处李红菲、戏剧家协会屈小苏、财务科李安蓉和我。

云南大理鹤庆县的鹤庆锰矿是我国主要的优质富锰矿石盛产基地。在鹤庆县，我们与昆明地调所 603 队、冶金成都科研所的领导和相关人员进行了座谈，了解锰矿的基本知识和当时的生产情况。座谈会后，我们深入到鹤庆县猴子坡锰矿钻探工地看望慰问昆明地调所 3 分队和 607 钻探队的技术人员、钻探工人，到勐海县勐宋乡看望西南地勘局昆明地矿所野外找锰矿分队队员；并下到当时每日出矿量 150 吨的猴子坡 2350 号坑道进行了亲身体验。猴子坡井台，海拔 3200 米。20 世纪 90 年代初期，云南大部分地区还未脱贫，工人们长年在这儿干活，生活、工作条件都很艰苦。勐宋乡更是一穷二白，荒凉一片。我们目睹并体验了找矿、钻探锰矿之艰难，被工人们的艰辛付出所震撼。

中午，我们和工人们一起进餐，边吃边拉家常，尽管条件十分简陋，甚至连坐的地方都没有，但大家感到这顿饭吃起来格外香。

在猴子坡工地还有一个小插曲：我们和工人们依依不舍告别后，离开钻探工地，下山返回招待所。钻探队的司机开车送我们下山，山路狭窄，弯弯曲曲，可是驾驶员开得又猛又快，不知是谁问了驾驶员一句："你今天中午喝酒没有？"司机说："平时没有人来看望我们，今天你们能上山来看我们，高兴，当然要喝酒呀。"他这一句话，全车顿时鸦雀无声，大家都紧紧抓住扶手和椅背，我也紧张地闭上了眼睛。

这是我所经历过的采风最艰苦的一次，也是记忆最深刻的一次。时间已过去了 30 多年，当时的情景仍然清晰地浮现在眼前。

首届'94 中国·四川国际民间艺术节

20 世纪 90 年代初期，四川省文联决定举办一些大型活动，来提升和扩大文联的影响力，其中一项就是申办四川国际民间艺术节。为此，1992 年夏，朱炳宣副书记、卢成春秘书长亲自率队到北京，观摩学习中国文联举办的"国际民间艺术节"活动，向他们取经。

经过紧张的筹备工作，1994 年夏，"首届'94 中国·四川国际民间艺术节"在成都举行。这届艺术节，由省文联申请、自筹、自办。邀请了奥地利、比利时、朝鲜、德国、俄罗斯、美国、墨西哥、尼泊尔、希腊、以色列、印度尼西亚等十几个国家的民间艺术家和团体来川进行民间文化交流。在四川省委、省政府的关心支持下，全文联职工上下齐心、共同努力，圆满完成了这一重大国际活动。

其中有两件我亲身经历的小事，想起来很有趣：

一是朝鲜平安南道艺术团落地成都双流机场后，一位女演员的行李箱找不见了，经机场有关部门查询，行李箱错放在另一航班上了。第二天晚上，我们从机场取回行李箱后，急忙和翻译去敲演员的房门，翻译大声告诉女演员箱子找回来了，可是里面怎么也不开门，也不说话。后来找来他们的领队才得以把箱子送还主人。事后我才知道，朝鲜团有严明的纪律，不能随便与他人接触。经过十几天的接触，团员们才逐步放开，能和我们进行简单交流，合影拍照。朝鲜团回国时，女演员们都明显长胖了，他们买了好多生活日用品带回国，如热水瓶、拖鞋、发胶等。

二是为保证以色列耶路撒冷民间艺术团的安全，省里的安全部门专门抽调了特警队员随团 24 小时护卫。可是以色列的演员们却像"久逢干旱的鱼儿遇见水，自由自在地游来游去"，常常把随团联络员和特警队员忙得团团转。一天晚饭即将结束时，餐厅外传来嘈杂声，一男性青年非要硬闯进来，酒店工作人员阻挡不住，只见咱们的特警队员一男一女，上前喊里喀嚓、三下五除二，一把就将其拿下，动作干净利索，看得我目瞪口呆。对我们的特警队员真是刮目相看！

追忆李焕民老师

我虽然离开了四川省文联，但是和老领导们、朋友们的友情一直没有断。省文联的同志只要到北京来出差、办事、开会，有机会都要和我见见面，聊聊天，他们一直都关心着我的工作、家庭、身体情况。即使因故不能见面，也要托人给我带来老家的土特产。这份情意，是我一辈子都忘不了的。

2015 年 3 月 7 日，我利用回成都办事的机会，去青羊区景溪园看望了老领导、老大哥、尊敬的师长——李焕民。

3 月的成都，天气仍有些阴冷，但看得出焕民老师对我的到来很高兴。已有十来年没有见面了，焕民老师有些消瘦，说话喘得厉害，但精神很好。他兴致勃勃地和我聊天，详细询问了我在北京的工作生活情况，问我爱人、女儿的情况。我告诉他，我已从工作岗位上退下来了，今后回成都的机会就多了，会经常来看他的。焕民老师连连说："好啊！下次回来，把老朋友们都叫上，大家聚一聚，我来做东。"我看他喘得厉害，不忍让他说太多的话，坐了一会儿就提出要走。焕民老师忙说："再坐会儿吧，还不知今后见不见得到面了。"说这话时，他有些伤感，我的眼睛也湿润了……临走，焕民老师主动提出给我写一幅字，并开玩笑地说："你从北京来，又是书法家协会的，见得多了，不知瞧得上我的字不？"我急忙说："你是大画家，老前辈，老领导，得到你的字，我很荣幸哟！"焕民老师边喘边忙着裁纸、研磨、写字，我仍像过去那样，替他压着宣纸的两个角。写完字，我突然想起还没照相呢，急忙拿出手机来，焕民老师一边盖章一边说，"多照几张吧。"写完字盖完章，他又告诉我，"这是抄录陈毅同志的一首诗《幽兰》。'幽兰在山谷，本自无人识。只为馨香重，求者遍山隅。'"他一字一句地念道……

可是，没有想到这次短暂而温馨的相聚竟成为诀别，焕民老师没有等到我再去看他，没有等到老朋友们的相聚……焕民老师，你在天堂可好！

廿年辛苦不寻常

黎本初

我省民间文艺工作者，在各级党政机关和有关部门的领导下，经过整整20年的艰苦努力，圆满完成了民间文学三套集成的编辑出版工作。

回顾这20年光荣而艰辛的历程，感到欣慰的是，我们共同保质保量地按时完成了一项具有基础性、战略性的文化建设工程，这是功在当代、利在千秋的文化建设伟大工程的一个重要部分。我省民间文学集成工作是第一次对我省民间文学进行全面普查和深入发掘；第一次把我省各民族数千年来散落在民间的无形精神财富全面地变为有形的文化财富。这凝聚了众多民间文艺工作者和民间艺人的心血和智慧，为我省、我国的文化建设作出了应有的贡献，也为世界文化宝库增添了一颗绚丽多彩的巴蜀民间文学之星。

我们20年的工作，是分普查和编纂两个阶段进行的。

一　普查

1984年5月，文化部、国家民委和中国民间文艺研究会联合发出编辑出版中国民间文学三套集成的通知后，中共四川省委专门发了（1984）149号文件，省委宣传部发了省宣（84）85号文件，对集成工作的组织领导、编制、经费、工作方针等都作了明确规定。省、地（市、州）、县

（区）（部分乡、镇）各级先后成立了由宣传部（有的是党委副书记或县、市长）、文化局、民委、文联和民协负责同志组成的编委会，设立办事机构，在全省进行抢救民间文学工作和宣传教育活动等，这些为集成工作顺利健康的开展创造了重要条件。

省、地、市、县编委会首先分别举办了二至三期讲习班，全省一万余人参加了培训，反复学习编辑民间文学三套集成的文件、编辑总方案和细则、民间文学概论等，从提高普查和编辑人员的素质上保证集成的质量。400余人参加了中国民间文学刊授大学和四川函授大学民间文学专业，较系统地学习了民间文艺学和相关学科的专门知识，川大、川师、西师、西南民族学院分别开设了民间文学课程，为我省培养具备民间文学专业知识的人才近千名，通过采风活动、田野作业和研究工作，我们这支队伍业务水平不断提高，人数继续增加。

在各级党委和政府的领导下，宣传、文化、民委、文联和民协等部门密切协作，众多民间文艺工作者克服了重重困难，掀起了一个有领导、有组织、有计划的普查、抢救民间文学的高潮。数以万计的专业、业余民间文学工作者，披星戴月、跋山涉水、深入山乡村寨，搜集记录民间文学作品，形成了规模空前的采风运动，不仅使搜集、抢救工作的广度和深度大大超越前人，而且使我省民间文艺事业进入一个新阶段，促进了理论研究、队伍建设工作的发展。经过5年的艰苦奋斗，到1988年底，全省普查工作已基本结束，共搜集资料100多万件。其中，故事150多万篇，歌谣23万余首，谚语40多万条，其他资料20多万件，照片数千张，发现百则型故事家、歌手200多名。在搜集工作中，坚持了民间文学集成要求的三性（科学性、全面性、代表性）特别是科学性，做到真实记录，只规整字句，各级层层验收，保证收入集成的作品基本上忠实可靠，具有文学价值和科学价值。

二 编纂

1989 年春，召开了全省民间文学集成——普查工作表彰会，全国民间文学集成总编委代表专程出席，对我省普查工作给予了充分肯定。会后进入了编纂阶段。

各市、县、区先后编辑出市、县、区民间文学集成资料本 186 种。在此基础上，市、地、州又编辑出市、地、州民间文学资料卷 21 种。前者只有少数的由出版社公开出版，后者则多数由出版社出版，既丰富了民间文学读物，又为民间文学集成的编辑和研究工作提供了大量资料。

在普查和市、地、州、县资料本的基础上，民间文学集成省卷（即国家卷）编辑工作较为顺利地进行。1992 年 3 月，《民间故事集成·四川卷》在 2000 多万字的县选资料中选出 500 万字的初稿。1993 年编出送审稿，经评审批准出上下两册共 240 万字，于 1998 年出版。《歌谣集成·四川卷》在 20 万首的初选资料中，选出 2117 首，240 万字，也经批准出上下两册，于 1995 年送审，2004 年出版。《谚语集成·四川卷》在 40 万条初选资料中，选出 2 万多条，1995 年送审，2004 年出版。省卷编辑用了 10 年时间，有许多技术上的问题，也有学术上的问题，特别是分类问题。民间故事有国际公认的"丁氏分类法"作参考。而歌谣、谚语的分类，见仁见智，各家不同，因此这类问题探讨也费了一些时间。

所谓保质保量，国家要求每省至少完成三卷三册 360 万字，我们完成了三卷五册 600 万字。质量上我省三套集成都获得一等奖，在全国名列前茅。

重视民族民间文化的保护、抢救和弘扬，是符合世界文化发展趋势的战略举措，在当前文化交流与冲突日益频繁的情况下，民族民间文化是我们对外文化交流的主要手段，是保持民族文化独立性的重要工作，是建设社会主义文化的重要组成部分。

10 年辛苦不寻常，20 年辛苦更是不寻常。

老黄和小萧

黄红军

我是 1986 年暑假毕业后分配到四川省文联工作的。那个时候还兴分配，过了几年开始双向选择，再后来就自主择业了。我们那时候读大学可以改变人生，从农村户口变为城镇户口，吃商品粮，是一种待遇。自主择业后读大学就成了人生的一种经历，学与不学，有没有学到真本领，虽然都有文凭本本，但差异很大。

1986 年，由中宣部、文化部、国家民委和中国文联等单位联合发起的中国民间文学三套集成普查编纂工作已在全国各省市区全面铺开。在我之前，已有多位后来的同事从省内各有关高校分配到省文联从事这项工作。我们就职的部门全称叫四川省民间文学集成编委会办公室，与省民协合署办公，有 10 个事业编制，加上民协原有的 3 个编制，一下子成了省文联人员最多的一个部门，人丁兴旺。萧老是我们部门年纪最大的长者。

很不好意思，标题中提到的老黄，就是我自己，当时二十郎当，还很年轻，在参加工作后的二三十年里，领导和同事们一直都叫我小黄。老黄只有一个人叫，他就是标题里的小萧。小萧全称萧崇素，1905 年生人，足足长我 58 年，是爷爷辈的人，我们都尊敬地叫他萧老。

萧老把"无产阶级"念成"无产阶（gai）级"，把"还是"念成"还（huan）是"，他是在 20 世纪初新文化运动期间上的学，从老家到成都，再到上海，直至走出国门。
2020 年，我参与编写四川省志
人物志为萧老写小传，查阅相
关资料，才发现萧老的身世和
人生履历很不简单。萧老原名
萧宗璞，四川安县人，父亲名
叫萧应渠，当过四川省丹棱县
知事、川南团练督办、岳池县
县长等职。萧老 6 岁随父母在
丹棱、南充等地生活学习，16
岁考入四川省立高等师范学校
附中，1919 年（14 岁）接触
到《新青年》等进步书刊，

96 岁时的萧老

1923 年加入王右木领导的成都社会主义青年团，1924 年去上海，先后就读
于震旦大学、大夏大学。1926 年冬赴日留学，就读于日本东京大学，受现
代戏剧尤其是歌剧的影响颇深。

1929 年，萧老回国，在上海自学并从事写作，先后参加了由田汉、夏
衍、郑伯奇、陈白尘等领导的"南国社""摩登社""艺术剧社""业余剧
人协会"等左翼戏剧运动组织，参加第二次《西线无战事》《钦差大臣》
等多次公演，和左明、吴湄、郑君里、陈白尘等八人发起"学校戏剧运
动"，自编自导了中国早期的新歌剧《王昭君》，担任"摩登社"文学部
部长，编辑出版多种书刊，在中国左翼戏剧家联盟领导的《影坛》上发表
大量影评、剧评杂文，翻译和评介国外文学作品。他不仅以戏剧为武器反
帝反封建，还曾参加宋庆龄、鲁迅领导的"反帝同盟"活动。

1936 年，萧老回到重庆，任进步报纸《新蜀报》主笔，积极参与组织
"重庆救国会"，任"重庆文化界救国联合会"理事、戏剧队队长、"中华

抗敌戏剧协会"理事兼常务监事。"七七"事变爆发后，他率戏剧队在重庆首演《放下你的鞭子》，坚持利用星期天、节假日在重庆市区、嘉陵江沿岸城镇、乡村演出抗战戏剧，先后出版了《抗战必胜论》《救亡儿童剧集》等著作，发表《村中牧童》等剧本，力主抗战，反对投降。1939 年，国民党颁布《限制异党活动的办法》，萧老被迫离开重庆，在泸县师范等校执教。

中华人民共和国成立后，萧老在川西军管会文艺处工作，并在四川省立艺专、四川大学、华西协和大学、成华大学等高校兼任教授。1953 年四川省文学艺术界联合会成立后，萧老先后任中国戏剧家协会四川分会副主席、创作辅导部副部长、中国民间文学研究会四川分会副主席等职，退休后受聘为中国民间文学研究会顾问。

我们到单位的时候，萧老已退休，但由于工作需要，也由于萧老在学界的名望和影响，他退而不休，仍和我们一帮年轻人一起上山下乡，办班讲座，采风作业，还经常深入到甘阿凉等民族地区，他对藏羌彝的历史文化十分着迷，并有丰硕的研究成果。也是因为萧老写小传我才知道，从1954 年开始，萧老就曾多次深入甘阿凉等民族地区体验生活、采风，长期从事藏族、彝族民间文学的搜集、整理和研究工作，出版有藏族民间故事集《青蛙骑手》（1956 年）、《山兔的故事》（1956 年）、《奴隶与龙女》（1957 年）、《胡豆雀与凤凰蛋》（1957 年）、《五色海的传说》（1981 年）、《增布的宝鸟》（1983 年），彝族民间故事集《奇虎勇士》（1963 年），彝族长篇情歌《我的小表妹》，彝族民间传说、童话集《吹笛少年与渔女》（1990 年），与人合集出版有《大凉山民间故事选》（1960 年）、《懒猴的故事》（1960 年）、《彝族民歌集》（1960 年）、《彝族民间故事选》（1981年）等书籍，是大型专著《中国少数民族文学》的主要撰稿人之一。他采录整理的藏族和彝族民间故事，既有较高的艺术价值，也有学术研究价值，在国内外都有较大的影响，好些民间故事，还被译为日、英、德、法、西班牙、阿拉伯、缅甸、孟加拉等文字，介绍到国外。

在坚持田野调查、采风创作的同时，萧老一直笔耕不辍，撰写发表有关于彝族和藏族神话、传说、故事的论文和关于藏族史诗《格萨尔》的论文数十篇，后来于 1999 年集结成《萧崇素民族民间文学论文集》一书，由四川民族出版社出版发行。1979 年 8 月，全国《格萨尔》工作领导小组在北京成立，萧老曾任四川格办副主任，组织四川学者发掘、抢救、整理藏族史诗《格萨尔》，先后撰写了《格萨尔史诗与佛本斗争》《本钵分期与格萨尔史诗背景》《格萨尔史诗与本钵诸神》《象雄文化与格萨尔史诗》等多篇论文。正是由于有了萧老、李学琴、罗润苍、邓珠拉姆、格桑曲批、志玛拉西、意西泽珠等前辈打下的坚实基础，中国民间文学大系开编之后，我们才得以和四川省格办合作，很快完成了《中国民间文学大系·史诗·四川卷·格萨尔分卷》的编纂和出版工作。

萧老说他喜欢和年轻人一起做事，"小萧"就是他亲自提议我们改口叫的。他说："我们换一换，你们叫我小萧我很高兴。"紧跟着他就把我们称作老黄、老汪、老李、老罗……开会时他一本正经地说："请老黄同志也讲几句。"那段时间我们遵照萧老的建议，老少称呼大反转，取缔官称，把萧洪二老喊作小萧、小洪，把主席喊作小黎，把主任喊作小刘、小侯，而我们一群小字辈却荣冠老某。这建议新鲜刺激，一试大家笑作一团。

萧老是一个乐观开朗、童心不泯的知识老人。

在一次同事的婚礼上，萧老被请来做证婚人，他在祝福新人互敬互爱、白头偕老后举例自己，勉励新人。萧老说他和老伴结婚 50 多年，没闹过架，没红过脸。我当时听了很惊讶，也对以后的日子充满了憧憬和期待。后来我才明白，要达到萧老的境界，十分不容易，需要修炼。

有一段时间，我爱去找萧老借书看。萧老的家就在和文联一墙之隔的87 号，几间房子全是书，相当于一个小型的图书馆，他乐于把书借给人看。他说书本来就是给人看的，搁在书架上就是赋闲、偷懒，没发挥作用。向萧老借书，不用登记，不用打借条，不用办任何手续。我问要是人家不还你咋办呢？萧老说："证明那书对他有用，有些人是一时忘了等他记起时会还我的。"事实上，萧老有不少书，借出去后就再也没有还回来。

我们都很喜欢听萧老讲话，包括例行公事的政治学习时间。萧老知识渊博，讲起话来滔滔不绝，常讲常新。关键在于，萧老不说假话空话，经常能听到他的肺腑之言。听萧老一席话，胜读一本书。2000年的时候，省文联为萧老的论文集出版举办了一次座谈会，会上时年95岁的他不昏不聩，滔滔不绝，令我折服。

后来，萧老在家中跌了一跤，造成左半身偏瘫。我们都为萧老捏着一把汗，毕竟是90多岁的人了。没想到萧老没有丝毫的悲观与畏惧，我们到医院去看望时，他激动地举起右手作有力状曰："感谢上帝，我还（huan）可以用右手做事。"

在我有限的一生里，萧老永远都是一位良师。

值得追忆的往日时光

孟　燕

今年是四川省文联 70 周年华诞，而我从 1985 年到文联的省民协工作，也已近 40 年了。岁月如梭，许多事都值得回忆，许多人都令人难忘。

这里只选取与民间文学三套集成相关的点滴进行追忆，毕竟那是前后延续了近 20 年，与文化部组织完成的七套民族民间艺术集成，同属"八五"期间全国艺术科学规划重点项目、国家社科基金重大项目，其成果被誉为"文化长城"，是载入史册的一项标志性文化工程。

我最早来报到的单位是四川省民间文学三套（民间故事、歌谣、谚语）集成办公室，属省文联，与四川省民协两块牌子一班人马，是为完成 1984 年 5 月由中宣部、文化部、财政部、国家民委、中国文联、中国民协共同发起的编纂全国十套艺术集成而设立的机构，省文联和省集成办负责其中的《中国民间故事集成》《中国歌谣集成》《中国谚语集成》三套集成四川卷。我的青春也便挥洒在了这项事业中。

忆萧老

省集成办的洪钟等几位老先生都学识渊博，只是因萧崇素先生老家在安县，属我分管的集成川北片区，便常邀萧老去讲课、培训，接触更多、印象也更深。他那时已 70 岁了，曾任中国民研会顾问、四川省民协副主席、四川省《格萨尔》办公室副主任，1929年就参加左联时期戏剧活动，是真正有学问又酷爱民间文学的大家。我们尊称他为萧老，他的一系列民间文学书籍，如《曾布的宝马》《青蛙骑手》《五色海的传说》和学术著作《四川少数民族民间文学漫步》《萧崇素民族民间文学论集》等，影响了一大批人特别是少数民族青年投身到民间文学集成工作中。当他97岁去世时，一个叫达尔基的藏族学者连夜从还没有高速公路的阿坝州马尔康赶来，送引他走上民间文学这条道的恩师一程。后来他也收集、出版了多部藏族民歌，并成为省民协的副主席。

可以作爷爷辈的萧老博学而又朴实，听他讲话、聊天是件愉快的事。至今我还能记得他特别喜欢的一首藏族民间歌谣《忘不了》：

> 我喝过的美酒都忘记了，只有阿妈的奶水忘不了。
> 我说过的话都忘记了，只有情人的话忘不了。
> 我走过的路都忘记了，只有回家的路忘不了。

当年集成办的年轻人都忘不了萧老的言传身教。我曾写过一篇谈民间故事在当下的现实意义的论文，请萧老指导，结果他返还我时，论文上密密麻麻的批改让我感动不已。1988年9月，我们一同去陕北参加有关民间歌谣的研讨会，年岁最大的萧老总是怕麻烦别人，走路、提包都尽量不要他人帮忙。会议的其中一个内容是实地考察信天游等陕北民歌。一位50多岁的歌手正在演唱"酸曲"（情歌），看见我就一下不唱了，说这种歌他不会在年轻姑娘面前唱，萧老忙解释："她是搞民歌研究的，没关系。"其实我当时只觉得音调婉转优美，歌词唱的啥几乎没听懂。后来去多了羌寨，我又写了一篇论文《羌族"毒药猫"浅论》，刊载于中国民协公开发行的1989年6期《民间文学论坛》，这与萧老的鼓励分不开。

拾"集成"海贝

集成的普查抢救规模空前、备尝艰辛。20 世纪 80 年代末的集成工作对民间文学普查相较以往更全面而彻底，随着科技的进步，手段和条件上也不会再有过去的艰难（随时间推移，老一辈故事家、民歌手的去世，再寻访、搜集的难度将会更大）。现在民协办公室还保存着广州无线电厂生产的摩星牌录音机和索尼磁带，已是当年普查阶段采录民间文学用的"古董"。

1985 年 8 月，时任省集成办副主任的刘尚乐带我和李汉森去凉山彝族自治州唯一的藏族自治县木里普查、调研，那是我到文联后第一次出差，没想到竟去了西南的最偏远之地，后来都再无机会回访。那时都是乘坐公共交通，我们坐火车到西昌，又坐汽车到盐源县，现在的著名景区泸沽湖大半部分在盐源境内，那时从未听说也没去过。一大早乘公共汽车从盐源出发，晚上 8 点才到木里，又坐了整整 12 小时。到县里后我们兵分两路，一路去了木里大寺所在的桃坞乡，我们和县文化馆的曾仲平还有苗族女歌手李子英去的是苗乡和藏族的康坞牧场。多数乡没有公共汽车，我们坐在已堆满木头的卡车顶上，手紧紧抓着捆绑木头的钢丝绳。在伐木工到站后，只得还赖在车上央求司机再送一程，因为距要去的李子坪苗族乡还太远。采录有时也不是太顺，因通讯不便，要么走了很远，要找的人不在，要么人在但有许多顾虑不肯讲，还得磨嘴皮做思想工作。

我们租骑过 6 天的建昌马，因马鞍不够，文化馆的小李主动把马鞍让给了"省城里来的"。过蚂蟥沟时眼看着马的四蹄被蚂蟥咬出血，下山时我们便无论如何都不肯下马，让向导着实心痛了一把他的马匹。将马送还牧场时有很长一截平缓的马路，没想到马也归家心切，无论我怎样拉缰绳都狂奔不停，跑到牧场，马终于停了下来，我肠胃里翻江倒海的滋味至今想起都后怕。山高路远常不能按点吃饭，有时在农家吃面，能切两片肥腊肉漂点油花在里面已很满足了。条件的确艰苦，但也是从那时开始，我知道了故事、山歌几乎就是偏远山乡村民最爱的精神食粮，也从此喜欢上了优美的民间故事和动听的民歌。

还记得 1987 年 6 月去松潘的小姓乡采风。同行的同事小伙罗雪村在成都到松潘的长途车上就已晕得一塌糊涂，这下，由三节组成的"三洋"录音机总不能让已 50 多岁的刘主任领导来提，我便充当了提录音机的女汉子（前不久聚会，已是四川省美术馆的罗馆长还就此事连声道歉，说是从此，他再不晕车了）。

三套集成有专项经费，但使用起来都很节约，绝不多花一分钱。现在翻看相册，那会儿省民协和集成办一同开茶话会，开四川省民间文学集成表彰会，横幅都是由我手书的不花钱的排笔字。另两个小插曲也权当佐证。松潘县在高原，紫外线很强，我们当时向领导申请买几顶草帽，未获准。坐了一天车终于住进县招待所，可是因我和小罗的级别不够也为了节约经费，有标间却不能住，我俩赌气，他住了一个大通铺，我住了一个六人间。那会儿的小失落后来都变得云淡风轻，让我们当笑话讲，而更多记住的是参与集成的无论省里的领导、专家还是基层的工作者，都充满了激情、倾情投入、艰苦工作、无私奉献。这种精神后来也成为民协的宝贵财富。

像其他羌族聚居的寨子一样，寻访这个云朵上的民族在当时只能坐拖拉机上山。年轻的乡长格见车带我们见到了村中一宝——已 70 多岁的雷磋大妈，豪爽的她哈哈笑着说："你们再不来收集，我肚子里的东西就要带到棺材里啦。"性格与有点耳聋不说话的她的丈夫刚好相反。连续几天，雷磋给我们讲故事，唱山歌。尤其是羌族长诗《尼撒》，让我们如获至宝，大喜过望，格乡长兼任翻译。也算我们去得及时，回来后没几年，就听说雷磋老人去世了，让人惋惜，这就应了冯骥才先生的话："民间文艺首先是抢救。"也再次证明三套集成工作开展得多么及时和有意义。遗憾的是《尼撒》因篇幅长，并没有进入省集成歌谣卷，好像后来西南民大的李明教授一行也去了小姓乡采录，最后结合多个版本综合整理，印了单行本。

我作为一名集成的参与者、见证者，也想借此机会感谢四川省所有参加过这项旷古烁今伟大工程的人。我在省歌谣卷后记里曾表达过诚挚的谢意，由于当年像冯元蔚、李致、黎本初等四川省委、省政府、省委宣传部、省文联领导的重视、支持、广泛动员，数以万计的专家和基层民间文艺工作者投身到"集成"事业中，没有他们艰苦卓绝的普查搜集和呕心沥血的整理编辑，就不会有四川民间文学三套集成的丰硕成果。而如今当年的那些讲述者、演唱者、采录者、整理者包括我们编纂者在世的已不多了，这让我颇为感伤，一串四川集成的主要参与者彭维金、黄其慎、阿鲁斯基、沐涛、王纯五、刘仁铸等等名字又都浮出脑海，健在的如钱正杰、刘大军、毛建华、郑自谦等也都七八十岁了。能记起的人不少，想感谢的人太多，限于篇幅，这篇小文难免挂一漏万，请原谅我追忆的疏漏和文字之不逮，但还是想以此纪念那段燃烧过的激情岁月，那些共同奋斗过的"集成人"。

初到文联二三事

李建中

我是 1985 年从西南师范大学（今西南大学）毕业分配到四川省文联民间文学集成办公室工作的。38 年过去了，初到文联时的情景仍历历在目。

肉联和文联

大约是 7 月 15 日，我坐火车来到了陌生的成都。走出火车北站，带着分配手续和随身行李，满怀着忐忑和希望前往四川省文联报到。托运的行李还没到，需耐心等待通知。根据事先准备的功课，我应该坐 5 路电车，在"红星饭店站"下车。

在红星饭店站下车后，抬头一望，不辨东西南北，有些不知所措。想起"路在嘴上"的老话，决定找个人打听一下。迎面走来一位中年妇女，急忙向她问道："同志，请问省文联怎么走?"当时，成年人之间都习惯互称"同志"。

那位女士思考了一小会儿，然后有些不好意思地说："啥子文联我不不晓得，不过我晓得肉联厂，就往那边走。"说着，她抬手朝一个方向指了指。我过后知道了，她当时指的是北边府青路方向，那里确实有大名鼎鼎的"国营成都肉联厂"，后来变成了专门经营冷冻肉类批发的地方。

在换用"布后街""燕鲁公所街"这样的问法后，立即得到了明确的回答。原来，红星饭店离文联竟是如此之近！读书时便向往着能到文化单位工作，所以对成都的两个地址早就耳熟能详：一是出版社云集的盐道街3号，二是文艺家和编辑部汇聚的布后街2号。当时的文联，正处于拆掉老院落、在原址修建新办公楼的过渡阶段，单位门牌也从此前使用的"布后街2号"改为了"红星路二段85号"。文联的所有协会（包括还没分出去的作家协会）和部门，都暂时挤在斜对面燕鲁公所街的文联招待所办公。

在人事处办理相关手续时，得知文联同时接收了来自不同学校的四位毕业生，全部分配在民间文学集成办公室。这个办公室是为普查、搜集、整理民族民间文学遗产新成立的，与民间文艺家协会（当时叫中国民间文艺研究会四川分会）合署办公。其他三位分别是李红菲、汪青玉和罗雪村，他们都毕业于成都的大学，所以都先我一步报到了。

水漫"襟衫"

民协和集成办的办公室只有一间套房，在招待所五楼的楼梯口，隔壁是《星星》诗刊编辑部，楼梯另一侧是书法家协会。套房里面的小间安了一张办公桌，是秘书长兼集成办主任洪老（洪钟）的座位；外间挤着安了四五张桌子，分别属于副秘书长刘尚乐和几个资深工作人员的。办公桌之间的空间，堆满了先我报到的三位同事的行李。在行李与办公桌之间的空隙处，摆了几把可随放随收的折叠椅，算是新人们暂时可以落座的地方。当时几位前辈或出差在外或在高校学习，于是我们便有机会蹭一蹭他们的座位。

几天后，我托运的行李到了火车站，一个木箱和三个纸箱，里面装的都是些不舍得丢的书籍课本和不能够丢的衣衫被子。办公室实在是"容不下"它们了，在领导的协调下，将四个箱子暂时堆放到了一楼组联处办公室里靠着卫生间的墙角处。

中秋节前的一天，上午刚上班不久，楼下突然传来一阵急促的呼喊声："李建中……"我心里一喜：嘿！难道是哪位老同学来了？当时我们办公室还没有电话，公事私事留给别人的电话号码都是一楼收发室的，于是收发室的大爷常常会呼喊这个、那个去接电话。那年月，能接到电话，与收到信件一样，心头都是很高兴的，绝对不会担心是骚扰电话或诈骗电话。

大步流星冲下一楼，看见了在走廊上呼喊我的人是组联处傅先惠老师。一看她的脸上毫无喜色，我心里轻轻敲起了小鼓。果不其然，她略微平息了一下呼吸，说："快，快去看你的箱子，被水淹了……"

什么？我脑子"嗡"的一声响，一个侧身从她身边蹿过，飞奔向组联处的办公室。远远便看见走廊上有积水，门口还源源不断有水流出。从门口往里一看，满屋子都是水，有人正在用撮箕、扫把和拖布收拾地上的积水。可怜我那三个纸箱和一个木箱，"洪水"虽已退去，但洪峰时的水位线明显地"印"在了它们的"胸"前。可以想象，里面的东西基本上都受灾了。

我几进几出，匆匆把箱子搬到外面走廊上。这才停下来，知道了引发洪涝的原因：昨天有人没关好洗手池的水龙头，水先灌满了卫生间，然后从门缝流到外面房间，偏偏办公室与外面走廊间的大门密封得特别好，几个箱子……

那一天，招待所二楼过道外面的平台和四楼、五楼的走廊上，都铺满了被水泡过的书本。虽然心里很痛，可那些书泡都泡了，实在不行，扔了也就扔了；但是那有数的几件旧衣衫，实在是不敢扔啊，在没有实力更新之前，我还得靠它们暂蔽陋体！

擦干脑袋上的汗水，挤掉衣衫上的脏水，稍加清洗，在过道上晾了一排。说实话，那一整天，我的心情都是比较沉重的。不过还好，第二天天亮之后，心情逐渐轻松起来了：也许这就是我的人生中必须要经历的小坎坷吧。嘿嘿，从此，我也是经历过抗洪救灾的人啦！

充满阳光的阳光房

之所以出现"水漫襟衫"的情况，说到底还是因为我们没有自己的住处。白天大家就在办公室插空打游击，晚上怎么办呢？女士优先，单位给李红菲准备了一张行军床，大家下班离开后，她关上门倒也可以踏踏实实休息。我们三位男士，起先被安排暂住川报招待所的多人房。卧榻之侧，每天变换着不同的房客酣睡。窗外不远处便是连夜赶印报纸的印刷厂，一边听着印刷机有节奏的起落声，一边幽幽入睡。年轻时瞌睡多，倒也不觉得夜长。

长期住招待所也是一笔不小的费用，领导决定给我们三个租一间房。经过一番考察，最后在二医院附近租了一间让人一看就很容易联想到"聊斋故事"的破旧平房，蚊叮虫咬不说，还异常潮湿。大家都觉得这也不是长久之计，于是继续想办法。终于，在招待所顶楼（六楼）找到了解决问题的办法。顶楼的走廊尽头是文印室，文印室旁有一块长方形平台，大概有 20 多平方米。那真是一块宝地啊，接下来就将成为我们安身的地方了。

当时，成都刚出现了用简易材料组装的可以随建随拆的活动房子。领导当机立断，在那块平台上搭建了一字排开的三间小小活动房，每间 6 平方米左右。拿到房间钥匙后，大家都很开心。我的房间里除了摆一张小铁床外，还放了一张小书桌和一个小小的竹书架。

这三间冬冷夏热的活动房，我们称其为"阳光房"，不但整天可以照射到阳光，也让我们的生活充满了阳光。我们三人不但在里面度过了初入社会那几年艰辛而快乐的时光，还都在那期间谈上了恋爱。对女朋友，我们可以略带自豪地说自己是"有房子的人"！

想起当年采风时

罗大佺

人生的第一份工作，是搜集整理民间文学。

那年我 19 岁，初中毕业因家贫辍学后，回到农村已经 3 年多了。19 岁的小农民，一直做着文学梦，认为可以改变自己的命运，可是除了在县级报纸发表 10 多首诗歌外，一直没有起色。而且，那份县文化馆主办的《群众文化》报，还因多种原因，早就停办了。

一天，我到县文化馆去看书，那时候县文化馆和图书馆还没有分家，在报刊阅览室，我碰到了李克勤老师。这是一位 50 多岁，阅历丰富，待人热情，和蔼可亲的群众文化辅导干部。他忽然问我愿不愿意到文化馆来帮助搜集民间文学？我一听能到文化馆工作，感觉这是天大的喜事，脑袋赶紧鸡啄米似的点点头。李克勤老师将我领到文化馆三楼他的家里，作详细地交代。他说，为抢救民间文化遗产，由国家文化部、国家民委、中国民间文艺研究会联合发文，要编纂《中国民间文学三套集成》，各省市县也成立了相应的班子和机构，在普查搜集的基础上，编纂出当地的《民间文学三套集成》，国家也把这项文化工程列入了"七五"期间重点科研项目。民间文学三套集成，就是民间传说故事、民歌民谣、民间谚语。李克勤老师接着说，县里这项工作，一年前就召开了宣传动员工作会，但各乡镇文化站普查搜集来的资料，不全面，质量也不高。你的任务就是去查漏补缺，把那些没有搞好的乡镇搞好，没有启动起来的乡镇，搞起来。这样的搜集整理，对你今后的文学创作也有帮助。李克勤老师又说，之所以聘请你，是考虑到你酷爱文学，有文字基础，又能吃苦耐劳，如果安排县文化馆的工作人员下去，人家抬个凳子来，他还要吹吹上面的灰尘才坐，又怎么去开展工作呢？至于报酬，每天补助你 1 元 5 角钱，车费、船费另外报销。至于住宿，我们会给乡镇打招呼，让他们协助解决，解决不了的就去住旅馆，把票拿回来报销。临出门，李克勤老师又神秘地对我说，红星乡还没有文化专干，如果你把这项工作做好了，我们推荐你去当文化专干。

就这样，我有了人生第一份工作。尽管每天只有 1 元 5 角钱的补助，但我也很高兴，有了工作就有了跳出农村的希望。李克勤老师不是说工作干好了推荐我去做文化专干吗？尽管文化专干不在乡镇干部序列，不是正式编制，但总比在农村当农民强；说不定工作干好了不用去当文化专干，县文化馆就地就给转正了呢，那样，我可就从丑小鸭变成白天鹅，成为县里的文化干部了。离开文化馆时，我有点想入非非了。

记得去的第一个乡是我的家乡红星乡，乡党委书记是位女同志。拿着县委宣传部开具的介绍信去找到她时，她看了介绍信，问我需要乡里支持什么？宣传部的介绍信大意是说，罗大佺同志是我县民间文学三套集成编辑委员会雇请的资料收集员，现来红星乡进行民间文学资料的收集、采写工作，请予大力支持。女书记一问，我一时也没想好怎么回答，就说："您就请各村支持我的工作吧。"于是女书记就在县委宣传部的介绍信上斜着签署了"同意在我乡范围内收集民间文学资料，请各地给予方便"的意见，并叫人加盖了红星乡人民政府的公章。李克勤老师为什么要去找县委宣传部开介绍信呢？因为洪雅县民间文学三套集成编辑委员会的主任和主编是宣传部副部长朱德贵，李克勤老师是副主编兼任办公室主任。大概是怕乡上不买账吧，才去找宣传部开的。当然，以后到其他乡镇就是由县文化馆直接开具介绍信了。拿着县乡两级介绍信，我去了村上。村支书表示支持，但介绍的两位民间文学故事能手，一位支支吾吾，不愿意讲；另一位更是见我去了，就立即关门出去干活。后来一打听，原来他们以前都是小学教师，因在特殊年代说了一些不合时宜的话语，被开除回家务农，现在还心有余悸。那时刚改革开放不久，搜集民间文学时按要求要记录下讲述人的姓名、年龄和住址，讲述人有这种心情也是可以理解的。但一时碰了壁，我心里也很犯怵，不知该怎么办？后来想起父亲是位民间艺人，小时候也爱讲民间故事，于是回到家，要父亲给我讲。父亲笑了，给我讲了好几个传说故事，我把它记录下来，带着父亲讲述的这些故事，去找和父亲熟悉的人，慢慢地工作局面就打开了。

工作局面打开后，工作热情就来了。不管车厢里、旅馆中、还是乡村小路上，每当我认识一位新伙伴时，就积极向他们宣传三套集成工作的意义，向他们打听隐藏在村里的民间故事高手、民歌能手。一些村民不仅提供线索，还热情地给我带路。遇到地广人稀的乡镇，到学校发动学生回去写，根据作文线索，再去找人讲述，这样就很少跑冤枉路了。

民以食为天，春耕和秋收是农村里最忙的季节。村民们有的为生计而奔波，有的为不能及时播种和收割而苦恼，有的因缺乏劳力而犯愁，这个时候去找到他们，他们哪有心思跟你聊天呢？好在我本身就是个农民，觉得对方确实能提供资料后，主动留下来，帮他们挑粪、挖地、摘茶叶、点玉米、割稻谷、打谷子、薅黄连草等。人心换人心，我的行为感动了这些民间艺人，他们觉得我不但没有架子，还帮助干农活，这在见过的工作人员中不多。于是白天干农活，晚上就给我讲故事传说，自己讲不说，还去约其他人来一起讲。时间稍长，他们把我当作知心朋友，不仅传说故事，就连个人隐私、家庭琐事、邻里矛盾，也一股脑儿摆给我听，临别时送了一程又一程。

洪雅是个山区县，那时候交通很不发达，班车只能到达部分乡镇的场镇，到村上普查和搜集，主要靠两条腿。没有搜集到的民间传说和民俗风情传说，一般都隐藏在偏僻山区的民间艺人心里。要做好查漏补缺，就得往那偏僻的山区跑。海拔一千几百米的八面山、宝子山、仰天鹅、王岩山、万湖山我去过，海拔 2300 多米，中途要经过 30 多里荒无人烟的原始森林的炳灵乡燕远村，在没有向导的情况下，我也去了。有时候为找一个人，一天要走 100 多里山路。有时候碰上天气变化，还得淋两三里路的生雨，摸一段黑路。现在想起来，也觉得有点不可思议。但就是在那些偏僻的地方，搜集到了一些美丽的传说和动人的歌谣，短短 3 个多月的时间里，我跑遍了 8 个乡镇，搜集了 280 多篇民间故事，将近 1000 首民歌民谣和无法计数的民间谚语。特别是那些瓦屋山的民间传说故事，30 多年来一直显示着独特的地域文化价值。

搜集过程中出现了一些令人感动和有趣的事情。比如到联合乡搜集时，接待我的乡团委书记是位新婚不久的漂亮女同志。她不仅提着录音机陪我下乡搜集，晚上还把她在乡政府的那间寝室腾出来给我住宿，而她却去和其她女同事一起挤着睡。炳灵乡一位中专毕业刚分配去的年轻小伙，接到文化馆电话时，误把我的名字听成"罗大群"，认为他耍女朋友的机会到了，看到我是一位小伙子后，感到失望，但他也积极支持工作，和我成为好朋友。当然，工作中也遇到了一些尴尬的事情。比如中山乡一位农村妇女就曾当面质问我，说我去找她老公收集民歌时耽误了那么长时间，卖了的钱怎么不分点给她家？其实我当时只是告诉他们，县里会对先进民间歌手进行表彰奖励。比如将军乡政府伙食团的师傅，无论工作人员怎么解释，就是不愿把饭票卖给我去吃饭，说他们的饭票不对外销售。

普查搜集工作结束后，李克勤老师继续聘用我帮助编辑整理和校对《洪雅县民间文学三套集成》一书。补助费也从每天计算转为按月发放。李克勤老师还通过乐山市民间文学三套集成办公室，推荐我去协助丹棱县文化馆、井研县文化馆编辑整理民间文学三套集成。1987 年 12 月和 1993 年 12 月省委宣传部、省文化厅、省民委、省文联、省民间文艺家协会、省三套集成办公室联合表彰中国民间文学集成四川卷资料普查和资料本编辑工作时，分别授予我"嘉奖"和"纪念奖"。

虽然民间文学搜集整理工作最终没能解决我的文化专干和身份问题，但它锻炼了我的工作能力和文字水平，为以后正式参加工作和文学创作打下了结实的基础。至今回味起来，仍然难以忘怀。

民间文艺——从拒绝到喜爱

吉则利布

在彝族地区，每当遇有节日庆典、婚丧嫁娶、诵祖念经、调解纠纷等重大场合，人们都喜欢聚集在一起讲述民间故事，特别是在喜庆的场合下即使一方没有老练的讲述者，也有用酒聘请同村子上能够讲述的人去帮自己讲述民间故事、歌谣、尔比尔吉的习俗。千百年来彝族的文化传承多是以这种方式代代沿袭下来的。在彝族的谚语、民歌中，一句或一首就包含着一个美丽的传说或一个有趣的故事，内容丰富，数量众多。我生长在彝家山寨，从小就受到这种独特的民间文化熏陶，自然对这种文化产生浓厚的兴趣，后来在从事凉山民间文学的收集、翻译整理、编纂中有点成绩，与我所处的环境、成长的经历，是分不开的，而且影响也是相当大的。

凉山民间文学集成工作1985年开始，1995年年底结束，历时10个年头。全州共搜集到民间故事830篇，歌谣7030首，谚语10956条，彝族传统克智40000余行，总计达3000多万字。全州17个县（市）基本上完成了普查，编印了县资料卷本，州卷也得到了出版。我和许多同志都参与了最初的普查、资料卷的选编及出版工作，从普查到结束，走过不少的乡村，遇到过不少的难题，吃过不少的苦，回想起曾经经历过的事情，许多往事难以忘却，铭刻心间。

1988年单位安排我去从事凉山三套集成卷工作，说句心里话，当初我是不乐意的，认为这属于乡巴佬文化，搞不出啥名堂，心里也很茫然，没有一个明确的远大目标。后来单位领导再三做我的工作后，我才接受任务，并有机会进一步接触和研究民间文学。作为民族地区的三套集成，从深入山村采录资料，到反复翻译整理，再到选编出版，我们遇到的问题和困难比汉族地区多，而且复杂。首先，从基层报来的资料上看，都普遍存在着质量差而且重复多的现象，有分量有影响有特色的资料没有多少；其次，用彝语文记录，然后翻成汉语的故事、歌谣的内容也不那么贴切和完整；最后，有的演唱者、讲述者的简历不清楚，文本里面的注释也不贴切。针对这些实际情况，我为了进一步掌握全州的集成工作进展情况和动态，又到布拖、美姑、昭觉、普格、喜德、冕宁等县，跟随县上的同志一起带着干粮，背着录音机，一起早出晚归，一起爬山涉水到边远山区对民间文学资料进行查漏补缺。结果遇到许多讲述者和歌手都居住在高山峡谷里头，给我们的搜集资料工作带来了诸多不便。尽管如此，为了搜集到有价值的民间文学资料，不顾路途的远近，不怕翻山越岭，不管风吹雨淋，我们都这样坚持搞采录工作。有时还遇到没有吃的和喝的，只好找几个洋芋来填进肚子，这样忍饥挨饿地搞搜集。在采录当中一旦遇到好的歌手或老德谷，自己掏钱打酒给他们喝起，让他们在喝酒兴奋当中给我们讲述需要的故事、歌谣、尔比尔吉，像这样的采风经历三天三夜都说不完。除此而外，在翻译整理当中也遇到过不少让人头痛的问题，在基层大多数讲述人和民歌手，都不懂汉语，他们所讲述的故事和民歌全用彝语讲述，采录现场是无法把彝语翻译成汉语的，这给我们的采录工作带来了相当大的困难，特别是遇到用土语讲述的故事或歌谣时，我们只好先用磁带录下，然后带回住所，一边播发，一边记录和翻译整理。有时为了做到翻译内容的准确性，又要对讲述者负责，我们把初稿翻译整理出来后，又返回到采录的地点，向讲述者或演唱者请教、寻根究底，认真细致地写出注释、附记或演唱者、讲述者的简历，直到细致全面为止。

从搜集资料，到翻译、整理，再到编选资料卷工作，时间之长，工作量之大，使得原先也在搞翻译整理工作的几个同志，面对这繁琐的工作都觉得太苦了，搞着搞着就放弃不干了。我由于承担了此项任务，不敢放弃，只好默默无闻、夜以继日地翻译、整理，一干就是4年，也仅才翻译、整理完州资料卷。州资料卷选编完后，又遇到了出版难的问题，由于这项工作历时时间长，参与人数多，搜集到的资料多，如何把这些资料编成册或印刷成书进行保存，又成了一个难题。作为具体编纂的我来讲，食不甘味，夜难成眠，十分担心历经艰辛搜集编译而来的这些珍贵资料随着集成工作的结束或人事更迭，被流失或丢掉，造成无可挽回的损失。后来出于责任心，我带着这些编好的资料，天天跑去找相关领导，请他们签字支持，经常纠缠着财政局的领导，不停地向他们倾诉，不停地向他们说明编纂资料卷的重要性，最终拨了点微薄的经费，才把数以千计的民间文学工作者深入千村万户，克服困难，辛辛苦苦地采录来的民间文学资料《凉山州民间故事集成》《凉山州民间歌谣集成》《凉山州谚语集成》得以出版和保存，这就是我从事凉山三套集成工作经历过的艰辛历程。

集成工作结束后，我从当年采录来的一些资料中，还出版了《凉山彝族克智精粹》《凉山彝族机智人物故事选》《勒格斯惹的故事》《彝族克智译注》《凉山彝族童谣》《风从民间来："追寻中国梦"采风文论集》《彝族传世民歌》《彝族童谣精选》《彝族经典克智》《中国彝族民间文学总目提要》等多部民间文学作品，先后获得凉山州"山鹰文学创作"奖、四川省民间文学编辑奖、巴蜀文艺奖。其中，《彝族克智译注》获2013年第十一届中国民间文学作品最高奖"山花奖"，《彝族传世民歌》于2018年荣获四川省文联"百佳推优"奖，《彝族经典克智》荣获凉山州第十八届社科联成果一等奖。

后来我还担任《中国民间文学大系·四川彝族克智（谚语）卷》名誉主编，《中国民间文学大系四川省彝族长诗卷》副主编，《中国民间文学大系·四川少数民族故事卷》编委，《中国民间文学大系·四川少数民族神话卷》编委，《中国民间文学大系·四川少数民族歌谣卷》编委等。可以说，我能够步入民间文学领域是与三套集成工作分不开的，而我学业水平的逐渐提高，又是与从三套集成工作当中吸收专业营养及老民间前辈们的精心引导、鼓劲分不开的。我生长在彝家山寨，从小就坐在火塘边的竹笆席上聆听彝族老人们说唱克智、故事、格言长大，也目睹了无数的节日庆典、婚丧嫁娶、送祖念经、调解纠纷等民俗活动，受到了民间文化的熏陶。后来亲身参与这些民间文学工作，使我产生了对彝族民间文化的浓厚兴趣，搜集整理、翻译了大量的彝族民间文学作品，基本能保持原汁原味，它们不仅具有较高的艺术价值，而且对研究民风民俗和教育后代有着极为重要的意义。

犍为"文学讲习会"回忆

纪志南

往事并不都如烟。1982 年那个暖暖的冬季，转眼不觉过去整整 40 年了，当年那个冬季的 11 月，文学给予了我们犍为县那一代"文学青年"特别的"温暖"，曾经的温馨至今依然暖暖于心。1982 年 11 月 22 日至 28 日，犍为文化部门邀请当时四川 8 位知名作家来犍讲学，历时 7 天。这是犍为文学史上可载入史籍的一件盛事，值得怀念。

一 缘起，动因

犍为县文化局成立于 1981 年，首任局长卢绩高，江苏淮安人，他是"中国人民解放军西南服务团"南下干部，留在了犍为地方工作。在犍为工作生活了 70 年的卢老，于 2021 年 6 月 25 日辞世，永远留在了犍为这片他心中的"故土"。

卢老就是这次"文学讲习会"的肇始者，他与著名诗人、作家，时任《沫水》主编的周纲老师交往甚密。那时周纲常来犍为指导工作，辅导文学青年创作，卢绩高也多次邀请周纲来犍为采访创作。从这些交往中，让卢绩高受到启发，深感如要繁荣犍为的文学创作，就得请一些作家来犍为办个讲习班，这样面对面的辅导会更有成效。嗣后，在两人的一次茶叙中，卢老向周纲提出，希望能请省里一些著名作家来犍为讲学，这样对文学青年的水平提升大有益处，能更好地扶持文学青年成长，推动犍为文学创作的繁荣。

当时，正值周克芹的《许茂和他的女儿们》荣获"茅盾文学奖"不久，全国正热，报刊电（视）台纷纷报道，还发生了"北京""八一"两家电影制片厂为争夺这个题材互不相让，结果闹出了两家同时拍摄一个相同题材电影的事情，这在过去从未发生过，可见影响之大。对此，卢绩高提出："要能把周克芹请来，这个影响就更大了。"那个年代的文学青年，对文学名家、诗人非常崇拜。对此提议，周纲明确表示同意："省里这些作家大都是我的朋友，请他们来没问题，只要你能解决经费就行了。"于是，办"文学讲习会"的事情就这样敲定了。

经向县委和县委宣传部汇报并得到同意后，卢绩高和周纲立即按计划进行，前往成都请人。他们首先找到省作协副主席陈之光，详细汇报了邀请作家、诗人到犍为讲学的前期筹划和准备工作，陈当即表示支持说："这是好事，既然你们有决心，对于我们是义不容辞的事。"随后，陈之光和周纲一起商量邀请人选，列了一长串名单。作家们大都分散在各个单位，当时陈之光家里还没安装电话，陈之光、周克芹就约周纲和卢绩高一道到成都盐市口邮电局打电话通知各位作家，除个别因事走不了外，其他作家、诗人都热情答应。个别的如戴安常老师，没有电话他们就登门邀请，共请到 7 位，他们是：陈之光、化石、克非、杨字心、周克芹、戴安常、榴红，加上乐山周纲共 8 位。当时，准备邀请的还有高缨、孙静轩。因高缨在北京开会、孙静轩在西安出差而未到会，其后，他们也都先后来犍为作过文学辅导和讲课。

二　授课，讲学

在县上及当时的乐山地区文化局关怀下，犍为县文化局要举办"文学讲习会"的消息很快传开，其他县如沐川、马边、洪雅和五通的文学爱好者纷纷打听。还有那时属乐山的眉山县、军工企业308（东风电机厂）等的文化主管部门和文学青年也纷纷联系前来参加听课。期间，时任乐山地区分管文化工作的地委书记杨万明、地区文化局局长刘世良等领导也专程到会参加讲习班有关活动。感谢他们对乐山特别是犍为文化和文学创作工作的支持。

周克芹在讲习会上

文学讲习会课堂借用当时百货公司的小礼堂，前来听课的除得到通知的正式学员外，还有很多是闻讯自动前来旁听的文学青年。讲习班于11月22日上午开班，听课者挤满小礼堂，礼堂窗外也站满了人在听讲。

来犍为的老师们都住在当时的县政府招待所。当年前来犍为参加讲课的周克芹当时正出差万县，但他事前答应参加，故守约赶到。他从万县赶来犍为途中在重庆朝天门码头下船时，左脚不慎扭伤。克芹老师住在招待所的3楼6号，一天晚上，我们几位参会的文学青年相约去看望克芹老师，当我们走进他住的房间，见他着一套很旧的蓝色中山装，脚上穿一双紧松布鞋，面容略显憔悴，有一种深沉的凝重感。其中一位还帮他用药酒揉搓扭伤了的脚。他强忍着痛，招呼我们坐，这一幕至今还清晰地留在我的脑海里。

讲课时的一些场景，至今记忆犹新。如诗人戴安常讲到他创作写云南昆明滇池的《啊，西山睡美人》那首诗时，即兴朗诵道："是睡着美/还是站着美/啊，西山睡美人/起来吧……"那抑扬顿挫的激情朗诵，至今声犹在耳。戴老师这首诗，正好发在上一年即1981年《诗刊》第4期上。安常老师已经离开我们多年，但他的音容笑貌，如同他的诗都永远活在我们的心里。记得在讲习班的课堂上，周克芹老师饱含深情地讲述了他充满曲折、艰辛，也不乏诗意的创作经历和人生之旅。他总结创作感受和经验时说："创作，就是倾吐自己的'感情积累''精神积累'。"他说："感受人要注意在事件过程中的感情经历，不要只去注重事实。"他讲了感情在创作中的作用，讲话里充满了一个"情"字。

讲习班期间，适逢清溪镇文化中心成立，作家、诗人们和部分学员一行专程前往参观。陈之光副主席是作家兼书法家，他当众即兴大书一幅李白《峨眉山月歌》："峨眉山月半轮秋，影入平羌江水流。夜发清溪向三峡，思君不见下渝州。"作家们也都乘兴吟诗题词，泼墨挥毫，留下墨宝。

三　影响，记怀

40年弹指一挥间。回忆过去，联想当下，早已物是人非，当年来犍为讲学的8位作家、诗人，据我所知，至少已有5位作古，怎不让人伤怀！唯可给他们安慰的是，当年播下的文学种子，早已开花结果，芳香四溢。

犍为没有忘记他们，犍为文学史也不会忘记他们。

对来犍为讲学如今健在的作家、诗人，应是寿高鲐背之年，祝愿他们长命百岁；对已去世的老师，他们泉下有知，看到曾听他们授课的一代文学青年后来的成长和取得的成就，也会感到欣慰。

戏剧春秋

严福昌

自改革开放 40 多年来，作为一名剧人，对于戏剧在这个期间发生、发展、改革、嬗变，其所经历的，身体力行的，可谓感触良多。

非常欣慰的是，仅在这个短暂的三分之一世纪，中国社会发生了戏剧性的巨大变革，经济生活飞跃发展，民主法治进程加快，从宣告"中国人民站起来了"起，历经艰难曲折，近半个世纪之后中国开始富起来了，强起来了，这对于任何一个国人都是莫大的幸运——我觉得这是讨论戏剧文化问题首当其冲必须直面肯定的前提。

我国的改革开放，以党的十一届三中全会为标志，邓小平同志是我们最为尊崇的总设计师。在我看来，思想文化领域里，小平同志已于戏剧方面开了"解放思想"的先声。这就是 1978 年春节期间，他来四川视察工作，对开放川剧传统剧目作出了重要指示。他对川剧十分爱好和珍视，认为川剧艺术是历代创造的中华民族优秀文化遗产之一，艺术价值很高。这对当时禁锢森严的思想文化界无疑是一声平地惊雷。中共四川省委根据小平同志的指示，批示开放了第一批优秀传统折子戏，有《拦马》《迎贤店》《拨火棍》《拷红》《五台会兄》《别洞观景》《点将台责夫》《柜中缘》《水漫金山》等，打破了"两个凡是"的束缚，在全国造成了很大的影响，开了文艺界"解放思想"的先声，也开了全国"解放思想，实事求是，团结一致向前看"的新时期改革开放的先河。接着我省又开放了《柳荫记》

《御河桥》《焚香记》等 30 个大型传统剧目，引起了更大的社会反响。这也就是四川省委 1982 年 7 月发出"振兴川剧"号召的先导。从此开创了抢救继承、改革发展传统川剧艺术，弘扬民族优秀文化的新局面。

要说改革开放 40 多年来戏剧工作的成就，四川当属全国最有影响的一个地区。首先是前面所述的开放传统戏在全国起了领头羊的作用。数以百计的专业川剧院团，各自上演数以百计的剧目，演出 300 场上下，这确实是盛极一时的景象。涌现了以魏明伦、徐棻为代表的一批剧作家，以谢平安、查丽芳为代表的名导演，以四川省川剧院、重庆市川剧院、成都市川剧院和四川人艺、成都话剧院为代表的戏剧表演团体，乃为享誉国中的巴蜀戏剧中坚。

而在盛极之后，戏剧渐露舞台剧式微、观众消减之势，中共四川省委适时提出"振兴川剧"的口号，这在全国大有登高一呼之概，被周扬、曹禺、阳翰笙等文艺界前辈、权威誉为"空谷足音"，继后始有"振兴京剧""振兴昆曲""振兴秦腔"等相呼应，实又为领风气之先。应当说，戏剧为改革开放、解放思想起了舆论先导、推波助澜的积极作用，它为促进人们思想解放，推进四个现代化建设作出了不可磨灭的贡献。对此，我在《振兴川剧：危机·转机·良机》《关于川剧评片见》等许多文章中给予了充分的论述与肯定。

在整个四川戏剧活动过程中，我的主要职责是做好组织协调工作，所以我的文章多为应景之作，即应振兴川剧（戏剧）和推动戏剧运动之景。可以聊以自慰的是，正如刘厚生先生为我《论剧集》序文中所说的，"它是相当广泛地、全面地反映了一个时期一个大地区的舞台风景"，这已经很足够了，再说什么都是多余的话。

在戏剧创作上，因改革开放激流和解放文艺界思想影响所及，我也曾有"应景"之作——我和礼农合作的探索性话剧《扎西娜姆废墟》。当时四川剧坛推出了《潘金莲》《田姐与庄周》《红楼惊梦》《夕照祁山》等一批突破传统戏剧观念的创新之作，我也未免技痒，主动加入到这个在全国尚属先锋的行列里作点尝试之举。

我与礼农有感于西南边陲泸沽湖（勒得湖）地区依然闭塞和愚昧落后乃至野蛮的现状，须让改革开放的春风吹拂，跟上时代前进的步伐，于是构思以曾经是土司头人强娶的汉族女学生肖敏（扎西娜姆）一生的命运遭际为支撑，将她 40 年后从劳改农场归来的所遇、所见、所闻为剧情发展的主要线索，让现实与历史、梦幻与真实、人间与冥界的时空相互交织、转换和对照，由此展露人的思绪与心理活动，发掘深层的历史文化内涵，开掘某种哲理意蕴。我们采用寓言象征的艺术手法，围绕最具审美价值和哲理意味的题旨，这正是创造性探索戏剧的重要特征。当然，作为探索，我们也没有拘泥于将意识到的思想意念通过独具性格的人物动作和丰富生动的情节来揭示的常规，而是大胆地将人物设计为表达意念的符号，通过符号系统，通过人物动作的类比，表明这种文明冲突的实质与必然。自然风光美丽的勒得湖，我们不希望观者沉醉于它的景象，而是采用沉沉黑幕和空寂舞台，传达出一种封闭、压抑、贫瘠的意韵。象征吉祥幸福的扎西娜姆的出现，同样不企求用多舛的命运来吸引观众，而是借助这个表达愚昧对文明的扼杀。作为科学与进步象征的格科，他的开发计划遭重创，也喻示文明战胜愚昧的艰难挫折。最后年轻人陪同老龙布走向新生，封闭一切的黑幕消失，灿烂的朝阳照到了勒得湖，表明我们凭借的符号系统较为完满地体现了创作意图。

当时也有人对四川人艺演出的这出探索性戏剧颇有微词，囿于传统戏剧观念，认为剧中的诗意隐喻和哲理象征是在影射现实的领导者和贬斥国计民生，这自然给编导人员带来了某种无形的压力。在写作之初，我们似乎已意识到当时四川社会思想解放尚待深入，申明创作意图只是"借助勒得湖深邃的地域生活衍生出一部写意的、有声有色的话剧，剧中所有的人物、事件、场景都是艺术的虚构，没有任何狭隘的'针对性'"。好在许多文艺界人士给予了理解和精神支持，正如一位戏剧评论家著文所说："出于剧作家的艺术良心和历史责任感、进步的变革意识，以及渴求'开放打破封闭，科学改造愚昧，人性战胜兽性'的不可遏止的创作激情，整个剧作呈现出一种明朗、向上的基调，激励人心。剧作家那种期望揭示变革了的生活的多样复杂，昭示历史前进的车轮的不可逆转，反映我们的民族正以坚定的信心和坚强的意志迈向美好明天的创作初衷，朗朗可鉴。"

回顾四川戏剧改革开放 40 多年来的不平凡历程时，我还要提到也是与礼农合编的"三星堆"无场次情景川剧《青铜魂》。这是为我省德阳民办金桥川剧团命题"应景"所作的。这个剧团的创办人钟爱川剧艺术，愿以企业盈利补益传统艺术事业。当地党政领导给予足够重视，要求为宣扬"三星堆"鼓与呼，于是才有这次创作演出之举。我们抓住这一震古烁今的独特题材，编织故事，搬上舞台，应当是四川文艺界首次以三星堆出土文物为直接描摹对象的大型戏剧作品，它的意义是不可低估的。

作品采用现实主义手法编织故事情节和塑造人物性格，通过现代色彩的川剧唱腔处理，把悲壮与温馨、厚重与轻盈、激越与舒缓等对比色彩强烈的曲调，贯穿在不同人物、不同情节之中，以增强剧情的真实感，拉近观众与作品、舞台人物与现实生活之间的距离。作品选用了几千年来亘古不变的爱和情为主线，联系剧情结构，最后以父女的亲情、年轻人的爱情、深厚的师徒情谊共铸于青铜像为终结，谱写了壮怀激烈的"青铜魂"。

40 年，在人类历史长河中，只是短暂的瞬间。

这 40 年，在中国却是旧貌换新颜的巨变。

这 40 年的四川戏剧，确是卓有丰硕成果的。

理解那颗心

——读李致的亲情散文

廖全京

最近，有机会读到李致写他的四爸巴金和其他几位亲人的一组散文，我被其间质朴的亲情打动了，这是经历过无数个风晨雨夕和几多回沧桑变化之后的真情的沉淀，这是心灵与心灵之间的倾诉和倾听，这是对于业已发黄或依然鲜亮的生活册页的思索和探询，它使我不由想起了清人纳兰性德那真挚绵长的沉吟："一往情深深几许，深山夕照深秋雨。"

从李致的文章中读出一种理解——准确含义上的理解，这一组散文，写到他的母亲（《大妈，我的母亲》），写到他的三爸李尧林（《带来光和热的人》），更多的是写他的四爸巴金（《巴金的心》《不能忘记的四句话》《巴金回故乡》《讲真话的作家——巴金》《我淋着雨，流着泪，离开上海》）。无论写到哪一位亲人，李致的思念和追怀，都是建立在对他们的深深理解的基础之上的。而这理解的种子，最早由他的四爸巴金播种在他幼小的心灵之中。1942 年，巴金第二次返回家乡成都，年仅 13 岁的李致请巴金给他题词。巴金在李致自制的一本"纪念册"上欣然写下了四句话："读书的时候用功读书，玩耍的时候放心玩耍，说话要说真话，做人得做好人。"从此，做一个说真话的好人，便成为一盏温暖心灵的灯火，始终在岁月长河的那一头将少年人深情召唤。李致带着它，踏上漫漫人生之旅，也带着它，以一个普通读者的身份，而不仅仅是巴金之侄的身份，去理解巴金，理解好人。

理解巴金，理解好人，就是理解巴金的爱，理解好人的爱。经历过人生长途的艰辛跋涉之后，李致回头咀嚼巴金送给他的四句话，才觉得体悟到了它的真谛。什么是好人？"好人应该具有'毫无自私自利之心的精神'。""人活着，就要有益于社会，多付出，少索取。"这是一种大爱之心，在巴金身上，这种爱心的萌芽，来自他那宽容厚道的母亲的催生。关于母亲，巴金曾经这样回忆道："她教我爱一切的人，不管他们贫或富；她教我帮助那些在困苦中需要扶持的人；她教我同情那些境遇不好的婢仆，怜恤他们，不要把自己看得比他们高，动辄将他们打骂。"尽管岁月的打磨与生活的淘洗，使巴金的具体的爱超越了母亲当年在他心中播下的抽象的爱，但这种泛爱精神确给青年巴金提供了一个走向光明的进步的起点。与巴金童年时代从母亲那里接受的爱的教育比较起来，李致在几十年的人生经历中，从巴金和其他亲人身上接受的爱的教育，已经不可能那么空泛了。他从母亲平凡的言行中，记取了她老人家那"宁教人负我，不可我负人"的高尚的做人准则。他从三爸李尧林身上看到的，是一种真挚的、无言的爱：三爸"不是什么英雄人物，也没有什么惊天动地的事情，然而'像一根火柴，给一些人带来光和热，自己却卑微地毁去'"。他从四爸巴金身上感受到的，是他对伯伯（巴金的大哥、李致的父亲）自杀的理解和同情，是他一生的主张：生命的意义在于奉献不是索取。多少年以后，李致深情地回忆起青年时代读过的王尔德的那篇名叫《快乐王子》的童话，回忆起巴金翻译的这篇童话里那位热心帮助受苦受难的人们的快乐王子，豁然领悟到"巴老不正是当今的快乐王子么？"

理解巴金，理解好人，就是理解巴金的憎，好人的憎。巴金用自己一生的文字和行为，向世人宣布："一切旧的传统观念，一切阻止社会进步和人性发展的不合理的制度，一切摧残爱的势力，它们都是我最大的敌人。"他的激流三部曲、爱情三部曲以至《寒夜》《憩园》，无一不是对上述敌人的憎的丰碑。而他在"十年浩劫"中的那段灵与肉的苦难历程，则将他的憎升华为一种特殊年代里的博大而庄严的民族精神的表征。李致正是在"文革"风浪的颠簸中，进一步走进巴金的心灵，获得对巴金的憎的真切理解的。《我淋着雨，流着泪，离开上海》，是一篇泪水被愤怒的烈焰烧干之后从心底流淌出来的文字。"文革"中是非颠倒，黑白混淆，人间真情被漫不经心地抛入冰水之中。巴金陷入一座无形的黑暗图圄。辗转于"牛棚"与干校之间的李致，心中一直牵挂着亲爱的四爸，担心着他的命运。于是，有了中断联系六年之后的通信，有了悄悄绕道上海看望巴金的动人之举。我们不妨把李致对这次看望的回忆，看作是他对巴金的心的一次独特的理解。那个时刻的巴金，心中的火焰并没有熄灭。为了表达自己对摧残美好生活的黑暗势力的憎恨，他开始全译俄国革命民主主义者、作家赫尔岑的一百几十万字的回忆录《往事与随想》。"我每天翻译几百字，我仿佛同赫尔岑一起在19世纪俄罗斯的暗夜里行路，我像赫尔岑诅咒尼古拉一世的统治那样咒骂'四人帮'的法西斯专政，我相信他们横行霸道的日子不会太久，因为他们作恶多端，已经到了千夫所指的地步。"正是在这前后，李致走进了巴金的心灵——对"四人帮"的憎恨，使两代人的心如此节拍与共，和谐相生。

我感动于李致对巴金和好人的理解，我也感动于李致对自己的理解的朴素、深情的表达。在这一组亲情散文中，李致努力实现着心灵与心灵的会见。既然如此，他必须拒绝矫情与粉饰，做作与卖弄。对于他来说，需要的恰恰是"对于辞藻的奢侈的摈弃"，是"脱去了华服的健康的袒露"（艾青：《论诗》），是去浮存实，弃伪从真。李致正是将这种境界视为自己的艺术目标。因而，他追求行文的自然朴素，总是让激情的溪流汇聚成平静的池水之后，再呈现于读者的眼前。那篇《大妈，我的母亲》就是这种外在的水波不兴与内在的惊涛裂岸的统一。这篇回忆母亲的文字，娓娓道来，明白如许，自然得如白云依恋于山岫，平实得似小草蔓生于大漠。读过之后，不仅母亲那慈祥的音容笑貌乃至她的幽默，历历如在目前，而且母子之间的真情真能催你泪下。从李致的文字中，你会明显感受到巴金那热烈而质朴的文风的影响。

在这篇文章快要写完的时候，我在《巴金全集》第 23 卷所载巴金给李致的信中，读到这样两段话："……我离开世界之前，希望更多的人理解我。你可能理解我多一些。""你有机会过上海时，可找我谈谈，你可以理解我心上燃烧的火，它有时也会发光，一旦错过就完了……"读到它时，泪水使我的两眼酸涩起来，人与人多么需要彼此沟通啊！而沟通的前提便是相互理解。从这个意义上说，人类的写作，乃是理解的一种方式。李致对巴金的理解，是老人晚年的一种安慰。如果说，真挚也是一种人生境界，那么，在对巴金的理解中，李致正在深入这样一种境界。我想，这正是巴老所希望的。

我们播种友谊

——四川民间艺术家在意大利·1993 年

朱炳宣

国际民间艺术组织（简称 IDV）是联合国教科文卫组织的一个下属机构，任务是组织各国民间艺术家的交流。中国文联在 1987 年参加了这个组织，以后每年都组织中国各省、市文联派艺术团去国外进行非营利性的交流演出，并在中国举办了多次国际民间艺术节。

我在四川省文联工作期间，曾三次组织四川的艺术家赴美国（1991年）、意大利（1993 年）、西欧三国（西班牙、法国、比利时，1995 年），并于 1994 年在成都举办了首届中国四川国际民间艺术节，邀请了 15 个国家的艺术团到四川各地演出。但令我印象最深的是 1993 年率四川攀钢艺术团到意大利的文化交流。

具有艺术天赋的民族

意大利是欧洲文艺复兴的发源地。从 14 到 16 世纪，在自然知识增进，古典学术复兴，商业繁荣的影响下，热爱艺术的古罗马人的后裔，由于人性战胜了神性，在人性觉醒、个性发扬的基础上，使文学、绘画、雕塑、建筑、音乐、舞蹈、戏剧等多种艺术门类得到辉煌的发展。伟大诗人但丁的《神曲》预报了一个新时代的到来，而伟大作家薄伽丘的《十日谈》则热情讴歌了人性的觉醒。欧洲文艺复兴三杰达·芬奇、米开朗琪罗和拉斐尔的绘画和雕塑，更开创了现代油画、雕塑的先河。到了意大利才能真正感受到意大利人的艺术天赋。

由四川省文联推荐的四川攀钢艺术团，于1993年8月1日从北京到达罗马。下飞机后立即去罗马以北的特拉西梅诺湖参加当地举办的国际民间艺术节。车行在高速公路上，几乎每隔几十分钟就能看到屹立在小山丘上的古代城堡。在全国都放假的8月，许多城市都在举办各种类型的艺术活动，邀请许多国家的艺术家参与，并提供免费食宿。演出的场地大多选在具有几百上千年历史的古城堡内。我们在意大利活动的一个月期间，有三分之一的时间都在这类古城堡的剧场里演出。这些古堡大同小异：依山而建的城墙，城内有商店和民居，窄小的碎石路，中心有一个教堂，教堂前有一个能容几百人到千人的广场，广场周围有饮食店、咖啡厅、画廊和卖旅游纪念品的商店。每逢举办艺术节，广场上搭起简朴的舞台，装上灯光、音响即可演出。这类演出，一般都由社会团体或企业赞助，不卖门票，先到的观众坐在临时摆放的椅子上观看，后来的就站立在四周。观众素养很高，不喧哗、不争座位，总是对艺术家们报以热烈的掌声。

意大利的歌剧是世界出名的，他们也同样喜欢舞蹈，许多城镇、乡村都有自己的民间艺术团。他们有专业的教师，休息日进行专业训练、演出，还被邀请来与外国艺术家同台演出。

我们到达罗马机场时，特拉西梅诺湖堡艺术节组委会派了两个青年人到机场来接我们，其中有一位身着黑色超短连衣裙的20岁左右的姑娘。她面容秀丽、身材窈窕，一看就是天生的专业舞蹈演员。她叫朱娜，有些腼腆，到了驻地，热情地帮我们安排好后就告别了。第二天，我们和其他国家艺术团，在湖边进行游行演出时，却见朱娜穿着笔挺的意大利警官制服在街上维持秩序，看见我们到来，她高兴地向我们挥手致意。当天晚上在古堡的剧场演出，安排了当地的艺术团和我们同台演出，这时朱娜又穿着漂亮的民族服装，欢快地在台上跳舞。她跳得非常优美，如果没有见到她身穿警服，真以为她是专业演员。她不值勤时常到我们的食堂帮忙做饭，分发自助餐。我们在那里住了一周，临别时，她拉着我们的演员依依不舍地掉下眼泪，一再用刚学会的中国话说："您好！您好！"还告诉翻译说，她很想到中国来。

中国"泼拉维"！

在我们演出的意大利中部和北部的城镇，当地的居民很少看见中国的民间歌舞。我们带去的节目，大多是中国各少数民族的舞蹈，具有浓郁的民族风情。服装华丽多彩，演员婀娜多姿，让他们看得眼花缭乱，几乎每个节目都获得他们的掌声，并欢呼："泼拉维！"（意为"好极了！"）在巴乌洛市演出时，有一家人开着车，连着三天追看我们的演出，向我们说，这是他们看到的最好的演出！

根据组委会的安排，我们有时单独演出，有时和其他国家的艺术团同台演出。我们曾和一些国家的艺术团打过"遭遇战"。每次他们都选自己最好的节目同我们"拼搏"，但观众还是给中国艺术团更多的掌声。

在米兰附近的贝尔加莫市演出时，我们曾和美国、墨西哥、匈牙利、土耳其等实力强大的演出团"遭遇"。首场演出时，我们的一对男女演员，用意大利语演唱了意大利著名歌曲《桑塔露琪亚》，刚唱了两句，观众就激动地热烈鼓掌。演唱完后，观众欢呼"泼拉维！泼拉维！"经久不息。

第二天，拥有28版篇幅的《贝尔加莫日报》在头版头条刊登了中国四川民间艺术团的巨幅彩色剧照，通栏大标题是《中国艺术征服了贝尔加莫》。同一天，当地市长会见各国艺术团团长。市长讲话一开始就热情赞扬了中国，因为该市不久前与我国的蚌埠市结成了姐妹城市，我们是第一个到该市进行演出的中国艺术团。市长说："中国的音乐、舞蹈很迷人，演员和服装都很美，东方艺术具有永恒的魅力。尤其是中国艺术家演唱的

《桑塔露琪亚》使他们倍感亲切，因为这首歌曲的作者、意大利著名作曲家多尼采蒂就诞生在这个城市。中国艺术家能用比较准确的意大利语演唱这首歌，说明中国人民对意大利人民的友好和对意大利文化的理解。"他希望有更多的中国艺术家到当地访问。

"不务正业" 的警察局长

意大利北部靠近瑞士的科莫湖，是意大利最大的内陆湖，也是著名的风景区。沿湖的许多城镇，是意大利的旅游胜地，也是最有名的意大利丝绸加工区。我们演出的曼多拉市，就位于科莫湖边。接待我们的是该市的一位年轻的市长和一位50多岁的警察局长。这位警察局长是位大高个儿，穿着威武的警服。在市政厅的欢迎会上，我们的演员们以为他是位将军。他陪着我们乘专船游湖，为了表示对中国的友好，他们在码头上挂着中文的欢迎标语和中国国旗。在船上，这位警察局长向我们讲述了一个凄婉美丽的故事。他指着市长送给我们的一个小木船模型说："这种小船叫曼多娜，原来是一位姑娘的名字。许多年前，这里住着一位美丽的姑娘名叫曼多娜，她爱着一位漂亮的小伙子，由于双方家长的反对，他们跳湖自尽。人们划着这种船到湖中去救他们，当找到他们时，他俩已紧紧拥抱在一起长眠了。为了纪念这位忠贞美丽的姑娘，人们把这种船叫作曼多娜（它和一艘木船的区别是，船身上有三个大木圈环绕，使其不易翻沉）。现在沿湖的许多市镇，都把这种小船的模型作为旅游纪念品出售。"

当天的演出安排在湖旁的露天剧场。谁知天公不作美，傍晚当我们步行到演出场地时，忽然下起倾盆大雨，大家被逼躲在一家银行门口避雨。雨越下越大，我们都认为无法演出了，正当进退两难时，突然开来了几辆警车。大个子警察局长带着他的人马来了，他还截住几辆过路的小汽车，把我们全体演员送到一所学校。他选择了一间最大的教室，指挥他的部下迅速装上灯光、音响，摆好椅子，于是大教室变成了小剧场。由于只能容下 100 多人，很快观众就满了。为了保证演出顺利进行，这位警察局长亲自带着他的部下在门口守门，把许多迟来的观众堵在门外，只允许他们在外边听。有趣的是，被堵在外面的有些观众是他的朋友，无论这些朋友如何对他软硬兼施，要求入内，他总是指着室内拥挤的人群，双手一摊，做出爱莫能助的样子。

演出结束后，他挤到我们的演员中，一边高兴地喊："泼拉维！泼拉维！"一边和演员拥抱亲吻，和大家合影留念。他从早到晚为我们忙了一整天，并没看好演出，却非常高兴。我想，作为一位警察局长，似乎有点"不务正业"，但正因如此，才使我们对他久久不能忘却。

多情种子

在诞生罗密欧与朱丽叶的国度里，小伙子和姑娘好像格外多情。我们在意大利的特拉西梅诺湖旁的首场演出后，回到宿舍已是深夜，大家刚入睡，就听见窗外传来热情的歌声，原来是两个意大利小伙抱着吉他在我们住地外的草坪上边弹边唱，还高呼："索尼亚！索尼亚！"开始时，大家都不在意，谁知他俩却越唱越起劲。经过了解后才知道，演出结束后，那两个小伙子见到我们的一位歌唱女演员，他们很喜欢她的演唱，由于双方语言不通，他们用英语问这位女演员的名字，我们的演员出于礼貌回答了他们。他们不会发中国音，就用近似的"索尼亚"来呼唤她。

第一次遇到这种事，我们也不知道该怎么办。那位被称为"索尼亚"的女演员更不知所措。我们只好静静地听他们在门外又唱又喊，大家都无法入睡。他俩在门外足足折腾了一个多小时，才失望地离去。如果倒退几百年，这两个小伙子一定会像《十日谈》说的那样，弹着曼陀铃，通宵达旦地在窗外唱情歌。

我们演出的最后一站是靠近米兰的爱尔巴省。当地艺术节组委会从米兰大学请了两位学英语的女大学生来当我们艺术团的联络员。我们的团员有些会说英语，双方连比带画，可进行简单的交流。谁知又出了新鲜事，仅仅才相处一周，其中一位 19 岁的意大利姑娘，就爱上了我们的一个舞蹈演员。临别时，这位姑娘不顾别人在场，抱着小伙子失声痛哭，简直成了一个泪人儿。她打听到四川的路线，询问这个小伙子家里有什么人，住在什么地方。不久后，她竟然飞到四川来相亲！

友谊地久天长

在米兰附近的一个城市演出时，一位素不相识的意大利中年人对我们非常友好。他说他自幼喜欢中国，能看到中国艺术家的演出是他的幸事。他把自己的摄像机拿出来，全天陪同我们参观游览，还义务为我们摄像。演出结束后，他邀请我们到他家作客，请我们喝酒。临别时，他带我到他的地下室酒窖，欣赏他的藏酒，并坚持让我自选一瓶带走。盛情难却，我只能接受他的好意。这瓶酒我舍不得喝，一直珍藏到今天，每当我看到这瓶美酒，看到那紫红色浓郁的酒汁，就会想到意大利人民对中国的深情厚谊。

我们播种友谊！我们也收获友谊！

情系清音

程永玲

一

我与清音结缘 40 余年，一路上几多奋进、几多辉煌、几多欢乐、几多忧伤。这深深的情、浓浓的爱，这重重的担子、殷殷的期望，才下眉头、又上心头，剪不断、理还乱。

1957 年的政治风暴，顷刻间摧毁了我们的家，父亲被下放农村劳动，母亲微薄的收入难以支撑全家 7 口人的生存，生活举步维艰、度日如年。1958 年秋天，成都市戏剧学校在全省招收学生。因学校负责学生的一切生活费用，母亲要哥哥带我到成都赶考。那是我第一次离开亲人、离开家。

记得那天飘着细雨，我们好不容易赶到成都考场。一切都是那样陌生，那样无助。我手脚无措地唱了一支歌，接着有老师教我唱了一句"小小尼姑……"并让我跟着学唱。大约我还学得不错，主考老师们一个劲儿地夸我长得眉目清秀，嗓子好、有悟性、学得快。哥哥在一旁若有所失地看着我。也许是那天老师们心情特别好吧，又叫哥哥唱了一支歌。就这样，我和哥哥都成了成都市戏剧学校的首批学员。从此远离亲人、远离家乡，住进成都西郊杜甫草堂，踏上了实实在在的独立谋生之路，开始了懵懵懂懂的艺术之旅。那年我 11 岁，哥哥 13 岁！

从左至右：邹忠新、车辐、李德才（坐者）、牛德增、李月秋、夏本玉、程永玲、杨紫阳
（李诚摄）

　　杜甫草堂，古木葱郁，鸟语花香，亭榭楼台，小桥流水。一种外秀内柔的环境之美在潜移默化中陶冶着我。清晨，我们和鸟儿一起醒来开始练功练嗓。白天学文化、学唱腔。老师一板一眼地教着我们，汗水洒满了草堂花径，歌声飘荡在翠竹柏林。我和花儿一起成长，我和小溪一起奔流。

　　1960 年初春，阳光照着古朴的草堂。一个决定我一生命运的机遇悄悄来到我身边。校长告诉我们说，著名的四川清音演唱家李月秋要在我们学校里选学生，并亲自带徒培养。没想到，李月秋老师在这么多学生中选中了我！就这样，我正式地成为她的徒弟，专攻四川清音小调演唱。从此我和四川清音结下不解之缘，清音成为我生命中的一部分。谋生的手段渐渐变成了生命的依托。我和清音一路相伴，一直走到今天！

　　我庆幸，我的步履是坚实的，我一头扑进清音的怀抱，如饥似渴、如痴如醉，努力学习、进步较快。记得在我学唱清音第二年，就被选上到北京参加全国青少年汇报演出。在首都，在中南海，我为北京的观众和中央领导演唱了我的成名曲《小放风筝》，得到了北京观众、领导和曲艺界老师们的肯定。

在后来的日子里，我和我的同事们坚持天天在书场演出。小小年纪的我挂牌就吸引了很多观众，居然成了蓉城的知名演员。"文革"后，我经常参加全国性的文艺演出，多次获得专业比赛的一等奖和国家文化部的"文华新节目奖""文华表演奖"。1987 年成功地在奥地利和南斯拉夫举办了"程永玲四川清音独唱音乐会"，并多次出访美国、加拿大、法国等国家。我演唱的清音也受到外国朋友的喜爱，被誉为"东方的一颗明珠"。后被评为中国文联首届"德艺双馨艺术家"，全国文化系统先进个人，得到了很多荣誉，我很欣慰、很知足、也很感激。

1987 年，我被任命为成都市曲艺团团长。那时是我人生进入中年的转折期，也处在艺术上日趋成熟的上升阶段，但依然坚定地选择了持续培养学生，为年轻演员创造更多的机遇。事实上，这种选择来自李月秋老师早年对我的言传身教。学习老师的艺术，更要学习老师的艺德。当初，月秋老师也是花样年华，却广揽贤才，让出舞台，悉心培养人才。她用心血浇灌的种子，如今都已开花结果，并以各自的芳香与实力，在清音园地里展示着缤纷的美丽。我把清音事业作为一个传递过程，我在老师身上学到的东西，要毫不保留地传下去，让清音后继有人，让事业永葆青春。我认为竞争重要，但事业的发展更为重要。

记得有一年，周恩来总理在成都开会，我为他老人家演出。那天我唱的是清音现代曲目《花儿朵朵红》。接见时，周总理摸着我的头说："小姑娘，唱得好！你唱的是现代曲目，今后要多唱现代曲目。"我牢记总理的教诲，几十年来坚持演唱现代曲目，不断推出现代节目，歌唱时代、歌唱生活。我获奖的节目，保留的节目，几乎都是现代节目。后来我还为敬爱的邓小平同志演出、为江泽民总书记演出。一个地处四川的清音演员，有幸为党和国家三代领导人演出，该是何等的荣耀与幸福啊！

那年，中央人民广播电台、中央民族管弦乐团和我们一起通力合作，精心制作了一个名为"鼓曲新声"的专题，我唱录了8首清音曲目。集中体现了我对清音艺术继承与发展的思考和实践。不久前，我重新审视了这个专题，感触良多。

二

四川清音形成于300多年前的清代乾隆年间，是江南小曲与四川语音、巴蜀民歌、戏曲声腔等长期融合、长期碰撞，逐渐"巴蜀化"的产物。传统的四川清音主要表现的是过去时代人们的生活和心灵世界，内容与形式处在和谐状态之中。时代在前行，清音的内容与形式必然与新的时代发生不尽和谐的碰撞。经过创新，即会达到新的和谐。这种碰撞又历来是艺术前进的动力。碰撞产生的火花，总是以超越这个节目自身意义的重要性，影响着艺术的改革和创新。长期以来，清音就是这样行行复行行，在动态的过程中逐渐发展，不断更新、升华，在继承与创新之路上，不懈地探索和勇敢地攀登！清音的发展，必须把自己的根深深扎在巴蜀大地，扎在自身传统的土地里，吸吮传统艺术的营养。

四川清音现代曲目《六月六》是一个精彩的唱段，产生于改革开放的初期。作品通过民间"六月六晒衣服"的习俗唱叙，表现了中国农民告别贫困走向小康的喜悦心情。唱词作家使用了大量的"贯口"，唱腔设计家使用了大量的"哈哈腔"。我在演唱时，努力把握"贯口"的流畅与收放，把"哈哈腔"尽量演唱得精巧灵活、运用自如，仿佛串起无数颗晶莹剔透的珠子，又从天际烂漫地撒下，获得了很好的艺术效果。这些艺术手法和技巧的有机运用，目的在于抒发人物内心难以言表的喜悦心情，并非脱离内容、游离于人物的单纯技巧卖弄，这使我更加明白，技巧和手段的创新必须是为表现内容和塑造任务服务的，不能为技巧而技巧，为创新而创新。

"哈哈腔"的演唱，我们可以向西洋的演唱方法学习，从中吸取对自己有益的养分。探索把美声花腔女高音中的演唱技巧，融进四川清音"哈哈腔"的传统唱法，创造出具有我们民族特色的中国式花腔。这既是借鉴与融合，更是创造与革新。但不管有多少变化和发展，我们所演唱的，必须仍然是四川清音，都遵循着四川清音的声腔规律。这个实验证明，不管怎样借鉴，都要讲求化用，不能生搬硬套。

在与作曲家和中央民族管弦乐团的合作中，我排演了清音传统曲目《断桥》，我们努力使清音这个古老的艺术形式进入现代人的审美范畴。大型乐队的内涵不再单是担任曲牌的连缀、唱腔的陪衬，而是参与音乐的表现、人物心理活动的描写和环境气氛的渲染。我也在唱腔上对传统《断桥》进行了大胆的革新。这一切使这个古老的故事平添了感人的魅力。把白娘子对许仙真挚的爱情，作了更为细致入微的独特表现。初恋相遇的喜悦、断桥诀别的悲凉，都在节目中奔涌流泻，真所谓"一声唱到融神处，毛骨萧然六月寒"，获得意想不到的艺术效果。

我体会到，对传统改革和创新，是对传统最大的尊重。相反，因循守旧、固步自封，绝不是真正的尊重传统。总而言之，创新的结果，是使清音自身更健康、更强大！这是衡量我们的创新成功与否的唯一标准！

多年以前，著名文艺评论家、美学家王朝闻先生曾经热情评价说："程永玲是四川清音园地里，一个可能超过前辈艺术家的派别。"我一直心怀感激、诚惶诚恐地以此来激励自己。今天，我要把这个激励和希望，转赠给更加年轻的四川清音演员们。我知道，只有在我们钟爱的四川清音艺术繁荣发展的大背景下，个人的才华和成就才真正具有实际的意义！

倾力抗震救灾，彰显文艺力量

——四川文联"5·12"汶川特大地震后抗震救灾工作回望

黄启国

突如其来，惊心动魄，迅速应战

2008 年 5 月 12 日 14 时 28 分，发生了四川汶川 8 级特大地震。那天，省文联正在龙泉驿区的四川艺术院（沫若艺术院）举办市州县文联领导干部培训班。下午 2 点半会议正要开始，整个楼突然发生强烈的晃动，给人一阵山崩地裂的感觉，恐怖至极。待情绪稍定，马上与党组同志通气后决定：培训班停办，学员明日返回；全省文联系统迅速投入抗震救灾工作。

5 月 13 日，我早早来到单位，先查看文联办公楼受损情况，后立即草拟印发四川省文联《关于做好抗震救灾工作的紧急通知》，并布置创作抗震救灾文艺作品以及募集捐款等相关事宜。《通知》的发出和党组会议的安排，四川各级文联、各文艺家协会和广大文艺工作者积极响应，在第一时间就纷纷行动起来，以饱满的热情、忘我的精神、充足的干劲，用镜头、用笔墨、用智慧，创造性地投身到抗震救灾的伟大斗争中。

深入现场，记录壮阔，留下永恒

摄影是最及时、最迅速、最便捷反映记录地震破坏和抗震救灾壮举的文艺方式。地震发生后，省摄协立即组织了 20 位摄影家与灾区的摄影工作者深入各灾区一线，拍摄了大量摄影作品，对记录、鼓舞抗震救灾起到了积极的作用，留下了弥足珍贵的资料。不久，由省文联、省摄协编辑出版了抗震救灾摄影作品集，受到省领导和多方面的赞扬。那段时间，省领导把影集作为重要礼品送来川指导工作的党和国家领导、相关部门以及国际友人。

特别是在2011年5月7日，由中国文联主办，中国摄协、四川省文联承办的"影像见证汶川涅槃"纪实摄影展在繁华的北京西单商业文化广场盛大开幕，同名画册首发式和向中央档案馆捐赠影像作品仪式同时举行。时任中国文联党组书记赵实，中国文联党组成员、副主席廖奔，中宣部秘书长官景辉，中央档案馆副馆长杨继波，中国摄协分党组书记、驻会副主席李前光，中宣部、中国文联有关部门负责人，中国摄协、北京市委宣传部、北京市文联和西城区委宣传部、西城区文联负责人，以及参与抗震救灾的摄影家代表、参与灾后重建的单位代表等出席了仪式，当时，我也参加了开幕式。200余幅（组）照片在北京西单闹市900平方米的大屏幕上连续滚动播放。展览期间有超过200万人通过这个电子屏看到四川地震灾区重建的伟大成就。

捐款捐物，奉力绵薄，体现大爱

5月16日下午3时，四川省文联在机关大院举行四川文艺界"万众一心，众志成城"抗震救灾捐赠仪式。那天捐赠人群挤满了机关大院，有文联主席团成员、文联的离退休和在职干部职工，现场气氛庄严肃穆，共收到捐款约40多万元，还有一批物资。这是省文联组织的文联捐赠历史上规模最大、参加人数最多、金额最多的一次，并在最短时间内通过相关部门及时将善款和物资送到灾区。此前此后，文联机关及各文艺家协会的同志还通过其他方式和途径向灾区捐款捐物。

5月23日，根据四川省直机关工委的通知精神，四川省文联机关党委向所属各党支部发出《中共四川省文联机关委员会关于进一步加强党的基层组织建设夺取抗震救灾斗争全面胜利的通知》，组织党员响应中央组织部、四川省直机关工委关于做好党员交纳"特殊党费"的号召，再次收到了52470元"特殊党费"交中央组织部代转灾区，用于支援抗震救灾工作。

6月29日，省文联又与省政协办公厅联合举办了四川省"我为抗震救灾做贡献"大型美术作品赈灾义拍活动，由四川省嘉诚拍卖有限公司承办，拍卖的善款全部捐献用于抗震救灾。

灾区演展，抚慰心灵，激昂斗志

组织演出小分队到灾区进行慰问演出，到灾区现场创作书画和举办展览，以抚慰受灾群众的心灵，鼓舞群众抗震救灾、恢复重建的意志和干劲，是文联和文艺工作者的一项重要使命、重要工作和重要活动。

当时，文联的党组成员一共4人，我和两名副书记杨茂成和陈黔鲁，还有党组成员秘书长杨时川。灾后没几天，党组决定由党组成员分别带领省文联艺术团的4个演出小分队，深入重灾区的都江堰、绵竹、什邡、彭州四地，直接感受地震灾害带来的毁灭性破坏，了解灾区人民大灾过后的生活状况，感受灾区人民重建家园的信心和精神，采访在此次抗震救灾中涌现出来的先进事迹和先进个人，并对灾区群众进行短小精悍的慰问演出。后来这样的慰问演出一直持续三年到抗震救灾结束。

深度创作，以文载道，倾情讴歌

地震发生后，中国民协主席冯骥才一行即在5月中旬至6月中旬赶赴绵竹、北川地震灾区进行实地考察，就遭到毁灭性破坏的羌族文化专门在四川成立"紧急保护羌族文化遗产四川工作基地"。省文联积极参与，四川省民间文艺家协会承办了专家调研、研讨会等具体工作，为《羌族文化学生读本》的编纂提供基础资料和图片。2008年11月13日，举行为灾区羌族学生捐赠《羌族文化学生读本》仪式，阿坝州教育局、北川中学羌族学生代表接受了捐赠。

在美术、书法、摄影方面，艺术家们创作了大量作品。6月12日到6月20日，"2008我们在一起"全国抗震救灾公益设计展及"5·12"四川汶川特大地震摄影展在四川美术馆正式开幕。时任中华人民共和国新闻出版总署署长柳斌杰为此次展览发来了书面致辞。本次展览的作品被国内新闻媒体广泛采用，全国报刊媒体共印刷公益广告3360万份，为抗震救灾筹集了大量的资金，有力地支援了灾区建设。"'5·12'四川汶川特大地震摄影展"展出了161幅摄影作品。在开幕的同时，《"5·12"大地震》大型摄影画册以及《我们在一起——"5·12"全国抗震救灾公益设计作品集》也同步发行。9月10日至15日，由《人民日报》（海外版）发起，《人民日报》（海外版）和日中新闻社主办，四川省文联和四川省摄影家协会协办的《四川抗震救灾图片展》在日本东京成功举办，参展的400多幅图片，以生动的形式向大家介绍了四川抗震救灾中的动人情景。

在诗歌、小说、报告文学等方面，也是硕果累累。我本人就写了一首430多行的长诗《地震中，屹立起一个成熟的民族》，在《中国艺术报》《星星》诗刊等报刊发表。

在音乐方面，除了大量的词曲作品之外，值得记住的是，由省文联副主席、省音协主席、四川音乐学院院长敖昌群牵头并主创的大型交响乐《生命》，是四川音乐家协会集结我省数十位著名作曲家、词作家、诗人集体创作的首部交响音乐作品。它以交响乐和合唱的形式来表现伟大的抗震救灾精神和灾后重建两年来的成果，由弦乐交响诗《安魂曲》及大合唱《殇》《拯救》《此去经年》《当我们重新站起》和交响乐《生命》等部分组成。2010年5月13日，纪念四川汶川大地震两周年时，在北京中山音乐堂震撼奏响，吸引了全国音乐界名人及近千名首都观众到场倾听，受到中国文联，中国音乐家协会和北京多方人士的赞扬。后又在北京演出多场，场场爆满，反响强烈，效果良好。

在电影作品方面，四川省委宣传部、省文联和长影厂共同拍摄的电影《大太阳》，由杨亚洲执导，表演艺术家刘佩琦和倪萍分别担纲男女主角。2012 年，该片荣获中宣部第十二届精神文明建设"五个一工程"奖等奖项。

电影《大太阳》拍摄中　　　　（邓凤摄）

市州文联和艺术家的抗震救灾作品数不胜数。国画《春华秋实》，水彩《再见家园》，油画《子夜，生命在呼唤》；摄影作品《四川大地震》（组照）《敬礼娃娃》《"5·12"大地震百日祭奠》（组照）；纪实文学《挺起不屈的脊梁——"5·12"绵阳特大地震抗震救灾纪实》，报告文学《铁皮，在风中悲影——记"5·12"特大竞争毁灭的北川县城》，长篇小说《断裂带》，长篇报告文学《惊天动地》《幸存者说》《大援建》以及大型诗文图册《感恩》等等，都称得上是反映歌颂抗震救灾及灾后恢复重建的优秀作品。

大型活动，广度宣传，弘扬精神

抗震救灾精神就是在同特大地震灾害的艰苦搏斗中，我们的民族和人民展示出的崇高精神。坚守人民立场，书写生生不息的人民史诗，广大文艺工作者义不容辞、重任在肩、大有作为。

2011 年，抗震救灾三周年的时候，省文联组织了一次"全国百名艺术家看四川震后重建"大型活动，中国文联党组书记赵实、副主席冯远，以及杜滋龄、牛群、刘全和、刘全利、岳红、车行、冯英、高军法、曹保明、宗庸卓玛等著名艺术家以及全国文艺家协会，各省、自治区、直辖市、新疆生产建设兵团文联的有关负责人 120 余人参加了这次活动。在 3 天时间里，文艺家们参观考察了汶川映秀、水磨等地的重建成就，前往北川老县城凭吊在"5·12"汶川特大地震中罹难的同胞，参观北川新县城和绵竹地震灾区的灾后重建成就，观看反映北川灾后重建的歌舞诗剧《大北川》。书画家们还积极参加了现场笔会，为抗震救灾留下了一批珍贵的书画作品。文艺家们表示，此次活动是广大文艺工作者见证四川震后重建

2008 年 5 月 16 日，省文联在机关大院举行"5·12"四川汶川特大地震四川省文联抗震救灾捐赠活动　　　　　　　　　　　　　　　（邓凤摄）

的伟大成果和灾区人民新生活的一次真实而深切的体验，活动非常成功，也是对四川抗震救灾成就和党的伟大、社会主义好的极好宣传。

作为一位汶川大地震的经历者，我体悟最深的就是，大灾大难面前，只有在中国共产党的坚强领导下，全党全军全国各族人民团结一致，同舟共济，才能取得这场气壮山河的抗震救灾斗争的伟大胜利。伟大的抗震救灾精神，是我们中华民族宝贵的精神财富。广大文艺工作者是我们党和人民值得信赖的队伍，他们以特有的形式支援抗震救灾，代表党委政府深入抗震救灾第一线，慰问受灾各族群众、解放军和武警官兵、公安干警、卫生防疫和医疗救护人员及志愿者，抚慰心灵，给予信心，他们的赤诚丹心体现了文艺工作者"心系灾区、情系群众"的为民情怀和"奉献、友爱、互助、进步"的志愿精神。文艺工作者的抗震救灾工作是抗震救灾工作中的重要组成部分，也是文艺工作的重要组成部分，这段历史必将载入抗震救灾和文艺工作的史册。

天 启

金 平

前几日，参加朋友女儿的婚礼，我们是十五年前"5·12"汶川大地震后结识的，婚礼上相遇了许多抗震救灾时的志愿者们。当年，他们是摄影家也是志愿者，因为有了共同的经历，我们一直未散。四川省摄影家协会的主席贾跃红说，借这喜酒，我们干一杯，感谢四川有这样情怀的摄影群体，不负社会不负时代！

《四川文联七十年》丛书的编辑也是当年的志愿者，请我从个人的角度，写一点在参与四川省文联、四川省摄协组织的抗震救灾活动中的感受和体会，编辑说，丛书不缺宏大叙事，但缺少精彩个体，细节表达在丛书中不可或缺，四川摄影人在抗震救灾过程中是既特殊又特别的文艺队伍，志愿者和摄影人的角色无缝转换。这个理由让我无法拒绝。

回想当年，我参与到了省摄协在灾后重建工作中几乎所有重要的宣传工作。从次日进入灾区，到灾后一个月即6月12日，在四川美术馆举办的"5·12"汶川大地震大型展览和画册出版，到灾后重建一周年、两周年、三周年、十周年，让社会持续知晓了四川有这样一支特殊队伍，有这样一群手执相机的人。

遵照编辑的指示，我再次翻开了我的画册《天启》。

每当我注视着这些片子，思绪总会把我带回那片惨烈、伤痕累累的地震灾区，那些铭刻于心的痛苦记忆让我潸然泪下，为一朵朵幼小生命的凋谢、为一个个美满家庭的破碎而哭泣哀悼。

地震发生后，我第一时间进入灾区，尽己所能，捐钱，捐物，献血、救人，但是，灾区百姓呼儿唤女，家破人亡的悲惨场面，让我觉得自己所做的还远远不够，作为一名摄影师，我本能地拿起了熟悉的相机。

回首那段刻骨铭心的日子，我在灾区所见所闻的那些感人至深的人和事，赋予了我拍摄的灵感和体验，昭示我去完成每一幅作品。

记得在绵竹汉旺中学，我经历了进入灾区后第一个最让人牵挂的救援故事。

汉旺中学有一位18岁的高二女生杨柳，她的双腿被死死地压在震后倒塌的楼板之下，由于余震不断，救援现场十分危险，许多断裂的楼板被残存的钢筋悬在半空，摇摇欲坠，残楼随时可能倒塌，救援专家经过细致勘察，认为现场环境极为复杂，要保住杨柳的生命，只有立即实施双腿截肢。面对这近乎残忍的无奈之举，小杨柳坚强地接受了救助方案。两位医疗队成员小心翼翼地进入废墟，使用钢锯实施截肢，随着冰冷的锯条在杨柳柔嫩的双腿上来回割锯，我的心剧烈地战栗着，拿着相机的手不住地抖，看着她鲜花一样的年华遭受如此巨大的磨难，我感到万分难受。忽然，又是一阵地动山摇，余震又来了。看着险象环生的施救场地，大家的心都提到了嗓子眼。为了快速救出杨柳，医疗人员直接使用更为锐利的消防斧，一时间救援现场血肉飞溅惨不忍睹。那一斧一斧砍下去的仿佛不是杨柳的腿，而是我的心，悲恸的泪水再也忍不住夺眶而出，时间是那么的漫长，一分钟犹如一万年般让人焦急难耐，我在痛苦的煎熬中不知等待了多久，昏迷的杨柳终于从废墟中被抬了出来。她的半截残肢露在被单之外，异常扎眼，看着这触目惊心的一幕，我的心仿佛被电击了一般，强烈地真切体验到灾难带来的惨重创伤和苦难。

"下面有活人"，是我在灾区碰到的最让人揪心的遇难者故事。

在北川县一片狼藉的废墟之上，斜靠着一块残破的白色胶合板，上面写着：

"下面有活人，15 号下午 6 点。"

这是一逃生者在搜救亲人时，留给解放军和消防队的幸存者救援指示信息。

"我叫吴建平，今年 50 岁，我是北川陈家坝人。"

下面的"活人"那清晰的话语，至今仍萦绕在我的耳边，一想起他，我就感到阵阵揪心的疼痛。吴建平被掩埋在瓦砾之下，在他之上压着整整两层坍塌的楼房，虽然他奇迹般的没有受到伤害，但不幸的是，救援人员经过数次探索和营救，发现任何搬动残垣的施救行动，都会使废墟整体塌陷，导致建平立即死亡。救援队不得不艰难地做出选择——放弃救援。站在"活人"头顶的废墙上，眼睁睁地看着一个鲜活的生命慢慢枯萎消逝，巨大的痛楚和矛盾让我感觉几乎快要窒息，原来人在自然面前竟是如此渺小和脆弱。我想尽一切办法，甚至祈祷上苍，如果可以，我甘愿献出自己的一切来换取他宝贵的生命。然而，残酷的现实让我无能为力，只能强忍悲痛含泪安慰吴建平，节约体能等待救援。

在汶川映秀中学，流传着一碗方便面的故事，这是我在灾区听闻的最让人感动的故事，地震后由于道路交通和通讯联络完全中断，震中的映秀成为一座孤城，缺水断粮，有的地方甚至发生了偷盗抢劫事件，然而在映秀中学我却听到一个感人的小故事，映秀中学的一位老师带着 8 名学生，仅找到一碗方便面，夜晚大家围着篝火分享这碗珍贵的面条，然而小小的一碗方便面，在饥肠辘辘的 9 个人手里转了三圈，居然还剩了一大半，师生之间，同学之间相互推让，谁也舍不得多吃一口。事情虽小，但却在灾难的重重黑暗中，燃起了人性最伟大、最光辉的那束明灯，让我深深为之感动。

在北川偶遇的羌族干警苟开全，是我在灾区碰到的最让人敬佩的受灾者，苟开全是北川第一批自助逃生者，他的哥哥、嫂子和侄女在地震中不幸遇难，自己还在上幼儿园的儿子下落不明，妻子因正在北川最边远的乡镇支教，也完全失去联系。为了迅速上报灾情，尽快拯救受灾群众，苟开全毅然放弃寻找儿子，与县委宣传部部长一起，历尽艰辛徒步到绵阳报告。完成任务后，他返回北川参加救援，此时，他已得知妻子所在的乡镇基本夷为平地，生还机会渺茫。强忍着丧失亲人的悲伤，苟开全抱着一线希望，来到孩子就读的幼儿园继续搜救。当他找到侄女幼小的遗体时，他的意志再也承受不住悲惨事实的打击，这条七尺的汉子不禁失声痛哭。这位曾跋山涉水、救助万民的坚强警官，此时已变为一位肝肠寸断的慈父。悲伤的情绪像尖刀一样刺痛着我的神经，看着他满含泪水的眼睛，我读到了太多的内容，有悲痛、有心碎、有自责、有失望、有无助、有悔恨、有愤怒、有迷茫，还有希望，这悲恸而强大的震撼，深深地印刻在我的心灵深处。我能够理解他丧妻失子、家破人亡的伤痛，在那一刻，共同面临的灾难把我们的心紧紧地连在一起，时至今日，苟开全儿子的遗体仍然没有找到，但他已默默地投入到灾后重建家园的战斗中，用不知疲倦的工作来化解内心无尽的痛苦。

灾区的寺庙道观也没能幸免于难，看着那些由于地震而断了头的佛、掉了手的神、摔了腿的仙，我心中总会浮现出学校废墟上，当救援人员抬起预制板的那一幕，每一块断裂的预制板下面，都会出现孩子们早已冰凉的头、手、脚。

在北川县曲山幼儿园，我见到了灾区最为惨烈的人间悲剧。在幼儿园的废墟上，一张张七零八落的小板凳，在残垣瓦砾中显得分外惹眼。谁曾想到，这些小板凳竟是孩子们鲜活生命的化身，失去孩子的父母亲们在这片废墟上痛哭着召唤那一个个逝去的小生命。此刻，我看到的是尸横遍野的惨景，听到的是撕心裂肺的痛哭，闻到的是痛彻心扉的腐味，我的泪水早已流尽，我的内心早已破碎。天空中残暴的炎炎烈日，让人处于一种被巨大悲痛包围的眩晕中，每一个动作都变得异常沉重，我压抑许久的情绪濒临崩溃，再也无法忍受这人间地狱般的折磨，带着累累的伤痕和痛楚，我不得不短暂地离开灾区。

再次进入灾区拍摄时，我又来到什邡洛水中学。地震致使校舍倒塌，很多孩子被无情地夺走了稚嫩的生命。重归旧地，这里已没有了地震之初的紧张和混乱，但满目的疮痍却清晰地告诉世人，这里曾经发生过惨重的灾难。还记得当时，为了让永远睡着的孩子们不再受日晒雨淋，救援人员不得不将他们的遗体匆忙掩埋。孩子们就这样一排一排、一层一层地魂入黄土，尽管没有庄重的葬礼，没有整洁的丧服，没有肃穆的哀乐，然而苍天为之落泪，大地为之哀号。每个孩子的墓前都立着一块小小的红砖头，砖头上是一个阿拉伯数字编号。此时，砖头和数字已然升华为生命的符号，成为地震遇难者的象征。当我第三次到这儿的时候，有些幸存的父母已经给孩子立了墓碑，虽然他们不知道自己的孩子埋在哪儿，但在父母心中，这里遇难的孩子们都是自己的子女，新建的墓碑就这样沿着顺序依次排下去。我怀着深切的哀悼拾起一块倒下的砖头，上面隐约写着"93"……掂量着这块格外沉重的砖头，我思量着是否以"93"作为今后选片的总数。看着这一块块静寂排列着的红砖头，脑中萦绕不去的是灾难、孩子、红砖、数字、照片五个不同的符号和概念。刹那间，我的脑中仿佛划过一道闪电，使我觉悟到，其实照片的内容、形式和数量已不再重要，就像这些代表逝去生命的红砖，每一幅作品就是一个灾难的符号，在它背后就是一道道伤痕和一声声哭泣，当作品挂出展示时，它们就像一块块墓碑，去祭奠那一个个瞬间消失的活生生的生命。

正是在灾区经历的这些难以释怀的故事，这些刻骨铭心的片段、这些震撼人心的印象，贯穿了我后来的整个拍摄过程，指引我用相机去表达内心对灾难的真实感受。尽管这种感受可能是一种无序的状态，可能是一时悲情的迸发，可能是一种复杂情感的抽象，也可能是一种瞬间体验的凝结，但它是真实的，是用影像符号对我内心无法言说的、灾难带来的伤痕和哭泣的重复与再现。

我希望每一幅作品，都如同墓碑般庄严肃穆，向过往者述说蕴含的那次灾难中所发生的凄惨故事、痛苦伤痕和无声哭泣。

感谢《四川文联七十年》丛书编委会的稿约，感谢四川摄影志愿者们！

不忘文艺人的责任

余　宁

在我的人生路途上，四川是一个重要的坐标。

在四川，有许许多多的事让我刻骨铭心，有许许多多专业、敬业、真诚可爱的文艺人让我常相忆。在这些事的经历中，在与这些人的交往中，我也获得了很多影响我人生路向的深刻启示。

回望往昔，不能不提到 2008 年 5 月那场特大地震。时间可以抚平伤痛，但磨灭不去记忆，一些事、一些人，随着时间的流逝反而在记忆里愈发清晰。

记得在地震发生后不久，四川省文联、四川省摄协就组织了金平、王建军等 20 多位摄影家志愿者，分三路深入都江堰、汉旺、北川等重灾区参加抗震救灾工作。

要知道，当时余震还时不时发生，重灾区和外界的联系几近隔绝，道路也因地震破坏而难以通行，去灾区就意味着自身安全会面临极大威胁。但是，20 多位摄影志愿者不顾个人安危，像冲锋在一线的战士，毅然深入重灾区。他们克服了诸多困难，用相机和笔记录下了各方力量众志成城、抗震救灾的场面。

这 20 多位摄影志愿者中，邓风是当时供职于四川省文联理论研究室，他还有一个身份，就是中国艺术报社驻四川记者站记者。从灾区回转成都后，他第一时间向报社发来通讯《大地震后北川亲历记》。报社收文后也是第一时间刊发，并随文配发摄影家们拍摄自现场的抗震救灾照片。《大地震后北川亲历记》的刊发，让社会各界从另外一个角度了解了灾区抗震救灾的情况，鼓舞了人们抗震救灾的决心。同时，人们通过文章也看到了众多抗震救灾队伍之中，有这样一支手持相机的特殊队伍。他们用镜头记录下灾难的残酷、生死的相倚、万里的驰援、大爱的温暖。在他们身上，彰显出四川文艺工作者的勇毅前行、责任担当。这篇报道后来获得了报社当年唯一的"年度稿件"奖。

当时深入灾区，你能想象到危险，但你想象不到到底有多危险。后来，和邓风说起当时的北川之行，他说到这样一个场景：当时，我们一行人向北川进发，在距北川老县城10公里的地方，因为前行路段塌方被交通管制禁止通行，只好就地等待。就在等待的时候，又一次余震突然袭来，当时看到山体滑坡面上的岩石开始蹦跳，紧接着一阵阵恐惧的声音便滚压过来，像黑夜里忽降的倾盆大雨。我们赶紧跳上汽车迅速逃离了这一区域。他说，车开出去好长一段时间了，还能听到自己心脏咚咚跳动的声音。

也就是从这次顶着危险深入重灾区参与抗震救灾拍摄之后，四川摄影家们的镜头就不曾离开过这片遭受地震重创的土地。在时任四川省摄影家协会副主席、秘书长贾跃红的组织带领下，摄影志愿者们每年都要重回地震灾区进行拍摄活动。从抗震救灾到灾后重建，再到跨越发展，十几年下来，摄影志愿者们用深情拍摄了众多感人至深的优秀摄影作品。这些作品通过一册册作品集、一个个作品展，向人们展现了国人万众一心、抗震救灾的壮举，歌颂了灾难面前，人们守望相助、八方支援的大爱，也见证了灾区恢复重建、跨越发展的伟大成就。

众多展现第一时间抗震救灾的摄影作品中，有一幅照片被广泛传播，为人们所熟悉。那就是拍摄自抗震救灾一线的《敬礼娃娃》，照片展现了72小时黄金救援期内抢救被埋压人员的紧迫情势，也表现了灾区人民对前来参加救援工作的各界人士的深深感恩之情。《敬礼娃娃》的拍摄者是摄影志愿者、《绵阳晚报》摄影部主任杨卫华，他第一时间进入重灾区北川进行灾情报道，在最初的六天里五进北川老县城。记得 2011 年 3 月，在四川省委宣传部、四川省文联举办的"走进灾区发现最美"大型纪实摄影采风活动中，第一次见到杨卫华。他给我留下了深刻印象，双目炯炯，显得十分精神，而且十分风趣，尤其操着四川话讲起故事来，常常令人捧腹。在随后的数次摄影采风中，我们也曾多次同行。卫华很少提《敬礼娃娃》拍摄时的情况，说得最多的是"敬礼娃娃"郎铮在学校学习生活的情况。可惜的是，这样一个谦逊的优秀摄影人在 2015 年初因病离开了我们。

摄影志愿者们第一时间奋勇出击的精神感动着我。当时，我每天都通过电视和网络时时关注着抗震救灾一线的情况，也希望自己能和四川的文艺志愿者们一样，能和其他媒体同行一样深入到重灾区，慰问抗震救灾一线的文联人和文艺人，展现他们抗震救灾的壮举，报道他们以文艺形式鼓舞大家众志成城、提振士气和信心的行动。

不久，中国文联党组决定由报社选调骨干记者组成采访组赴地震灾区开展采访工作。我毅然报名要求参加此项工作，社里也同意了我的请求。时任报社理论副刊部主任冉茂金、时任综艺部副主任彭宽和我组成了赴地震灾区采访组。出发那天，时任中国文联党组书记、副主席胡振民，时任中国文联党组成员、副主席杨志今特地来到报社送行，令我们非常感动。还记得胡振民书记说，《中国艺术报》派出采访组赴四川抗震救灾一线采访，既是代表报社全体同志，也是代表中国文联，责任重大，使命光荣。

报社采访组在灾区的工作得到了四川省文联和灾区所在地文联的极大支持。虽然抗震救灾任务十分繁重，但时任四川省文联党组书记、常务副主席黄启国还是从采访保障、采访联系等方面对采访组的工作做了精心的安排。邓风应该是也必须是采访组的成员，于是他又一次开启了深入灾区的采访拍摄。我们先后深入四川重灾区汶川县、绵阳市、德阳市、绵竹市、什邡市、都江堰市等地进行采访，转达中国文联、四川省文联对灾区文联和文艺界人士的慰问，并给报社发回了大量有关灾区文联和文艺界抗震救灾情况的文字、图片报道。报社以这些内容制作刊发了"众志成城 抗震救灾"系列特刊，让社会各界全面了解了灾区文艺工作者众志成城、抗震救灾的壮举，了解了全国文艺界一方有难、八方支援的行动，体现了文艺在抚慰精神创伤，提振信心士气方面的特殊作用。

在采访期间，我们每时每刻都会被感动。我们采访到的每一个人，背后都有着感动天地的故事。还记得我们深入绵阳采访时，在墙体出现严重裂缝的办公楼里见到了为受灾群众四处奔忙的绵阳市文联党组书记陈竖琴、副主席王毅、创研部主任雨田等人，尽管他们的眼神依然坚毅，但是难掩疲惫之意。地震发生后，他们接受了安置受灾群众的重要任务。

他们在第一时间到达受灾群众救护安置点，他们把第一批受灾群众搀扶安顿下来，他们将第一个临时洗澡处在安置点旁边建立起来……在地震发生后最紧张最艰难的时刻，这一群文联人为受灾群众付出了自己所有的爱心，尽管他们自己也都是重灾区的普通一员。这群平凡而可敬的人，这支默默付出的队伍，来自绵阳市文联的干部职工，组成了这样一支温暖人心的队伍。采访过程中，陈竖琴多次重复一句话，这句话是她在参与抗震救灾过程中的肺腑之言，也是我们采访过程之中最深刻的感受："人，真的是美好的。"

采访组是带着一路感动返京的。记得离开成都的前一晚，受黄启国书记委托，时任四川省文联党组副书记、副主席杨茂成，时任机关党委书记仲晓玲前来道别。杨茂成是个性格直爽、很有干劲的领导。他歌也唱得非常好，第一次相识还是在他精彩演绎的歌曲《高原红》里。后来因为病患，茂成早早地离开了我们，殊为惋惜。

在地震发生后，黄启国、杨茂成和时任四川省文联另一位党组副书记、副主席陈黔鲁，时任党组成员、秘书长杨时川多次带领文艺工作者深入灾区进行文艺慰问演出，以文艺的形式抚平受灾群众心中的伤痛，激励起大家抗震救灾、重建家园的信心。

茂成曾在地震后陪同中国民间文艺家协会主席冯骥才一行到绵竹、北川地震灾区实地考察，配合中国民协就遭到毁灭性破坏的羌族文化专门在四川成立"紧急保护羌族文化遗产四川工作基地"。四川省文联、四川省民间文艺家协会承办了专家调研、研讨会等大量的具体工作，为《羌族文化学生读本》的编撰提供了基础资料和图片，为地震之后羌族文化的留存作出了突出贡献。此项工作后来还得到了时任国务院总理温家宝的充分肯定。

这次深入地震灾区采访之后，报社的目光便持续聚焦于地震灾区的重建工作。在特大地震一周年的时候，时任报社总编辑李树声带领采访组开展了特大地震灾后重建采访活动。2011年4月，在特大地震3周年灾后重建完成的时候，中国文联和四川省文联组织了"全国百名艺术家看四川震后重建活动"。期间，时任报社社长向云驹带领采访组深入汶川映秀、水磨、北川新县城、绵竹等地考察采访报道灾后重建成就。

2018年3月，巴蜀大地油菜花开，一片生机盎然。四川省文联和四川省摄协组织了"感恩奋进·治蜀兴川"纪念"5·12"汶川特大地震灾后恢复重建10周年主题摄影采风活动。我联络10余家中央媒体摄影记者应邀参与了采风活动，走进曾经的地震灾区。我们在包括青川、北川、汶川、绵竹、都江堰等在内的川西北多个县市一路观察、一路记录，在镜头里、在心里感受着曾经遭受重创的土地如今发生的翻天覆地的新变化。喜看人们幸福的笑脸，感受着他们的快乐。

数次重访，见证了地震灾区灾后重建、涅槃重生的整个过程，也见证了四川文艺人在其中付出的心力。每每忆此，过往那一幕幕场景、一张张脸庞总会清晰浮现眼前，心中总是澎湃不已！

怀念

人民总理人民爱

李 致

　　最近的两个夜晚，调看了《周恩来的四个昼夜》和《周恩来回延安》两部电影，在荧屏上看见敬爱的周总理，不由得想起一些往事。

　　上世纪 40 年代，周恩来同志常驻重庆与国民党谈判，住曾家岩 50 号，这是全国有志之士敬仰的地方。1947 年我初到重庆，曾满怀敬意，悄悄地站在街对面，仰望着周公馆。

　　第一次看见周总理，大约是在上世纪 50 年代中期。总理路过重庆，中共重庆市委在小礼堂举办晚会。我在共青团重庆市委工作，有幸参加。我选择了一个靠中间过道的座位。当总理入场时，大家起立鼓掌致敬，总理多次亲切地挥手，让大家坐下。

　　1960 年 5 月，共青团中央在北京召开第五次少先队工作会议。我时任共青团四川省委少年儿童工作部部长，与会。会议闭幕时，团中央在机关小礼堂举办晚会。事前通知大家：周总理将出席晚会，为了总理的健康，不能和总理握手！晚会上最引人注目的表演，是歌唱家王玉珍演唱《洪湖水浪打浪》。我距总理很近，看见总理双臂交叉于胸前，专注地倾听，手指还轻打着节拍。我真想跨几步前去与总理握手，但又不愿违背规定。只好安慰自己：能这样近距离地和总理站在一起，已是非常幸福了！

　　十年内乱，社会秩序混乱，国民经济濒于崩溃，人心涣散。周总理力挽狂澜，竭力维持国家的正常运转，以保障全国人民最基本的生活水平，同时又全力保护受到冲击的党内外干部群众，处理很多复杂问题，拼命降低动乱造成的危害损失，以致积劳成疾。1976年1月8日，总理离开了他热爱的祖国和人民，享年78岁。

1月9日早上，我儿子晨跑听到广播，立即回家大声叫醒我："周总理逝世了！"顿觉天塌地陷！从"文革"开始，我一直坚信：无论再艰难，有总理在，就有希望！我从未想到总理会离开我们。没有了周总理，国家怎么办？流不尽的眼泪，不知道是怎样度过了那几天。我所遇到的机关同事，都和我一样地感到意外和难过。

全国人民都为周总理逝世感到巨大的悲伤。我所在的四川人民出版社就举行了追悼会，大家痛哭失声。我女儿在重庆大学读书，师生们参加了全校规模的追悼会，团结广场上笼罩着悲哀，她还寄回了自己佩戴黑纱的照片，身后白色花圈林立。儿子当年高中毕业待分配，还没有工作单位，他积极参加了出版社的各种悼念活动。

那是一段悲伤的日子，上午看《参考消息》上国外媒体对周总理的报道；晚上院子里的男女老少挤在会议室，通过出版社仅有的一台小黑白电视，看总理追悼会的实况，听小平同志的悼词；无论是听见哀乐，还是与人交谈，我都会流泪，我一生从没有为任何人流过这么多的泪。这以后，甚至在别人的追悼会上听见哀乐，我都会想起周总理，悲伤不已。我已经怕听哀乐了！

至今，我保存着我和妻子佩戴过的悼念总理的黑纱，黑纱上白色的文字，寄托着我们的哀思："沉痛哀悼周总理"，"周总理永垂不朽"。

回想起曾经在电视上看见，1975年6月9日，周总理出席贺龙元帅的骨灰安放仪式，总理含泪7次鞠躬，对贺龙的夫人说："我来晚了！我来晚了！我没有保护好贺龙同志！"在场的人无不痛哭失声。

以后知道：从1974年6月1日住院到逝世，总理动过大小手术13次，平均40天左右一次，他是带着严重的病痛，为人民工作的。他鞠躬尽瘁，死而后已，把骨灰撒在了祖国的江河大地。

我把1976年1月8日，周总理逝世那天的日历，保存下来贴在一张纸上。第二年，我在上面写下了张志民的诗句："一年了/我没有勇气去撕掉/比铅块还重的日历。"

1月14日，四爸巴金写信给我："总理逝世，全国人民一致悲痛，我也十分悲痛。他是一个伟大的革命家，一个大公无私的共产主义战士，他每天工作十八个小时左右，把整个一生和巨大的精力奉献给中国革命事业，给无产阶级革命事业。四四年到四六年在重庆和上海，四九年到六六年在北京和上海，我多次看见他，他对我很亲切。我忘不了他。回想他的言行，我又一次受到教育。"写这封信时，巴金还是"牛鬼"，尚未恢复名誉。

1977年2月，四川电影院放映纪录片《送别周总理》，我连着看了三场。我保留了电影票，还写了几句话："一次一次地/看送别总理的电影//然而，没有一次看清，没有一次看够//两眼饱含泪水，怎能看清，怎能看够//在十里长街的百万人群中/啊！有你、有我，送总理//"

1977年10月，四川人民出版社出版了《周总理诗十七首》，该书发行百万册以上。许多读者直接来出版社买书，出版社变成了"门市部"。接着，又出版了缅怀总理的诗集《人民的怀念》。柯岩的《周总理，你在哪里？》也由四川人民出版社出版，共发行15万册，列上世纪80年代新诗繁荣之际，个人诗集发行量之冠。我时任四川人民出版社总编辑。

1985年，我随四川出版代表团访问日本。4月22下午来到京都的岚山。主人引导我们首先驻足在周恩来诗碑前。诗碑是一块深咖啡色的天然巨石，这是京都名石"鞍马石"。诗碑矗立在天然石块镶砌而成的碑座上。碑身、碑座与周围的树木融为一体，宛若天成。诗碑上，刻着周恩来所写的《雨中岚山》，这首诗已收入《周总理诗十七首》。全文是："雨中二次游岚山，/两岸苍松，夹着几株樱。//到尽处突见一山高，/流出泉水绿如许，绕石照人。//潇潇雨，雾蒙浓；/一线阳光穿云出，愈见姣妍。//人间的万象真理，愈求愈模糊；/模糊中偶然见着一点光明，/真愈觉姣妍。//"读着周总理在年轻时代"为生民立命"的诗句，我想起首都百万群众自发伫立，目送总理灵车，泪洒十里长街，仿佛听见那发自肺腑的心声。也想起为出版《周总理诗十七首》，同事们所做的各种努力，以及读者购书的热情。……诗碑前放着一束鲜花。事前不知道这里有总理的诗碑，我们没有带鲜花；但我们敬爱总理的心，是同样的赤诚。在当天的日记上，我写道：我希望将来能和老伴以及子女，在周恩来诗碑前待上一天！可惜后来由于诸多原因，这个愿望没能实现！

每到周总理逝世的日子，我总要在日记里写道："京城处处皆白花，风吹热泪洒万家，从今岁岁断肠日，定是年年一月八。"这首诗原载《天安门诗抄》。

总理逝世距今46年了，我5次搬家。不管搬到哪里，周总理的照片，总是放在我家客厅最引人注目的地方。人民总理人民爱，我、老伴以及儿女，只是其中几人！

有一年四川省文联的迎春会，邀请了演员刘劲参加。我主动与他合影。我不追星，刘劲多次扮演的周总理，形似神似，受到观众热爱。

2017年11月5日，儿子陪我乘高铁去重庆。因为当天要赶回成都，只有乘汽车在市中区"走马观花"。在路过曾家岩50号时，我看见广场上矗立着周总理的全身铜像。这是久别多年后去重庆，给我留下的最深刻的印象。

尽是俗事

——以此送别车辐先生

曾晓嘉

99 岁的车辐老先生昨夜（2013 年元月 22 日）辞世。赵蓉电话里说过后，我心里竟没有半点伤感和痛感。个把小时后，直到在一张给他家人的哀悼卡上写了几个字，突然泪水直下。这几个字是"车伯伯好好走，慢慢走，过去向我爸爸问好，我永远想念你们"。我父亲已走多年，无论生前身后，提起他，车伯伯从来无多话，一根大拇指久久立着。

百年，对一个人足够奢侈，长得少有人不眼红。尤其百年还未昏聩，未痴呆，未帕金森，还能吃，能读书，能用蝇头小楷写日记，还能和人交流读书体会。有次他神秘兮兮地对我讲："你不可能把天下书都读完噻，跟读过的人摆，赚了得嘛。"

那些年白杨走了，谢添走了，巴金走了，他说，朋友都走了，就缺我了。口齿不利落，面目却轻快。

我在东风路文联宿舍碰到了川报名记许佳，我说，车老是你们娱记老前辈哦。许佳说，当然。

他一生经历琳琅，行走亦颠簸，好多行当的人都会对他给以专业评说，娱记算一，更有演艺、文学、曲艺、美食等等。

而我要说的，都是俗事。

1979年秋天，我到省文联工作。文联还是从前老四川公馆的样子，平房小院，几重几进，后花园，戏台子，青花磁凳，雕花屋檐，彩玻镶门，虽败色纷纷，也还残留着隐隐大家做派。我没有自己的居室，在办公室支了张床。在自己办公室支床的还有车辐先生。他那间小屋紧靠礼堂左侧黑黢黢的巷道，巷道一到下午差不多就伸手不见五指。

在湿热的云南过了8年，一入冬天，立马被阴冷雨雾弄得手脚都没地方放。车先生在院子里招手，邀我去他办公室，说是"温酒给你喝"。"温酒"这话听起来又暖和又书卷。

他的办公室，以杂乱无章闻名。书报杂志打堆，桌上、地上、床上、墙角，哪儿哪儿都是。我担心在这里找物件不比大海捞针容易。他当场反驳并演示，迅速准确找出老友白杨女士抗战时的玉照，送了我。屋中央是一炉火，火上坐了只遍体伤痕的搪瓷盆，他把黄酒从土罐倒进同样歪瓜裂枣的瓷盅，搁热盆里泡一阵，就算把温酒这事办完了，我们一人分得半盅，捧手上不断搓。他说，要是加些话梅或者姜片，口感更好。这是我第一次喝"温"过的黄酒，和后来若干次再吃它比，

车辐　　　（迟阿娟摄）

过程之简陋，容器之粗糙，未有能及之者。奇怪的是，几十年了，就这一次还记得清清楚楚。多年后我成了他家邻居，一次去看望他，他不断高声提醒老伴儿，给嘉嘉带瓶黄酒走。我带走的这瓶绍兴花雕诞生于1664年，

生产于 2000 年 5 月 21 日，至今未动。

以后，我就开始了跟这张成都著名好吃嘴东杯西盏南箸北勺的经历。那时还没取消票证，食物相当不丰富，不晓得哪儿来那么多请车先生吃饭的人和地方，反正我倚小卖小，少说多吃，吃货品质渐长。传统"三大园"——"蜀风园""竟成园""荣乐园"去了，他边品当家菜边讲创始人如曾家、陈家、蓝家的传奇。到"盘飧市"，他指导重点攻卤水拼盘，人家才是正宗老卤，"文革"那样子打仗，都没把那锅卤水打翻在地，肚子嘴巴才是检验真理的标准。在"努力餐"，他不顾一桌碗碟，多次敲击酱爆苦瓜的盘子，暗示我。瓜白酱红油色清亮，一吃，便忍不住再吃三吃。车先生不屑这种极不上道的吃法，他吃菜得用"品"才对得起他对厨师和食物的至高崇敬。名声再嘹亮的菜，也只挟两筷子，细嚼慢咽，最后还回味一阵，才评价盐多了几粒，醋少了几滴。大厨立在餐桌边，垂手点头，服气。买香肠，他指导一定要"香风味"，粉蒸牛肉，一定是皇城回民餐厅，东大街的"金玉轩"醪糟、"竹林小餐"的拌白肉、盐市口的"三友凉粉"，店小不欺客，都是祖师爷传下来的手艺。

那时车先生也是快 70 的人了，出门和年轻人一样，骑辆破自行车，上车姿势也和年轻人一样，一脚滑行，一腿甩得高高地越过后座架。能跑路，不怕跑，良性循环，胃口也就好。最惊艳的一次，一口气吃了 5 碗抄手，5 两，外加 1 碗汤圆。30 年前的名小吃，字正腔圆，质量分量，绝无偷奸耍滑。

车先生为四川美食写过专著，读了，才晓得他的好吃是如何从舌尖成为纸上经典，那些怀揣金刚钻的名厨，为啥对这个食客那么恭敬。美食于我，是过瘾，在他那里，是技术、艺术、学问和世代相传的生活。

但我非常怀念跟车先生混吃混喝的日子。

那时我刚从文化稀薄的兵团，一脚踩进"知识分子成堆"的地方。这个地方，我熟悉但没什么兴趣。车先生提醒我，有棍子。听上去像暗语，是不是上一辈人被运动出来的敏感？我说我就一干活的，棍子还能打到我头上？他吁出口气，不再多话，像对着一坨扶不上墙的烂泥。后来不止一二事件，旁证似的，证明他并非无中生有。没棍子打我，打到了别人头上，看在眼里，心头却对不同知识分子的人格品质有了识别度。长时间的压抑，人性的分裂和人性的良知坚守，一直如同水火。像车先生这种余悸难消，夹紧尾巴的人，我父亲也是。

父亲去世后，每逢节日，车先生都会在宿舍门卫那儿放一份小礼物，要我转给妈妈。一小盒香茶，一本薄书，一包点心。老了老了，大家腿脚都不方便了，我成了中转，转一次，心往下落一次，是被陈旧且悠久的友情压的。

在曲协工作那段时间，我见他的时候多些，协会组织演出或者研讨会一类，他差不多都叫新民用轮椅推着来，他是"文革"后省曲协最早的工作人员和领导，也是出色的曲艺工作组织者和理论家。刚接

车辐　　　　　　（迟阿娟摄）

触曲艺，两眼一抹黑，我得补课，课目之一，就是读他写作和编辑的大量四川曲艺历史、人和曲目的作品。他又一次提醒了我。这是个了不起的领域，起于民间，而足以立于人类文明这个博大的殿堂。

过年前，协会买了食品和日用品去看望老同志。他对一大提圈筒纸大感兴趣，呵呵呵叫老伴儿，这下子你不得喊我省到用了嘛。阿姨去世，我立刻去看他，怕不测。他眼睛通红，挺着说还好还好。他拿出笔记本，是

女儿刚买给他的，他用它记日记，翻开，一页页都是漂亮老到的字。我问都有啥子好记的嘛？他说你看我还是多划得着的，原先说活着跨世纪，跨过来了，又想2008，看奥运会，反正每天都写点儿嘛。那天他有点儿语无伦次，加上有些绊舌，听上去比哪一次都费劲。

车先生走了，走得干干净净，媒体人蹲守在单元门口，电视直播车横在宿舍公用厕所边，遵嘱，家人不为他搞任何送行仪式，连最后的身体，也捐了，他们在等什么呢？

（补：写完小文，看到《成都日报》记者梅柏青在我微博上的留言，"可敬的老人，犹记那次车老参加我们队上的知青聚会，你的谈笑风生，饭后居然叫儿子把剩下的菜打包，受教了！"）

您就是一颗星

——缅怀白航

张大成

一

2021 年 9 月 20 日晚 11 时，诗人白航以 95 岁高龄平静安详地逝世于成都。白航是新中国第一本诗刊《星星》的创办者。他为办刊历经坎坷，曾被错划为右派吃尽苦头，仍然初心不改，把一生都默默奉献给了办好《星星》的事业，为中国当代诗坛作出了突出贡献。

白航原名刘新民，1926 年生于河北省高阳县路台营村农家。1937 年去北平、天津读书，1945 年投奔解放区参加革命，曾回天津为党做过地下工作。1946 年考入华北联大文学系学习，1948 年毕业后，参加中国人民解放军，任部队文工团创作员，随军转战太原、西安、宝鸡直到四川成都等地，后转业在南充川北文联和四川省文联工作。1952 年任四川省文联创研组组长、副部长，1957 年创办《星星》诗刊。被错划为右派，1978 年平反，任主编，续办《星星》诗刊 10 年，1989 年离休。他曾三次担任全国新诗评委，获全国文学期刊优秀编辑奖，享受国务院"有特殊贡献的专家"津贴。著有《简论李白和杜甫》《白航诗选》《诗歌创作漫谈》《蓝色幽默》《燃烧的星》《往事——白航回忆录》等。

二

我是先读《星星》后识白航。

1956 年，18 岁的我考入西南师范学院中文系，是个正在做着文学梦的"文青"。岁末，我在《人民日报》上偶然读到《星星》诗刊别具一格的"稿约"，像散文诗般一下子就吸引了我。首先，刊名"星星"就充满诗意，叫人喜欢。开头是"我们的名字是'星星'，天上的星星，绝没有两颗是完全相同的，人们喜爱启明星、北斗星、牛郎织女星，可是，也喜欢银河的小星，天边的孤星……"稿约热情地介绍办刊方针，欢迎各种流派各种风格的诗作，并响亮地提出"诗歌，为了人民"的口号。

1957 年《星星》诗刊创刊号

1957 年 1 月 1 日，《星星》创刊号出刊，小 32 开本，封面左上醒目地用毛主席红色体字"星星"作刊名，下面偏右配以赵蕴玉的水墨国画（李白）《举杯邀明月》。翻开目录，栏目众多，设有"长诗""和平鸽哨""劳动曲""兵之歌""情诗""祖国风景线""生活漫吟""散文诗""诗歌遗产""歌词""民歌（情歌专辑）"等，还列有若干插画名称，许多著名诗人和画家都奉献佳作发表，可说是丰富多彩、琳琅满目。多年后，白老告诉我，当时计划印 2 万多册，但供不应求，很快升至 3 万多册，真是洛阳纸贵，《星星》出名！

我和西师文学社的同学，常常约在下午课外活动时间，跑到院图书馆或学院所在地重庆北碚图书馆，争看《星星》创刊号，有同学还想给它投稿呢！我们都有个不切实际的空想：那时，西师学术空气浓厚，经常请重庆作协的诗人、作家来校讲学，如果学院也能把成都的《星星》诗刊编辑们请来讲讲课，那是多么巴适安逸呀……

风云突变，《星星》创刊号因刊发了流沙河的《草木篇》和曰白的《吻》（两个作品都被批为"大毒草"），整个编辑部4个编辑：白航（主任，31岁）、石天河（执行编辑，33岁）、白峡（编辑，36岁）、流沙河（编辑，26岁）均被打成右派，令人震惊！《星星》诗刊于1960年10月停刊。

1960年我从西师毕业，分配在一所省属中专校任语文教师，随校搬迁，辗转在雅安、德阳罗江、江油二郎庙18年。1978年，调任《成都日报》。副刊部资深编辑萧青老师很热情，给我这个来自边远地区又是半路改行的新闻门外汉开了几张介绍信，以便尽快熟悉成都市的宣传部门、文艺单位和作者。真巧，要我联系的单位就有近在咫尺的省文联、省作协，要我拜访的作者就有白航等。那时，《星星》还未平反和复刊，我和白航是坐在《四川文学》编辑部见面的。他性格内向，话少，好像生怕说错什么似的。我是教师出身，口无遮拦，当摆谈到1957年前后，我和同学们在西师争读《星星》创刊号，还幻想着能见见《星星》的编辑们时，他白净木然的脸上，终于露出了笑容，如遇知音，我俩不再拘谨，交谈甚欢。分手时，他从抽屉里取出一篇品赏古诗的文稿递给我说："这是萧青大姐约写的，算是交卷了。写得不好，你这位语文老师不吝赐教呵！"老诗人、老编辑白航毫无架子，真诚谦虚，平易近人，给我留下了深刻印象。我骑车赶回报社，将约稿交给萧青老师，不几天就在《成都日报》副刊上登出来了。从此，我与白航结缘，那年，他52岁，我40岁。

三

随着联系增多，交往频繁，我对白老的性格逐渐熟悉，慢慢觉得可爱起来。正如他乐观开朗的老伴邓治德大姐常讲的幽默话："白航这个人哪，生在农村，血型恐怕属于'农民型'，这使他性格内向，不爱说话，生怕出头露面，更怕交际应酬，然而却又性格固执，要干什么三头牛也拉不转来。他常说他就是'认死理'，也就是现在被人嘲笑的'讲原则，求真理'，他认定了便不更改。"白老坦承："我认的不是歪理，而是追求的真理。认准真理就要坚持到底，哪怕因此而挨整，我一点不抱怨。"

白航　1957年创办《星星》诗刊
摄于办公室外

白老参加革命早，遇事有主见，他的目标就是办好《星星》，用他的话说就是"为祖国的诗歌大厦添上一些砖瓦"。他认为诗歌编辑是"神圣而苦涩的职业"，应有强烈的责任感：一是对社会，二是对读者，三是对作者，四是对领导，四个方面都要负责，绝不能马马虎虎。他写文章说："在我的一生中只干了一件较大的事，就是编了这本《星星》。它是我一生中最最忠实的朋友，我敬重它，因而也敬重我的编辑事业。""当一个称职的编辑，应有革命勇气（也可称作'傻气'）……还要有敢于坚持真理修正错误的勇气。"原来，白老的"认死理"，其实就是拿定主见，认定真理就坚持到底的信念和品德。

他这么说，也这么做，22年的《星星》艰辛平反路，充分展现了他坚持真理、爱护同事、保住《星星》的执着。用他的话说："在此期间，我的灵魂得到了考验和锻炼。"

《星星》创刊号于 1957 年 1 月 1 日出刊，编辑们还沉浸在兴奋欢乐中，1 月 14 日省报即开始公开批判《草木篇》和《吻》（特别是《草木篇》），整整持续 5 个月之久，批判文章累计达十多万字。罪名是假"百花齐放"之名，行"死鼠乱抛"之实，反右时升级到"反革命"与"阶级仇恨"的高度。

白航作为主任（诗刊负责人兼编辑部主编），他是怎样应对的呢？一是坚持真理，顶住压力。在当时如此大的声势下，他沉着镇定，实事求是，领导找他谈话，他只承认作品有"缺点"而不是"大毒草"；省文联召开"讨论会"，实为"批判会"，白航和他的同事们拒绝参加。二是爱护同事，挺身而出。处于高压中的 1957 年 4 月，在发完 5 月号的《星星》诗稿后，白航组织全体编辑休息放松，上峨眉山赏杜鹃花，散窝囊气。除流沙河缺席外，"二白一河"（白航、白峡、石天河），还约上刚访苏回蓉的著名诗人戈壁舟一起登峨眉山。多年后，白航写了《石天河峨眉山求签》一文即记此事，留作纪念。白峡是 1939 年入党的老党员，白航很尊敬他，活着时，白航写诗《寄白峡》相赠，去世后，写有情深意切的《白鹤飞走了——忆白峡》一文。流沙河因写《草木篇》罹祸，白航多有关照，为沙河过生日还写了《生日趣记》散文作纪念。白航作为一个班长，如此熟悉和关爱他的同事，可见其真情细心。白航勇担责任，不推卸，不逃避，以至编辑部的同事们也是这么做的。那时，石天河是《星星》执行编辑，他申辩最得力，因不服从批判，编完《星星》第二期后便被停职、逮捕、监禁近 23 年。负责办了 8 期《星星》的白航，则被赶到会理农村监督劳动，后被送到甘孜州。流沙河也多遭磨难。三是保住《星星》，从 1957 年到 1979 年的 22 年间，白航自己被错划为右派，还一直惦记着三个被错划为右派的同事，无时无刻不惦记着要为《星星》平反。1978 年，白航写了篇关于《星星》的申诉书，得到北京《诗刊》编辑部的大力支持，当即打印成文在内部发行，引起有关部门的重视。1979 年 9 月，四川省委下达 83 号文件，明确地"为《星星》诗刊平反，为《星星》的四个编辑平反，为四川省'反革命小集团'平反"，并组建了《星星》的复刊班子。1979 年 10 月，《星星》终于复刊。多年后，他在《寄白峡》诗中，有这样四句话："人生常遭无端，误了许多时间，有幸三中全会，平我冤假错案"。

四

1979 年 10 月《星星》复刊后，白老又带领新老同事们抓住机遇发展《星星》事业，创造了 20 世纪 80 年代成都新诗和中国新诗的高光时刻，留下一段诗歌史的辉煌。

《星星》复刊，原来的编辑留有一白一河（白航、沙河），新充实的编辑有陈犀、雁翼、孙静轩等著名诗人，由白航和陈犀担任副主编。1982 年，白航出任主编。此间白航办了两件事：一是以推出诗坛新星为目标；二是深入生活，走到广阔的天地办好诗会，听取群众的批评意见，扩大《星星》的社会影响。

短短几年，《星星》的发行量就从 1979 年 10 月复刊时的 15000 份，迅速增加到 1986 年的 4 万多份。一位细心的作家李文明，曾在 1986 年 6 月的《蓓蕾诗报》上发表盛赞《星星》复刊后出作品出人才的文章《诗坛一保姆：〈星星〉——中国当代诗坛最具权威刊物之一》，文中写到："她始终以展示中国诗坛全貌，鼎力推出诗歌佳作，尽心扶持诗界新秀为己任，成为璀璨诗空中的星座。"经《星星》发现、培养而成为诗人的达千人之多！一直在《星星》诗刊担任重要编务的白航，说他是诗坛一保姆，是再恰当不过的了。

20 世纪 80 年代，《星星》在川举办了 3 次震撼中国诗坛的诗会。

（一）乐山诗会

1982 年 5 月，《星星》创刊 25 周年纪念，第一次举办全国性的"乐山诗会"。会址设在岷江边乐山大佛旁的鹫日峰上。

记得几位满头白发，莅会讲话的诗坛老前辈、文艺界老领导有邹荻帆、叶石、凌文远、柳倩等，还记得赴会的著名诗人和诗评家有高缨、孙静轩、陈犀、傅仇、流沙河、尹在勤、吕进、王尔碑、木斧、余薇野、傅天琳、王志杰、游藜、曾参明、周纲、海梦、刘允嘉等人，还有充满朝气、令人难忘的年轻诗友徐慧、鄢家发、培贵等。

1982 年 8 月号《星星》出了诗会专刊，白老有四首诗：《乐山诗会记事》《云》《泉》《睡莲开了》刊发。那真是 20 世纪 80 年代新诗勃兴的初潮，澎湃在乐山，汹涌在岷江，正漫卷在风生水起的神州大地。

（二）江油"太白诗会"

1986 年 5 月，《星星》创刊 29 年纪念，在江油新建的"太白堂"隆重举行"太白诗会"。江油是诗仙李白故里，山清水秀，特别吸引诗人。我首先想起的参会者是和我分住一室的吉狄马加和叶延滨。我突出的印象，从家乡重庆方向奔来赴会的诗友队伍最庞大，老诗人有方敬、梁上泉等，年富力强的有傅天琳、梁平、冉庄、杨永年、徐国志、成再耕等，远客有北京《诗刊》的李小雨、新疆《绿风》诗刊的杨牧⋯⋯展示了诗坛后继有人、新诗生机勃勃的强大力量，预示着新诗高光时刻即将到来。

（三）成都"中国·星星诗歌节"

1986 年 12 月，为庆祝《星星》创刊 30 周年，在成都举办了为期一周的"中国·星星诗歌节"。

白老和蓝疆等同事为了办好"星星诗歌节"，很早就精心筹划、认真准备、组织评选出"我最喜爱的中国十大青年诗人"。记得入围当选的北岛、舒婷、顾城、叶文福、傅天琳、李钢、杨炼、叶延滨等，都从全国各地应邀参加庆祝活动，在古老的诗城成都掀起了一股前所未有的诗歌热潮，在20世纪80年代，成都新诗和中国新诗达到了一个顶峰。

<h1 style="text-align:center">五</h1>

诗人流沙河，生前称赞白航是"诗歌蔡元培"。《星星》编辑鄢家发，满怀对恩师的感激，在《四川文艺报》著文《涅岂吾缁孰重后歌——送别白航先生》。同辈老诗人木斧，生前赠诗白航："你还是你，老兄/《星星》的创始人/一个老实的人/一个平凡的人//两个称呼加在一起/你是一个真诗人/新诗史的石碑上/要镂刻上你的姓名。"诗人艾青，在北京的一次文艺界聚会时，在华北联大的老学生白航的留言簿上，欣然题词："白航不白航，只要有方向，一定能到达彼岸!"

白老在1993年6月签赠我的《白航诗选》中，有一首诗《自画像》，写他艰辛备尝，仍以办好《星星》、培养人才为己任："但我仍然拿着笔/作我一生最爱作的/那件事情/我曾'挺举'出许多青年/'叫卖'出不少诗人……"

正像德阳老友蓝幽在《与白航书》中写的"倾注满腔热情，披云抉雾亮出多少新星老星，而你好像从不曾想到自己也是一颗星"。

与少言同志一起写电影剧本

——故事片《妈妈，你在哪里》创作琐忆

钱道远

改革开放后的 1980 年 6 月，四川省文学艺术界联合会第二次代表大会在成都隆重召开。同时，中国电影家协会四川分会（即现四川省电影家协会）成立。在我至今仍保留的一张黑白照片上，记录着当时的盛况。时任峨眉电影制片厂党委书记兼厂长的杜天文同志与 1975 年从长春电影制片厂商调来峨眉电影制片厂的著名表演艺术家李亚林、金迪、贺小书等与会。峨眉电影制片厂的老领导、老艺术家和中青年技术艺术人员代表：唐晋、屠光辉、潘秋、张鲁坤、林永福、寇嘉弼、向林、李尔康、王宁新、钱道远等，和从长春电影制片厂商调来的其他著名电影艺术家张凤翔、曾未之、林秉成、李凡、周莹箴等，以及来自四川省电影公司的王宏昭、晏祥金等代表欢聚一堂。

在这双喜临门的日子里，另一件好事又突然落在我的身上。大会闭幕那一天，我们峨眉电影制片厂的杜天文书记兼厂长找到我说：省文联和中国美术家协会四川分会（即现四川省美术家协会）的一位老革命、老领导，有一个在革命战争年代的好素材、好故事，已经酝酿很多年了，一直非常想找一位年轻编剧与他合作，写成一个电影剧本，拍出一部进行革命传统教育的好故事片，问我意下如何。

能和文艺界一位老革命、老领导共同创作这样一部故事片剧本，又是我们峨影的一把手杜天文书记兼厂长亲自布置，这对于当时才30多岁还属于年轻编剧的我，自然是一次非常难得的学习机会。但我同时也想到，这位老革命、老领导究竟是谁呢？是不是一个好合作的人？如果不好合作，会不会带来……便立刻迫不及待地问，这位老革命、老领导究竟是谁？杜厂长立刻告诉我："是我们四川省文联副主席、四川省美协主席李少言，少言同志。"

我虽并非美术界人士，但对于这位同时担任着全国美协副主席的从硝烟里走出的人民艺术家，这位我国著名的现代版画家、新中国成立后四川美术事业的组织者、领导者，我是久闻大名、敬慕有加的。还听说过他的好些"传奇故事"，如1938年在陕北公学学习时，就加入了中国共产党。1939年底，被调到八路军120师，曾任贺龙司令员和关向应政委的秘书，而且在那时就创作出大型木刻组画《120师在华北》和《重建》等木刻作品，是我国新兴版画运动的先驱。当年，晋绥边区第一张邮票上的毛主席正面像，就是他刻制的。但因过去从未有过工作上的接触，作为一个晚辈和电影编剧队伍里的年轻人，心里仍存在一种巨大的未知、紧张和担心。

因当时少言同志很快就要率中国美术家代表团访问日本，还有一些准备工作，必须马上赶到北京进行。在杜天文厂长的安排下，我们——为更好地完成这一特殊的创作任务，我还特邀了我在川大中文系念书时的学长、当时同为峨影青年编剧的杨应章同志一起参与——的见面很快就在省文联进行。当胖胖的、个子不高、操一口山东口音的少言同志出现在我们面前时，我们发现这位著名的老革命、老领导、老艺术家，原来是那么质朴真诚、平易近人、和蔼可亲，立刻让我们的那些忐忑、担心和紧张冰释。但当我们按一般的惯例，习惯性地脱口而出称他为"李主席"时，杜厂长马上告诉我们：少言同志从来都不喜欢别人叫他"李主席"之类，在我们省文艺界美术界大家都叫他"少言同志"。此后，我们也一直尊称他为"少言同志"。

就在此次会面中，少言同志不仅非常激动和形象地向我们讲述了他所亲身经历并酝酿了数十年的那个"儿子找妈妈"的革命故事，而且建议我们也马上随他一起到北京，并同住在他将去办事的中国美术馆附近，以便他随时都能抓紧时间、见缝插针地和我们一起继续熟悉和研究素材，开始讨论构思剧本。

来到北京，并同住进西四的一家宾馆里后，少言同志果然每天都早出晚归地泡在中国美术馆里，进行着他极其紧张繁忙的出访前的准备。但只要一有空儿，无论早晚，他都把我们立刻叫去，一起见缝插针地研究电影剧本的创作。同时，他还郑重地给我们布置了另两项任务：一、虽然过去我们都已去过，但此次必须再去卢沟桥（当时还未建成中国人民抗日战争纪念馆）和中国革命博物馆，认真参观学习，以从更高更宏观的角度把握我们正在创作的电影剧本的时代大背景——中国人民伟大的抗日战争。二、利用他对中国美术馆非常熟悉和每天都要到那里进行准备工作的机会，搞了一次"特殊"，开了一次"后门"，专门请展览部的有关专家做老师，领着我们两个来自四川的年轻电影编剧，对一个个展室进行参观学习，耐心地给我们普及和补上了一堂非常可贵的中国美术史课和中国历代杰出美术作品赏析课，让我们接受了一次终身难忘的美术教育、美学熏陶和洗礼。那情景我至今仍历历在目，宛若昨日一样！

不久，少言同志即率中国美术家代表团飞赴日本访问。行前，他又建议我利用这段时间，循着未来剧本男主人公——自幼与革命妈妈失散的儿子流亡寻母的路线，沿长江从上海到武汉，再扎扎实实去跑一遍，从日后银幕呈现的角度，去充分体验故事发生的这些不同空间的历史风貌和造型特点。他的这句话至今仍时时响在我的耳际："你们搞电影的，和我们搞美术的一样，在创作时千万不能闭门造车，一定尽可能要到生活中去，尽最大努力做到亲见亲历和亲为！"

在少言同志的悉心指导和亲自参与下，经过近半年的反复深入生活和若干次反复修改打磨，《妈妈，你在哪里》的电影文学剧本终于在 1980 年底脱稿，并在当年四川剧协所创办的一本在全国影响极大的刊物《戏剧与电影》1980 年 12 月号发表。次年即为中国共产党成立 60 周年，少言同志特别叮嘱我，发表时在剧名下一定要代表我们三位作者——一位老党员和两位年轻党员，郑重地加上"献给中国共产党成立 60 周年"一行字。

那时，虽已改革开放，但像峨影这样的电影厂在资金及生产能力等方面还有限，要尽快推上该片还有一些困难，加上又正值年末。但在杜天文厂长和 1975 年从长影商调来峨影后、同样在峨影担任副厂长的两位老领导、老革命袁小平、徐连凯的协调下，长影很快就选中并审查通过了该剧本，并下达了筹备令。导演也是由长影一位老革命、老导演李华担任。同样为八路军文工团员、记者等出身的李华，1954 年转业到长影后，曾在《沙家店粮站》《董存瑞》《红孩子》等名片中担任过助理导演、副导演。这是他导演的首部作品，倾注了其全部革命激情，付出了极大努力。领衔主演为八一电影制片厂著名表演艺术家宋春丽。

1982 年，由长春电影制片厂摄制的故事片《妈妈，你在哪里》最后完成，并审查通过在全国发行公映，受到相关部门和全国广大观众的热烈欢迎，成为对青少年观众进行革命传统教育的生动教材。我清楚地记得，春节前临近放假的一个早上，当时我住在峨影厂生活区靠后的一幢宿舍楼里。大约九点钟光景，听见敲门声。我打开门一看，顿时呆住了！原来是当时已任四川省委宣传部副部长的少言同志一个人，手里拿着两件东西，既未带秘书，也未带司机，居然哼哧哼哧地登上四楼，出现在我的门前。

见我惊愕未定，少言同志忙说："创作《妈妈，你在哪里》剧本，你辛苦了！这是我们共同劳动和合作的成果。快过年了，我给你带来两样东西。"展开一看，原来一幅是他 1981 年刚刚创作完成的黑白木刻鲁迅像《他在丛中笑》，另一幅则是他专门请当时四川一位著名的青年国画家为我画的一幅有提款并已装裱好的中国花鸟画。在中国人民的传统佳节春节之前，一位老革命、老领导、全国知名的老美术家，居然爬上四楼，亲自为一个年轻编剧送来春节礼物，我真是激动得一时说不出话……

在这段愉快而难忘的合作中，我们还发现，少言同志还是一位非常有烟火气的老革命、老艺术家。作为山东人的他，早已非常熟悉我们四川老百姓的日常生活。他曾对我们说过一句非常精彩幽默的话："要看一个外省人是不是真正融入了四川老百姓的生活，就看他是不是敢吃四川的折耳根?"他自己还会做我们四川一道非常知名的川菜——用鸡胸脯肉做出来的鸡豆花，还请我们到家参观过他在山区采风时买回来的做鸡豆花的专用工具——好几个特制的小石磨哩!

如今，上文中所提及的许多老革命、老领导、老艺术家少言同志，杜天文厂长，袁小平、徐连凯副厂长，导演李华及编剧之一杨应章等，都已离开了我们。在四川省文联成立 70 周年之际，谨以此文，对他们表示深切的怀念和永远的敬意!

我和李野

李焕民

　　我和李野相识在 1948 年，那时我们都是从国统区奔赴解放区的学生。组织上分配我们在华北大学文艺部学习。天津解放前夕，华大组织了一个 18 人的天津美术工作队，队长是胡一川同志，我和李野是其中的队员。1948 年 11 月美工队从正定出发，向天津方向行军，一路上我们看到军队、民工、物资都往天津方向集中，车水马龙、气势宏伟，不禁令人想到"人民是推动历史前进的动力"。有一天，在行军途中胡一川同志突然说他的吉他昨天忘在老乡家里了，这吉他是他 1938 年背着去延安的，抗战八年都没丢，现在也不能丢，要请一位队员把吉他取回来，派谁去取？李野！李野走后，我们继续向前走，大家都担心李野取了吉他赶不上我们怎么办？我们是一个集体，行军到达接待站，地方干部会协助我们找房子、借锅、碗，领小米做饭。他一个人到哪里去吃饭？睡在哪里？心中七上八下的。但是奇迹发生了，当晚李野背着吉他赶上来了，大家惊喜地问："你怎么赶上我们的？"李野笑笑说："搭军车。"这就是李野。

　　美工队到达天津附近的胜芳待命，住在老乡家里，除了给老乡担水、扫院子之外就是学习进城后的政策。1949 年 1 月 14 日傍晚，接到上级命令，美工队向天津进发，夜半看见解放军押着俘虏从对面走来，胜利的喜讯令人振奋。天亮以后，天津解放了，仅用了 29 个小时。1 月 15 日我们踏上了进入天津唯一的大道，天津周围十里都是地雷，所以这条大道十分拥挤。突然从城里方向出来很多大马车，驾马的人站立在车上，呼喊着叫大家让开，并用长鞭抽得震天响。我不知发生什么了，只见李野和很多人都脱下帽子，我才意识到烈士们出城了。大车上一排排用白布裹着的烈士平躺在车上，四周安静下来，只有鞭子的声音响彻云霄，抽得人心战栗。一个念头冲到脑海"烈士们出城，我们进城，我们进城干什么？"这是一个极其尖锐的问题，是一个无法用语言回答，只能用毕生的思想、行为去回答的问题。

进城以后，我们住进天津市军管会下属的文管会，主任是周巍峙同志。从此我们投入到了繁忙的宣传工作中。天津解放大会开过以后，我和李野都分别被派往工厂负责接收工作，直到 1949 年 4 月接收工作结束，我们都调回北平华北大学本部。不久李野参军了。我毕业后调到四川省美协工作。33 年以后，也就是 1983 年李野调到四川省美协任副秘书长，我们又在一个单位工作了，直到我们离休。可以说我和李野是战友、是同事、是同行、是挚友。

在我和李野分别的 33 年里也不是没有见过面。1960 年李野在《上游》杂志工作，我从重庆到成都去找他。我要去阿坝州若尔盖草地深入生活，带了很多行李，有被褥、画具之类，足有百十来斤。李野早晨 4 点起来，把我的行李绑在他的自行车上，和我一起推到西门长途汽车站，把我送上车他才回去。

李野在职期间一直担任着行政工作，画画的时间很少，但他在业余时间还是刻了不少木刻，其中大的题材有《解放重庆》，这是一幅鸟瞰式的构图，场面宏大。前景是两位解放军正在对表，在他们身旁有敌人丢弃的大量军车，在他们身后是解放军千军万马，以破竹之势向重庆奔袭，远景则是长江、嘉陵江两江汇合的朝天门码头，气魄雄伟。这是一幅很好的构图，可惜艺术加工不够，画面尚不够完美。

李野作品《会后》（黑白木刻）

李野的另一幅黑白版画，确实是一幅内容和形式统一的好作品，画面上很多空板凳，错落有序地围成一圈，形式感很强。板凳上有茶壶、茶碗，一看便知刚开完会，人已散去，会场从热烈转向安静，只有两个干部没走，在油灯下还在研究工作。这幅作品真实、朴实，给读者有想象的空间。作为木刻语言，黑白、刀法十分简洁明快，有一种单纯美。

李野特别钟情于宏观的视角，他的很多作品都是鸟瞰式的构图，如《小镇雨季》中整个小镇在接受着大雨的洗涤，《水乡》中的河流环抱着城镇，养育着一方水土。

李野也喜欢仰视的构图，如《八路军进行曲》里军队像铁流一样北上抗日，大片天空乱云飞卷，象征着决死的战斗。《马帮之歌》里马帮行进在高山叠嶂之间，走出一条茶马古道。《春风》中的杨柳像少女的头发随风飘荡、有几台拖拉机迎风而进，刀法奔放。此外，李野还刻过一些人物作品，如《矿工》《邮递员》《奶奶与孙女》等，都是情感浓郁，构图完美的好作品。

李野离休以后，把主要精力投入到山水画中去，他希望通过描写祖国的大山大河，寄托自己内心对壮美、崇高的敬仰。他的山水画与古代文人山水画不同，他没有出世的思想，他感恩于山水是因为自幼生活于太行。日寇入侵中国时，他曾在太行山的山洞中读书，对太行的春夏秋冬、日出日落、阴晴雨雪有深刻的感悟，他把太行的壮美与抗日战争联系起来，太行的坚强、伟大充满他的胸怀。我们看他画的《云在山中行》，其峰如铮铮铁骨、刀劈斧砍、不可战胜。画面中柔情的白云眷恋着刚毅的群山，穿梭于群峰之间，展现出刚柔相济、动静相宜之美。这个时期云和山的关系成为李野山水画的主题，如《山岭云海》《云山共舞》等一大批作品都是通过云和山的关系去展现大自然之美，凝聚着他对民族气节的认识。

李野山水画中的另一个主题是雪与森林，这里有雪压古松的《冬林》，有轻松畅快的《雪花那个飘》，有静静的小河通向远方的《小溪》，也有《小树林》在大雪的衬托下，千万枝条竞舞的姿态。还有不少作品内含有某种情节，如《小憩》林边的雪地中一匹孤独的马站在树旁，主人可能去林中人家饮酒，安静的画面很容易引起读者的浮想。此外《交谈》《远征》都是有意境的好作品。

李野这一生大部分时间都献给了行政工作，勤勤恳恳、任劳任怨，他曾对我说："年轻时大部分时间都在做行政组织工作，没时间画画，离休以后有时间了，但精力不如以前了。"我感到即使这样，李野在美术创作方面还是做出了很大成绩，尤其是晚年的国画山水，已显露出他个人的风格，实属不易。在他出版画册之际，我写下这些文字，纪念我们一生的友谊，也祝他艺长青，人长寿。

忆周菊吾先生

滕伟明

上世纪60年代中期，我在四川大学中文系上学，周菊吾先生给我们开文选课，那时他约莫五十来岁。他是一个典型的老成都，瘦，小，金丝眼镜，山羊胡子，一把细骨头包裹在蓝布长衫之中。他讲唐诗这一段。他朗诵唐诗，可谓全身心地投入。"八月哪湖水哪平哪，涵虚哦混太呀清啰。气蒸哟云梦哟泽哟，波撼哪岳阳哪城啰"，一边读，一边摇头晃脑，细细品味。这感染力委实太强烈了，等到唐诗上完，班上的同学差不多全成了摇头晃脑的小古董。为这习惯，妻女笑话了我好多年，可以想见周先生影响之深。

听周菊吾先生的课是一种享受，尤其是他兴之所至、即兴发挥的时候。这时候他神采飞扬，妙语连珠。他说李白的《清平调》是其一生中最蠢的诗，要《长干行》这样的诗才显出他的天真可爱：李白是少有的对商人不抱偏见的诗人。他讲王维《观猎》诗，叹息说力气不足，尾联不振，中唐诗人的毛病他先患了，实在可惜。他说白居易在《长恨歌》的前半部，是带着讥讽的口气写的，可是他却在后半部被自己写的故事感动了，变成无限同情。他又说唐诗（以盛唐为代表）之所以成为极品，是因为它有吞吐乾坤的博大气象和浑金璞玉的天然美质；正如国画，重拙生的是上品，轻巧熟的是下品，宋诗在整体水平上已非对手，何况明清！这些不时冒出的思想火花，对那时的我来说都是石破天惊的炸雷。我才意识到人类最伟大的发明原来是开办大学，使你有机会得到名师点拨，打开你那一直关闭着的心扉，送给你一个惊喜：原来在薄薄的窗纸外面，竟然有一个如此神奇的世界……

我读大学的时候，正赶上困难时期，学生饿着肚子，先生也饿着肚子。周菊吾先生是牢骚之士，他要发牢骚，而且敢于在课堂上发。记得有一次他中途辍讲，喟然长叹，没头没脑地问我们为何唐朝诗人能够漫游全国。当时有回答唐朝以诗取士故诗人地位崇高的，有回答唐期治安良好交通方便的，周先生一一晒之。他说真正的原因是"唐朝不收粮票"，顿时把大家笑得前仰后合。这些言论使他后来吃了不少苦头，但我们大家都喜欢他，认为他是一个坦白的人。

饿肚子不是件好玩的事。幸而学校旁边冒出个卖烤红苕的小摊，像唐朝一样不收粮票。这对于师生说来，无疑是天大的福音。有好几次，我们恰好碰见周先生也在买红苕。一看见认识的学生，他就涨红了脸，连忙把捏红苕的手缩回袖筒中去，略一点头，转身便去；走不了几步，就伸出红苕来咬一口，又缩回去。这样伸伸缩缩，待到走回家（大约一里路光景），也就吃完了，然后夹着几本破书又去上课。看到这个情景，我们都很难受，我们不希望大学教师有孔乙己式的尴尬；但我们又希望在红苕摊常见到周先生，因为我们不愿意他饿着肚子。

周先生是位杂家，工诗，善书法，也治印，还研究文献检索。他为望江照相馆题写过招牌，属俊秀一派。不过杂家在大学里可不是个好头衔，他也因此常见讥于同列。他感到寂寞，就找学生聊天。他的联系方式很奇特，就是在我们宿舍过道的信架上贴纸条："欢迎学友来访。你端上碗就来。你吃你的，我吃我的。龙门阵打伙摆。"他的家就在通往食堂的路边，旧平房两间，去来的确方便。他端着碗讲，不时用筷子比画以助谈锋。话题漫无边际，纱帽街与赖汤圆的来历，成都军阀的怪脾气，蜀石经的价值，元稹与薛涛的浪漫史，等等等等，都很有兴味。那时我们人年轻，肚大如坛，饭很快吃完，还舍不得离开，便端着空碗痴痴地站在那里听，不时爆发出一阵阵笑声。学生笑，他也笑，似乎这就是他最大的乐趣。我想如果把这场面拍成电视放出来，样子一定不雅；但那时，我的自我感觉倒是蛮高雅的，好像比"扪虱论大事"还略胜一筹。

周菊吾先生自然不能逃脱那场十年浩劫，被罚做拔草扫厕所之类的工作。于是我们便经常看见这个可怜的瘦小老人弓着腰在路边拔草，一边拔一边还在吟哦："采三秀兮巫山间，石磊磊兮葛蔓蔓"……他花白的头发和沙哑的声音在微风中闪忽飘动。我鼻子一酸，赶快从他身边走开……

在我毕业之前，周先生无声无息地死去了，后事十分凄凉。接下去他住的平房也拆掉了，他题写的招牌连同望江照相馆也沉没在九眼桥大马路之中。但这个瘦小老人的身影，却一直留在我心里，愈久愈觉其鲜明。周先生是个多才多艺的大家，教书乃其余事，仍掩盖不住他那信口开河的思想火花。这些火花睿智、机趣和尖新，使你不断处于惊喜之中。他那不欺心、不阿世、胸无点尘、无遮无盖的个性，强烈地感染着每一个学生。一个普通教师，他的人格力量能够影响学生几十年，可算是不朽了，何必一定要在身后树立一道丰碑！

叶毓山：用石头和青铜刻写历史

屈 波 恩 妮

叶毓山，1935 年出生在德阳农村，自幼在民间艺术的启蒙下，对文艺产生了浓厚的兴趣。少年时期他自学了皮影的制作，还跟随一位乡下教书先生学习中国画，练习过传统的花鸟画与人物画。

雕塑家　叶毓山

1953 年，叶毓山进入四川美术学院学习。为了能更真切地感受传统雕塑的魅力，叶毓山和王官乙等几位同学从学校步行到大足去观摩和学习传统石刻技艺。在那个年代，从学校步行到大足需要两天时间。彼时的大足石刻还没有成为全国重点文物保护单位，没有围墙，也没有栏杆，只有一个简陋的文管所，工作人员也只有一位姓邓的老先生。叶毓山一行带着自己的行李住在石刻的外面，每天都到石窟临摹并学习传统雕塑技法，这段经历为叶毓山此后的创作打下了根基。20世纪60年代，叶毓山进入中央美术学院读研究生，美院里浓厚的学术氛围为他研究西方古典雕塑艺术提供了条件，他刻苦练习，塑造了大量裸体人像。从少年到青年这段时期，叶毓山广泛学习和研究东方、西方、民间和学院的艺术，为他后来的艺术创作奠定了技法基础，更是开阔了他的艺术视野。

叶毓山的第一件成名作，是为军事博物馆创作的《毛泽东立像》。这是全国第一个用整块汉白玉雕刻的人物雕塑作品，整体高度达 4.5 米。他的导师刘开渠说，叶毓山一起步便涉足于一个高难度的领域——对领袖人物的塑造。作品表现出了毛泽东高瞻远瞩、胸中自有雄兵百万的气度，抛去了多余的细节，使主体更加突出。因为这件作品的创作，叶毓山有幸见到了毛主席。他受总政治部主任肖华的邀请，在人民大会堂观察欣赏演出时的毛泽东。当时毛泽东坐第五排，叶毓山坐在第十二排斜着观察主席的神情和姿态。大家都戏说主席看戏两小时，叶毓山则看了毛主席两小时。作品完成后，朱德总司令来审察，说道："像！好！"没有多余的话语。这对于一位还在读研究生的 20 多岁的年轻人来说，无疑是莫大的鼓励。

1976 年毛泽东逝世后，70 多位雕塑家集中北京为毛主席纪念堂塑像设计方案，一部分方案表现挥手时的毛主席，还有一部分方案表现的是毛主席在北戴河的场景。叶毓山的方案则呈现了主席坐沙发跷二郎腿时的姿态。此方案一出，便引来了不少质疑：在神圣的纪念堂中，跷二郎腿是否显得不够庄重？叶毓山回应道："毛主席是亲切慈祥的人民领袖，虽然他已经去世，但我们依然想念他，难忘他的平易近人与宽厚和蔼，这一姿态总让人觉得主席好像仍然在与我们谈话。"

在方案评选的过程中，所有的站像方案在第一轮就已统统被否定，在第二轮和第三轮评选中，叶毓山的方案始终在列，直到只剩下两件坐像方案——一件跷着腿微靠椅背，一件平着腿正襟危坐，最终叶毓山的方案被选中。谷牧副总理对这一决定做出解释："中央领导认为这是毛主席的常态，他经常采取这种姿态与大家对谈，这件作品体现出了他的亲切慈祥。"

此后叶毓山不仅又为毛主席创作了井冈山时期、延安时期的塑像，也创作了他与朱德、刘少奇、周恩来和任弼时等领导人在延安的群像。对于叶毓山来说，塑造领袖人物不能仅停留在造型方面"像"的层面，更重要的是表现他们所具有的气度和精神；既要体现对他们的尊敬与爱戴，更要还原他们的真实个性与生命力，否则就难免将其神化为偶像。

对重大历史事件和革命领袖人物的塑造始终是叶毓山创作生涯中非常醒目的部分，也是他投入最多的部分。他之所以倾心于这类题材，很重要的原因是，在他看来，每一个时代的气质都可以通过艺术品反映出来，雕塑是用石头和青铜刻写历史，它有义务去主动保存时代的痕迹。当然，除了叶毓山以外，也有众多雕塑家为此而努力。以刘开渠先生为代表的前辈在成都给后人留下了大量的雕像；20 世纪 60 年代四川美术学院雕塑系的赵树同、王官乙和李奇生等创作了《收租院》，这一系列作品不仅在当时引起《人民日报》的讨论，更是在几十年后让今天的人们更直观地了解与认识那段历史。

艺术品能够留下历史中的时代精神，也会给人带来精神上的感动和震撼，更能在一定程度上创造出经济价值。当初叶毓山团队为创作《红军突破湘江纪念碑》工作了 3 年，这件作品在建成之后带给他的经济收益微乎其微，却无意间促成了一处著名红色旅游景点——革命老区兴安县——的兴修，兴安县的经济氛围也随之活跃起来，叶毓山说这比他获得个人利益更为重要。

在叶毓山的创作生涯中，1980 年为重庆长江大桥创作的桥头雕塑《春·夏·秋·冬》是一件具有特殊意义的作品，它不仅对中国城市雕塑的兴起产生了重大的影响，也因为其采用了裸体的形象，在方案调整过程中体现出了一个时代的思潮。

当时正值第四次中华全国文学艺术工作者代表大会举行，叶毓山作为文代会代表参加了会议。当他回到重庆时，恰逢市政府正在为制作长江大桥的桥头雕塑征集方案。四川美院雕塑系的老师们纷纷提交设计方案。在众多方案中，叶毓山所提交的象征着四季的全裸体雕塑竟然拔得头筹，被选为了预案。不过，哪怕当时举国上下都在为文艺春天的到来而感到兴奋，但也难免会产生舆论压力，以至于叶毓山在几十年都感叹："我很佩服当时重庆市领导的勇气。"

《重庆日报》发表消息后，果然引来了一场风波。当时重庆市政府和叶毓山总共收到了近200封群众来信，其中反对和支持的信件数量参半。反对方对裸体的质疑十分强烈，有很多读者写信质疑和批判："中国还要不要社会主义？""中国不是资本主义社会，为什么要做这种裸体雕塑？"更甚者直接对叶毓山本人进行了人身攻击。这让重庆市政府也感觉到为难，只好向省政府提交报告征求意见，省政府很快就下了一个红头文件，批示："重庆长江大桥裸体雕像，不妥。"收到文件后，市政府特意邀请了王朝闻和刘开渠前来参谋此事。最后，王朝闻提议先尽量保留住将人体美展现给公众的机会，他认为："现在只有走妥协的道路，加点薄纱，雕像的人

叶毓山作品：新北川抗震纪念碑（2010年），高23.2米，材质：花岗石

体美依然会被公众看见。但如果不加，连雕塑被看见的机会都会没有了。"虽然妥协的行为令人遗憾，但同时也反映出改革开放初期人们对裸体雕塑的态度，反映了人民大众的思想意识随社会发展而转变的过程。

笔者在十多年前采访叶毓山时，他谈到了当今中国雕塑艺术发展的格局和态势。在他看来，东西方文化的相互交融、多领域多学科的相互影响，使得雕塑艺术创作形式更多样化、作品题材也更多元化，雕塑艺术呈现出了欣欣向荣的景象。不过与此同时，叶毓山也提醒雕塑家们，不仅要关心自己的创作，关注个人作品的加工与制作，更要关注中国雕塑的整体发展趋势。在他看来，一位艺术家既要抱有对艺术的责任感，也要抱有对社会的使命感，而将这二者结合正是他毕生的追求。

2016 年叶毓山荣获第八届巴蜀文艺奖终身成就奖。

追忆焕民老师二三事

其加达瓦

2016 年 4 月 3 日晚上 7 时 30 分，我在深圳家里突然接到阿鸽的电话，告诉我焕民老师走了！

他生病我是知道的，怎么突然就走了？

我竟一时没有反应过来。

两个月前，我回成都协助焕民老师完成了一项中国文联拍摄他艺术成就的纪录片。那时他精神矍铄，说笑爽朗，我们相聚甚欢！没想到，这一别竟成永诀……

如今，他已离去，我不敢相信这是事实！这几日，他的那些音容笑貌始终浮现在我的脑际。

2012 年 9 月李焕民（左）与其加达瓦在深圳相聚

我从 19 岁就跟随焕民老师，相识相知 52 年了。我们朝夕相处，患难与共，在共同的工作、生活中建立了深厚感情。焕民老师是我的领导和兄

20世纪60年代李焕民在西藏采风

长，是我做人的楷模和艺术道路上的恩师，更是引领我人生方向的导师！我的成长之路始终浸透着焕民老师的心血和汗水！

1964年，我与阿鸽被选送到四川美协工作，两个少数民族青年从此幸福地工作、生活在云集众多知名版画艺术家的群体中，他们中有从革命圣地延安来的老一辈版画家李少言、牛文、林军、吕琳，有年富力强的吴凡夫妇、李焕民、宋广训、宋克君、安琳、黄玄之等，有青年版画家徐匡、吴强年等。

四川美协众多艺术家中因为焕民老师的创作始终围绕着雪域高原和藏族人民这一主题，作为一个藏族人，我自然与他更亲近。焕民老师年轻时就立志要到西藏工作，他对雪域高原及生活在这片土地上的藏族人民的热爱已深入到了骨髓。那时他创作的版画作品《织花毯》《高原峡谷》《扬青稞》《牧场》《攻读》《藏族女孩》《初踏黄金路》等已享誉全国。我作为一个藏族学艺青年有幸能与著名艺术家李焕民一道工作、创作、生活，目睹他的艺术实践，近距离地观察感受他的人格魅力，这是我的造化和荣幸。

1965年，我随牛文、李焕民第一次到西藏深入生活，我们从9月1日至第二年的春节前在西藏生活了5个多月，1977年5月始，我又同李焕民、宋广训、徐匡、阿鸽、马振声、朱理存一道在西藏深入生活半年之久。这两次西藏之行时间最长，我们克服了高原反应、交通不便、物资短缺等各种困难，从前藏到后藏，从藏北到藏南，深入农家牧区，在农家小院，牦牛帐篷，与农牧民同吃同住，访问边防部队、军垦农场、寺院、古迹等，深入了解西藏的历史文化、风土人情、社会变迁。这两次西藏之行我们受到了身心洗礼，为我日后艺术创作奠定了丰富的生活基础。四川境内的甘孜、阿坝两州藏区因为离我们很近，是我同李焕民深入生活、写生创作去得最多的地方。

李焕民深入生活不是蜻蜓点水、走马观花，他扎根群众中，与他们同吃、同住、同劳动，用心观察生活中的美，调查研究，寻求创作灵感，画速记、做笔记，收集一切有用的素材，花时间花精力做大量认真、仔细的功课。记得有一次，我们在甘孜州巴塘县深入生活，当时他正在构思一幅表现科学种地的题材，为此我跟随他到当地农科所采访，花了许多时间了解高原农业科技的来龙去脉、发展状况等方方面面的情况，第二天又实地到现场了解藏族农技人员和工人的详细情形，甚至详细了解1号种子、2号种子等的培育经过……我当时心想有必要如此采访吗？李焕民为一幅画的创作不惜花时间花精力，舍得下功夫，不把事物的来龙去脉弄明白绝不甘心，以求将来的作品尽量不留遗憾，经得起考验。他就是这样一位对待生活、创作严肃认真，一丝不苟的艺术家。李焕民创作《换了人间》可以说历时十几年的时间，20世纪50年代他在西藏就见过许多被农奴主挖掉双眼的农奴，引发了他的创作欲望，以后他又接触和访问了不少这样的人，其中一次是在1965年，那时我与李焕民、牛文在拉萨参加西藏自治区成立大会，我们见到了被叛匪挖掉双眼的人民英雄布德。1959年布德不畏叛乱分子的凶残，与叛匪殊死搏斗而被挖掉了双眼，布德的英雄事迹再次燃起李焕民的创作激情，之后他又到老人院采访、写生，画了许多被农奴社会挖去双眼的老人的速写，1979年才终于完成了这幅内涵丰富的作品。当年李焕民为被挖双眼农奴画的写生非常传神，这幅作品后来被收入《中国现代美术全集·素描卷》。李焕民不满足于一幅写生，苦苦探索创作的突破口，功夫不负有心人，最终还是在生活中获得了灵感，失明老人倾听新一代小女孩朗朗读书声的形象，使作品一下升华到崭新的境界，这就是李焕民执着追求的艺术之道。

李焕民不仅把对象画得传神，而且很美，比本人更美，往往被画的对象争着要李焕民画写生。他告诉我说："藏族人长得就是不一样，你看，有藏味的男女额头非常饱满，两边太阳穴是鼓起来的，一双眼睛微微有点突出，双唇略厚，鼻梁微高且直等。"我用他的方法再仔细观察时发现的确如此，再看李

《换了人间》李焕民 | 黑白木刻 | 62×62cm | 1979

焕民的作品，他把藏族人民美的元素都搬到了自己的作品中。他还经常告诉我："一幅人物画，无论人物在画中的大小位置、动态、动作是核心和关键。"他十分善于把握人物造型中的动作，发现美、创造美，是李焕民另一拿手功夫，他能在瞬息即逝的运动中抓住生活中的美，特别是人之美，并完美准确地表现在自己的作品中。看他的《扬青稞》《牧场》《初踏黄金路》《驯马手》等作品，画中人物的动作不仅优美、动人、鲜活、准确，更难得的是他把藏族人民劳动生产中的动作观察、刻画、描绘得入木三分，这些近乎于舞蹈美的动作中，你能嗅到浓浓的酥油、糌粑、雪山草原味，浓郁的藏味生活气息扑面而来。

我还未到四川美协之前，早在 20 世纪 50 年代初他就同牛文一道多次去西藏及四川藏区深入生活。那时，李焕民同牛文为了更好更方便地深入

到藏族人民中去，他们在甘孜藏区任职基层干部。"救命歌"的故事就是李焕民在那时深入藏区生活的一个传奇。当年正是新中国成立初期，公路以外就是农奴制社会的旧况，一次李焕民又饥又渴，敲开一户藏家的门想讨一碗茶喝时，开门的一瞬间一位彪形康巴汉子手握出鞘的藏刀站在李焕民眼前，怒目而视，不会藏语的李焕民一身冷汗，此刻他机智地用藏语唱了这首思念远方父母和故乡的"救命"藏族民歌，这场危机就在优美的歌声中化解，这个故事被传为李焕民深入生活的佳话。李焕民就是这样一位真心热爱藏族人民的人，他学藏语，学民歌，学跳藏族舞，他唱的民歌和跳的舞蹈非常地道，藏味浓烈，让我这个藏族人自愧不如。"文革"前，西藏军区张国华司令员接见我们，张司令员主动走到李焕民面前说："听说你们中有一位藏族同志，我看就是你了。"李焕民赶紧指着我说："我是汉族，他才是藏族。"可见李焕民从内到外都已是一个藏族人了。后来藏族同志给他取了一个藏族名字叫贡嘎降措，意为雪山大海。这个藏族名字十分贴切，李焕民就像雪山一样挺拔坚韧，就像大海一样胸怀宽阔。

几十年来，焕民老师把对阿鸽和我的关心、爱护，以及为少数民族艺术培养人才，始终如一地视为

1965年9月李焕民（右）与其加达瓦（左）在拉萨

落实党的民族政策而孜孜不倦。阿鸽与我刚到四川美协就开始投入创作，对从未搞过创作的我们来说，其难度可想而知，协会领导与老师们都帮助

我们，其中李焕民给我们的关心指导更多。阿鸽与我同李焕民在一个画室里创作，从构思、构图、画稿、上板、刻画到印制，每一个环节他都耐心认真地启发指导我们创作，这样阿鸽与我各自完成了自己的处女作，第一次享受到了成功的喜悦。"文革"后期我们接受中国文学英文版封面的创作任务，我画了一幅《军民同学》，但构图上总觉得缺美的东西。焕民老师建议加一匹吃草的马，他亲自动手帮我画上了这匹马，这幅画马上就生动而完美了许多。以后的岁月里我与李焕民不分长幼、不分你我，经常一块深入生活，一块写生作画，一块讨论创作，可以这样说，我的多数作品里都有焕民老师的建议、意见和指导。我年轻时是李焕民家里蹭饭的常客，在我困难的时候，他们夫妇多次出手相助，在我病重时更是慷慨解囊，使我度过了一个又一个难关。我为自己这一生能有这样的老师和朋友感到荣幸和自豪！

亲爱的焕民老师，我想念您！

一面镜子

陈　锦

　　牟航远老师邀我为他的摄影作品集作序，我诚惶诚恐。

　　作为晚辈，我是在牟老师的影响下开始接触摄影的。记得1974年的一个冬夜，在四川人民出版社三编室的暗室制作间里，牟老师手把手教我如何使用显影罐冲洗黑白胶片。从此，一个全新的影像世界展现在我这名懵懂少年的眼前，为我日后步入摄影艺术殿堂做了最初的铺垫。10年后的1984年，时任摄影编辑室主任的牟老师将我招致麾下，成为一名专职摄影编辑。客观讲，我在摄影这条道上能够一直走下去并做出一些成绩，是与牟老师的提携和栽培分不开的。那时的我，真还有点儿年少轻狂、恃才傲物，总以为自己拍的才是好照片，在工作中固执己见，大有拒其他同行于千里之外的架势。牟老师有着数十载摄影创作和编辑经验，一辈子踏踏实实、勤勤恳恳工作，有着一份谦逊包容的大家风范。在他的感召和教导下，我逐渐懂得了天地之大，山外有山，学无止境的道理；明白了尊重同行，团结作者才是编辑工作者应该具备的职业操守。20世纪80至90年代，在牟老师的率领下，摄影编辑室步入了一个辉煌时期。同仁们团结奋进，工作状态极佳，先后编辑出版了《四川》《童话世界九寨沟》《四姑娘山》《都江堰》《大足石刻》等大型画册，为本省的出版事业做出了应有的贡献。

在和牟老师相处的日子里，尤其让我感动的，是他为我们这些晚辈营造出一个自由发挥创造力的绝佳环境。在立足于本职工作的前提下，牟老师鼓励我们拓展摄影创作视野，涉猎不同拍摄题材，并以身作则积极参与各类社会摄影实践，不断提高艺术创作与鉴赏水平。那时候，但凡有什么全国性的摄影活动，或能够结交摄影朋友的机会，牟老师都要求我们积极介入，甚至督促我们尽量挤时间外出从事摄影创作，并为我们提供相应的物质条件。因此，我很庆幸在自己人生经历中能遇到这样一位胸怀广大、慧眼独具，值得尊敬的前辈、师长、同事和领导。

牟航远老师这本名为《行走山水》的摄影作品集，只能算作他数十载艺术创作冰山之一角。按我的理解可以将这些作品大致分为两部分，一部分以编年形式简略概括了他的摄影创作经历：20 世纪 50 年代形单影只的《五通桥古盐井架》，20 世纪 60 年代宁静缥缈的《望江楼》，20 世纪 70 年代饱含血泪的《收租院》，20 世纪 80 年代欣悦虔诚的《幸福光》，以及 20 世纪 90 年代大气磅礴的《嘉峪关》等等，这些影像都带有非常鲜明的时代印迹，也让我们看到了一名老摄影工作者所走过的心路历程；另一部分作品展示了牟老师强烈的个性色彩和独特的审美追求，主要体现在以大自然为对象的风光摄影中。牟老师热爱大自然，谁又不热爱大自然呢？但牟老师将这种热爱外化在他的摄影作品中又另有一种隽永的风韵，是要细细咀嚼才能够品出味道，得用心灵去静静地感应的。

说到风光摄影，由于社会发展尤其是经济条件的改善，当代人比之前辈们接触大自然的机会更多了，表现大自然的手段和方式越来越丰富多样。莫说那些国内传统的名山大川，就连地球上任何一处角落都可能朝发夕至。因此，拍摄出来的风光作品也越来越多，越来越好看，简直给人"眼花缭乱"的感觉。然而，某些作品尽管有很好的色彩构成关系，奇妙的光影效果，按时下流行的术语讲，"有强烈的视觉冲击力"，但思想失之空泛，形式大于内容，缺乏深邃的意境表达……多浮光掠影之作、花拳绣腿之作、相互抄袭之作，正是现代人急功近利的社会病灶和浮躁心态的充分体现。反观像牟老师这一辈的老摄影工作者，总会用一种平和淡定、超然物外的心境去亲近大自然。

那是 1978 年盛夏，我刚从高考战场上搏杀出来，为消散疲惫的身心，邀约儿时的伙伴登游峨眉山，却意外地于华严顶上邂逅了正在进行摄影创作的牟航远老师。欣喜之余得知，此次牟老师已经在山中驻留半月之久。他为了捕捉峨眉仙山的神韵，白日里穿林攀岩，随云来雾往，细心观察景物的万千变化；黑夜中与古佛青灯相伴，感悟自然，体味人性。我了解到，牟老师拍摄峨眉山已经好些年头了，成就过一大批脍炙人口的好作品。但他每次来到这里都会始终保持一种敬畏感，按他的话讲，人世间一切纷争困扰，在大自然面前都显得微不足道。拍摄大自然的过程其实就是荡涤胸襟，追寻心灵归属的过程，大自然是一面纤尘不染的镜子，镜子里可以看到一个完全真实的自己。

其实，牟老师的摄影作品原本就像一面镜子，从这面镜子中我们看到了一个对人生有着坚定信念，对事业有着执着追求，对功名利禄泰然处之，对家人、朋友、同事充满仁爱之心的可敬的老人。

当然，作为读者，我们也可以用这面镜子照照自己的。

铁骨丰碑

——怀念丰中铁先生

武海成

一

把历史的镜头回摇 30 年，当时的神州大地还因运动而动荡不止时，丰中铁以一幅《大江东去》的黑白木刻迈上了通往艺术圣坛的巅峰之路。此后更是佳作不断，精品迭出。

从 20 世纪 60 年代的《百年大计》《新安江电站》，到 20 世纪 70 年代的《自流灌溉》《高峡平湖》《嘉陵新绿》《万水千山只等闲》《巴山烟雨》《高路入云端》《山河新貌》《龙盘虎踞》《蜀山行旅图》《万里长江第几桥》《跃上葱茏四百旋》《蜀山图》等等，可以说件件精彩纷呈。这一时期是艺术家创作的鼎盛时期。作者把黑与白这对极色用刻刀在作品中发挥到了极致，使黑白风景版画进入了一个全新的领域，也使得中国画的传统技巧、人文精神与现代版画的材质及技法语言达到了完美结合和高度的统一。件件作品无不浸透着其刚直不阿的坚韧意志，呈现出大江东去，数风流人物还看今朝的民族气魄，焕发着虎踞龙盘跃上葱茏四百旋的时代精神。这一切都是画家用毕生的精力，通过呕心沥血的艺术实践取得的。

二

丰中铁生于 1917 年，卒于 1998 年，一生致力于艺术的学习研究，创作了大量的艺术作品，直至 20 世纪 90 年代初仍然刀耕笔绘，成就巨大。1991 年中国美术家协会、中国版画家协会联合授予其中国新兴版画杰出贡献奖，并被聘为中国版画家协会顾问。

丰中铁是自学成才的版画家，也是新兴木刻在四川最早的代表人物之一。1935 年，在四川率先涉足新兴木刻的只有乐以均、苗勃然、李岫石、丰中铁等数人，其中乐以均、苗勃然直接受教于鲁迅先生在上海举办的木刻讲习会，而丰中铁早年在上海坚持自学木刻，1936 年回到四川，是当时发表作品最多的。1936 年 7 月，苏联文学家高尔基逝世，7 月 4 日，重庆《新蜀报》专页刊登了丰中铁创作的木刻《高尔基像》，这是丰中铁参照一位苏联作家为高尔基作的速写而刻成的。其后不久该报又连续刊登了他创作的《卖儿》《收粮的来了》《静静的广村》《修理大洋楼的人》等作品。这一时期，丰中铁木刻创作更加频繁，到 1937 年 1 月 7 日，他在重庆《商务早报》《国立公报》上发表的木刻作品就有 20 余幅。1937 年，丰中铁创作了《冰天雪地中的抗日游击队》，与 20 世纪 90 年代初创作的《梯级开发》等作品，同时入选 2000 年"中国百年版画展"和《中国百年版画》大型文献画册。1938 年，丰中铁、刘鸣等人组织了大后方第一个木刻团体——重庆木刻研究会。丰、刘等人因此成为战前和抗战初期重庆报纸上的活跃人物。是年"中华全国木刻界抗敌协会"成立于汉口，丰中铁任重庆方面的理事，该组织由周恩来直接领导，在郭沫若出任厅长的国民政府军事委员会政治部第三厅的领导下开展工作。10 月总会迁往重庆丰中铁处，丰出任常务理事，此时的全国会员达 205 人。1939 年 4 月，《第三届全国抗战木刻画展》在重庆举行，这是大后方引人注目的一次大型艺术活动，参展作品 571 幅，其中解放区作者 102 人，展出三天，盛况空前，观者达 25000 人次之多。丰中铁在他的回忆文章中写道："展览在重庆市中心举行，观众很踊跃，达到拥挤的程度。这种盛况大出我们的意料，不仅我们自己，别的方面，包括赞助的、反对的，以及文艺界歧视木刻的和政治上一直敌视木刻和总想抹杀的人，都感到惊讶！有观众留言道：在中国文化史上创造了新纪录。《新华日报》4月7日第四版三分之二的篇幅发表了展览特刊，这在《新华日报》也是破例的。"

丰中铁 1950 年由香港返渝任教，1959 年调往成都。此后大量的社会实践和艺术创作使得其作品进入了一个全新的领域，艺术上也迈上了更高的层面。1958—1959 年，他先后以《拦河大坝》《秦岭盘道》入选第四届、第五届全国版画展。在 1963 年举办的第五届全国版画展上，他创作的《嘉陵锦绣》《大江东去》《百年大计》全部入选。这一时期也是四川版画创作的全面繁荣时期，此届展览四川作者的作品入选达 49 件之多，在全国独领风骚。凌承纬、凌彦在《四川新兴版画发展史》中写道："丰中铁在这届展览中展出了三幅山水画木刻新作《大江东去》《百年大计》《嘉陵锦绣》，无论从画面的经营、刻印的精湛，还是从所表现的思想意境等方面看，似乎都是无可挑剔的。如果说画家在前两届全国版画展览上展出的两幅山水木刻《拦河大坝》《秦岭盘道》只是让观众初识他的艺术风格的话，那么这次展出的三件作品则充分显示他这类版画严谨工整，不落陈套，恢弘大度又不乏细致的风貌，其

《大江东去》作者：丰中铁，创作时间：1963 年，规格：90.5×56cm，材质：黑白木刻

中尤以《大江东去》给观众留下的印象最为难忘。构图的新颖，视角的独特表现出一种宽阔的胸襟和很浓的情感。"

三

进入 20 世纪 70 年代，丰中铁的作品出现质的飞跃。此时的社会局势虽然浮躁不安，可画家却独具"万物静观皆自得"的豪雄之心。这一时期的作品可谓"出神入化"，咫尺有万里之势，画幅有动魄之力。

何溶曾在《搜尽奇景　咫尺千里》一文中写道："……也许是我有所偏爱，我觉得丰中铁的画是豪放。从他的作品总体感来看，是气势雄伟。他不以画幅的大来压人，而是在不大的画幅上构成大的气势，搜尽奇景，咫尺千里，动人心魄。他的刀法上的'细'，具体描写的'细'（这包括他所追求的既可远观又可近取的'有看头'）服从于大的气势的需要。"

丰中铁的作品具有浓郁的中华民族传统的艺术风格，但他不因循守旧，他把中国传统山水画的散点透视法与西洋风景画的焦点透视法巧妙地融会在一起，既能将万里长江收入眼底，也能将千仞高峰立于咫尺，一览江山，倍感亲切"出新意于法度之中"。何溶文章写道："……画家充分发挥了艺术家应有的想象力，把近在脚下，远在天边的美丽景物'组合'在一起。创造出近可看祖国西南森林中的熊猫，远可见燕山上的长城，却又具有统一、完整气势的画面。是现代风景版画，又是具有民族风格、中国气派的版画。"

《蜀山图》是丰中铁作品中尺幅最大的一件作品，也是画家为了让观者有看头而功夫很足的作品之一。立式构图，场面宏大。上方千峰耸立，草木葱茏，下方江水横流，轻舟竞渡。黄桷树下，游人歇脚，树上顽童嬉戏，就连中景的瓦房顶上，也置一仅火柴头大小的懒猫在晒太阳，可谓用心良苦，兼呈纸上。有心的读者为之惊讶也就不足为怪了。

丰中铁的作品不只是在气势和精致上作文章，他的选题立意，亦无不表露出他热爱祖国、热爱人民、热爱社会主义生活的拳拳报国之心。从 20 世纪 60 年代的《百年大计》直到他最后一次参加全国美展（第八届、1995 年）的《城市建设》无一不呈现着显明的时代气息。现代的改革开放，开发建设，直线和几何形的钢筋混凝土建筑，是许多画家有意避让的题材，可他却仍表现得游刃有余。

丰中铁在艺术上是一个成功者，他的一生，不唯官，不唯上，不唯利，给祖国和人民留了一批宝贵的精神财富。

一代人的革命浪漫情怀

——摄影家李荣卿

冰 久

1951年，李荣卿在雅安

李荣卿老师80岁生日那天，他的摄影作品展终于在四川美术馆开幕了。虽然80周岁是一个非常值得纪念的日子，是人生之大幸福，但就摄影家来说，我还是觉得这个展览的开幕有些晚，晚了有20年。

20年前，李荣卿老师就已60岁，这是法定的退休年龄，他从四川省摄影家协会驻会副秘书长的位置上退下来了，可那时他精力还好，背着相机到处跑。他操着走了样的江浙话说："再拍拍吧，很锻炼身体的。"于是又继续拍了20年。

1946年，这个生长在无锡的17岁的乡下泥腿子，初入江湖，命运就为他选择了照相机这个洋玩意儿，该是命中注定一生要与照相为伴。那时，风华正茂的他在上海芳华照相馆学艺不满三年，便掌握了全套摄影技术，并在这个期间以摄影职业为掩护，为党从事地下通信工作，走进了革命队伍。1949年7月随刘邓大军南下，并在重庆《新华日报》当上了令人羡慕的摄影记者；1950年初随中国人民解放军第十八集团军进藏，命运又把他变成了艰苦的随军记者。峥嵘岁月、历史沧桑，把一路风尘都咔嚓咔嚓定格在胶片上，也把这个江南人婉约、含蓄的性格嵌进了作品里。镜头穿过了硝烟，穿过了"文革"，穿过了一个花甲，时间在他面容上轻轻滑过，岁月却留在了底片里。展览的开幕日子，80岁的他依然精蹦。

展览的大部分作品拍摄于20世纪50至80年代，它们朴实、内敛、干净，革命浪漫情怀荡漾在作品里。在那个狂躁年代，这些照片恐怕是不合时宜的，就是这些与时代不相宜的照片，却给相当大一部分人带来了温暖和温情，熨帖了一些疲惫、惶恐或者激荡的心灵。《1951年·18军进藏

《1977年，巫溪县·深山采药》 （李荣卿摄）

途中》《1954年12月25日·雅安·康藏公路通车典礼》《60年代川南地区地质勘测》《1964年10月庆祝中国第一颗原子弹爆炸成功》《文革中·凉山知青劳动之余》《70年代·川西平原·科学种田》等，这些听起来就像新闻报道的摄影作品，一直是作者所追求的直白和简洁，但又绝非简单的直白和简洁。他将个人温蕴、柔美的情感融入作品，在火辣的政治热情背景中，小心翼翼地将人性美释放在画面里，让视觉充满温馨的美感。朴

素的拍摄手法，把形式和内容高度统一，将作品内容的自豪和自信以及作者本人的自豪和自信都传递给了读者。温情脉脉、如沐春风，在那个年代这是需要智慧和技巧的。拍摄于"文革"结束前后这一时期的作品和20世纪90年代的作品，将这样的温情推向深入。自然、抒情的画面，让人觉得安静，在整个社会都躁动不安时，竟然还有如此抒情的个人生活空间。作品绝不是矫揉造作，而是发自内心的含蓄表达。

《1975·成都·省级机关实验婴儿园》《1975·成都·老南门大桥》《1977·重棉二厂·女工学习〈毛选〉第五卷》《1977年·巫溪县·深山采药》《1981·人民公园》等，浪漫中逐渐在将"革命"滤去，时代的政治背影在画面里虽然还很鲜明，但作者已开始在努力摆脱它们。虽然，这是那个时代众多艺术家的自觉，但许多人还是迷失掉了，不在了，没声音了，永远地消失了。李荣卿老师很冷静，继续沿着他温情浪漫的风格一路走来，把吴侬软语，把江南绿柳，把川西坝子湿漉漉的空气都装进暗盒，坚定而执着。他的一生走南闯北跌宕起伏，经历的历史事件如滔滔洪波，然而，他的作品却平静如水，意蕴丰厚，思绪悠然，回味绵长。看李荣卿的作品，让我想起沈从文先生的湘西，还让我想到费孝通先生的《江村记事》，作品关注草根民众的生活，而不是去传达他们的苦难，在生存中找寻生活的乐趣和理由。摄影家清醒地认识自己的角色，用手中的相机，表达了极具个人魅力的人文关怀，作品如清风细雨般温润、细腻，充满情感。这是文化的力量，是一种品格，亦是一种境界。

在最近20年的时间里，李荣卿的名字已渐渐淡出摄影人的视线，改革开放后年轻的摄影家们迅速将这个名字掩盖了。前卫的、先锋的、现代的、后现代的、观念的——新星摄影家们不屑这些饱含乡村情愫的作品。在很长的一段时间里，曾流行过许多带有强烈感官刺激的照片，也流行过华丽喧嚣美丽无比的照片，它们表达着新一代人激荡的内心冲动和澎湃的精神欲望。但是，当我们今天拂去尘土，平心静气地回首再看时，凸显在眼前的却仍是这些拍摄于三四十年前、饱含作者个人情感和那个时代集体主义情怀的作品，当它们突然呈现在我面前时，心灵犹如过电，一个时代的集体记忆躺在照片里，一个时代的集体无语躺在照片里，一个时代渴望和谐和安宁的愿望也躺在照片里，它带给我们的是内心深处的强烈震撼；是恍如隔世的百感交集；是一代人的灵魂敲击。

这不仅仅是照片本身的力量，而是这些照片所饱含的情感。情感的真实，才是作品的生命，才是力量的源泉。

记得有个夏天的傍晚，我在单位门口遇见年逾80的李荣卿老师，他背着相机正要回家，我问他去哪儿了？他说，今天天气好，夕阳的光线应该不错，就赶紧骑车去锦江边，拍点片子，玩玩儿嘛。看他乐滋滋的样子，估计是拍到了心仪的片子。

谨以此，向老一辈摄影家们表示敬意！

（补后：2022 年 12 月 23 日，摄影家李荣卿老师因病去世，享年93 岁。）

水彩名家牟康华

王伦娓

水彩画诞生于欧洲文艺复兴时期的西欧，传入中国已有近300年历史，直到20世纪才在中国得到广泛的认知和发展。在这片土地上，水彩画受到博大精深的传统文化的滋养而生根、发芽，并逐步成长壮大。在西方被称为美术界"轻音乐"，受到大众的喜爱。水彩画不仅有绚丽的色彩，高雅清新的格调，丰富的表现形式，在传入中国后，与中国水墨相互影响，逐步形成了具有中国民族特色、时代精神和个性风格的表现形式。水彩画一直以独特的状态存在：水彩画自成画种，历史悠久却从未成为主流；水彩画对技法要求高，同国画一样，一笔落下即成定局，而不像素描和油画可以修改。20世纪30年代，在国立艺专求学的牟康华因为兴趣使然，选择了这个较为冷门的画种。牟老一生钟情于水彩，在这条艺术道路上孜孜以求，不断探索创新，他的作品技法娴熟、格调高雅、内涵深远、超凡脱俗。他善于在人们司空见惯的事物中发现美、创造美。经过几十年的磨炼和修养，笔、色、水在他的手中运用自如、听凭驾驭，自然的景色展现在他的画面上时显得更加美妙，更加赏心悦目，更加出神入化。

2016年的冬天，我领受《现代艺术》杂志的采编任务，前往牟康华先生家采访。敲门入室后，看到一位稍显瘦弱的老者穿着深红色棉服坐在客厅的一张藤椅上。当时牟老已96岁高龄，行动有些不便，但精神很好，一旦聊起水彩的话题，就滔滔不绝。原定 40 分钟的访问，竟不知不觉过了一个小时，聆听他高谈自己对水彩画的独到见解，谁能看出他已 96 岁高龄，半个多世纪的回忆清晰如昨。

出生于封建大家庭的牟康华，年少时因家庭关系复杂，又不满旧礼教的束缚，一心想寻找新的出路，内心愤懑的少年，慢慢在绘画中找慰藉。1938 年，牟康华不顾家人反对，孑然一身前往成都省立艺专上学，从此踏上了一条坎坷的求学路。1942 年，国立艺专从杭州流亡迁徙到重庆，牟康华又考上了国立艺专。据他回忆，那个时候考国立艺专，家人是没有资助他的，父母坚决反对。牟康华的父亲当时在川渝地区的军政商界都颇有人脉，早早为他铺设了一条入伍从政的坦途，父母认为学艺术是九流三教之末，莫得出路莫得出息。被断绝了经济来源的牟康华，是从亲戚那里借了路费，偷跑出去考的国立艺专。

抗战时期的重庆聚集了大量避乱到此的文艺界人士，大家的生活颠沛流离，却依然用手中的笔抗争、呐喊。在国立艺专求学的牟康华参加了一个民间组织"四川漫画社"，它是 1937 年成立的抗战救亡民间美术团体，主要成员有张漾兮、谢趣生、梁正宇等。其中，张漾兮先生是"四川漫画社"的创始人，也是牟康华艺术人生路上最重要的老师。1912 年出生于成都的张漾兮先生曾任教于牟康华就读的四川省立艺术专科学校，1937 年参加《时事新报》《国难三日刊》的编辑工作，并从事木刻创作。1945 年主编《自由画报》周刊。1949 年起任教于国立艺术专科学校，1954 年主持创建版画系并任系主任。张漾兮擅长木刻，兼作油画、水彩、水墨。早年受珂勒惠支影响，作品多宣传抗日救亡与反映旧时社会之黑暗痛苦。后期注重借鉴中国传统绘画与民间艺术，作品多以简练明快的艺术手法表现现实生活的新风貌，富于抒情意味和民族特色。从成都省立艺专到国立艺专，张漾兮先生一直教授牟康华，所以牟老一直强调："漾兮先生不但在绘画方面是我的老师，在人生道路上也是我的老师。他在版画方面是很有成就的，他经常带我们到孤老院去写生，去感受和描绘生活在水深火热中的劳苦大众，给我们谈抗战形势，谈美术工作者的职责等。"

得益于张漾兮先生的引导，牟康华的绘画始终保持了一条很正的道路，无论是技巧，还是观念。50余年孜孜不倦的创作，他始终脚踏实地，田野调查和室外写生的习惯从未更改，用他的话说，就是一切都要讲深入生活。

2023年8月1日，四川省文联主办了"涉水出彩——中国当代水彩艺术学术邀请展"，展览推出的众多佳作，都展现了极强的探索意识和创新能力。但在上个世纪40年代的中国，作为一个比较小众的西洋画种，在国立艺专求学的牟康华，是怎样走上这条道路的呢？牟老回忆，当时他所学专业是油画，却在接触到水彩画后，被这个轻灵自由的画种吸引。他说："油画拘束太多，条条框框都已成体系，而画水彩就自在多了，只需要一个调色盒，揣在包包里，背个背包，一个画板夹起，你就可以走遍天下，挥洒时光与风景。"

正因如此，从国立艺专毕业后的牟康华走上了探索水彩画的道路。他始终认为水彩画与中国水墨画有许多相通的地方：作为全世界独一无二的画种，中国画的根基是书法，精髓也是书法，一笔下去，起承转合间，就成定局，水彩画与中国画最接近的地方也在这里，也讲究一笔落下即成定局。

牟康华有一幅代表作《云横峨岭》，画的是峨眉山金顶与云彩。这幅作品是牟老比较满意的代表作，谈起这幅画的创作，他依旧兴致盎然。他说："创作之初，我就想好了要表现那种有中国画意趣的笔墨，而峨眉金顶的云彩就是最好的实验。现在很多中国画画云彩密不透风，就是很黑，一大块黑的，中间线条白的，云彩显得很死，而我想尽量把云彩的动感表现出来，这幅画在用笔方面就既能够看到水墨画的痕迹，也能窥见西画在光色、明暗、造型上的借鉴。"

正是因为保持了这种探索的热情和创作的激情，再加上深厚的中国画根基，牟康华最终走出了一条属于自己的"涉水出彩"之路。他的画用色大胆、明快，把水彩运用得非常好，色彩透明，沉着中有跳跃、鲜活的感觉，把川西美景用水彩表现得清新、亮丽、舒展和愉快，与当代很多水彩画家也拉开了距离。

牟康华于 1985 年退休，他邀约闻文子、董光中、罗次冰、王培秋等几位志同道合的朋友，成立了四川水彩画研究会。文艺战线上志同道合的朋友们聚在一起，不是为名利，只因一份热爱。牟老微笑着说："我们约着一起走了很多地方，记得有年冬天特别冷，在剑门关写生，大家都在空坝子上坐着，冷得鼻涕长流。平时活动没得钱，就自己掏腰包凑经费，就这样子把这个画会维持住的。"后来，四川省美协以水彩画研究会为基础，成立了四川省美术家协会水彩·粉画艺术委员会，2017 年更名为：四川省美术家协会水彩画艺术委员会。

时间来到 2001 年 6 月下旬的一天晚上，83 岁高龄的牟老突然想起当年是党的 80 周年华诞，不禁心潮澎湃，内心忍不住一阵激动。他当即拿出笔纸，写下了有生以来的第一份入党申请书。牟老说，早在学生时代，就有了入党的念头，但因为家庭原因，一直心存顾虑。1952 年调至四川省文联工作，入党的想法虽从未在他脑海中消失过，但政治运动的起起伏伏，让他一次又一次将入党梦深深地埋在了心底。这一次，牟老没有再犹豫，他说任何时候实现理想都不算晚。在被组织批准入党的那天，牟老非常激动，他说："入党是我毕生的追求。在我人生的最后一站能加入中国共产党，是我这一生中最重要、最重大、最值得骄傲的事情。"

在四川省文联，牟康华还当了 30 多年的美术编辑，为他人做了无数件嫁衣，提携扶持了很多有才华的年轻人。如今在这些人中不乏知名画家。许多人说牟老之所以长寿，之所以众望所归，无不与他的为人有关。他是一个心地善良的长者，谦和的良师。他低调处世，从不张扬。他宽厚待人，只知奉献，不图回报。他对工作兢兢业业、勤勤恳恳，同时又善于发现人才，对有为的青年倍加呵护、着力扶持，这种无私奉献的精神在当今尤显其崇高。

牟老的水彩画已形成他简练、大器的风格。用他独特的绘画语言表达他的感悟、抒发他的情怀。常言说：字如其人，文如其人，画亦如其人。牟老的画正如他人一样——平易、宽厚、大器。正因为他品德高尚，技艺超群，一直被奉为当代四川的水彩画名家！

曲艺作家黄伯亨

严西秀

文章的标题，是 30 多年前四川曲协刊物《巴蜀曲苑》对他的称谓。

30 年过去了，回眸遥望，他依然无愧这一称谓。

黄伯亨老师，今年已经 88 岁了。他是新中国成立后，党培养的第一代曲艺作家。说来也怪，他与曲艺的一生情缘，全是"阴差阳错"。

他毕业于四川大学法律系，本应是名法官或律师。20 世纪 50 年代初，他进入四川人民广播电台，成为一名记者。后来，电台成立说唱队，他便是创作员了。再后来，电台说唱队转入四川省歌舞团曲艺队，又独立为四川省曲艺团。他随之一路走来，都从事曲艺创作，最高职务是四川省曲艺团创作组长。

四川省曲艺团，在很长一个时期里，是四川曲艺创作、研究、试验、演出、人才培养的中心，是四川曲艺艺术继承创新的前沿阵地。

当时的省团创作组阵容强大，实力雄厚。十几位词作家、曲作家、评论家，都在全国知名，全省领军，如评论家张继顺、李成渝，曲艺作家王永梭、贺星寒、包德宾，曲作家贾钟秀、田寄明、温见龙等等。

黄伯亨和大家一起，在四川曲艺这块沃土上辛勤耕耘着、快乐收获着。大家尊称他为黄老，其实当时他并不老，只是长大伙儿几岁，是一位忠厚的长兄。

20 世纪五十、六十、七十年代里，黄老是四川曲艺韵文写作的领军人物，他为我们留下了很多曲艺唱词"范本"，我认为至今尚无人超越。清音《布谷鸟儿咕咕叫》《川菜飘香》传唱了几十年；金钱板《断头山》《双枪老太婆》，扬琴《凤求凰》……至今是四川曲艺创作的成功范例。

黄老写唱词剑走偏锋，很喜欢用窄韵、押险句。他曾对我说，这样做的好处是常常能逼出好句子。他总在动词、形容词、叠句上苦下功夫，"衣带渐宽终不悔，为伊消得人憔悴"。在苦吟中寻觅得一字一句，他总会如孩童般手舞足蹈好一阵子，让人看到他很率真的一面。

黄老是我们的一面镜子，"以人为镜"，我们获得了很多宝贵的财富。

黄老的成功，来源于他真正懂得继承创新。

他那个年代，新文艺工作者提倡向老艺人学习。他"咬定"金钱板艺术家邹忠新，沉下心学习金钱板优秀传统。作品该如何结构，情景该如何描状，人物该如何塑造，语言该如何使用……他都向邹忠新老师学习了不少宝贵经验。他们的金钱板《断头山》《双枪老太婆》便是从传统中"化"出来的，但他"化"得那样好、那样妙。黄老曾对我说，向老艺人学习的好处太多了。写作时眼前会涌现邹老师的"手眼身法，唱念做打"，连珠妙语会不断往外"蹦"。作品初成，他总让邹老师唱，哪里不顺，边唱边改，几经打磨，一个好的"案头本"便成为"演出本"。他和邹忠新老师成功合作了不少经典作品，在当时和后来都产生了很大影响。

黄老的成功，还源于他懂得创作真谛。

他那个年代，曲艺是"轻骑兵"，特别强调要"唱中心、说中心、演中心"，按说这种环境容易出"政策宣传品"，但是，他总把宣传品当成艺术品来写。在我印象中，黄老不算"快手"，他更像"苦吟派"。因而，他的"应景"之作不多。创作是一条很艰苦的路，他总像金龟一样，"路遥不畏、负重不累、慢慢地快快跑、不睡"。每过一段时间，他总有佳作问世。《布谷鸟》《断头山》《江姐上华蓥》《洪湖凯歌》这类作品，既有那个年代鲜明印迹，又是感人至深、悬念跌宕的艺术品。

黄老的成功，更源于他的高尚人品。

他那个年代，大家都崇尚集体主义，总把个人当作集体中的一员，大海里的一滴水，事业接力中的一棒。

他胸怀坦荡，乐于助人。四川电视台文艺部青年导演黄志，求教于黄老，他欣然应允。四川竹琴《两把菜刀》，四川金钱板《洪湖凯歌》，四川清音《广柑甜又香》《刑场婚礼》，四川扬琴《凤求凰》等，就是那个时期他们的作品。后来，郑华钰求教于他，他们一起又完成了中篇金钱板《画魂》。

我亦常去请教，黄老给我谈作品，谈经验，谈炼词、炼句、炼意。晚上一起喝点小酒，早上师母煮好荷包蛋才叫醒我。那种家的感觉，至今依然温暖。

黄志、郑华钰，在黄老面前都是学生。黄老通过一起合作的创作实践，来实现"传帮带"，为四川曲艺创作培养了后来人。黄志和我均有同感，黄老的指教终身难忘。

黄老退休后又写成 10 万字的《中国曲艺志》（《四川卷》"人物"部分）。

如今，黄老已退休 28 年了。老伴走了之后，不无孤独的他回到金堂老家，居于陋室，过着简单生活。

六年前，我和田临平、任萍、刘明辉去看望黄老。我告诉这些年轻演员说，你们唱了那么多年的《布谷鸟儿咕咕叫》，就出自这位瘦削老人之手。

时值隆冬，黄老拍打着蓬松的被子对我们说："现在我还是过得（很好），每月 1000 多元退休工资。看，这床被子，太空棉的，30 几块钱。"听得人直想流泪。

告别时我们说"再见"，他一路追来，不停挥手："一定要再见哟，一定要再见……"

寒风中，我们不忍回头。

一年后，我和黄志一起去看他。他早早就在一里多外的十字路口等着我们，见面后拉住手不放，老泪纵横。那天，他很兴奋，谈锋甚健，回忆了许多如烟往事，唯独不谈他的作品。

今年春节，省曲协新任秘书长李蓉约我去看望黄老。头一天我在电话里告诉他，他一夜难眠。第二天我们车行路上他十几次打来电话询问走到哪里了？那急切期盼之情，令人动容。

一见面，我发现黄老更老更瘦了，头发全白了。他穿了七件衣裳御寒，绒衣、毛衣、棉衣，一件重一件。枯瘦的身子显得过分臃肿，而手还是冰凉的。

也许，他生命的热能已在几十年写作中耗尽了。

然而，他依然每天用眼皮夹住修手表用的那种高倍放大镜，非常吃力地看书写字。啊，无法劝阻，"看书写字"已是他生命的一部分了！

李蓉秘书长、小黄、小赵带去慰问品、慰问金，并转达了省文联领导对老艺术家的新春祝福。黄老很感动，默默听着，然后说："我这一辈子也没做啥，领导还这么关心……"

淡淡的话语，随风飘去，如天边一朵朵白云，圣洁、高远……

88岁的曲艺作家黄伯亨，真的老了，他像一棵静立风中的老树，根扎于大地，枝叶伸向天空……

未完的采访

——缅怀竞华

余文通

著名川剧表演艺术家竞华走了！魂归九泉，向着琪花瑶草的玉宇，义无反顾地走去了！

竞华曾对我说："天生一物必有一性，我是老马不死旧性在，虎死不倒威……"她确实属虎，而且是生于 1926 年农历二月初的丙寅火虎，其年又正好命属"炉中火"。初学《易经》的我，曾告诫她八字中的四柱，有四火过旺便不好。她却说："怎么不好？搞艺术就是要像火一样热情，火一样执着向上，火一样燃烧！"竞华这样说，也是这样做的。竞华生前十分喜欢菊花，曾多次对我说："菊花像我一样其貌不扬，但是它的天性是傲霜寒的，花发起来遍地是金，又可入药治病。我爱韩琦（北宋）的'莫嫌老圃秋容淡，且看黄花晚节香'的句子。"我不禁问："老师居然背得出与司马光、范仲淹和富弼齐名的'魏国公'的诗？"她答："老师虽文化不高，可爱学爱看。未必唐诗三百首，我不会作，还不会吟？"的确，她爱看书且爱问。1979 年初起，她的演艺生活几乎都是在我所在的团队中度过的。

其年，我团为国庆 30 周年献礼，赶排徐棻编剧、熊正导演的剧目《王熙凤》，竞华领衔出演凤辣子；我作为排练助理，在二度创作中自然与她接触较多，她一丝不苟，认戏不认人的精神使我感动，导致我饰演的贾蓉在"弄权"那场戏中，真的与凤辣子对唱时"较起劲"来了。川剧曲牌《梭梭岗》，有人把它呼之为"流水腔"；高腔戏中运用较广，因它具备"喜怒哀乐"的特性，且行当角色又不局限。又因，这支曲牌的调式、调性特殊，音程跳动也大，男女声接唱不易掌握，故在初出道的演员面前，是一只"拦路虎"。由于她的坚持，我也只好"应战"。当我俩在排练场放声对唱完近40句唱词后，她叫我过去说："老师表扬你一下。你娃还会唱，有点熊金铭的韵味……"以后近十年，她随团队去川北，走南路，跑川东，到西昌，过渡口，赴昆明等，各个层面的演出活动中，我们建立了较宽松和谐的师生关系。有时，我的"放肆"让她笑口常开，被人戏称为"铁公鸡"的她，却多次悄悄"拔毛"，买些我喜欢的食品来"惯侍"我。我爱写作，她爱品评，我在各个演出期间完成的约稿，乃至为电台的撰文、给报刊的"豆腐干"小报道，她都要索去"御览"一番，指出文中的错误之处。

一次，我终于发现仅有初级私塾程度的她，正在向"隐匿"在身边的《新华字典》求学。她笑了："你娃不也是向《新华字典》求学，才会写点文章，搞点评论的吗？你说你周老师说得好：'处处留心皆学问'，我说要加个边学边问才全。"7月4日，午后两点半，我应约准时来到静颐的病房。当见她输着氧，闭目仰卧在病榻上时，便对一直陪伴她的张文瑞老师说："等她睡，我改日再来。""她已睡了午觉，就是在等你。"不等张老师把椅子给我挪好，她睁眼即说："先不要给坐！站着听我骂两句哆！"张老师有些为难地说："人家老余是来看你，采访你……""你不懂。快把我扶起来靠着。"我俩闻声而动，扶她坐起来。她见我脸上浸有微汗，便说："文瑞，还是给这'死皮娃娃'把空调开起。"我反客为主地说："空调可不开，但我要坐而听教。"说罢，将手中的两束六月菊奉上。她嗅了嗅菊蕊说："念在这两把鲜花的份儿上，少骂你几句。""你们董老师就是这个脾气，所以得罪人。"张老师拿着菊花去漱洗间，竞华向我挤了挤眼："这个人老实，该不像师长的大少爷？我住两年院，他一天都未离开我身边，都瘦了！"我第一次看到她红了眼，心里一阵酸味涌袭而来。他俩厮守相伴50年而心无旁骛，自始至终情结于"妇唱夫随"的美誉，在艺苑已传为佳话。一天在竞华家作客，我称赞张老师烹饪的"麻辣豆腐"与"回锅肉"色鲜味美时，不苟言笑的他哑然而笑："我是做不好菜的，董老师更不会。她除唱戏，还是唱戏。我只好在生活的鞭子下撵进了厨房，做了家庭'妇男'。她爱吃这两样菜，次数做多了，稍微熟些……"在病房的阳台上，我告诉了张老师准备以50年来他和竞华忠贞的爱情为线索，完成竞华让我写的书。他却说："不能写我，我是个无特长、无建树的人。"又伤感地叹了口气说："是我害了她。我这地主官僚的成分，使她一辈子都不像别人那样舒心顺意。其实，她可以随便跟我离婚，但她没有这样做。她一生中最大的悲哀，是嫁给了我！"竞华听了在屋内说："我至今不悔！军功章有你的一半。"为了不影响我的采访，他说出去买药。我不禁问："高干病人，还需要出去买药？"他答："这药是私费，我们不能破例。医院里现没有。何况，外面要'相因'便宜些。""一盒好多钱？"我问。"1000多。她吃了效果好，都吃了好多盒了。""把你吃心疼啦？"竞华笑着插话。"看你，又小气了。""开个玩笑嘛，去吧。"两人相视而笑，脸上显现出"理解万岁"的神情。

剩下我们二人时，竞华说希望我为她写一本全面总结她的艺术之路的书。很快我们达成共识——由我署名，写16万字的纪实文学。竞华的要求是写得实在，不写神话般的名人，而是写出一个真正的女人，年底出大稿。我问道："前些年，你为啥要坚持在乐队开戏前发谱，戏毕后收谱？不觉得太累了吗？"她点头道："确实累，是有些不近人情，也得罪不少人，但这是我娘娘（母亲）教的，几十年了，习惯了。"少顷，她不置可否地摇摇头："这就是竞华吗？"我也好多次自问。明明电台和录音机都全录了，我还……"我停下笔问："听说，你有的徒弟也有这种德行，凡见不喜欢的人'偷戏'，就'丢戏''戛戏'？""她们好的不捡，尽捡些'背时帖子'！"我俩不自觉笑起来。"那是旧社会在我身上留的印记，说不得了。无剧本、无谱子，全靠口传心授。要是别人把戏偷了，等于是偷了你饭碗。解放前，我唱戏的钱要养活我的婆婆、娘娘（曼丽）、继父、两个妹妹和化妆师邓安平大哥等九口人。所以，我娘娘很厉害，很歪很凶。她经常当众打我咧……我至今也不怨她。如果不是她把我从涪陵带到成都，在班子里不是她管我很严，不是她里里外外地'展扎'，竞华可能不是今天的我了！"问："听说你小名叫涪鸾，有什么特别意义吗？"答："我生在涪陵，长在成都。小名确叫涪鸾，老人们期望我是涪陵的一只凤。"

　　说罢，咳声骤来。我欲去叫医生，被她手语制止了。片刻，她喘息几下，终于，还是把舞台上常伴随手式的台词"慢仗些！"补呼出来。她拖腔纳调而带着老一辈旦角行当常不可免的"鹅蛋调式"痕迹的呼声，让人举步而止，闻声而叹。它让我脑际倏然闪回少年时看她在《金殿审判》剧中，于琼楼玉阁之金阙处，郑贵妃情不自禁地挥手高呼的情节。此情此境，是那样的温馨和难以言状，心里嘀咕着："这人中川剧的'毒'太深了！"多年来，接电话时，我习惯用普通话说："喂，请问是哪位？"凡她打来的电话，总传来四川腔调加意大利美声："是——我，你得（的）老马（妈）！"她该提劲。因为，她与同戏班的我母亲仅小五岁，当然是老辈子，当然可以以妈待之。偏遇我这"死皮娃娃""随说二分"，常弄得她尴尬之余又得"孝心"，所以，她常不尴不尬地说："这娃娃的分寸感，还掌握得可以。再可以，还不是我的低辈子！"她确实是一位既好面子、又好表现自我的师长，这大概就是她"不会表现，就不是个好演员"的真谛和言行指南吧？采访中，我给她看了收藏多年的《蜀伶选粹》，她翻看后说："你娃娃能收藏这本有 60 个演员记载的书，很不容易，说明你很有心。但它仅是那时的不全面的记载。如何明辉是我的继父，是我在供养他，哪里像这上面写的'何明辉，胸中蓄意，又作螟蛉，是以教养兼施'？这不实在。上面写的潘子思，倒是教过我一些诗文，但从未有过'收为弟子'的事。"我问："这书所列的艺人，似乎人人都有师承关系介绍，唯你和贾培之没有记载，你是不是无师自通？"她认真地说："我从未说过这种师心自用的话。小时候，确实是我娘娘曼丽婆婆教的。13 岁在华瀛戏院唱《访友》，出名后不久，就被江油桂华科社接出去跑滩当台柱了。这段时间，我边唱边学了不少戏，而且还学了洋琴腔和一些流行歌曲。我将这些新东西揉进戏中，成了独自一派，你说哪个敢收台柱当徒弟？"她笑了笑继续说："这不是自我骄傲，是事实。1944 年左右，我回到成都在三益宫戏院又是台柱。刚过世的熊金铭老师跟我配了不少戏，可惜，他走得太快了，不然他可以作活证……虽然抗战后，各路王侯像周幕莲、阳友鹤、杨云凤、琼莲芳、张惠霞等等旦角都来成都'大汇肇'，那简直是一次川剧的大打擂台的比艺赛。谁也未想到收我这'挂牌先生'为弟子，好胜的我，的确也未想过拜谁为师好。但我很尊重他们，凡有机会我都去看他们的戏……当然，学到了一些东西，同时，也悟到要独出心裁，走自己的路的真理。1946 年我演《送京娘》就革新化小妆，就是你们今天说的越剧妆，而且加进一些时髦歌曲融入新腔。哪知这一学江浙的改革，使我大红大紫地红火下去……我终身难忘的静环（曹正容）老师，她慈善艺高，对我艺术支持很大，她不好为人师，所以，我经常称她'妈妈'……好了，说正题，你和张老师在阳台上的悄悄话，我听到了。他说不写他是真心话。50年来，我因和他的婚姻而取消了第一届人民代表，连 1952 年上京演出时，也取消了参加第一届全国戏曲汇演的戏，当然，田汉知道后向我当面道了歉。以后的事就不必说了。莫看他是大少爷，人却很忠厚，心地善良。为了保我，他确实放弃了他的追求和抱负，专心于这个家。有时候，我觉察出他心里烦闷难受，还与我小有口角……男人不容易，像他这样的男人更难！遇到我这个好胜的妻子，又有啥法呢？"

几天后，我将写好的大纲送到病房给竞华老师看，她看后直言不讳地说："不要说我这个人过场多，我认为导序写得太多了点。你小时咋个从看戏认识我，不必大书特书。应该让我这主角早点上场，啥子鸾凤的神话传说也写了几百字，枉费笔墨了，交待清楚，一拖而过。未必我们这些缺文少化的，还来教你这爱读爱写的，'有话则长，无话则短'，要言简意赅。"随后，便立即让我开始采访，两小时瞬间而逝，近 6 页笔录大幅小笺，画满了唯我而知的圈圈、道道、点点。直到她的二儿媳妇送东西来，她才喘气笑道："今天，大概算是我一辈子又说又唱，又比又闹，不修边幅最多的一次，而且，尽是'真钢'。你记好没有？"我点头道诺。她满意地爬上床："今天，就到此为止。我累了。"在我告别时，她说道："建议你以后带个好录音机来，说不定，你娃还录有我的绝唱咧……""说些啥哟！"室内人异口同声地批评。她甜甜地笑了："接受同志们的批评。嗨，未必病人就不可以开个玩笑嗦？死算啥子嘛。1942 年我在江油黄瓜渡就尝过淹死的味道，刚才我还给文通摆了那个过程，我是个天不灭的人！"她泰然的笑声，一直在我耳畔伴随归家。

利用开会的间隙，我再度整理出她 7 月 9 日午后的长谈：8 岁从涪陵插翅来锦官城；13 岁华瀛登台走红，继后去江油桂华科社；黄瓜渡险罹水患；绵阳又遇恶少强拉去陪酒、姓曾名英的人出面救护；回成都后因不肯拜干爹（除刘团长夫妇外），又遭"喝倒彩"；1947 年"91 记者节"，因不愿临场强改与姜尚峰合演的《踏伞》为《出北塞》，而取牌停演（周企何出面解围）；1948 年底，在理发店内与师长太太（未来的公婆）争个"先来后到"；1950 年 7 月，不听有关要员阻止，毅然在朵顾餐厅大宴三日，与旧军阀的大少爷结婚；坚持不改艺名，被人批判……当会毕归家，我夫人便告之，张老师早上来电话说："董老师气管炎又发了，原定 17 号的约会取消，她稳定后可能中央台要给她拍个专题片《东方之子》，何时再会，再电话通知。"一天又一天，日复一日地等待，因不知何日她会

"召见"，故放弃了一个上电视剧组的机会。惜乎，一个半月里均无她的电话。突然，1998年9月1日清晨，电话中传来她已仙逝太虚的噩耗！

"她回家去了。昨天半夜一点过，她说，她要回家去。我以为她想回水碾河看看，就安慰她说：'你连续累了好多天，又刚给沈铁梅打了电话。你不是说明天她演完戏就来接你出去吗？安心睡一觉，天亮再走吧。'不想，早上六点我从椅上突然醒来，发现她已安静地回去了。"张文瑞用发抖的手拭泪道，"她就这样在我疲倦已极的情况下，悄悄地走了呀……"

竞华在《三堂会审》中饰苏三（左）、《三祭江》中饰孙尚香（中）、《思凡》中饰色空（右）

滕公安然

——纪念滕伟明老师

邓　风

阳春三月花灼灼，靓女如云满外郭。

如何翩翩美少年，偏于四月看花落。

这是滕公在 20 多年前写给我的诗句，收录在了 1998 年出版的《滕伟明诗文集》里。我把这理解为滕公对自己作品的满意和对我们友谊的珍视。20 多年前我还是翩翩少年，喜徒步，野游，看粉子，近而立之年仍独自逍遥，滕公年长我两轮，见我光棍一个，赠诗戏之，催促我快些归笼。这样的雅致、快乐和彼此挂念一直伴随我们，直到昨天（2022 年 11 月 2 日）。

突然听到滕公去世的消息，心像被抽了一下，痛，默然了好一会儿。我翻出了他的诗抄，直接找到《八台雪歌》：

巴山峰头逼天街，天街之上有八台，

八台四万八千丈，雨雾霰雪常不开。

双河谷口风夜吼，八台直向云中走，

长冰结岩牙参差，古栈石磴压雪厚。

锦江青灯庞眉客，风雪独上八台北，

气蒸眉睫旋作冰，两耳欲堕指脱节。

八台冻云何崔嵬，雪山万重扑面来！

千年老鳌凝江底，山君战栗鹧鸪死。

山中松柏直如枪，琼枝玉叶银珊瑚，

天帝猎罢赏骑射，轻撒八台万斛珠。

我登八台望四面，前江后江皆如线，

我家应在西南隅，雪云迷茫看不见。

正是八台飞雪时，千里赴任多佳思，

如此江山如此景，大笑痴儿来何迟。

诗的壮美与豪情撑破纸面，至今读来亦令我激动不已。诗里记录了他1968 年从川大毕业后分配到四川城口县工作，是年冬天从万源跋涉四天，翻越八台山到达城口的经历。他说，天微亮时进山，走着走着雪齐了腰，如不在天黑前赶到山弯的幺店子歇息，只有冻死，满山冰凌，在雪里蹚行，鸡巴都差点冻掉。他讲得激动，我笑得开心！

1994 年初，我到《四川文艺报》编辑部时他是主编，是他把我的视野拓展到文学范畴，对我后来的成长影响深远。那时报纸是月刊，每期滕公都会写一篇杂文，文笔与他习性一样，属于浓茶烈酒猛抽烟的类型，犀利、痛快。编辑部还有伍丁老师和永长兄，我们都啧啧称赞，滕公也不会掩饰谦虚和得意，大家总是一起开心。后来又写散文，篇幅不长，容量和气场却大，读来感觉像中篇。比如《夜走狗儿坪》就是极精彩的一篇，文章写的是若干年后当了校长的他，再次冬天翻越八台山出城口去万源，夜宿半山幺店子的经历。语言简洁，桥段排闼而来紧密细腻。多年后看徐克电影《新龙门客栈》，瞬间就想起了这篇《夜走狗儿坪》。后来，报纸开《华阳国志》专栏，主要刊发湖广填四川的研究文章以及人文类稿件，滕公是主笔，引来大量阅读和投稿，报纸声名急扩。同一栋楼的诗人流沙河老师、评论家何开四老师、书法家刘云泉老师、文化学者冉云飞兄和音乐家李晓明兄等路过编辑部，经常会进来高声喧哗一阵，然后旋风离去。那几年好不愉快！

滕公的真正功力是写古诗和填词，而古诗尤甚。在读到滕公的古诗词之前，我不懂得它们，读不出妙处和会意。有一天滕公把编好的稿子交给我排版，《池塘春草》栏目的文稿里有一篇他写的乐府诗《重庆棒棒军》：

君不见嘉陵长江锯华鲎，石头凿出重庆城。君不见重庆街头棒棒军，石磴千级走如奔。彩电冰箱图腾柱，君家宝器一肩负，泰山压顶汗淋漓，主人摇扇行且顾。君家高楼十二层，左旋右旋咬牙登，可怜棒棒陷肩胛，心忧压价不稍停。主人坐堂主妇呵，指挥布置再三挪，自知卑贱敢作色，所幸毫发无差讹。拜谢得钱如受拯，饥肠辘辘胡可等，烤鸭喷香馋涎滴，心念妻儿市一饼。身居闹市觉凄凉，赖有方音辨同乡，商场门外日中立，且看何人呼棒棒？

彼时我常来往成渝，所感尤深，我被这首诗震住了，古诗还能这样写！读罢有在笑声中流泪的感觉。滕公把川剧的美学意韵熟练又不露痕迹地运用在古诗里，随手拈来，字字千斤。当今，能把古诗写得如此有现代感又如此厚重，唯滕公尔，自此我也爱上了古诗词。昨天看到永长兄悼念滕公，语有："韵接李杜"句，我深以为是。

滕公第一本著作《滕伟明诗文集》出版的时候，我为他设计了装帧。滕公外形分明与性格相似，方脸，胡子像钢针一样插在面颊，方头，头发像钢针一样插在穹顶，是版画的好素材。我请版画家甘庭俭为其刻像用在封面，形极准，而神儒雅内敛，透着悲悯，真是刻到其骨。封底滕公用了一方自拟的印"心肝自呕"，我深知他是如此自律，又如此自甘。2012 年夏天，我与滕公夫妇在峨眉山神水阁旁小住，白天吃茶转山，傍晚喝酒吹牛，有几次酒中谈到抗战时在李庄的中央研究院。他说自己去了李庄，才得知当年李庄的乡绅和乡民们腾屋、捐粮，倾其家产支持中央研究院迁来，后来，甚至有乡绅把刚成年的女儿许配给研究院的年长先生，照顾其生活。他们晓得这些人对国家的重要，他们是骨子里敬重文化和文化人！后来，这些人大多罹难。他一边讲述眼泪已噙在眼眶，折皱的黝黑色眼眶终也拦不住泪水掉落。他顺手抓起油腻的抹布拭泪，擦了眼泪擦嘴角。我不拦着，也不递纸巾，任由他擦拭，把酒斟满。

滕公不仅有钢针般的硬朗外形，还有赤子般柔软的内心，悲悯装不出来，它支撑着坚实的善良。我觉得这才是他的真！

今早我去送他最后一程，透过透明棺盖，我看不清他黝黑色眼眶，只看见黝黑布满了他的面颊。

滕公安然！

附录：抄录滕公诗、词若干。

别城口

长年茹苦怨穷荒，临别穷荒又感伤。
赴任诗书才一帙，归时儿女忽成行。
山川已纳行吟客，父老早容狂放郎。
路转溪桥猛回首，翻疑城口是吾乡。

菩萨蛮·灯会

当年元夜鱼龙竞，爷娘脱手如珠迸。今我亦讲雏，逢场意倦如。满塘光灿烂，小女乘肩看。拍手笑呵呵，春风心上波。

（注：1986年春，作者举家迁成都，共赴青年宫观灯，兴致甚高。）

卢沟桥二首

累累伤痕累累仇，当年血泪满卢沟。
如今泪尽芦芽满，只有旧仇心上留。

五十一年苔已苍，石狮犹自舔金疮。
人言晓月斯桥最，我上斯桥忽忽狂。

水调歌头·诗文集编成感慨系之

应悔雕虫技，编竟满头霜。三十年来心血，淅沥滴千行。恰似关西老卒，夜起摩挲病骨，秋气入金疮。功在官娼后，无乃太凄凉！高不成，低不就，笑郎当。一生都在碰壁，端如鬼打墙！耐得终身寂寞，不作些须媚态，磊落见炎黄。留与儿孙笑，天宝一窝囊！

（注：诗文集指《滕伟明诗文集》，青海人民出版社 1998 年出版。）

望海潮·秋夜忆旧寄邓风老弟

梅枝修剪，文心雕刻，当年满室光华。沙河咳唾，云泉点染，交游净是名家。回首隔烟霞。偶市廛执手，惊定生嗟。仆仆风尘，猬毛环颊竖槎枒！

深宫竞斗豪奢。有油头浪子，粉面娇娃。骑鹤下扬，因杯入洞，无劳五马官车。相对笑纷拿。欲与君归去，垂钓天涯。但见高楼障目，何处剩芦花？

（注：邓风曾与作者在《四川文艺报》共事多年。"梅枝修剪，文心雕刻"即指当年编辑工作。沙河指诗人流沙河，云泉指书法家刘云泉。）

唯爱永存

——谨以此纪念著名曲艺作家严西秀先生

李　多

　　在 2023 年的春天慢慢走来的时候，一位老人却安静祥和地离开了。犹如徐志摩诗中写到的那样，"挥一挥衣袖，不带走一片云彩"。

　　第一次知道严西秀老师的名字，是从一份节目单里，已是近 30 年前的事了，那时我刚刚从艺术学校毕业不久，跟随团里的老师观摩省里的一个曲艺展演。看到舞台上正演出的小品让现场效果火爆异常，赶紧对应着在节目单里寻找，便在作者栏里看到"严西秀"三个字。当时心中便想，这位叫"西秀"的"女老师"真厉害，写的小品真好看。演出结束后，跟着团里的老师来到后台，才知道"西秀"原来是一位和颜悦色、热情健谈，身材并不伟岸的男性。当时严老师因知道我是刚毕业不久分配到成都市曲艺团的学员，拍了拍我的肩膀，用浓郁的自贡腔调说道："好生学，曲艺有搞头！"

　　也就是这一句话，开始了我在"搞曲艺"的路上 20 多年来向严老师求学求教式的交往，点点滴滴，*丝丝缕缕*，绵绵长长。

　　此刻，忍不住回想起严老师生前最后对我说的话。那是在今年正月初七下午我去家中探望他，告诉他我马上要外出演出十天左右，下次见面得是元宵节过后几天了。那天他精神挺好，说话也很清晰，躺在床上聊了好一会儿，在即将告别的时候，他握着我的手轻轻地说："你今天再来看我，也许是个明智的选择……"

"明智的选择"，也许说的是近 30 年相互间的那份关爱。

初次见面后，我与严西秀老师的联系并不多，那个年月也不像现在联络起来这么方便，当然，更重要的原因是那时候跟严老师还并不太熟。严老师退休后，从自贡迁居到了成都，与团里的合作变得很多很频繁。正因如此，我有机会与严老师慢慢地"熟"了起来。

严老师在创作上是"快枪手"，在生活中是热心人，在艺术上是严谨的治学者，在交往中是值得尊敬的巍巍长者。这一切，在我看来，都是源于他心中的那一份毫无保留的"爱"。

他爱曲艺。严老师对曲艺的爱在他的工作和生活中处处体现得淋漓尽致。"曲艺是好东西啊！""搞曲艺要沉得下心。""我们要对得起曲艺。""没有曲艺就没有我的今天。"……类似这样的语言还有很多，严老师在不同的场合对不同的人不断地讲着，而他自己也在创作和日常中身体力行地耕耘着。记得每次跟严老师一起开创作会时，并不太擅长表演的他，总是会情不自禁地带着身段、表情去讨论、去表达、去演绎，经常还会手舞足蹈，那个样子充满喜感又异常可爱。最后，他总会说，"这个节目我来写，明天出文本"。结果，大概率当天晚上就会拿出一篇质量很高的节目初稿，然后对大家说："你们看看，有什么意见告诉我，我再改。"也有不少时候，会跟严老师一起参与活动筹备和观看演出，他总会借着排练中和舞台上的节目与表现分享他对舞台的认知和品味。"好看，有意思，这两点很重要。""这个节目要是再多挖一'锄头'就更好了。""还不够好，还要努力！""如果都这样，我有点忧虑……"写到这里，脑海里像放电影似的浮现出许许多多源自严老师的画面和形象，《天堂鸟》中的黑衣人、《似水流年》中的辊工、《北川人》中的北川大叔、《川军张三娃》中的川军士兵、《麻将人生》中的资深麻客、《再看你一眼》中的朴实父亲、《山村广播员》中的扎着辫子的女广播员、《美味水饺》中一身泥浆的农民工、《当总经理的儿子回来了》里一身"名牌"的返乡青年、《棋魂》中令人印象深刻的小姑娘、《生命高度》中的全国道德模范文建明……还有那么多像《好吃嘴》《锦水吟》一样生动美丽的曲艺唱词，还有那么多像《回家的路》《为官一任》《记梦》一样寓理于情的温暖文章，几百个节目，近百篇文章，一下子聚汇拢来，真的太多了。

只要是曲艺人他都关心，有关曲艺的事他都操心，这种情谊简朴真挚，这份情感悠长醇厚。一直以来，为了曲艺不停地思考、不断地突破、不懈地努力、不止地创造，很多节目就是这样从热烈的讨论变成严老师笔下的作品，很多角色就是这样从普通的凡人变成严老师抒写的典型，很多故事就是这样从生活的滋味变成严老师传神的再现，很多知识和感悟也就是这样从一次一次的相处变成严老师对我深深的教诲。

他爱亲友。亲人和朋友，在严老师的工作和生活里异常的重要，也异常的丰富，严老师的亲人也是常去他家里的那些友人、学生、后辈、邻居们的亲人。走进严老师在成都犀浦的家，时常会看到这样的情景：老家来的亲戚、曾经工作过单位的同事、各个年龄段的曲艺同行、众多的合作者、不同的学生们、慕名而来的拜访者、过上过下的邻居们都能其乐融融地围坐，一杯清茶，数页文稿，几段龙门阵，好些家常话就把大家聚到一起、融到一块儿，当然，好多时候免不了手里有严老师老伴儿"汤妈"煮的抄手、汤圆和肉臊面在飘香，偶尔也会有严老师孙子严壹口中尺八的乐曲在流淌，而大家聊天中的笑声，总是最好的呼应和点缀。

熟悉严老师的人，都知道他有一位念念不忘、相伴相亲、不是亲人胜似亲人的保姆阿姨——"杨妈"，在他的笔下和口中，"杨妈"都有特殊的地位和情感。严老师每次说起这一段艰苦岁月中感人至深的往事，眼里总是会泛起盈盈的泪光，这是多么令人触动的思念，又是多么令人感念的深情。而在更多日常，与严老师聊天的内容都会覆盖很多曲艺同行，特别是年轻一代的生存状态和艺术成长，"他们现在还在演吗？""那个节目现场效果好吗？""演出票房能保证吗？""又有年轻人加入吗？"在我们为他解答的过程中，听到困难他会想着去帮助，听到矛盾他会记着去化解，听到成功他会哈哈地笑出声，然后说"真好，这样才好！"

但严老师自己，最不喜欢"麻烦"别人，"我没问题""我自己来""放心，我得行"是他经常对自己能力的高度概括。就连在生命的最后一段日子，去探望他的人总会被他用特殊的再见的手势"送走"，意思是"你们事情多，快去忙"。他还说："你们放心，我不惧怕死亡，也没有什么遗憾。我一切都安排好了！我只是去了另外一个地方。"

是的，您都安排好了，以我们都难以置信的方式把自己奉献给这个世界。这份大爱，那么无私，那么伟大！

他爱生活。严老师在我的心中，是一个具有忧患意识的乐天派。这并不矛盾，"忧患意识"是他对曲艺、对文化的探索和思考，"乐天"是他对生活的态度。

严老师有一辆载人的电动小三轮车，是他带着汤妈出门买菜购物、逛街郊游的代步座驾。对于他这样年龄高、驾龄短的司机，我们都很担心他的安全问题，常常劝他少骑别骑，还开着玩笑对他说应该在车座后面写上两句温馨提示"老人新手，头盘上路"，严老师听后哈哈一笑，说"要得，还要加两句——挨到就倒，价格面议！"如此一说，谁都忍不住笑出了声。

还有一次，陪着严老师回自贡，每到一处，他都难掩对家乡的眷恋和热爱。一路上，始终兴致勃勃地介绍着这一条路、那一座桥，这一家馆子的拿手菜，那一个茶馆的兴衰史，釜溪河两岸的变化，彩灯公园的缤纷。"看到没有，这家晨光豆花开了几十年，天天生意这么好，只有真正的自贡人才会带你们来这里吃。"他像一个导游，更像是餐馆的老板，"快坐下，我给你们点菜，我晓得。"……当然，说得最多的，必定是自贡的盐，他诉说着万千辊工的悲壮人生，描绘着数百座天车林立的壮观盛景，也感叹着那一去不复返的盐业辉煌。他的话语里有自豪也有遗憾，有激越也有惋惜，有不舍也有期待。最后，严老师说："我一定要把这些都写出来！"是的，不论是从节目、作品还是文章，我总能感觉到严老师对家乡有一种极为特殊的爱，那里有他热爱的生活，是他创作最重要的源泉。

严老师不止一次地在很多培训课堂上讲过一句话："人间疾苦，笔底浪花。"也许，这就是他经历的岁月，也是他写出的生活。

很难用一篇文章把心里的严西秀老师都告诉给大家，写写停停，太多东西不停地涌来，在眼前、在脑海、在心底……

好些年前去汉源为一个演出项目开创作会，那一次严老师坐我的车。我一边开车一边兴奋地与他分享我那段时间看戏和创作节目的感受，不知怎么说到身边的老师们在慢慢地老去，有些甚至在离开，我们需要加倍努力。严老师好一会儿没有说话，我以为是我说话冒失让他不高兴了。结果，严老师娓娓地说道："李多，听你这么说，我有点紧张又有点欣慰。紧张的是时间过得真快，我有好多想写的东西都还没有写，要抓紧哦；欣慰的是好像才过了不久嘛，你们这一拨年轻人已经长大了，真让人高兴啊!"

严老师走了，带着平静，带着安详。

前天，当严壹发信息告诉我"爷爷的眼角膜下周就能移植给一位患者了"的时候，忍不住又再一次泪流满面。

这份爱，如此深沉。

"带不走的云彩"总会在天空飘荡，就像有些情愫总会萦绕心头。一驻足，一抬眼，天边总有一抹娇艳的彩霞……

言为心声，唯爱永存。

于成都家中

在这个值得用爱去解读的日子

2023 年 2 月 14 日夜

忆李焕民老师

汪　毅

　　我第一次见到焕民老师是在 1989 年初，迄今整整 30 年。那时，我在内江市文联主持日常工作，去参加省文联召开的一年一度工作会。参会的报到、食宿，均安排在燕鲁公所街 25 号（今省文联第二办公区）。记得刚入住，焕民老师便带着省文联的其他领导同志来看望我们市（州）文联的同志，嘘寒问暖，甚至还捏捏被子询问能不能御寒，让我们感到省、市文联一家亲（省文联的这个优良传统延续了多年）。就餐地点在燕鲁公所底楼食堂。席间，大家有说有笑，十分和谐。兴之所至，焕民老师还亮嗓一曲。其高亢的音阶、延绵的声线、声乐家的气质，让大家领略到他具有的歌唱家天赋和才华。遗憾的是，因他的画名太重而遮掩了在声乐方面的造诣且为一般人所不知。

　　焕民老师是一个意志力超强的人，见到他的第一眼直觉便告诉了我。从相学角度，他唇角如刀刻的纹槽便是佐证，甚至注定了他以刀为工具而成为出类拔萃的版画艺术家。这个直觉和两者之间的联系，后来我还半开玩笑地向他求证，但他只是笑笑。他的脸上有高原的阳光和高原的风，一如他的性格，让人起敬。更让人感慨的是，焕民老师不仅格外平易近人，而且艺术家气质横溢，为此大家格外敬重他，亲切地称他"焕民老师"，而不称他的职务"李书记"或"李主席"（在之后的十几年交往中，我均称他"焕民老师")。"焕民老师"这个称谓,虽然极其普通,但在官本位的中国,却实在太难得、太难得,甚至让我感慨,这与其说是焕民老师的一种人格魅力,不如说是中国官场的一道光。

1990 年,内江书画院拟赴新疆举办展览,组团团长由内江市人大主任暨内江书画院院长傅运鸿担任。作为活动的具体组织实施者,我到省文联向焕民老师汇报并请他出任顾问指导内江市文联组织的这次书画交流活动。同年 9 月 7 日,我们一行 18 人飞抵乌鲁木齐。在机场出口处,我们与前来接站的新疆维吾尔自治区文联党组书记张贵亭等合影。按说作为主宾、顾问的焕民老师理所应当站在中间位置,可他却让内江的艺术家们站在中间,而自己站在了右边的靠边处。这张照片是焕民老师平易近人的又一个例证,我一直保存着并心存敬意。

11 日,书画展在新疆文联新大楼展厅举行,被称为"开辟了两省区艺术交流的新渠道"。开幕式上,新疆书法家协会主席李般木致欢迎词,焕民老师、傅运鸿院长、新疆文联主席暨著名作家克尤木·吐尔迪分别发表讲话。新疆美协主席吴奇峰主持了"四川内江书画作品讨论会",张贵亭席间即兴赋诗,新疆人民广播电台、电视台等媒体报道活动,《乌鲁木齐晚报》发表评论。焕民老师的讲话言简意赅,既概括了巴蜀文明和内江书画之乡的影响,又描述了新疆丝绸之路上的这颗明珠;既表述了文联和各文艺家协会(画院)的职能,又叙述了四川、新疆两省区的友谊,颇为周到,不失为一篇优秀的讲话稿,从中可见他的组织才能。为记录这次赴疆书画交流活动,内江市文联主办的《内江文艺界报》推出了专版,并得到焕民老师的肯定。

在乌鲁木齐期间,焕民老师真的是惜时如金,而且不乏新奇感和亢奋感。故一有空档,哪怕是他人午休的短暂时间,他也会拿上摄像机,叫上我去街头采风,寻找他木刻版画创作欲表现的对象。

除在乌鲁木齐采风,我们还去了高昌、交河故城遗址,去了赛普鲁

（新疆文联副书记）的家，考察了坎儿井，体验了维吾尔族同胞的风俗民情。我想，这些采风的内容既是他木刻画表现的题材，又是我们有一天研究他艺术创作的又一个视点，而不仅仅囿于他表现的藏族题材。

总之，新疆书画艺术交流之旅是焕民老师的一次难以忘却的行程，也是他艺术生命的驿站。它对于焕民老师履职文联党组书记以及心路历程和艺术创作，均是不可以忽视的。况且那是他第一次走向新疆，走向他熟悉的藏区之外的又一个少数民族地区。

1992年，为庆祝中国人民解放军建军65周年，内江文联主办的《沱江文学》拟出刊"军旅文学专号"。除请军队的领导同志题词之外，我还请焕民老师题词以助声威。焕民老师的题词是"创作更多无愧于时代的作品"。在我与焕民老师的交谊和请益中，无论是创作主张或是创作实践，他均十分强调"时代性"。正是这个时代性的自我意识砥砺，焕民老师创作的《织花毯》《藏族女孩》《初踏黄金路》等一系列作品犹如高原的阳光，充满了热能，可融冰峰雪山，可激励我们走向蓝天去拥抱一个属于时代的美。正是如此的上下求索，焕民老师成就了他的艺术创作，圆满了他的艺术理想，放飞了他的时代梦。故就一个时代的版画创作和贡献而言，对焕民老师怎么评价和定位都不为过，因为他的版画艺术创作厚积薄发，堪称一个时代的标杆，具有承上启下的意义。

后来，我从文联去了市文化局副局长、张大千纪念馆馆长岗位。工作关系虽然变了，但我们之间的联系依然不断，只是在电话中我的名字有了一个非常亲切的符号——"大风堂打来的"（大风堂为张善子、张大千昆仲堂号。因我任职张大千纪念馆并主编有《大风堂报》，故焕民老师以此称之）。有趣的是，焕民老师给他老伴黄老师也是这样介绍，甚至说我是"大风痴"。

1996年，我从内江调四川省地方志编纂委员会任办公室主任。有一天，我突发奇想，即请焕民老师赐书法一幅以作鼓励。或许是我有缘于佛教石刻艺术并出版有《中国佛教与安岳石刻艺术》一书（焕民老师生前十分认可安岳石刻艺术），或许是焕民老师对"悟"有特别的人生体验，他赠我的竟是一个硕大的"悟"字。虽然这是一个"独体字"，但给我的砥砺却胜过千言，因为我知道焕民老师的用心（且不说他视我为"仁弟"，也且不说焕民老师一直在悟他所悟），即希望我悟大千世界，悟形形色色，悟芸芸众生，悟艺术成像。可惜我天眼未开、悟性有限、发力不够，有负他的厚望，至今不乏惶惶之感。然而，幸有此字相随相伴，可以自信人生，可以时时感怀，可以由字的形态体验到焕民老师的木刻版画之美，并让这个美永驻心灵。

2016年4月7日是一个揪心的日子。这一天，我去殡仪馆送焕民老师最后一程。"男儿有泪不轻弹"，然而，不轻弹的泪却像溪水走游脸颊。在回家的路上，我不禁思绪万千，写得《感焕民老师"往生"》一首小诗。诗题中的"往生"系佛教名词。借此，我是想说焕民老师的驾鹤不是我们讲的一般意义的去世，而是涅槃，是"往生"，因为其艺术生命之花永不凋谢，依然绽放在我们这个美丽的世界！

怀念武志刚老师

吴云波

打开电脑，在网络上搜索影视作品，不经意间三个大字跳入眼帘：《大盐商》。

对，《大盐商》我已经看过好多遍了。每看一遍都不由想起它的作者武志刚老师。武老师已去世多年，我最后一次见到他，他告诉我说，四川省文联成立创作中心，要他去主持，所以《四川文艺报》他不再编了，由此，意味着时间更紧，担子更重，工作更忙。故那之后为不影响他的创作，我有较长一段时间没有去打扰他。可当我再次登门拜访他时，门卫问我找谁？我说，看看武志刚老师。他说，武老师已经去世了……

我的心一下子掉进了冰窟窿，忙问："他什么时候去世的？得的什么病？"

"去世有段时间了。"门卫说："肝硬化！"

算起来武老师比我小三岁，像他这么才华横溢的小说家、影视作家、诗人，老天怎么就不长眼睛呢？

与武老师相比，我真是虚度岁月，痴长年华。

认识武老师，可以说是一种意外，也是一种偶然。2008年早春，我到省城一个机关务工。一天，因手头的工作忙完了，便腾出手来在电脑上敲出一排字——《我想给爹娘守墓》。

这是我酝酿好久就想写的一篇文章了。稿子写好后找了几个报刊邮箱，一发了之。至于采用与否，我都不抱期望，但从内心还是希望自己辛苦写的东西能与读者见面。

怀着这种心情，次日我上班的第一件事，就是打开电脑查看邮箱，看有没有哪里的回复。令人惊喜的是，邮箱中果然有一封邮件，曰：

稿子感情真挚，发今日副刊版头条。祝好！武志刚。

这简直令我感到意外！这么快稿子就要被发出来，在我几十年的写作生涯中，还是第一次。过去投稿从邮政上投递，稿子寄出后，等啊，等啊，很多时候都石沉大海。间或收到一本样刊或一张样报，见上面刊发有自己的作品，其兴奋之情，不亚于捡到一锭银子。今天，投的稿子不仅立刻就发表，而且是头条，真是做梦都没有想过。

我在颇感高兴的同时，亦生迷惑：这个武志刚是谁？我不认识，也不曾读过他的作品。他怎么对我这样"刮目相看"？一时没有答案的我忙看邮箱名称，乃知这是四川省文联的机关报，于是我立即发了一个邮件过去："武老师，谢谢您的抬举，这么快就将我的拙稿发出来了……"

不两天，我就收到样报。随后因公去省政府第二办公区永兴巷 15 号，那儿离红星路很近，便专门打听到志刚老师的办公地址。当我伸手敲门时，只见前来开门的是一个中年人，面色有些黝黑，看样子大约与我是同龄。我落座后他就开始与我寒暄。他首先问了我的创作情况，如常写哪些体裁的作品，喜欢读点什么书，接着又问我的家庭情况，如家里有些什么人，孩子多大了，工作是否顺心，过去做了些什么……

听口音，他好像不是四川人，但那种随便和关切的口吻，让人没有距离感，更不觉得省文联机关报的文学编辑有什么架子。聊了半个小时，我就告辞了。因为是第一次见面，不便过多打扰。此后我一直觉得这个武老师值得信赖和交往，他不是人们在生活中常见的那种很"水"的人。于是，我陆续又给他发了几篇稿子过去，请他指教；每一次他都提出中肯的意见，让我获益匪浅；遇到他觉得好的稿子，就立即发出来。大约两三年时间，经他的手在《四川文艺报》上，就发表了我十多篇（首）诗歌、散文和评论。

不认识则罢，一认识我才知道这个武老师非等闲之辈！他是黑龙江人，四川大学中文系毕业后留在四川工作。早在20世纪90年代，就被评为四川十大青年小说家之一，创作的中、长篇小说连连在《人民文学》《当代》等国家级刊物发表，并被《小说选刊》《小说月报》选载，作品逾数百万字；多次获得省级以上奖励，他的创作涉猎诗歌、小说、散文、戏剧、电影、电视剧、评论等各个领域。其中小说、戏剧、影视作品产量尤高，影视作品达数百集，《自流井》即《大盐商》等电视剧在海内外几十家电视台展播。国内多家影视机构都邀请并与他签约，让他担当编剧。2008年2月，他的第一部电影文学剧本《城市里的蒲公英》，荣获首届中国电影文学最高奖——夏衍杯优秀电影剧本征集奖。之后他创作的几部电影文学剧本，接连三届获得此奖，反映"5·12"汶川大地震的电影《大太阳》（原名《生生不息》）被中宣部列为重点作品，并获得中宣部"五个一工程"奖。

就是这么一位名人，却让人一点也看不出他有什么自我满足的迹象。这不由让我深感惭愧，颇觉汗颜。志刚老师没有架子，即使在一个狂热与浮躁的时代，也是这样。他甘于寂寞，不喜张扬，对外保持低调，除了认真编好他负责的文学副刊外，一如既往地默默笔耕。他善待朋友，对人诚恳，这令我感动和敬佩。

故事

永远的情怀

——我与四川美协

其加达瓦

记得 20 世纪 60 年代初我还在四川美术学院民族班上学的时候，经常从学校收发室的阅报栏里的《重庆日报》等报纸上看到四川美协李少言、牛文、林军、吴凡、李焕民、宋广训、徐匡、吴强年等版画家的许多版画作品，他们的大名如雷贯耳般铭刻在我与学子们的心中。当年我做梦都没有想到自己的名字居然会与这些大名鼎鼎的版画家联系在一起。

新中国成立后，全中国贫穷落后的各少数民族获得党和国家民族政策光芒的照耀，国家还要着手培养少数民族美术专业人才，我与阿鸽在四川美院学习毕业后被选送到四川美术家协会工作深造，两位少数民族年轻人的名字与四川美协联系在一起了，从此开启我与四川美协长达 35 年的缘分和人生之旅。

35 年在时间的长河中是短暂的，但在一个人的一生中是从青年到壮年的美好时光，这段美好人生我有幸与四川美协、四川版画紧紧联系在一起，并度过了难以忘怀的峥嵘岁月。

在四川美协工作的 35 年里我就做了两件事，第一件是学习和从事版画创作，第二件是担任秘书长从事四川美协组织领导工作，从时间上讲前 20 年做的是前者，后 15 年做的是后者。

四川美协的版画创作队伍是一支具有光荣革命传统的创作集体，来自延安和各解放区的老同志是四川版画的中坚，当年他们聆听和践行毛主席的"在延安文艺座谈会上的讲话"精神，在抗日战争、解放战争中以版画为武器与敌人战斗，为中国革命的胜利做出重要贡献。随着中国革命的胜利，新中国成立前夕，李少言、牛文、吕琳、林军等同志随着中国人民解放军进军西南，解放四川重庆后，随着革命形势的发展，开启了新中国各项事业的建设工作。以李少言、牛文为代表的老一辈革命艺术家们，创立了西南美协、重庆美协，以及后来的四川省美术家协会，成为四川美协第一代领导人。他们把握现实主义创作道路，坚持文艺为人民服务的方向，在半个多世纪的时间里为四川美术事业、四川版画创作做出了巨大贡献，取得了辉煌成就。

　　1964 年 8 月初的一天，我与阿鸽怀着喜悦幸福又忐忑不安的心情走进了重庆化龙桥华村 49 号的大院，第一次见到了无比敬仰的四川美协众多版画大家。四川美协坐落在嘉陵江边一座花园式的大院里，园里绿树成荫，西洋式的小楼星罗棋布散落在大院四处，一栋显著大些的楼房是协会办公及画家们的创作室，其他各处的小楼就是画家们和职工的住家，关上大门就像一个大家庭，阿鸽与我开始了在四川美协崭新的人生经历。李少言、牛文等领导和同志们十分关心和照顾新来的少数民族小青年的工作与生活。鉴于我与阿鸽初到协会，加之我们在四川美院上学期间一直没有回过老家，协会领导建议我们两人回家去看看。少言同志在我们临行前特别谈话时交待："你们这次回老家不光是探亲访友和玩玩，要带着创作任务，多年没有回家了，家乡一定有很大变化，回来后把自己的观察、体验和感受画出来进行加工创作。"我和阿鸽第一次带着创作任务回到了阔别多年的故乡。在家乡的日子里我思绪万千，不敢忘记少言同志的嘱咐，想到党和国家为藏民族培养美术人才的重任落在了我的肩上，想到身边这么多巨星般存在的版画家们，我是那块料吗？我能胜任和完成这项光荣艰巨的任务吗？种种疑虑、困难和不自信让我压力倍增，寝食难安。忽而思来想去，深感自己没有退路了，唯有勇往直前，奋力拼搏不言弃，不辜负党和人民对我的培养、信任和期望。有了决心我信心倍增，一个多月的时间里我从头向生活学习，到处走到处看，学习、体验、观察家乡的变化，倾听父老乡亲对家乡新生活的感悟和憧憬，拼命地画速写，积累素材，一个刚走出校门的我开始了自己的创作之路。我和阿鸽回到重庆后开始构思构图，在协会领导和同志们的指导帮助下，选定了《开路》这幅草图进行加工创作，终于在1964年底前完成了创作任务，得到协会领导和同志们的肯定，接着《人民日报》专版发表了我的《开路》和阿鸽的《母亲》版画作品。1965年初又完成了《我的童年》木刻组画创作，这套组画也在《解放军报》《光明日报》等报刊上发表，英文版《中国建设》还介绍到国外，并与《开路》一并入选第五届全国美展。我的版画创作取得了初步的成功，为我今后的创作开了一个好头，打下比较好的基础，鼓舞和增强了我的信心。

四川美协领导十分重视艺术家深入生活，从丰富多彩的生活中获得创作素材和灵感是四川版画家们的必修课，他们都有自己长期深入生活的基地。牛文、李焕民同志长期深入藏区生活、创作，李焕民是带我的老师，他一生都领着我不断前行。1965年9月1日至第二年春节前，近五个月中我随牛文、焕民同志在西藏深入生活，我们在拉萨参加西藏自治区成立活动，深入西藏多地农村、牧区，与藏族群众同吃同住，体验感受藏族农牧民在民主改革后的变化和感受，我们还为西藏出版的第一本报告文学《高原新歌》作了插图。1977年5月，焕民同志带着我和协会其他五位画家再赴西藏深入生活，长达7个月的西藏之行，我们从藏北至藏南，从东到西深入农村、牧区、农场、边防、学校和寺庙，了解感悟西藏民族文化和风土人情。当年，西藏完全没有今天这样四通八达的交通条件，记得我们七人从日喀则至边防重镇亚东翻越世界屋脊喜马拉雅山的难忘情景：我们站在一辆敞篷解放牌卡车货箱里牢牢抓住四周车厢，行驶在颠簸不平尘土飞扬的公路上，风吹雨打，不知什么时候才熬到了亚东，下车时我们每个人都已是灰头土脸，浑身麻木，狼狈不堪。两次西藏之行对我来说非常难忘，是宝贵的生活体验和积累，为我后来的艺术创作奠定了十分坚实的生活基础。

　　"文革"结束后，特别是党的十一届三中全会召开后，在邓小平同志的带领下，我们国家迎来了以经济建设为中心及改革开放的新时代。我个人的艺术创作之路又重新开启，20 世纪 70 年代末到 80 年代中期我又回到重庆化龙桥全力投入美术创作，一幅又一幅版画作品如涓涓细流汇聚成一批较好的创作成果，如：黑白木刻《育林人》《金色的秋天》《辉煌的成就》《密林中》《农家乐》等，水印木刻《藏族青年》《瑞雪》《湖畔》等，油套木刻《星空》《高原之夜》等。这一时期我创作的许多作品入选和获得国内外重要美术大展奖项，广泛

《金色的秋天》黑白木刻 1984

发表于国内外重要报刊上，国内外众多美术馆、博物馆及收藏家收藏了我许多作品，取得较好的创作成果，受到社会各方的认可与肯定。

　　20 世纪 80 年代中期，党和国家要求干部年轻化，在党组织信任和协

会支持下，我这个从没有领导工作经历的人接替老红军牛文同志，担任了四川省美协秘书长。我除了年轻、听党的话、人品还比较端正、性格比较豁达开朗外没有更多优势。如果说我还有过一点协会工作的经历，那是"文革"后期，我同龙月高、宋广训随少言同志到成都筹备恢复四川省美协，对协会组织工作有新的认知。来到成都，开始在四川展览馆（现四川科技馆）里办公、办展。四川省美协秘书长是法人又是勤务员，还是一个大管家。此时，四川美协已是家大业大，干部职工人数大增，工作机构五脏俱全。1992年四川美术馆落成开馆，成为当时全国各省中有自己美术馆的美术大省，四川省美协旧貌换新颜，迎来了四川美术事业蓬勃发展的新局面。

四川省美协一贯重视全省的美术创作，牢牢抓住出作品出人才这个协会工作的核心，在全省营造美术创作的良好氛围，鼓励专业和业余美术工作者积极投入美术创作，激发大家的创作热情。每当全国有重要美术大展或重要创作任务时，美协领导都会全力以赴，调动协会所有资源，与驻会画家们亲赴全省各地参加作品草图观摩和研讨会，必要时将有潜力的草图和作者集中举办创作班，加工制作高质量高水平的作品。如：在我国举办的两届全国体育美展上，我省雕塑家朱成创作的雕塑作品《千钧一发》和吴绪经创作的中国画《竞技图》分别在这两届体育美展上获得特等奖，还有我省不少画家获得其他许多奖项，时任国际奥林匹克主席萨马兰奇先生亲临中国参加画展开幕式，还邀请朱成同志访问瑞士洛桑奥运总部等。在历届全国美展、全国各单项画种大展及重要大展中获得金、银、铜奖不计其数，四川美术创作人才辈出，精品力作目不暇接，取得了令人刮目相看的好成绩。这一时期，四川美术学院的雕塑创作和油画创作异军突起，尤其是以罗中立创作的《父亲》为代表，一大批年轻人和他们的作品引起了轰动，在国内外画坛产生了巨大影响，为四川美术又增添了两张亮丽的新名片，大大增强提高了四川美术的实力和影响力。

2016 年 8 月，其加达瓦从艺五十年美术作品展在成都四川美术馆举办 （邓风摄）

四川省美协在自己新建的四川美术馆里举办画展、美术活动不断，人民群众与美术爱好者可以欣赏到不同风格、不同流派、形式多样的美术作品，大大丰富了人们的文化需求，促进了艺术的发展。关山月、潘天寿、华君武等国内外大师级艺术家作品展隆重举办，受到文化底蕴深厚的四川人民群众的热烈欢迎，观展的群众每天络绎不绝，展厅里人头攒动，踊跃热闹异常。

四川美术馆作为公共文化平台，业务工作与日俱增，远在重庆的"画家之村"仍是四川美协重要创作基地。1999 年我调离四川省美协，来到了改革开放的前沿阵地深圳，开启了我创作的又一个新征程，可也结束了我在四川美协长达 35 年的工作和生活。然而，四川美协让我脱胎换骨，培养我成长成人，那里有我的领导、老师、恩人、同事和朋友，有滋养我艺术成长的血脉，有割舍不断的情怀。我在四川美协做的工作微不足道，但是，四川美协在我人生记忆中永远难忘。

在四川省文联成立 70 年之际，回忆点滴以资纪念，并祝四川文艺事业、美术事业取得更大成绩。

忆摄影个展办进人民大会堂

林 强

2023 年 7 月，四川大凉山的彝族同胞们迎来了他们一年中最隆重的节日——火把节。在这里，家家户户都忙着杀猪宰羊，人们都换上了靓丽的民族服饰，走亲访友，连空气中都弥漫着欢乐的节日气息。就在这几天，我的手机响个不停，电话一个接一个，全都是阿布洛哈村当年的学生们打来的，已经成年的他们，纷纷通过语音、视频向我这个外来的"村里人"述说着他们的喜悦。那些斗牛、赛马、摔跤、歌舞，各种精彩活动的照片和视频拍得真好，拍出了凉山州的发展，拍出了村里的巨大变化，也拍出了他们个人的成长。看着这些熟悉的场景，我感慨万千……突然想起今年3 月吉列子日对我的一个请求，我因为当时拍老红军纪录片还没有来得及落实。

吉列子日是 2005 年阿布洛哈村小学的第一批学生。入学时他刚 9 岁，学习努力，各科成绩优异，后来成了村里的第一位大学生。大学毕业后，他回到村里很快当上了村支书，今年被选上了全国人大代表。在他第一次走进人民大会堂时，就立刻向我打听 2007 年 9 月我在人民大会堂举办阿布洛哈村纪实摄影展的具体位置。因为那次影展，首次向全国人民展示了阿布洛哈村的现状。距我 2004 年拍摄阿布洛哈村，19 年过去了，村里通了水和电、每家每户搬进了新房，公路不仅修进了村里，村民的收入也比 19

年前翻了几十倍。去年政府还拨付了专款 3000 余万元用于发展乡村旅游。从村民发来的照片和视频，我知道最近村里还建起了宾馆、商场和山间步道。吉列子日希望下次我回村时带上那批人民大会堂展出的阿布洛哈村的黑白照片。

说起 2007 年 9 月人民大会堂的个展真是有故事，这些故事都是 10 年后我从时任中国摄影家协会秘书长高琴那里知道的。

2007 年 7 月 6 日，时任中国国家主席胡锦涛在《军转干部林强事迹感动凉山"麻风病村"百姓》一文上批示："林强同志事迹感人，是军转干部的优秀代表。要宣传他的先进事迹和崇高精神，激励广大干部时刻把群众利益放在第一位。"8 月 1 日，中央特邀我到北京参加建军 80 周年英模大会，期间我受到胡锦涛的接见。同时，也受到中国摄影家协会的邀请，于 8 月 3 日以"回家"的最高礼遇来到了中国摄影家协会，协会的全体领导在门口迎接了我，并且亲切地表示："林强同志不仅是军转干部的英雄模范，更是摄影家的优秀楷模。"同时，摄影家协会请我做好准备，提供一些阿布洛哈村的照片，要在北京为我举办个人摄影展。

回川以后，为了展览，我立即从千余张照片中精选了 80 余张阿布洛哈村的黑白照片。这些照片大部分都是 8×10 的座机拍摄的页片和 6×6 中画幅相机拍摄的，能放大 1~2 米，细节都很清楚，能够还原最真实的村庄。8 月 10 日，"林强个人摄影展"方案上报了中国文联和中国摄影家协会，计划在 8 月 26 日于中华世纪坛举办以"摄影家的眼睛 艺术家的责任"为主题的摄影展。还计划通过我邀请照片中的村长、老师和孩子们到展览现场，呈现一场以情感人、以影动人的展览。但是受时间、交通等不确定因素的影响，我无法与村里确定时间，因为对于他们来说，出村不是一件简单的事情。由于时间一直悬而未决，筹备方又做了三套方案：一是如果报告会在预定时间内举办，可先在世纪坛举办展览，待报告会时再举行开幕仪式；二是如果报告会推迟，只能联系新的场地，配合报告会再举办展览；三是若报告会尚无准确时间，可邀请我赴京，先按原计划举办展览。结果这三个计划都没有执行。一直等到 9 月初，从中央办公厅获得了准确消息："林强同志先进事迹报告会"将于 9 月 14 日在人民大会堂举办。9 月 7 日，时任中国文联党组书记胡振民指示："展览也要办进人民大会堂，促进林强精神的宣传作用。"影展走进人民大会堂就意味着影展也是报告的一部分，所以展出的照片、前言、标题都要通过中宣部和人事部的审核，场地也要重新申报和衔接。短短 7 天的筹备时间，必须争分夺秒。最终选定 40 幅照片，做成 1~2 米的巨幅照片布置到报告厅的走廊。原定主题"摄影家的眼睛　艺术家的责任"与大会报告主题不和，经过反复沟通，最终定为"全国模范军转干部林强纪实摄影作品展"。9 月 13 日下午 4 点，人民大会堂通知主办方开始布展。晚上我独自来到大会堂，布展的工作人员都非常惊讶。因为按组织要求，我在报告前一天晚上需要好好休息，但我还是放心不下我的那些照片。看见一幅幅作品被主办方制作得如此精美，每幅作品在鲜花、灯光的点缀下，在庄严宽敞的人民大会堂鲜红背景的映衬下，显得更加大气、动人，让我想起了 20 多年与村民同吃同住的那些日子，想起了我用相机记录他们的场景。

当时这个村不叫阿布洛哈村，当地人称这个村为"麻风村"，但我不愿意称它为"麻风村"。在那里，我看到的是同样健康的孩子们，他们与外面的孩子一样天真、活泼、可爱、聪慧，唯一不同的是他们脚下没有一所学校。新中国政府没有抛弃过麻风病人，今天所称的麻风村，是在 20 世纪五六十年代为保障麻风病患的生存和控制疾病传播而建立的。这种隔离治疗对于当时贫困的中国是有效的方法，使今天的中国人永远远离了麻风病的肆虐。为了我们和我们孩子们今天的健康，每一位麻风病人都是有功的人，让我们对那些年迈甚至故去的他们心怀感激。那些年我拉过那些老人的手，吃过他们的饭，就是这样一个来自外界健康人的简单问候，竟让他们泪流满面，他们太需要我们的尊重和关心。他们刻满皱纹的脸庞，布满沧桑的双手，以及那一幕幕电影镜头般的往事，催促我记录他们的故事，表达他们的心声。我就是怀着这样的心情，在一次又一次按下相机快门的同时，尽自己所能去帮助他们。

9月14日上午，参会代表们进入现场后在展览前驻足观看，来自政府部门以及部分驻京官兵代表近千人在聆听报告以后，跟随我再次来到影展现场，重温报告中一个个感人的故事。这40幅照片反映了四川阿布洛哈村村民生存与抗争的真实情况，与我的报告相得益彰，让人们真真切切看到爱的奉献并感受到影像所具有的推动改变现状的力量。后来我得知为了让这次影展办出风采、办出特色、办出水平，主办方的工作人员工作到凌晨4点。最终这次影展得到了参会人员和中央领导的高度好评，这些评价也是对主办方近2个月辛勤付出的最好回报。

十多年过去了，承办此次影展的工作人员谈起这件事，依然感到很骄傲。因为这次影展是新中国成立以来由中国文联和中国摄影家协会首次为摄影家在人民大会堂举办的个展。报告结束后影展移至"大众影廊"继续展出，让更多的人关注千里之外的那个小山村，也呼唤更多的摄影人，用摄影关注社会、服务人民。

为了完成吉列子日的请求，我又翻出了在人民大会堂展出的照片。看着这些照片与村庄现状的对比。短短十多年，虽然有部分麻风病人已经离开了我们，但他们的子孙后代很多都走出了大山。其中，第一批的32名学生中有三名跨进了大学的校门，还有一名当了兵。他们都成为新农村的建设者，脸上露着自信和喜悦的笑容。

我因记录他们，不仅获得了中国第七届摄影金像奖，更多的是从他们身上汲取了那种坚忍不拔、积极向上的力量和朴实善良的高贵品质。今天，阿布洛哈村已经成为网红村，每天来的游客也很多，我明白了吉列子日为什么需要我在人民大会堂个展的照片。不是因为这批照片被中国人民革命军事博物馆收藏，而是让这批照片回到自己的家乡，通过真实影像来展现今天的翻天变化，来感恩共产党和社会各界。我也坚信那些照片在阿布洛哈村重现，有着特别的意义。我相信对于每位看过照片的人，一定会从这份悲悯中感受到生命的力量。

陈巧茹：给基层观众演热闹戏

张亚萌

刚一见到成都市川剧院副院长陈巧茹，我们就能感受到她是属于戏剧舞台上的人。眼睛明亮，卷发优雅，行动间更有舞台人的利落干脆。"我们谈川剧振兴已经 30 年了，而传统戏剧因为受到网络文化和外来文化的冲击有没落的趋势。这次文代会在党中央提出建设社会主义文化强国的背景下召开，我觉得特别兴奋，因为我们的社会太需要精神层面的东西和传统的文化艺术。"说到兴奋处，陈巧茹眼神飞扬，手舞足蹈，四川的辣味散发开来。

不同于那些在成都茶馆里表演山寨味道浓郁的吐火、变脸的噱头功夫，一到过年，陈巧茹更喜欢带着团里的演员下基层给百姓演戏。"我们特别选那些拜新年的剧，还有几本几本的连台戏啊，老百姓们很爱看，这也是年节中城镇居民娱乐生活的重要部分；而对于我们川剧表演工作者来说，这是我们乐意承担的责任——丰富群众的文化和精神生活。"

川剧惠民，陈巧茹想的不仅是让大家看见技术，更想让大家看到艺。"艺术，无技术而不精；但技术如果离开了艺术，那就只是杂耍。"为了把吐火、变脸等川剧绝活以艺术的方法介绍给大众，更为了普及川剧文化，陈巧茹想到的是戏剧的教育。

"我曾到四川的小学去，发现孩子们只知道川剧是变脸，川剧的唱腔、动作、戏剧的节奏全都不知道，我就很担心。所以我们通过四川省文联联系到中小学去演出，选择像《拾玉镯》这样通俗易懂的剧目，找我们团里年轻演员来演——这样和观众之间代沟少，比如演《别洞观景》的小女孩只有 17 岁，台下学生们都说'姐姐好漂亮呀'，亲切度就有了；还有小丑演员也只有十六七岁，和小学生的互动就特别好。"孩子们看过之后就模仿，"开门为什么要抬脚？"因为有个木头门槛——都觉得特别有意思，不知不觉他们也了解了川剧这门已有三四百年历史的艺术。

给基层观众演热闹戏，给小朋友们演通俗戏，面对大专院校学生，陈巧茹想的是给川剧融进更多的文化上的探索与思辨。"2004 年开始，我们团不断到全国高校演出。我的印象特别深刻——第一次到北大百周年讲堂演《红梅记》和《欲海狂潮》。开演前我听台下没有动静，特别担心没有观众，出去一登台，发现黑压压一片，1000 多个座位满座。演出后有 40 多个学生的互动，效果非常好，那次演出也让我知道川剧在京沪等地其实很受欢迎。"

从此"一发不可收拾"。"我们在大学里演了几十场，还要继续演。"陈巧茹说，每次演出前，她都要依据地区、观众、形式来考虑适合的剧目。"演给大学生的剧，无论是传统剧、改编剧、新编剧，都得具备探索性和思想性，演员也都得是团里的台柱子。"这样的坚持效果很好，就如《马前泼水》，一些学生看出"我们不能死读书、眼界要开阔"，一些学生看出"在人生最黑暗的时候要坚持，这是人生最可宝贵的品质"——"看古论今，这些青年朋友能从自身感悟到川剧带给今天的很多东西。"

这样的探索也不是没有质疑。就像他们演《欲海狂潮》，这出由尤金·奥尼尔的《榆树下的欲望》改编的川剧，总有学生在想：难道不应该是话剧？川剧是否不伦不类？"我们复排的时候，把它的结尾改为典型的中国传统大悲剧，既符合国人的伦理观，又使戏剧冲击力更大。所以下基层的改编作品，都不是原著的照搬，而是在名著的平台上加入当今社会的发展与趋向的语境。就好像 2002 年魏明伦老师依据布莱希特的《四川女人》改编的《好女人坏女人》，借了原著的核，反映了当代社会面临的很多问题。"

"她说，一个戏不可能一出来就 100 分；从业者也不要重复，文化发展的第一要素，就是思想性。"她眼眉上挑，语速极快。

作为戏剧人，作为国家非物质文化遗产传承人，2010 年成立了自己工作室的陈巧茹深感肩负着承上启下的作用。"在剧团，得出优秀作品，得培养接班人——我打算定点培养一批边学边演的川剧接班人，希望 3 到 5 年，培养一批演员。还得把传统剧目、好的折子戏通过录音、录像的方式保存下来。"承前启后、承上启下的同时，陈巧茹筹备了一年多时间的川剧秀《传奇变脸》也从今年 10 月正式"开锣"，"以川剧的艺术为点，结合四川当地的皮影、木偶、杂技，以及音乐、灯光特效，让来四川的旅游者也能直观了解川剧的特色"——"要做的事情太多。在大好形势下，人生难得一搏吧。"

我所认识的刘云泉

张贵全

对于名人，我向来是敬而远之。

平生也见过几个名人，之前甚是崇仰，但见了佛之真身，总无跟在人后想求得数字真言或签名之类的冲动。因而省悟：名人如美女，宜于远观，最好再隔着点淡烟微岚；距离一旦近了，就瞧着了遗憾。

幸而有两个例外，校正了我对于名人的偏见。这两个例外都生活在成都，一个是诗人，一个是书画家。无论是远观还是近瞧，两人都让我敬而亲之、交之。这二人在我有幸叨陪末座的众多场合都很低调，似乎不知道自己是名人，或者压根就摆不来名人的派头。

诗人另文谈，这儿只谈书画家，即刘云泉先生。谈刘云泉先生不是易事，就像面对一处绝佳胜境，不知从哪儿进入好。首先不能谈艺。画，我是门外汉，字，我是半杯水，诗、文更不敢班门弄斧，一谈，就露了狐狸尾巴。我只谈点书画之外的事，而且是些小事。

知道云泉先生大约是在 1987 年。偶然在一个搞书法的朋友那儿见着了云泉先生的四条屏"爨宝子"。当然，这"爨宝子"是后来知道的，当时哪儿知道呀，当时只知道柳公权。云泉先生的四幅爨宝子像四把火，烧得我周身发热，烧煳了我痴迷 7 年的《玄秘塔》。自此移情别恋，爱上了"爨宝子"，直到如今，直到生命的尽头；后来知道云泉先生主持四川省书法家协会工作，自此，云泉先生见诸报刊的点点滴滴都在我阅读的视野。

认识云泉先生则是在 2007 年仲春，也是偶然。一个成都写诗的朋友知道我景仰云泉先生，他正好跟云泉先生很熟，有一天在电话里告诉我，说云泉先生在一本杂志上读了我的一篇文章，对我的印象不错。我要了云泉先生的电话，随即拨通，自报家门后，我说：眉山有个三苏祠，三苏祠里春意正浓，在两棵千年古银杏树下喝茶聊天听鸟，也是一大快事，先生愿来否？答曰：可以，待找个机会。我想，这只是场面话而已，一个四海知名的书画家，怎么可能被一个小县城的名不见经传的小文人一邀便来，因而就没放在心上。哪知没过多久，接到云泉先生电话：翌日来眉。纵然我也天生有种"天子呼来不上船"的秉性，但接到云泉先生的电话，的的确确是受宠若惊了，感到自己做了回 21 世纪的汪伦。不过，我比汪伦老实多了。汪伦用子虚乌有的万亩桃花、千年陈酿，把爱花爱酒的李太白骗得高高兴兴地去了，却只见着了一个桃花潭，而我这儿的三苏祠、古银杏、唱歌的鸟，是实实在在的啊。高兴之余，我心里又嘀咕了：接待云泉先生这等档次的名人，该不该用车接送？食住什么等级的酒楼、宾馆？请不请区上领导出面？整个白天和夜晚，我这个还不够报账级别的小公务员都在盘算之中。而次日的全程却让我无比轻松。一是云泉先生自己驾车来，二是不准我惊动任何人，三是晚饭后返程，四是只吃街边豆花饭，而且由他做东，否则交往到此打住。在我的恳请之下，由我付了豆花饭钱。

先生乘薄暮而去，虽然临别留下了再约之言，但我想，恐怕是有约无期了。汪伦把李白哄去，好酒好肉招待多日，临别又有不少赠予，所以李白非但不怪，反深感汪伦之情，写下《赠汪伦》这首赠别诗中的千古绝唱。而我，好容易请来了云泉先生，却只在街边招待了一顿豆花饭。

去年春，我参与编辑的区文学内刊《百坡》拟更换刊名题字，编辑部的几个编辑都喜欢云泉先生的字，主编便托我求取。我试着给云泉先生打了电话，先生一口应诺，很快写了，并亲自送到眉山来。先生说写了 32

张，挑选了 16 张，再淘汰 8 张，带了 8 张来，供我们选用。先生的这种严谨态度令所有编辑感动不已，而我也完全释怀街边豆花饭这事。数月后，我打电话请先生告知详细地址，好把题写刊名的薄酬 200 元寄与。先生再三说不必寄他，留给编辑们喝茶吧。我说自己坏自己的规矩，《百坡》是不可能的。先生说，那他就自己来，将就润笔费办招待，不够他再贴，并叫我自己准备好内容，来时为我写一幅字。我说这绝对不行，我怎好意思要先生的字，先生的字对领导都是只售不送，这我是知道的。先生在电话那头笑着说：但你不是领导嘛。次日先生来，我交给他刚作好的一首诗——一首自题书斋的绝句："陋案一张书一橱，粉墙有待十年虚。吟风但得三竿竹，不羡潇湘亿万株。"先生看后，顿时明了，微微一笑说：好吧，回去给你画。是的，我迁居已有十年，墙壁上没有一幅字画。自家不行，偏偏心性高，一般的字画不能入眼，宁缺毋滥，也就"粉墙有待十年虚"了。云泉先生到我家小坐过片刻，大概是不忍心我那些雪白的壁头再可怜地空着。

今年春，我向云泉先生约一组小品文，拟《百坡》刊用。先生推辞说：他是写字画画的，文章非他所长，他写的那些文字只是他生活的记录，根本算不上是文章，怎能拿出来抛头露面。我说，我做了十多年文学编辑，写文章虽说不行，但文章的好坏，我还是知道的，先生不肯赐稿，是不是瞧不起《百坡》？云泉先生无奈，发来了十余篇短制，总题目为"锄园杂什"。我在"编前小语"里写了这么一段话："作家能文，不足为奇；诗人能文，不足为奇；画家能文，且文如春花应时，秋月经空，则不多见。刘云泉先生乃域内知名书画家，很少见其文字专著，这里所刊之十余则短文，大多为其书余画后之闲笔，长者数百字，短者数十言，无论长短，皆言之有味，言之有趣，言之有理，言之必'闲笔'不闲。大鱼大肉之鸿文，食多必厌；偶尔尝尝野蔬时鲜之短制，定有情愉意悦之快感。"文章刊发后，不少读者对我说，《锄园杂什》是一组格调极高的短文，很有明清小品的风味。云泉先生在电话里批评我的编前小语言过其实，我说：读者没有一个这样认为呀。

与云泉先生相识以来，交往不过四五次，从他的只言片语里，我获得了艺术上几十年中都没有搞醒豁的东西。因为他的只言片语书上没有，别人的口中我也不曾听过。这都在其次，云泉先生身上让我感动的是他的至情至性，率真的诗人情怀。在今年 3 月陪同云泉先生回故乡射洪的四天三夜中，我见到了一个新的云泉先生。或者说我窥见了云泉先生在情不自禁时洞开的心灵。我真的高兴。我深知，幽秘的心灵之扉，若非其时、其地、其景，焉能开启。

四天的故乡行中，留给我最深印象的不是山青水碧、"风景这边独好"的螺湖边上的品茗，不是陈子昂故居的话题，不是我第一次见识的 45 件藏品只流拍了 5 件的"藏物拍卖会"，不是一个身有残疾的老作家对于云泉先生每年不菲资助的由衷感谢（再三叮嘱不要再资助了，他的经济状况已经改善很多了），不是云泉先生几年前为母校小学捐钱植黄桷树，不是一个房地产商人招待的海陆空盈桌的晚宴，不是云泉先生同我悄然住进旅馆，不让请他回来的机构买单，而是云泉先生在他老家洋溪镇镇后镇前的久久缅怀。

那天，我们一大早从城里出发，9 点过便到了洋溪镇。云泉先生引着我场前场后，场左场右转。边走边介绍，脚不停步，即使在他的旧居（已是别人的店铺）前，在他读过书的中学、小学校园里。走到场后不远的一个小山嘴前，他停住了，望着小坡上破旧的三台房屋喃喃自语："还在。还是三台。"他告诉我，这是他小学女同桌的老房子。

他说：她生得好美，成绩又冒尖。

他说：她每天上学都要经过他家门前，他在门后觑着，待她走过，同在上学路上，始终保持距离。

他说：每月末送小人书到村小校开展读书活动，班主任总把他俩安排在一起，早出晚归。

他说：他那时家里很穷，而她家里很有钱，她在同学们的跟前很出众，他羡慕她的三台级瓦房，羡慕她穿得很光鲜。

他说：他初中毕业赴重庆读四川美院附中，离开了家乡；四川美院毕业参加工作后，回到家，一切都成为记忆。

云泉先生望着三台房屋，望着前台房屋外寂寞开着的一树桃花，索然地对我说："走吧，进去看看，我还从来没进去过。"

我走在后面，望着云泉先生弓缩的背影，忽然想到再度到来的崔护，千年后归来的丁令威。诗人不用说了，即使做了仙家，也难掩原来有血有肉、有情有感的平常人的面目啊。

其实，世间所有人都是平常人，只是许多人在人前总是严捂着自己平常的一面罢了。而云泉先生，始终把自己摆在平常人的位置。

行文至此，本已结束，但一生写公文已成习惯，末了总要找出一、二条缺点，文章才算完整。云泉先生也常常教导我，做友当做诤友，互相挑出刺来，有利身体健康。为此，我把与云泉先生五年来的交往细细篦了一遍，竟挑出一根"刺"来，即没有遵照孔夫子要求我们做人处事的原则：中庸。我这才发现这也是我的毛病。早在1991年的一首生日自寿律诗中我便这样画像过自己："石走千江棱未尽，刀经万阵刃犹寒。"试想，如此做人，能教别人喜欢么？在我已是根深蒂固，积重难返，而云泉先生睿智，应能改正。

珍藏的记忆

余佳芮

两年后再一次提笔写属于自己的东西，没想到感觉如前。不喜欢在电脑面前敲敲打打，因为总觉得思绪被键盘阻断再传到屏幕好像没有用笔时的行云流水。

两年前一次很偶然的机会，我的毕业实习让我走进了《四川文艺报》。那天看到邓老师发来的邮件说《四川文艺报》已经三百期了，问我在深圳这个浮华的世界里还有时间看书吗？还在写东西没有？想想在那里度过的半年时间，心中不禁温暖湿润起来。

于是思绪打翻慢慢溢出心底，这 17 摄氏度的办公室似乎也温暖了起来。就像回到从前……

四川省文联楼下鲁迅爷爷的雕像永远是严肃中透着慈祥，随着大理石的台阶上到四楼，推开桃木色的门，江老师走过来热情地打招呼，秋天的一丝凉爽掠过，一杯热茶递到了我的手上。无意的一口，暖意就已经四散开来。

对面坐着的黄老师表情憨厚而腼腆。美丽的焦老师坐在两张拼着的办公桌侧面，一直坚持冬泳的她曾让我暗暗佩服了好一阵子。还有个秘密哦，焦老师有个百宝箱里面总是有好多好吃的东西可以分享，如果你有机会走进编辑部千万别忘了哦。

一个大书柜前空着一张办公桌，第一天没有能够见到这张桌子的主人却听说了这一书柜的书多半出自他手——我们清瘦而温婉的汪老师。顿时浮想联翩，爱上了这浓浓的书卷气。

环视四周发现在被推开的门背后居然还"藏"着一张办公桌，桌上零散的堆着各种各样的稿件、书籍、信件和一些稀奇古怪的东西，正在大脑中搜寻可能属于这些东西的名词。门口突然冲进来一个人，四周看看然后将目光锁定在我的身上，"小余吗？"他，就是我要等的人了！熟悉的人喜欢叫他风子。于是一切就这样平实地开始了……

在编辑部的第一件任务是从校稿开始的，在已经排好版的报纸上找出打印时留下的错误。往往一版报纸需要重复检查三次以上。而对于一个从选稿到改稿再到定稿的编辑而言，在进行校对这项工作之前早已达到倒背如流的境界了。所以校对对于一个编辑而言是一项需要强大耐心的工作。而往往这时江老师的耐心和责任感总能使我折服。

对我而言报纸出版时的喜悦早已经在这烦琐的工作中消磨掉了，所以对于一期刚出版的报纸这些烂熟于心的文字我甚至不愿多看一眼。一期新的报纸又出版了，我随手翻了翻便堆在了如小山丘般高的报纸上面，眼神随意地游走着，定格。江老师拿着笔在这期报纸上画着什么，于是好奇地问："审了这么多次还审啊？"我的问题对于江老师而言或许有点唐突，也或许显得多余，江老师的表情有些严肃，但语气很随和，或许他不想给我太大压力，也或许是不愿过多指责我对工作的懈怠。他很平静地说："这是我多年的习惯了，再检查检查，心里踏实点。"这句看似平静的话但在我听来却很沉重，心里就像打翻了五味瓶，羞愧难当。于是，从那一刻起我体会到了作为一个优秀的编辑应有的责任。

"风子"是我后来才熟悉起来的人。按理说他是带我的老师理应在我身边时刻指点才对，但他总是忙着采风，全国各地到处跑。见到他的那天下午，他布置好给我的任务，第二天一大早就离开了。回来已经是一周之后了，检查作业，教我排版、配图等例行完公事之后我们开始了第一次真正意义上的交谈，多是他问我答，我的学校、专业、成绩、毕业去向、今后的打算等等严肃的问题，而后就听他大谈行走的快乐，竟天南地北一发不可收拾了。于是从他的言语中我看到了若尔盖湿地上的烂漫；摸到了唐卡的绚丽；感受到了野人海的忧郁；见证了印经板上承载的历史；认识了美丽的颜体；尝到了明前茶的甘醇；听到了民居中传出的阵阵笑声和那舞动经幡的猎猎风声……这些心驰神往的地方，曾让我高兴和惆怅了好一阵子。

突然之间生活变得充实起来，不再害怕一个人的孤单，甚至希望自己可以是一个独自上路的行者，渴望感受旅途中别样的孤寂。有时走在路上也会常常不自觉的笑出声来。记得哲人常常讲心灵和知识的富足，不知道是不是这种感觉呢？

在文联的时候邓老师总是爱拿一些书放在我面前说："瓜女子，多看点书！"为了理解他口中敦煌的厚重、唐卡的绚丽，我也总是乐得拿起那些让人昏昏欲睡的书故做深沉地阅读起来。但对于那些从他口中传出的鲜活的知识，这些枯燥的文字总是让人很头疼。

日子就这样一天天流淌着，划出生命的印记接着消失。而我也总是沉静在这份惬意的满足感中怡然自得，甚至常常祈祷将生命按照这样的方式延续下去。然而美丽总是短暂，对于我这样的年纪，用邓老师的话来讲是需要沉下来学习的。或许他觉得我应该学习更多的技能，也或许从一开始他就知道我不可能成为像他一样洒脱的人，于是找到他的朋友把我送进了电视台。

文联单纯而美好的日子就这样结束了。我有一种重回世俗的强烈感受，心房边枯萎的荆棘也开始逐渐茂密起来，向往单纯的我知道我再也回不去了，能做的只有珍藏、回味……现在我才知道在《四川文艺报》实习的日子是多么的珍贵，可惜这样的日子永远都没有了。

祝福《四川文艺报》越办越好，祝福我的老师们健康快乐！

巴蜀笑星——涂太中

君　雅

记得 20 世纪末我上大学时，教《经济法》的老师讲到广告艺术，她说人头马的酒广告很精致，广告词少，但通过酒的色泽就能引起你的购买欲望。她话锋一转说，中国的广告就不太注重产品本身的画面渲染，而几乎只是广告词的宣传，以前有个遂州酒的广告，好笑人哦，那也算真正的酒广告吗？其实正如早期的电影有点像话剧一样，但却并不影响我们对它们的喜爱和怀念。当年的遂州酒广告也许并不符合广告规范，但我们还记得第一次从电视里听到它时的惊喜。

那是 1989 年初春的一个普通夜晚，在只有几个频道的电视里，在一片用字幕加平速的普通话的宣传广告声中，我们突然听到几声川剧的小锣轻快地敲起："哒哒哒"，接着是一句字正腔圆、清晰而顿挫的四川话响起："月儿明，月儿亮，月光照在酒瓶上。遂州酒好没法说，不喝硬是睡不着。"画面上一个圆圆的大月亮下，一个睡不着爬起来喝酒的年轻人，"酒香飘进月宫里，嫦娥闻到好欢喜，嫦娥姑娘下凡来，硬要和我喝一台。你一杯，我一杯，喝得脸上红霞飞。啊！亲爱的遂州酒，嫦娥逮到不松手，宁舍月宫不舍酒。为了永远喝此酒，干脆结婚不要走。"

这个只有 30 秒的四川方言诗广告，一下子吸引了人们的眼球，它浓郁的四川特色和精巧的构思深入人心，从此一夜闻名。

1991 年初，《成都晚报》曾登载了一篇《由遂州酒想到成都的知名度》的文章，作者在里面提到在 1990 年北京举行亚运会期间，成都市有关部门在北京市民中作了一个调查，许多北京人竟不知道成都市，但他们知道遂州，由此想到在建设成都的同时还要用优秀的文艺作品宣传成都。当时，海南《金岛》杂志的一个记者路过成都，看到这则广告，虽然他对四川方言不是很懂，但通过字幕了解了广告内涵，便将广告词抄写下来，全文登在该杂志上，并评说在当时的全国广告大战中，这个广告做得最好，给人印象最深刻，堪称酒广告之最。

这一切都要归功于这则广告的编导及主演，20 世纪 80 年代最早被媒体称为巴蜀笑星的涂太中。他当时得到的只是几箱遂州酒和 200 元的报酬，虽然如此，留给人们的却是无尽的回忆和欢乐甜蜜，因为这个广告如流行歌曲一般，填补了当时人们茶余饭后的精神空白。

其实早在 20 世纪 80 年代初，涂太中的声音和表演就已经出现并活跃于巴蜀大地，甚至整个西南的街头巷尾了。还记得街上只要有一个音像店或店铺里在播放他的《二娃参军》《划拳》《闯世界》《碰碰车》《大丈夫》等节目，马上会围过来一群大人和小孩，直到把那盘磁带听完才离开。当时的出租车、特别是长途汽车、火车、轮船上都能听到他的声音。

四川方言诗表演这种艺术是在小品出现之前，打破了传统表演模式而最受观众欢迎的喜剧节目形式之一。我就曾看到在一个成都的老茶馆里，人们在听传统评书的间隙，看到了涂太中的精彩表演，老百姓脸上漾起欢乐的花朵，并且在他离开之际，评书艺人和老百姓眼中流露出的不舍眼光。他和他的艺术都是让人留恋的，很有亲和力和感染力。

1989 年 5 月，四川省体育馆落成的时候，主办方邀请了田震、那英、景冈山、屠洪刚、付笛声及《西游记》剧组演员等众多北方当红明星，四川就只邀请了涂太中一个人，但他的节目却是最火的，还记得他拿着有支架的麦克风，对着四周的观众表演，每转向一边，必然引来热烈的掌声。

不演出五六个节目下不了场。他的方言诗表演因其灵活、多侧面生动反映生活的节目形式受到了省内、外观众和专家的欢迎，专家爱其优秀而全面的表演技能，观众爱其来源于生活的喜剧节目内容。

涂太中是个全面的优秀演员，能唱能演。成都著名老记者车辐老先生曾于1983年路过重庆，听了涂太中演唱四川扬琴《貂蝉之死》中的关羽后，激动地冲上前去，将自己衣襟上的一枚胸章别到涂太中前襟上，并称赞涂太中的嗓音如水洗过一般清澈明亮。与王永梭和谢晋同班的著名影视、话剧表演艺术家胡浩，也曾于1986年和1988年，两次在江安国立剧专校庆会上观看了他的演出，称其在深刻继承了王永梭老师的表演风格基础上有所突破，在创造人物上，有鲜明个性，有幽默，但不失细腻，有夸张，但又不感到粗野。著名评书表演艺术家刘兰芳赞其编演的《邻居对唱》："好！小曲唱得好！"著名相声表演艺术家姜昆赞其编演的《划拳》："好，精品，特棒！"1997年5月，涂太中在四川省茶文化协会组织的晚会上表演了方言诗之后，西南民族学院的李国渝教授按捺不住内心的激动，即兴书写七言诗一首《赠涂君笑剧》："诙谐曼倩汉东方，又听高楼笑语狂，寥寥数语倾四座，春风送爽感涂郎。"

涂太中的恩师、谐剧创始人王永梭先生曾说："形式要朴实，内容要深刻，风格要高尚。"从1965年考进川剧团算起，他在50多年的从艺生涯中，用心和行动，用一个个优秀的作品去体会和实现王老师赠送的话。2003年2月以来，涂太中陆续在全省范围内相继收徒70名，他们大多是来自基层和农村的业余爱好者，并为他们耐心传授和编、导出了口技小品《农家乐》，喜剧小品《菜花开店》《非典时期一家人》《功夫老太婆》，谐剧《网恋相亲》等，并组建了"涂家军"，在基层和部队义演多场，深受老百姓喜爱。2003年，涂太中带领15名弟子参加"第二届巴蜀笑星擂台赛"，6人进入决赛，王宝器、郭仕军等4名弟子获得巴蜀笑星新秀奖，两个作品获得优秀节目奖。2004年，涂太中8岁的小弟子邱崎侠和11岁的徒孙王思娴表演的话剧小品《小老乡》获得文化部主办全国第十三届"群星奖"金奖，2007年弟子郭仕军、刘晓凡表演的四川相书《姐夫的烦恼》再获文化部第14届全国"群星奖"金奖。

岁月如歌，人生如梦，很多的人和事晃眼已成过眼云烟，但是我们仍然记得曾经的欢笑与热泪，曾经的辉煌与冷落，但我们感谢那些曾经带给我们深刻而美好情感的记忆，影响了我们一生的那些艺术家们。

郝淑萍的蜀绣人生

——中国蜀绣大师郝淑萍

林　静

一

　　刺绣，古称针绣，是指用绣针引彩线，按设计的花纹在纺织品上运针穿刺，以绣迹构成花纹图案的一种传统手工艺。明清之际，因受到文人画的影响，刺绣作品意境高雅，题材多样，成为我国历史上刺绣流行风气最盛的时期，地方绣派也如雨后春笋般兴起，著名的除有苏绣、粤绣、蜀绣、湘绣外，还有京绣、鲁绣等，百花齐放，各具特色。其中，来自四川的蜀绣，连同被称为"蜀中之宝"的蜀锦，通过举世闻名的"丝绸之路"架起了成都与世界沟通的桥梁。

　　1983年初，改革开放的春风吹拂了中国大地的每一个角落，各行各业都以不同的姿态开始展现出强劲的生机，曾经名列中国四大名绣之一的蜀绣也在沉寂十年后悄然亮相。这一年春天，中国进出口商品基地专厂建设成果展览会在北京开幕。那时，出口产品还是专项控制，渠道只有这一个，自然也就汇集了全国有资格出口创汇的顶尖产品。展览会上，一幅来自四川，以鲤鱼为主，芙蓉花为背景的双面刺绣《芙蓉鲤鱼图》惊艳了所在的展览大厅，吸引了来自不同行业的参展人员的目光。这幅作品既含蓄又大气，绣针洒脱灵活、线条自如、色彩温润，图中鱼儿灵动活泼，滑腻诱人；芙蓉雍容端庄，艳而不俗，传统又清新，既具有鲜明的艺术个性，又有挣脱束缚后的强烈的时代感。华丽夺目又婉转浅吟，《芙蓉鲤鱼图》恰好与时代暗合，一经亮相，就惊艳四座。这幅作品出自刚出道的蜀绣新秀——郝淑萍之手，这为她以后成为一代蜀绣大师，开创新的蜀绣天地开了一个好头。

<h2 style="text-align:center">二</h2>

1959 年夏天，13 岁的郝淑萍被招进成都市工艺美术技校，成为蜀绣班的一名学员，从此，小小绣针，五彩丝线，成为她生活的重心。起初，对于生性活泼好动，甚至有一些"男孩子气"的郝淑萍来说，刺绣这样需要耐心的细致手艺活难度实在是太高了。幸运的是，廖文珍老师的出现，使年幼的郝淑萍对学习蜀绣产生了强烈的欲望，正是她生动有趣的教学，将郝淑萍引入了蜀绣这项传统技艺的大门。后来下厂实习的经历，使她彻底地爱上了刺绣。虽然此时的郝淑萍已经在技校学习了几年，专业师傅们如此出

年轻时的郝淑萍

神入化、游刃有余地飞针走线，她还是第一次亲眼见到，精湛的技艺和作品的磅礴气势，都让郝淑萍深深感到震撼，同时也看到了自己的差距。可是，就在她抱着"铁杵磨成针"的决心全情投入到蜀绣这片绚丽世界时，"文革"的十年浩劫开始了。

一把大火，毁掉了蜀绣厂里包括张大千、徐悲鸿、傅抱石等名家字画在内的珍贵资料，曾经辉煌的蜀绣厂被迫关闭，工人们都纷纷转行去打缝

纫机。1978 年 10 月，四川省委领导决定恢复蜀绣生产，在草堂东路建了新的成都蜀绣厂，蜀绣技术人员全部被组织起来，一切重新开始。这时，苏绣、粤绣、湘绣三大绣争奇斗艳，中断十多年后蜀绣虽得以重新发展，却陷入了青黄不接的局面。不仅仅是大环境不好，努力回到绣花车间的郝淑萍还遭受到了来自同行的挤兑，"性格强""脾气躁""不可能学好刺绣"等等风言风语，都让郝淑萍从内心怀疑起自己的能力来。好在多年前廖文珍老师说的话再一次鼓励了她，"世上无难事，只怕有心人"。荒废刺绣技术十多年后，倔强的郝淑萍回到了属于她的蜀绣世界，重拾绣针，便一发不可收拾。1984 年 8 月，郝淑萍就任成都蜀绣厂厂长，9 月，蜀绣厂扭亏为盈，郝淑萍这厂长一干就是 17 年。

三

《芙蓉鲤鱼图》现陈列在北京人民大会堂四川厅。就是在北京那次展览会上，郝淑萍的作品第一次受到官方认可，也是她第一次面对面与同行进行交流，苏绣、湘绣、粤绣艺术家们带来的作品技术精湛，使郝淑萍看到了自己的差距，同时，她也看到了其他三大绣发展的先进经验。郝淑萍认识到，经历过停滞的蜀绣面临着历史断代、人才断层的考验，她决心要把在北京看到的各种针法、技艺运用到蜀绣上来，要把美术作品所表现的透视、明暗与蜀绣的技艺熔于一炉，让蜀绣发扬光大，重振往昔风采。从那以后，郝淑萍在技艺上一方面向传统学习，扎得深，研究凡能找到的实物，能读到的文献；一方面向同行学习，站得高，不仅多方求教蜀绣名家，还多次远赴他乡，向苏绣、粤秀、湘绣等名家学习。郝淑萍深知艺术都是相通的，在技艺日益臻进的同时，她又开始向省内国画大家朱佩君、赵蕴玉、张士莹、郭汝愚等学习。郝淑萍转益多师，勤学好动，开始了一系列的创新。在蜀绣原有的 12 大类、100 余种针法的基础上，郝淑萍创新出了"平手拉花针"，所绣作品绣针洒脱灵活、线条自如、立体感强，具有独特的艺术风格，以此创作的作品《昭君出塞》被中国国家博物馆收藏。

2005年，成都蜀绣厂改制，郝淑萍义无反顾地租下就坐落在成都二仙桥古玩市场内的一间铺面，开设了以自己名字命名的"蜀绣工艺美术大师工作室"。工作室内陈列着大大小小郝淑萍和学生们的作品，一针一线，见证了蜀绣50年来的兴衰变迁。

四

蜀绣中的双面绣是指在同一块刺绣底料上，通过一次刺绣制作的过程绣出正、反两面同样花纹的刺绣作品，无论观者如何翻转，作品始终呈现出完整的图像，具有两面观赏的艺术效果。能否绣好双面绣，是检验一个绣师是否成熟的标准，但这还不是蜀绣中的最高技艺。双面异色异形绣是近年来创新发展的刺绣艺术品，它和双面绣一样是在同一块刺绣底料上呈现两面同时观赏的画面，但不同的是，双面异色异形绣所呈现出的正、反两面是针法、色彩、纹样都不同的两幅作品，可谓刺绣艺术之高峰境界。现成列在郝淑萍工作室内的作品《卓文君与司马相如》就是这样一幅双面异色异形绣，由郝淑萍的学生绣制，正面为卓文君与司马相如肖像，清新典雅，经翻转后的图案竟是两只憨态可掬的大熊猫，观者无不啧啧称奇。

古往今来，成都特有的熊猫竹林、芙蓉锦鲤都是绣师手中长盛不衰的题材。早期的蜀绣作品有着色彩丰富、对比度强、颜色艳丽的特点。随着人们审美情趣的不断变化，蜀绣开始多元化发展。打破传统装饰图案的局限后，绣娘们的摹本由过去以国画、工笔画为主，进而发展到借鉴西方绘画技法、以油画为摹本。现代蜀绣在传承了早期蜀绣的色彩特点上，又增加了新的活力。受中西方文化的融合和相互影响，灰色纯色也逐渐加入到蜀绣产品中来，使得蜀绣作品显得沉稳大气、清新雅致。这些都给了郝淑萍极大的启发。

五

眼界决定格局，文化决定品位，虚心求学与好学上进决定了能走多远。年届 80 岁高龄的郝淑萍对于蜀绣仍然孜孜以求。在艺术创作这条道路上，从来没有旱地拔葱这样的事情，都是一步一个脚印，踏实规矩，勤奋努力得来的结果，当然，天分与机会均不可少。郝淑萍恰恰是把握住了自己的天分和灵性，并把它们充分发挥在了时代为她准备好的机会当中，始终与时代同行。

2008 年 5 月 11 日，郝淑萍成为第一批"国家级非物质文化遗产项目代表性传承人"。接过证书的那一刻，郝淑萍非常激动，她明白，这是她一生最大的荣誉，同时也是她这一生最重的责任。2016 年，郝淑萍获得了第八届巴蜀文艺奖终身成就奖。她说："我绣了一辈子，现在我还要想着蜀绣的'下辈子'。"退休后郝淑萍建立了自己的工作室，把重心放在了发掘和培养真正热爱蜀绣的年轻人上。为了更好地继承与发展蜀绣，她先后收下了 35 名学生，从蜀绣的历史、基本功、理论着手，全面而严谨地教学。目前，已有 4 人获得了"四川省工艺美术大师"的称号。此外，郝淑萍对于蜀绣的发展还有着自己的设想，她计划为蜀绣建立一个全面的档案，理清蜀绣的发展历史，将蜀绣品的设计稿收集起来，连同各种针法制成一套完整的工艺流程。同时，她还利用自己的资源收集着流落在民间的蜀绣老艺术家的作品。关于蜀绣的未来，她想做的还有很多。

电影《焦裕禄》的前前后后

——访峨影厂厂长吴宝文

舒　克

在江苏省电影发行放映公司经理室，我见到了率《焦裕禄》剧组前来参加影片首映活动的峨眉电影制片厂厂长吴宝文，这位正值中年的电影生产领导者，额前已有几丝白发，戴一副宽架眼镜。看他神态谈吐，倒有些像最近频频亮相于电视新闻的英国新任首相梅杰。说起影片《焦裕禄》来，他更显一副儒将风度，侃侃而谈。

一

我自然最先问起《焦》片的拍摄经过。吴厂长不紧不慢打开话匣，他说："最初想到拍《焦裕禄》，是去年2月在北京参加全国故事片创作生产会议的时候，当时，我们厂的状况不太好。1989年厂里计划生产10部影片，结果完成8部，质量平平，经济上是亏的，在这种严峻形势下，我和分管艺术的副厂长王冀邢来到北京开会。会上学习了李瑞环同志有关端正创作指导思想，突出主旋律影片创作的讲话。但我们厂面临那样的状况，怎么办？拿出什么作品来奏响主旋律呢？当时，我和王冀邢议论起这个问题，都想到要拍一部表现共产党人形象的影片，拍谁呢？我俩很快就说到了焦裕禄。当年焦裕禄事迹传出来时，我正在上大学，还参加过文艺宣传演出呢，焦裕禄精神也正是今天的时代所需要的，多年来，许多文艺形式都表现过他，就是没拍过电影。1966 年，北影著名导演水华等曾经筹拍过，却因'文革'而停下了。后来也曾有影厂试图搞，都因种种原因未成。现在焦裕禄同志逝世 26 年了，有些历史问题已经澄清，各种有关人的、地方的约束也相应淡化了。这样的时刻由峨影推出《焦裕禄》该是合适的。所以我和王冀邢谈得很热火，也有信心。当下就把这个想法向电影局领导提出来，立即得到了首肯。因此，这一次北京的故事片创作会议上，我们最大的收获，就是回来筹拍《焦裕禄》。"

"当然，我们也考虑到了种种不利因素，最主要的就是这样一个严肃的政治性题材，是否会受欢迎，经济效益会怎么样？本厂也有相当一部分职工对生产此片表示怀疑，甚至直接找我提意见：'我们已经亏损了几百万啦，再亏怎么办？'但我们领导班子态度很一致，拍这样的主旋律影片是有难度，但再难，比得上焦裕禄当年在兰考治'三害'难吗？我们召开全厂创作会议，请大家讨论如何端正思想、突出主旋律的问题，在会上，还对 1989 年厂里的全部影片一部部研究观看，找毛病、找原因，找我们的优势与劣势。这对大家触动很大，认识到一部影片是否受欢迎，关键还是要看艺术质量。焦裕禄的事迹那么动人，只要我们能够真实地再现，搞得精细些，观众肯定会欢迎的。"

"电影局领导对这部影片的投拍非常关心和支持，滕进贤局长亲自到峨影来，告诉我们上影、长影都想拍此片，上影还准备请著名作家白桦编剧。他问我们是否下了投拍的决心。我们赶紧汇报，初稿已出，正在修改，决心是下定了，于是电影局拍板，《焦裕禄》'专利'归峨影，但同时下令：1. 必须年底完成；2. 必须拿出最高质量。在这种情况下，我先签发了投产决定。"

二

说到具体拍摄过程，吴厂长透露了这些幕后新闻：好电影自然首先得有好剧本，好剧本自然得出自好编剧。还在北京的创作会时，他就先找了儿童电影制片厂的梁晓声同志。王冀邢和他谈合作影片时，他表示非常愿意。但由于时间紧迫，回厂后我们与他联系，须在元月份拿出初稿，而他本月工作日程早已排满，不可能动笔。我们只好再寻找第二位编剧，就是现在的编剧方义华。方是王冀邢的同学，创作过影片《月亮湾的笑声》等农村题材作品，对北方农村生活非常熟悉。找到他时，他还在长春电影厂修改另一部戏，一听要他写焦裕禄，表示很难。当时是王冀邢和他通的话，要他先来了再说。方义华到达后，厂里立即派一名编辑与他同行，去开封、兰考跑了一个多月。这一跑，方义华思想发生了巨大转变，对焦裕禄题材充满了信心。因为他们又挖到了许多以往的宣传报道所没有的生活素材。他全身心投入，很快就拿出了8万字的文学剧本。这个初稿不仅按照惯例提到厂长办公会议讨论，还交给全厂人员传阅，广泛征求意见。信息反馈是，初稿内容丰富，素材翔实，但不集中。作者又改了一稿删至5万字。时间却已到了5月下旬，必须开镜了。

然而就在开拍在即时，原确定的导演太纲同志却摔断了腿，住进了医院，谁来执导又成了燃眉之急。在这种情况下，王冀邢提出由他自己披挂上阵。副厂长拍片，必然会影响到领导班子的工作，但我还是同意了，这主要基于三个方面的因素：1. 他参与了影片大部分筹备工作，熟悉情况；2. 他艺术功底好，写过剧本等，在北京电影学院导演进修班学习后，独立执导过《秘密采访》《血魂》等片；3. 他有社会责任感，这样的题材交给他，分寸感把握上不会有问题。但我也对他提出了两点要求：11月底必须停机，在文学本的基础上改好剧本。于是他又带人去了兰考，回来后花了20天时间写出分镜头本，我看后非常兴奋，它抓住了最主要的表现角度，即焦裕禄与群众的关系。现在影片的许多感人之处，已在这个分镜头本上看出来，于是我说："别改了，就照此投拍。"

接下来就是演员人选问题，导演首先就想到李雪健，因他最初上银幕就是在峨影太纲导演镜下主演《钢锉将军》，当时他才 32 岁，把一位年龄跨度很大的高级将领演活了，太纲若不伤腿，自然也会选定他，我也认为他合适。就这样几乎是一锤定音，李雪健主演焦裕禄。

三

电影《焦裕禄》拍摄现场　导演王冀邢（右一）

按我们峨影厂生产规定，每个摄制组开机前都得向厂部报成本预算并签订指标协议。王冀邢从厂里经济状况考虑，只预定成本 100 万。但我看本子基础好，有信心，就说："成本问题不要多考虑，按本子质量要求拍就行。"破例让《焦裕禄》剧组不签指标协议，以便他们放心大胆地去拍片。剧组于 8 月 2 日开赴河南，9 月 30 日正式开机，到 11 月 20 日停机，仅用了 51 天时间，先后跑河南、山西、四川三个省若干市县，很好地完成了拍摄任务。

为了拍好《焦裕禄》，全剧组人员都尽了最大的努力。以往拍片，一般工作人员只是按导演要求行事，是不看剧本的，而此片剧组全体人员都细读了多次，充分体会剧中氛围和精神。影片中的风、雪、雨、水全都是人工制作的，大家吃了很多苦，但没有人有怨言。剧组回厂后，厂部决定此片后期制作为"特快列车"，所有工作为此片让路开道。这才使 12 月中旬，《焦裕禄》在北京一炮打响，出现了许多众所周知的激动人心的场面。

影片最终费用包括上交厂里 30% 管理费，总共才 180 万。而拷贝订数，当时在全国已突破了 500 大关，有些省还要增订，后来全国拷贝订购数已达 567 个。中国电影有史以来拷贝订购最高的是《少林寺》，400 多，其次是《妈妈再爱我一次》，390 多，都属于娱乐、言情性质的，而《焦裕禄》则以强烈政治性题材取得最高成就，这说明我们的电影市场和电影观众不是不关心政治，而是你怎么去拍政治片。《焦裕禄》注重于还原历史，追求真实，挖掘人情，所以成功了。

值得记忆的剪辑

李 玲

20 世纪 80 年代，数十部电影的灿烂之光，成就了峨眉电影制片厂那时的辉煌和地位，其中，这几部影视作品创作过程亲历的情节细节片段，尤为令人难忘。

一 1981 年的电影故事片《被爱情遗忘的角落》

几年前，数位老影人聊到一些影视作品的审查经历，也引发了我对电影《被爱情遗忘的角落》送审过程的清晰记忆：1980 年深秋至 1981 年春节前，峨影在四川丹棱县和摄影棚里完成了电影《被爱情遗忘的角落》的素材拍摄，4 月中旬做完声画混录，至此开始了进京送审阶段，结果直到 10 月份才勉强过关，不通过的缘由特荒诞，片中"村外粮仓的原始爱情"那场戏，北影厂演员杨海莲饰演的女二号存妮，有一个镜头是她坐在粮仓二层粮堆的低处，因为与男主角小豹子嬉闹时，麦刺进了上衣里，她脱旧毛衣以便抖掉，虽然上半身带着肚兜，却无意中裸露了上身胸部侧面。国家电影局审片时，被某位领导判为裸露镜头，让必须修改。导演第一次送审回来，拿掉了中景，第二次送审又让修改，拿掉了近景，第三次送审还是该镜头需修改，我将 24 格的特写剪为 12 格，第四次送审，某领导还是要坚持拿掉该镜头，电话里，张琪导演和李亚林导演也与我多次商量对策，但我们都清楚，该镜头对全剧构成具有戏核意义，如果拿掉，存妮的跳塘之死、男一号小豹子被抓入监狱、女一号不理任何男人的心灵扭曲，均难以成立，所以，该镜头最后剪为 8 格（三分之一秒），再次送审中，申辩许久，方得通过。该片上映后，先后获金鸡奖、文化部优秀影片奖、上海影评人十佳影片奖、改革开放 40 年"中国十大优秀爱情电影奖"，被香港评为"世界电影百年百部经典电影"之一。在北京电影学院 78 级导演班课堂作为教学参考片放映后，赢得了热烈掌声，这对后来代表第五代的精英们来讲，国产电影收获如此激情反应，是极为罕见的。其结果告诉我们，艺术家对创作理念的坚守，是多么的难能可贵。

二　1983 年的电影故事片《峨眉飞盗》

《峨眉飞盗》是峨影著名导演张西河独立执导的第一部电影，由周纳的报告文学《峨眉文物被窃案》改编摄制，影片讲述的是公安机关侦破峨眉山文物管理所文物被盗案的惊险故事。1984 年该片上映之初，曾被誉为"中国大陆第一部现代武打片"，但 36 年后，能够作为主旋律电影形态，进入中宣部"学习强国"媒体平台，实属意外。回忆起当年仅由 25 人构成的剧组全体成员、对该片全情投入的职业精神，至今仍历历在目。该片外景地主要在四川乐山和眉山，全片拍摄了 1600 余个镜头，与张西河导演在互相尊重的创制过程中，他先后同意删掉了 14 场无关紧要的过场戏，保证了全片整体节奏的有效控制。摄影师宋建文参与打戏的镜头调整和分剪多用，有效提升了武打戏份的精彩度与可视性，该片进行挖剪的镜头，大约在 50 个左右，底片剪接说，在峨影的片子里，是你们的片子首用了 2 格 3 格 4 格镜头，拷贝一共 9 中本，有 4 本片子的音响条都在 10 至 16 条之间，这在那个年代的大陆电影中，是极为罕见的，剪辑师处置全片音响磁带声画同步担当的体力活付出量，远远超过文艺片的好几倍。影片的动作音响，是专门请香港三位音响师来做的，全片总投资 39 万人民币，他们三人就拿走了 3 万，该片最终发行拷贝数 340 多个，每个拷贝可赚一万人民币，这部片子当年的收益，足够担当该年度全厂职工 100 多万的工资和 80 多万的税务总额，让刚上任不久的厂长腾进贤和党委书记吴宝文格外高兴。《峨眉飞盗》完成于 1983 年底，其票房结算在 1985 年是全国第一位，创下了峨影史上商业片的拷贝发行纪录。

三　1986 年的电影故事片《井》

峨影 1986 年摄制，由张弦编剧、李亚林导演、潘虹主演的电影故事片《井》，剧情发生在烟雨蒙蒙的江南某中等城市，通过女一号徐丽莎的人生境遇故事，反映了中国特殊历史时期知识分子承受的心灵压抑与精神折磨。影片的叙事传情细腻、自然，流畅，富于思想与情感张力，直至今日赏析，亦属精品之作。李亚林导演早期作为演员在 1962 年被评为中国 22 大明星之一，20 世纪 70 年代末在峨影开始做导演，我有幸在 1981 年他任导演的电影《被爱情遗忘的角落》和 1986 年他任导演的电影《井》中担任剪辑师。李亚林导演是位颇具专业意识和充满艺术灵性的导演，所以，无论外景或内景的现场拍摄，他对各主创部门和演员的剧中状态要求都特别精细到位，因此，这部片子拍摄的素材品质是无可置疑的。后来导演患病住院，该片整个后期，是在潘虹统领下，由录音师罗国华和担任剪辑师的我共同完成的。我们三人对李亚林导演的整体艺术意图追求和各段落的戏剧任务都较为明晰和了解，所以合作也就特默契，为影片整体艺术质量的保证，都做出了创造性的专业奉献。苏联著名电影理论家在峨影观看此片后曾说："这部电影由于潘虹出演女主角，大大提升了影片的格调，使之具备了国际地位。"确实如此，潘虹在剧中精湛且创造性地表演诠释了知识女性徐丽莎的艺术形象，她以对角色命运真切细腻的把握和感应，以不懈的开拓精神和娴熟的演绎技巧，赋予徐丽莎这一人物独特的艺术魅力，使角色渗透着动人心弦的悲剧之美。正如她在《潘虹独语》一书中的表述："电影《井》的主题更具世界性，徐丽莎这个人物更贴近人类共通的审美意识。"所以，此片于1988年先后获中国金鸡奖最佳女演员奖（潘虹），中国新时期十年最佳女演员奖（潘虹），第十九届意大利陶尔米纳国际电影节最佳影片银奖和最佳女演员奖（潘虹）。当年该片作为教学参考片进入北京电影学院导演专业课堂，还由北京电影学院余倩教授作为教学片进入德国电影学院讲学的课堂，并且在此片出品20年后的2007年，被美国作为中国经典文艺片买去进行探讨研究。

四　1988年的长篇电视剧《死水微澜》

1988年春，四川电视台投拍了12集电视连续剧《死水微澜》，它是四川拍摄的首部长篇电视剧，也是四川输出美国，走向国际的首部电视剧。该剧导演刘子农、摄影师谢二祥，均来自峨影，当年夏末，我从电影《避难》剧组刚下来，导演就催我赶快去接手此剧的剪辑，他着急的原因，是因为没有剧情片剪辑经验的操机人员，将全片核心场景天回镇剪出来的荧幕效果只有一条街道，而不是剧情所需的具立体空间层次的繁华乡镇，令他更在意的是，饰演女一号的张晓敏与饰演男一号的刘信义，在剧中的多段情侣之间情感、情绪交流的戏，操机人员的剪辑处置几乎都是借助转身、转头、起身、坐下、点烟、抽烟、端茶、喝水等外部肢体动作来衔接镜头，而不是将情绪剪辑点作为首要选择，且极少考虑如何借助细微准确的眼神、面部肌肉的微观反应，或形体状态的柔软变化来转换镜头，其荧幕视听效果难以保持人物间情感、情绪交织纠缠的内在动力的延展贯穿，自然也就难以实现镜断情不断，戏贯穿的剧情效果。1987年底剪完该剧，随后，送去参加首届中国金鹰奖评选，该剧获得唯一的长篇电视剧金奖，因央视个别领导认为该剧有一段4分多钟的所谓的"床戏"，若评为金奖不妥，所以，现在省电视台存放的《死水微澜》获得的金鹰奖奖杯上，贴的是纸质电脑打印的黑字银奖，盖住了奖杯上原有的用金粉写的金奖字样。这里需要说明的是，全国各省级电视台在 20 世纪 80 年代拍摄的长篇电视剧，几乎都是由各地电影厂经验丰富的高级剪辑师担当指导，缘由是那时用的技术设备均是对编机，剪辑点必须一次性确认，否则，犹如蝴蝶效应，若动其中一个镜头的长度或位置，已剪辑的所有镜头都需重新处理，不能像当下使用的非线性编辑机，可以自由加减镜头长度和调整镜头位置。所以，由于该剧主创人员大都来自电影厂，各主创部门的创制质量倾于按电影拍摄的精细度要求进行操作，所以，36 年过去了，长篇电视剧《死水微澜》的整体艺术档次和专业水准，至今仍属四川电视台的高峰作品。

我真心感觉愉悦

——写在四川省文联成立 70 周年时

吴　微

一

1997 年 11 月，我自西藏昌都地区行署经贸委调到四川省文联工作。刚来时，遇到的第一件事就是住房问题。以前在西藏，职工一到新单位，办公室会为其安排住房，但到了省文联却不是这样的。我当时去找办公室要住房，办公室主任回复说，单位没有房子可以安排，现在是住房改革中，也不安排房子，只能自己解决。

我在西藏生活了 20 多年，习惯了单位管人管事，回到成都后一切都要自己去跑去找，这些最简单的事破碎了我的依赖观，成了我自立自强的拦路虎，一时无从适应，弄得自己很是被动，感觉真成了与时代脱节的低能儿。

融入大城市，我的眼界不能囿于小地方，得拿出气魄过自己想要的生活。可当时我却站在大街上四顾茫然愁眉紧锁，车水人流从面前划过，不知上哪里租、找谁租房子，又害怕没租到，心中惶恐不安，后几经辗转找熟人，在东珠市租到一间租金不高且潮湿的小房。但上班交通又是问题，成都那么大，没有自行车实在不方便，有人带我在"会府"买了一辆二手自行车，我才把住和行搞定。

我来新单位报到，即安排在人事处帮助整理个人档案，从来没有做过这项活儿，还因为涉及个人隐私，不免有些紧张。最要命的是我醉氧，这是从高原下到低海拔地区的常见症状，也算不得是病，但就是难受。每天10点到下午3点时，眼睛就睁不开了，头重脑涨瞌睡得不行，上班时间咋能睡呢？可又无法抗拒瞌睡袭来，除了狠命地做事，或上洗手间给眼睛冷敷，否则就地大睡一觉才算无事，这种状况持续了好几年。

第一次在新单位领工资那天，我去财务科领钱，刚站在门口，出纳抬眼看看我问财务上的几位同事："我们文联最近雇了小工吗？"我一听脸涨得通红，身上蹿火，又气愤又尴尬，只听另一同事在旁边说了一句，"她是新调来的。"话没说完，我一转身跑了。

我不能怪人家如此看我，自己平时穿着朴素不爱脂粉，才从冬天的高原下来，外表和内地人比差距明显，脸黑皮糙，样貌土气得掉渣，如同刘姥姥进了大观园，无怪乎让人产生误会。后来硬着头皮去把工资领到了，一看才600元，比起我在西藏时少了一半，我立马跳起来到人事处："咋个我的工资这么少？算错没有？"人事处的同志把我调来的情况作了解释，最后安慰我说："内地工资是比西藏低，你不要嫌少，我们还按规定给你高调了一级。"我垂头无语，简直泄气得不行。

在西藏的原单位，我当时的工资是最高的，回来少了一半，想想现在要租房、要吃饭、要打牌，要重新置办一个家，平时又习惯乱花钱，这点钱咋个生活？摸摸不太强健的身板，叹口气突发"反思"，虽然工资少了一半，但氧气多吸了一半，到底还是身体比钱重要！

整理档案结束后，我分到老干处，这与我过去从事的管企业和公积金类的一点不搭边，第一次做这样的工作，大小事务繁多，好在我精力旺盛，把老同志当自己的父母对待，再难再多再杂的事都应付自如。

时光如水朝迎暮送，习惯了工作环境，平时与省文联那些不起眼的同事相视而过，竟不知他们是大家名家。

比如曲协的车辐先生，是位活跃于20世纪三四十年代的著名老记者，爱听川戏、品川菜、爱结交三教九流，性格率直豁达，胸有丘壑侠义，他的经历如同一本花样百出的书，用心去品读，慢慢就尝到个中乐趣。

还有舞协的老头孙汤金，见到我们就活蹦乱跳地说："我和孙子打游戏，赢得他哭。"这么和乐的人，却有着惊心动魄为延安源源送去高级别情报的过往，是真实版《潜伏》的大功臣。

见着他们我两眼放光，对于从小就崇拜英雄的我来说，与他们同堂共事，钦慕自豪得不行。我很喜欢听他们讲革命历史、讲诸子百家、讲民俗掌故、讲省文联一些奇闻轶事，从中领悟他们这一代人拥有强烈的时代使命感，孜孜以求的精神，就像一面旗帜树立心中，感动并鼓励我学习，做职业榜样；我把发自内心的尊敬和爱戴，化成工作动力，牵引我自信地去应对各种困难。

二

进入 21 世纪的数据信息时代，仿佛一夜间全民开始普及电脑。新鲜事物于我有超强的吸引力，最初我是不会用电脑的，想安装单位的数据报表程序，身边又无人咨询，急得焦虑上火。有一天偶然听小孩说起电脑游戏，才知道成都有电脑城，专门经营电脑系列产品，甚至包括电脑升级装机等，我得到启示，反复跑到磨子桥"百脑汇"电脑城去求教，店家说："你不如多玩些电脑游戏，慢慢就会熟悉电脑，还少交学费。"我还真的买了不少 RPG 游戏碟子沉浸进去，时常挂着"熊猫眼"上班，脸色也差，有同事见状询问我是否身体出了状况，我却感到窃喜，虽然从玩中熟悉电脑，途径有些另类，但解决了我实用上的难题。也因此在 2003 年我调入"四川文艺网"做编辑时，才那么如鱼得水。

2010 年我又做了《四川文艺报》的副刊编辑，慢慢我对写作有了兴趣，觉得一是可提高自己的素养，给工作以极大的助益；二是有一个可以宣泄情感的途径，便逐渐地迷了进去。2011 年，省直工委为纪念"5·12"

汶川特大地震三周年开展"感恩·奋进"征文主题活动中，我写的散文《无差别的爱》荣获三等奖，是省文联职工中唯一获奖者，较过去在昌都参加地区征文比赛获得过二等奖，过去了23年。

在四川省文联工作17年后退休了，我真心感觉愉悦，因为我在一个能自由发挥能力的环境，受到委我重任的培养，得到过一些领导的关怀，使我的历练丰富又厚实，独立又多为，我从一棵树芽慢慢长大长高，变得更自信更强壮。而最大的收获——写作成了我的最爱，随着作品不断发表，得到了新老朋友的喜欢，又成为激励我前行的最大动力。我在省文联这个摇篮，实现了即将中断的写作梦想，接续了我的文学之路，我感恩文学，感恩滋养我实现文学之梦的环境。活到老学到老乐到老，当不了耀眼的明星，亦作无华的璞玉，我一直认定朴素的感情最感人，真实的描绘最动心，在作品里融合西藏高原的豪放辽阔和内地的温婉清雅，把自身的经历和时代交织，我满怀激情讴歌新时代、用灵魂的感悟写出好生活时，也不忘做一个优秀者。

我与文学

钟历国

我与文学既有缘又无缘，既无缘又有缘。记得父母曾经告诉我儿时姨父为我开荤的时候，我伸手抓的第一件东西是纸笔。按习俗的说法，我今生的命运应当是吃笔墨饭的。后来读书倒是比较用功，但在上世纪 60 年代，人们所想的都是学好数理化走遍天下都不怕，我也未能免俗，一头栽到数理化中去，向往的是当一名专家、科学家，一心想的是搞原子弹，可惜"文化大革命"破碎了我的这个美好梦想。

在那场"革命"中，因种种不幸和有幸，我成为教育、宣传机关的一名走卒。公事之余，心手痒痒，总想做点事情。这时，被数理化压抑了多年的对文学的欣赏和爱好，一下子把我赶进了文学的汪洋大海，我竟然不知天高地厚地祈望成为一名作家，也写过一些豆腐干文章在县报上发表，但命运很快又改变了我的走向，把我推进了无休无止的官场，使我再次与文学失缘。

常言道江山易改禀性难移，身虽在官场，心却难免常常牵挂于文学，终至于有《闲斋野草》《月下》《论政随想录》相继诞生。

其实，《闲斋野草》并非有意而为，实属无心插柳。20 世纪 60 年代是不需要文化的年代，更不需要什么诗词。但被一声令下赶回农村，肉体和精神上的难以言状的苦痛驱使我去寻求寄托和解脱，于是便鹦鹉学舌地开始吟起了旧体诗。那时压根儿没有想过要出什么诗集，纯属一种情感的宣泄和解脱。正如张同吾先生在为我的《月下》所作的序中所言，我的旧体诗是"才力胜于功力、发挥多于积淀"。但后来的30多年岁月里已无法再斩断这种情愫，兴之所至时不时又来上三两首，以至于在朋友的撮合下终于汇聚成集。《闲斋野草》虽属无心所为，但它比较真实地记录了我的人生情感经历，是我不可割舍的所爱。

《月下》则是有意栽花，多少年多少事萦绕于心，常常叫我夜不成寐，总想把它记录下来以为纪念。但令人心烦的冗杂政务，使我既无时也无绪了此夙愿。直到上个世纪末，属下一个德才兼优的年轻干部因意外的车祸不幸而亡，触动了我的情感阀门，我提笔为他写了一篇激情难掩的悼文，这才勾起了我对往事的一发不可收拾的怀念，在两年的时间里，把几十年的所见、所闻、所思、所念，一气倾泻出来，变成了不再消失的文字，于此我才得心有所安。

《月下》中的伤逝部分是我心酸往事不可磨灭的伤痛印记，领悟部分则是我半百人生的痛苦思考，这些篇什中倾注了我的全部激情，尤其是伤逝中的好些篇章是拌和着我的泪水流淌出来的。山水、游迹属消闲之作，此等文章非我所长，写起来有些别扭费时，读起来可能更是索然无味。

曾经有人向我问过，身居官场怎么玩起文字游戏来了，一时我似乎无以为答，其实我的自嘲小诗已作了最好的回答："误入官场一书生，勤勉躬耕为黎民。玩权弄政本无术，命定清寒作常人。"20多年官场生涯也曾豪情壮志要为黎民百姓作一番事业，但终为原因种种而不得要领，留下的更多的是遗憾和厌倦，因此发出了要《走出围城》的呼喊。

现在，我终于有幸真的走出了围城，走进了阳光明媚的山川田园，这里充满了诗情画意，这里洋溢着人间真情，身临其境怎能不心旷神怡，乐似神仙。

一个外科医生的诗人梦

何　生

今年 7 月的一天，我很意外地收到四川省文联发来的一份稿约，是"四川文联七十年"丛书编辑邀请我以作家或诗人的身份，讲讲医学与文学的故事，讲讲与《四川文艺报》的故事。编辑打来电话夸我是跨界的诗人，说两边都做得很优秀等等。编辑好意，夸奖实在不敢当。我是一名医生，还算得上一名称职的外科医生，然而医学是植根于科学基础上，用以解除患者的躯体疾病，而诗人、作家从事的是文学，用优秀的文艺作品滋养灵魂，精神向度崇高而超越时空。我没想过自己会成为一名作家，也从未想过自己是跨界的诗人，一时竟不知从何说起。

2013 年，在四川省作家协会文学院院长徐康和《星星》诗刊副主编李自国的鼓励和帮助下，在我从医 50 余年后，我的第一本诗集《柳叶刀之歌》出版，我就从这本诗集的书名说起吧。

我生于 1941 年，幼年和少年时期在山城重庆度过，长江边上这座火辣的城市滋养了我最初的文学梦想。20 世纪 50 年代初，还在上小学的我就喜爱上了文学，当时巴金的作品影响很大，我就想方设法到处借阅。家里拮据，不可能有多余的钱买书，但也止不住我对巴金作品的痴迷。有一次我在重庆青年路地摊上发现一本旧书，是巴老的作品《憩园》，心立即狂跳不已，抓在手里就不肯放下，老板见状便索要 5 毛。5 毛在当时也是一笔不小的数额，重庆饭店的一份回锅肉也不过一毛五。我头上急出了汗，飞快跑回家，在妈妈的菜金包中抓了几张钱，死死拽紧跑回摊点，张开小手一数只有 3 毛，但摊主分文不让，我又急又恳求的快要哭了。这时，旁边一位陌生的叔叔突然问我："你喜欢这书？"我一个劲点头，又很羞涩。没想到他从兜里掏出了 5 毛钱买下了《憩园》，然后递给了我。我被这个举动惊呆了，竟站在原地傻傻地看着他离去。这是我此生刻骨铭心的记忆，它一直接续着我的梦想。

小学毕业后，我进入了重庆市二十五中，这时我对诗歌产生了浓厚兴趣，读了很多五四新文化运动以来的新诗，后来受艾青、流沙河、刘绍棠等作品的影响，自己也摹仿着学着创作，并将他们编辑成《红烛》《残月》两个"诗集"。当年在学校时因为我作文写得好，引起了时任校长李任先生的注意，他也是个巴金迷，与巴老有通信，便将我这个学生介绍与巴老。没想到巴老来信了，可是巴老信里却告诉我"不要看我过去的书，要好好学习……"并来信随赠我一本签名近作散文集《大欢乐的日子》。我好激动，也很迷茫，巴老为什么这么说呢？在我小小的年纪里哪里知道后来的风雨，可当时这既是诚恳的教导又是热情的鼓励，使我感激涕零。很遗憾，巴老赠我的书在"文革"中遗失了，一直让我怅然不已。高中后开始大量阅读鲁迅、郭沫若等的作品，深受影响。这时国家遭遇三年困难时期，觉得这个时期，国家更需要实业、实干的人才，于是我毅然选择学医，文学作为梦想，只能暂时埋藏在心里，等待花开的那一刻。

1960 年我考入了四川医学院（现四川大学华西医学中心），1965 年毕业后留校，成为一名外科医生。然而，在刀尖上跳舞的外科生涯，非但没有如同福尔马林般"保持"我想做诗人的浪漫情怀，反而与诗歌碰撞出绚烂的火花。从血与剑的医学实践中，我真切地领悟到人性的美感和认知的灵感，少年的诗人梦再一次涨潮，使我在悲欢之际、成败之后、感悟之时都有一种强烈的直抒胸臆的渴望。

真正触动我提起笔来的是两件惊心动魄的手术。一次是 1977 年西昌地区医院，历经 14 个小时的鏖战，我主刀将一例血管已经受侵、被我的老师宣布为"不治"的胰腺癌切除，延续了患者的生命。一次是 1985 年赴渡口市（现攀枝花市）切除重 4 公斤的"肝脏平滑肌肉瘤"。这些在国内外医学外科临床实践中都是巨大挑战的手术，被我攻克后的后怕、释然与欣慰，唤醒了我沉睡许久的文学灵感，我把这些感受用诗歌记录下来，诗中我这样写道："……当我拼搏在人体的禁区/当我穿越在血管和神经的丛林/你可曾想过/那里有死亡的陷阱？"（《外科医生的自白》），这是我心灵的写照，诗歌在《华西医大校报》和《百年济世》创刊号发表后，引起同行广泛共鸣。这是只有在刀尖上舞蹈的医者，才能够深刻体会的谨慎与科学。我第一次发现科学与文学亦有相通之处，通灵的道路一旦打开，灵感便源源不断。

"四周早已沉入梦境/只有我家的窗口还亮着一盏孤灯——"（《献给外科医生的妻子》），这首是 2006 年冬天的一个深夜，我从外地会诊手术归来，路遇大雪，妻子还在留灯等我有感而作。"这不是医学滴血伤口上的啜泣/这是喜极而泣的泪水/不染一丝纤尘/浸润人性光辉/把每一个细胞都洗得晶莹剔透"（《医者的眼泪》），这是在目睹了诸多患者愈后的笑容和含泪的感言之后有感而作，发表在《永远的华西》。这些诗在医学界多家刊物刊出后，掀起好一阵波澜。后来又陆续写了一些作品，其中《华西校园小咏》被《成都晚报》"锦水"采用，成为"第二届杜甫杯诗歌大赛"入选作品。我觉得那些引起关注的诗歌，不是我写得有多好，而是用文学的形式，向社会介绍和普及了外科医学，这个看来神秘又高深的行业，我仅仅是将医者的情怀和精神层面还原，与患者靠得更近，与同行交流得更深。

我的一生既见证了新中国的诞生和强大，也经历了中国外科医学从弱到强的全部历程，我的作品也仅是从一个侧面反映了真切的生活场景和诗意经验，"柳叶刀诗人"这个称呼也不知什么时候，悄悄在华西医界流传开来，同行把状如柳叶的手术刀放在"诗人"的前面来称呼我、定位我，我很欣慰！后来与热爱诗歌的华西同仁组建了"华西诗社"，担任诗社社长及荣誉社长，诗社亦被誉为"柳叶刀诗派"，于是才有了我的第一本正式出版物《柳叶刀之歌》。

2015年，四川省文联所属《四川文艺报》和《现代艺术》专访了我，当我看到专访文章刊出的那一刻，我一下子想起了当年在重庆青年路地摊上送我《憩园》的叔叔，我一直清晰地记着他离去的背影，我感谢他，事隔50多年后让我觉得终于接续上了我的文学梦想！近年来，在《星星》《青年作家》《四川文艺报》《东坡文学》《鸭绿江》《大河诗歌》等刊物发表诗作200余首，又出版《古韵新声》《柳叶刀镌刻记忆》《剑锋留韵》诗集四部。诗歌被《中国诗歌》《中国当代诗歌鉴赏》等收录，成为华西医院历史上首位出版诗集的医生。这些作品是我的真情凝结，充满了我的哭泣和欢笑，代表我的体温和心跳，虽然已年逾八旬，但我的心是滚烫的，岁月流逝，初心不改。

感谢"四川文联七十年"丛书编委会，让我能有机会写出我的文学历程，感谢《星星》诗刊，让我重温一个外科医生的诗人梦！

为同事写诗

江永长

1986 年 7 月，我从川大中文系毕业分配到四川省文联工作，至今凡 37 年，其中的前 23 年，先后在组织联络处、创作理论研究室工作，但一直没有脱离编辑报刊的业务工作，主要是编辑省文联的机关刊物《四川文艺报》。2006 年 6 月，该报出版第 300 期，我为在编辑部工作过的同事分别写了小诗，以纪念大家付出的才华和心血。《罗香圃老人》："老人何宽厚，银发亦光鲜。待吾以平等，敬爱吾前贤。"注释为："1986 年 7 月，我被分配到省文联工作，跟着省文联返聘的已经从省作协退休的罗香圃老人编辑《四川文艺界》（内部季刊）。香圃老人当年也是川大中文系毕业，著述颇丰，常谦称是我学长，待我亲厚，至今感念。"《李伍丁老师》："李师打铁钢火硬，伍丁著文睿智深。讷言敏行一长者，看得人世久浮沉。"注释为："李伍丁老师曾蒙冤被打成右派，在城东打铁多年，做得一手好活，受到用户赞许。20 世纪 80 年代末、90 年代初主持编辑部工作时，写了若干篇机趣妙文，令人难忘。"《陈明德》："原本名教师，桃李满江滨。中岁来蓉城，团聚为家亲。"《滕伟明老师》："风中落叶绿方少，顶上斑霜白正多。割卵敬神神怒吼，滕公古直扬马过。"注释为："滕伟明老师 20 世纪 90 年代中期主持编辑部工作，有编删刊发文稿如'割卵子敬神'，校对文稿如'风中扫落叶'的感慨语，比喻妙趣横生，遂成为编辑部同事的口头禅。"

《邓风》："画水画山还画版，风子风采犹风光。编校稿件十几春，摄影采风写华章。"《黄红军》："床底几箱春纱酒，一见黄兄如故人。夹江两岸青松林，邓桥一夜杜鹃声。"注释为："春纱酒，黄兄20年前喜饮的白酒品牌。邓桥，黄兄家乡夹江县的一处地名，位于峨眉山旁，风光美丽如画图。"《汪青玉》："家住西羌第一村，玉出岷岭昆冈山。朝看日升满江红，夜见月落鹧鸪天。"注释为："《千字文》中有'玉出昆冈'句，有人考证，昆冈即岷江两岸山脉，正乃汪兄家乡。'满江红''鹧鸪天'为宋词词牌名，汪兄极爱唐宋诗词及对联，且其家乡门前，岷江奔流，日夜滔滔，四围青山，高如云天，时有山鸟鸣啁，故云。"《王革新》："大姐初来到，办公门始开。'酒多肝胃坏！'不时诫吾侪。"《李焦》："画版又校字，通讯亦撰文。建站编书成，焦姐多勤恳。"《武志刚》："锄挥东北大荒地，笔落西南古盐都。风雅颂罢抬望眼，影视再绘新画图。"注释为："武志刚老师在黑龙江下乡当知青时任过生产队长，在自贡写小说成名后又创作影视剧，有《大盐商》等行世。"

2009年5月至2019年11月，我在人事处工作10余年。其间，2016年春的某一天，省文联的老领导黎本初同志到办公室来访，得知我在省文联工作即将满30年，回去不久就写了一首《赠江永长同志》的诗："三十年前识小江，助我蓉京开会忙。江郎自有生花笔，何用说项再主张。"于4月26日亲自送到办公室。我非常感动，于4月29日作《酬黎老》一首致谢："往来一浮尘，荒度三十春。忆昔初相识，笑语特可亲。文联新恢复，诸事公亲身。黎老大雅量，吾辈久仰循。本初大雅才，我心长精神。九旬犹歌赋，不老松常新。"2018年10月2日，惊闻黎老去世，深感悲痛。黎老当年为恢复文联奔走操劳，奉献多年，他爱惜人才，奖掖后学，提携青年，有古长者风范。为了纪念他老人家，当日作《怀念黎老》一首："欲引凤凰栖枝巅，梧桐尽栽满山川。世上从此无黎老，本初一生是青年。"

2019年11月，离开人事处到机关党委工作，为在人事处工作期间先后的同事写诗，以为纪念。《李敏》："为人性直爽，办事求全佳。人生半百后，琴瑟行天涯。"《尹春春》："比赛争先进，从戎正青春。沉静独劳作，执着事亲身。"《郭雨涵》："韶秀心灵巧，机趣敏才思。佳偶聪颖子，春风满高枝。"《王淼》："梨花照碧水，青春行山隈。临江古渡口，诗圣泛舟回。"《贺嫚》："才情如锦绣，妙笔咏婵娟。担当前程广，行歌艳阳天。"《朱文仲》："男儿事行伍，慷慨许国家。连长先士卒，牡丹最美花。"《张鲲鹏》："鹏飞九万里，翱翔卓不群。千里足下起，持久勤耕耘。"

在机关党委工作后，邱传岩、何怡同志先后调离机关党委，到办公室、人事处工作，作歌送别。《邱传岩》："跨海渡河入剑川，巴山蜀水年复年。带兵赴汤敢蹈火，提笔成文赋新篇。"《何怡》："少小从戎赴金城，红颜白衣十几春。归来艺苑勤奉献，濯锦江畔夏花新。"

闪亮的日子

王若懿

　　这世上总有些事情是那么的奇妙而不可思议，收到师父的约稿信息的时候，我正坐在路过成都的高铁上，感慨地和身边的同事说到关于在文联的一些回忆，也说起了邓老师，这位我初入社会时的启蒙老师，我的师父。打开师父的信息，先看到是四川文艺网的公众号，内容是关于"四川文联 70 年"丛书的征文。师父说他执编"三亲卷"，让我随便写点啥，轻松写，写写这边的故事。要知道，离开文联以后，几乎没有再写点属于自己的文字，就算有，也不过是朋友圈里寥寥几句。接着就听见师父发来的语音，师父说他在天水，然后就是那久违却又熟悉的爽朗的笑声。

　　就这么简单的几句话，却如同触及了记忆的某个开关，很多很多的记忆碎片瞬间一起冲击我内心深处，让我眼睛湿润了。当天回到家，我打开之前保留在移动硬盘里的关于当时在文联工作时写的稿件、拍的照片还有其他相关资料，所有的回忆就静静地躺在那里，现在一一点开再看，模糊的记忆变得清晰、丰满起来。

　　在成都待了七年，四年在大学，两年多在文联，这是我深爱的城市，一个让我觉得极其幸运的城市，更是我充满了回忆的地方。因为对文字的极度热爱，在四川师范大学学艺术设计专业的我，一直在学校院报担任编辑工作，也是在 2009 年临近毕业的时候，在我的论文导师的引荐下，我来到四川省文联理论研究室《四川文艺报》实习。燕鲁公所街 25 号，是《四川文艺报》编辑部，街对面就是四川省文联的办公楼，同一栋楼里还有电影家协会、书法家协会、杂技家协会，周围还有《四川日报》《成都商报》《华西都市报》的办公大楼。我当时总有一种感觉，在这样的文化氛围下，好像整个人都能变得文艺起来。

在三楼中间的办公室，我见到了邓老师，邓老师简单了解完我的情况后，就给我说了一些实习期间做的工作，然后给我布置了作业，一个是校稿，一个是处理照片。作为带我的老师，我以为会经常见到他，跟着他学习，却不曾想，初次见面后，他就消失了一周。后来我才知道，那时正值汶川地震一周年，文联各种活动，邓老师也忙着各种采访工作。再见到邓老师，他又让我把毕业论文给他看看，他说改一改可以发表在《四川文艺报》上，我当时第一反应就是觉得特别激动和幸福。毕业论文可以在这样级别的报刊上发表，真是对我莫大的鼓励，也是我最好的毕业礼物。然而在邓老师的指导下一番大刀阔斧的删改后，我有点心疼那么一大段一大段的文字被删掉，邓老师似乎看出了我的疑惑，他耐心地说道："编辑工作除了要心细，还要胆子大，多余的地方该删就删，文章要精炼。"我似懂非懂地点头，但是这次经历给我以后的编辑工作埋下了种子，让我能够更加大胆、客观地去编辑每一篇文章，而不是单纯地纠错、校正。这也是邓老师给我上的第一课。为期两个月的实习生活很快结束了，期间邓老师一如既往地来也匆匆去也匆匆，但每次见面都会给我检查作业，也关心我未来的工作打算。我因为还要回学校参加毕业设计，也在回老家和留在成都之间犹豫，总感觉一切都还很迷茫。

毕业以后，我来到一家文化公司做文案，还是我喜欢的文字工作，全公司都是 80 后，氛围轻松愉快，但我似乎更加迷茫了。直到 2010 年 6 月，接到邓老师的电话："小王，我们四川文艺网要招人，你要不要试试？"所有的迷雾就在瞬间散开来，我突然明白我想要的是什么。和公司迅速做好交接，同时也给邓老师发去简历，在约定的日子去面试，见到了钟老师和邓老师。钟老师详细问了我的情况，也给我讲了面试岗位的工作职责和具体要求，并告诉我先回去等通知。离开时，邓老师问起我之前的工作准备怎么交接，当知道我已经辞职并交接完成后，邓老师调侃地责备道："瓜女子，都还没有定下来，你速度倒是快。"一周后，接到邓老师电话，让我周一去报到。来到熟悉的办公楼，这次不一样的是，在二楼，我有了自己的办公室，也从此拥有了一段幸运、难忘、受益终身的工作经历。

首先参与的就是四川文艺网的改版工作，在见证网站从一个机关工作网站，逐步成为全省文联系统的平台和传播窗口的过程中，我也得到了飞速的成长。邓老师也真正成了师父，从一点一滴教导我，中间几个事情记忆犹新。有一次，邓老师在外采访，人还没有回来，稿件已经传过来了，我需要第一时间上传到网上，师父说新闻有时效性，要第一时间发布出来。我觉得是师父写的，肯定没有问题，没有多加检查直接上传发布了，结果中间出现了一处我认为极小的错误，但是师父直接一个电话打来，特别严肃地告诉我，编辑工作一定要仔细再仔细，必须做到零错误，因为一经发布就无法修改，从此我不敢有丝毫懈怠。还有次大型下基层慰问活动，需要跟随领导走访，记录好领导与基层群众的谈话。这对当时作为新人的我来说，是个难题，生怕哪里做得不妥当，师父一直在旁边给我打气："做记者的，不要怕，往前冲，要多听多记，要不回去写稿没有素材。"于是，我在一次次硬着头皮往前冲的过程中，突破了自己的心理障碍。逐渐地，我从看到各协会艺术家们胆怯不敢说话，到可以跟踪各个协会的文艺活动，独立完成采访、写稿，也有幸看到艺术家们私下平易近人、诙谐幽默的一面，更钦佩于老艺术家们德艺双馨的品质。也慢慢地，从采访时不敢往前，到后面为了采访素材，为了第一手领导讲话稿，为了拍到想要的照片，我风风火火地往前冲，成了风一样的女子。我现在常常怀念当时的一身装备，格子衬衣，牛仔裤，登山鞋，双肩包里一个单反相机，一支录音笔，一个采访本，几支笔。就像我曾经想象中文艺青年的样子，就有了许巍的歌中"仗剑走天涯"的豪情。

就这样，在2010年到2012年期间，我参与了四川省文联各文艺家协会以及艺术团大大小小的慰问、演出活动。从"春熙放歌"大型文艺演出到四川省文联慰问演出团走进北川、走进苍溪、走进南江……从四川省摄协、省文联理研室共同策划的"温暖·家园——最美的全家福"送文化、下基层活动走进阿坝州理县桃坪乡桃坪羌寨、汶川萝卜寨、都江堰棋盘村、安县晓坝镇，到"走进灾区 寻找最美"——"5·12"汶川特大地震三周年大型纪实摄影展采风活动走进汉旺、绵竹、北川、青川、汶川、茂县、都江堰、彭州、什邡，以及瞬间永恒"5·12汶川大地震三周年大型纪实摄影展"，再到中国文联和四川省文联联合举办的"全国百名文艺工作者看四川震后重建"大型活动。渺小的我在不知不觉中，幸运地参与到当时四川文艺界的这些重大事件中，感受到了四川文艺的发展与魅力，以及四川文艺界心系群众心系灾区的大爱情怀。也在一系列的活动当中见到一些普通的人，听到了一些真实、感人的故事。从他们朴实的话语里，我真切地感受到，了不起的四川人重建的不只是美丽的生活家园，他们更是重建起更美丽的精神家园。

现在重温起这些经历，心底依旧感觉很激动。

在工作之余，师父也会经常给我拿来一两本书，告诉我要多看书；也会在他提笔画画时唠叨我两句："你一个学画画的，没事的时候也应该画点啥，要不手都生了。"现在想起这些，感到很惭愧，这些年来，我好像都没有做到。有时候师父也会和我聊起他的一些照片背后的故事、行走的快乐和独到的见解，这些是多么让我心驰神往却又无法企及。

时间飞快流逝，一晃眼十年过去了，大女儿看到我写这篇文字的时候，还在惊叹："妈妈，你以前是记者啊？"我的思绪也被逐渐拉回。是啊，那是多么遥远的事情了。我多么庆幸和感念，我的青春里有那么一段时光，与那些文字、那些故事、那些人相遇，虽然因为其他原因离开了，虽然再也回不去了，但是那些与文联有关的日子一直会是我成长过程中最好的经历和见证，在我人生偶尔迷茫的夜空中，闪闪发亮。

居人思客客思家

——达州文艺之家诞生记

吴星辰

芒种将至，离开文联工作已近两年，核实个人所得税的通川税务官打来电话，问达州市文学艺术界联合会还在发工资吗，我回复说文联作为历史悠久的人民团体机关，只会加强，不会削弱，更不会销号。税务官如醍醐灌顶的连声惊叹："啊！文学艺术界联合会就是文联啊，抱歉抱歉！"

曾经以为到文联工作就是和文艺家们一起吹拉弹唱、写字照相，享受阳春白雪、岁月静好。2009年中秋闲聊，听说公考流程无懈可击，碰巧当年达州市文学艺术界联合会招录一名工作人员，成绩发布已是2010年春天，我幸运地成为百里挑一的那个人，似懂非懂地从石桥中学进入了达州市文联，关于文联的若干词条或直白生动或学术婉转地被解释，参也参不透，新手入职，一切都从服务文艺家开始了。

2010年夏，莲花湖宾馆济济一堂，达州市第三次文代会如期召开，斯是盛会，然小机关带着大队伍，尚无宣传推广平台，更无经费调度资源。市级文艺协会无编制无经费无场所，坐在茶楼和着乒乒乓乓的国粹声开会，办公资料都是主席团成员用家庭箱柜存放，以致"三无"协会、"皮包"协会、茶楼"歇"会等"雅称"不绝于耳。

市级文艺家协会作为社会组织迫切地想有个固定的"家"，一个说大可大说小可小的地方，文联尚且蜗居在市政中心综合楼一隅，"家"似乎有些遥不可及。

细数十年之间，山重水复疑无路，历经"杂志复刊""会议复兴""项目复活"三个关键环节，通过历任领导和同事的接续努力，层层递进，步步铺垫，谋成、建成、建好达州文艺之家，从新兵到老兵，见证其中，催人奋进。

参与一本文艺杂志的复刊

那时，我作为一个兼职的美术师参与服务。从办公室到创作部，从创作部到编辑部，在《巴山文艺》的封面设计、插图设计等美编工作基本都在办公室用 PS、CDR 完成，尽量减少与印刷厂之间的往返奔波。杨牧先生题写了刊名，也就在那时，读到了那首热血沸腾的《我是青年》，也就有了开篇那几句仿写的题记。

由巴山文学杂志社编印的《巴山文学》作为 20 世纪 80 年代起在全国公开发行的纯文学刊物，与在全国文坛产生影响的巴山作家群相互成就。进入 20 世纪 90 年代，巴山作家群主各奔东西，编辑部没有耐住寂寞守住清贫，编务外包脱管后被吊销了发行资格。为了紧跟西部大开发，巴山文学杂志社更名为西部潮杂志社，改为编印内刊《西部潮》维持运转。

1999 年底，达州市文联成立后，西部潮杂志社从市文化局划归市文联管理。又一个十年过去了，西部潮涨潮落，达州文艺春潮涌动，新时代的巴山作家群重新崛起、巴山画家群聚集成型、巴山摄影人异军突起、巴山戏剧人再现荣光、巴山诗词春诵夏弦、巴山书家笔走龙蛇、巴山民歌且歌且行、巴山曲艺传唱不衰、巴山艺评率真"明砍"……《西部潮》已不适应作为"巴山"系列文艺品牌的载体。大家异口同声：文联主办的杂志要定位为综合性文艺期刊，文学为主，兼顾艺术，要有品位，不能办成地摊货，不能被商业宣传左右办刊风格，不能因人情世故降低选稿质量。

《巴山文艺》得以群策群力复刊，与市文联主办的《达州文艺报》、达州文艺网以及后来的文艺达州微信公众号共同构成了宣传矩阵。向上汇报、向外对接工作都会带上《巴山文艺》引入话题，以此作为名片，达州文联敲开了通联全国文联的一扇又一扇家门。

参与一场文艺会议的复兴

那时，我作为一个初学的会计师参与服务。从创作部到组联部，到君塘镇挂职后又回到创作部，为文艺活动服务提供后勤保障，按照财经纪律走流程跑圈圈，呈现出忙完业务忙财务的千姿百态。

2016年，"文以载道、以文兴市"成为热词，市委文艺工作座谈会在凤凰大酒店召开，群贤毕至，少长咸集。前夕，配套施行的"1+3文艺新政"文件迟迟未见印发，着眼于文艺事业亟需打基础利长远的制度建设，大家直言不讳：干货不出手，开会人见愁，等米来下锅，催着走！终于"文艺双师""文艺双下""文艺资助"方案落地，市财政每年配套了507万元专项经费支持文艺事业，一时间，达州文艺界是春风得意马蹄疾，接连制度化恢复了"巴渠文艺奖"评选，常态化保障了"文艺家协会"运行经费。

从那以后，市文联忙自策自谋"视觉巴山"美术书法摄影展、"聚焦巴山"摄影特展，连续走进四川美术馆，"细语巴山"钢笔画展在新华网创造24小时达106万点击量的文艺外宣记录；自编自演"大巴山民歌会"升级成全国新农村文艺展演闭幕式、"百花迎春"文艺大联欢在全国地级城市首次呈现；自主自办"文艺专题培训班"走进四川大学、新疆大学……办文办会办事办网办报办刊都不能落下，纷繁琐事纷至沓来。

文艺界呈现出"有政策、有阵地、有投入、有效果、氛围好"的新局面，从"三无"到"四有一好"，立下了"达州文艺作品和文艺家在全省有地位、在全国有影响"的追求目标，坚信路虽远行则将至，事虽难做则必成。

参与一处文艺项目的复活

那时，我作为一个业余的设计师参与服务。多名文艺界政协委员萌发了把位于凤凰小区的原达川地区行署专员大楼改建成"达州文艺之家"的建议。这里是达城居民口中的风水宝地"凤凰头"，我随前期工作组悄悄对大楼平面分布图进行了绘制标注，后来调研组按图索骥现场选址，发现闹中取静太难，安家之地尚需另选。

一片濛濛细雨中，在凤凰山山腰上，俯瞰云遮雾绕的城市全景，发现了山坳里的页岩砖瓦厂关停前有一栋刚建成还没来得及装修的办公楼影现其间，还留下了一片上百亩的取土平坝，现状是无人问津，门可罗雀。崖上的工作车间一半已改为巴山书画院，另一半已计划变成巴山文学院。2017年5月4日下午，青年节当天，四大班子主要领导共同聚首一起研究全市重点文化工作，"达州文艺之家"筹建工作位列其中。集体决策，一锤定音！那"一家两院"就在这里了！高梧引凤，百家集萃，进可都市，退可山林。好一个文艺兴家之地。

那时，我作为一个临时的建造师参与服务。发改立项、财政评审、招标询价……图审、地勘、监理……不明就里所以手忙脚乱，利用闲置资产改建为文艺阵地听起来很美，偏偏遭遇岩体松动垮塌、排水管道偏移等诸多变数，需城建免罚、要城管免掀，脚跑断、嘴磨烂，2019年6月30日晚，达州文艺之家及文艺广场风貌打造项目实质性完工，通电亮灯那一刻，苦尽甘来。

成家还要立业，抓住群团深改机遇，将社会化聘用文艺志愿者在文艺协会驻会服务写入了市文联深改方案，达州文艺之家运行经费纳入了市文联部门预算，市科普作家协会、市旗袍文化艺术协会等新文艺组织也陆续入住，找到"家"的港湾，市文联实现了从服务"文艺家"扩大到服务"文艺界"的转变。

2019年中秋之夜，文艺界联谊晚会在达州文艺之家广场举行。活动致辞给项目画龙点睛：主办此次特殊的家庭聚会，目的是在交流中增加感情，进一步树立全市文艺界人士"文艺之家"的主人翁意识，把"文艺之家"建设成为兴旺之家、和谐之家。第七届全国新农村文化艺术展演期间，中国文联、四川省文联领导和专家受邀来到凤凰山调研达州文艺之家，高度评价其为宣传文艺政策、研讨文艺创作、推介文艺作品、培养文艺新人、开展文艺交流提供了全面保障，真切鼓励达州文艺界利用优厚条件，创作文艺精品。

　　可惜冬至过后，疫情来袭，三年冷冷清清，三年寥寥落落，喜看如今，又是熙熙攘攘，又是洋洋洒洒。

　　四川省文联70正青春，巴蜀文艺70正风华，这70年波澜壮阔包含了我的十年沧海一粟，看着远方，心怀梦想！以此致敬身边文艺工作中的那些宏大与细小！

"5+2" 我的文联生涯 7 年之养

陈俐静

过去未去，未来正来。我的文联生涯 7 年之"养"正在进行。

我所在的达州市开江县文联，是一个只有 1 名编制的参公管理单位。

目送归鸿，手挥五弦。打开时光的闸门，涌出星辰大海，捧三五星星、浪花与同道分享。

我的分享与五位辞世老文艺家的点滴有关、与文联的两端即景相关。有冲突、有追悔、有敬重、有亲近、有启迪。这些已然成为我心神的永久营养剂，同时也常青地滋养着我所从事的工作。

一 由黑名单到白名单

"搞啥名堂！摄影家服务县委、县政府的中心工作，县委书记把方案都签了，你还说什么程序规范不规范？协会的生命在活动，习近平总书记在文艺座谈会上的讲话精神文联学没学，怎么学的，怎么落实的……"寸长的白胡须激烈地上下开合着，说罢，猛地取下渔夫帽"啪"地掷在县委常委、宣传部部长的办公桌上……

7 年前那个初夏，我刚到县委宣传部任副部长兼文联主席不久，樊代成老先生当着县领导的面冲我大发脾气。

之前就听说了县里开展文艺评奖时，有跑到部里来骂楼的，有跑到县委办说要跳楼的，有向省上写举报信的。

陆续地传来他在县内市上四处污我投诉我的声音，无论是向文艺界，还是向县委书记。每隔几日，就有他的理麻来电。

不堪其辱其扰，黑名单！

时光流缓。

盛夏，新一任县委常委兼宣传部部长到岗。孰料，一波未平，一波再起。

"搞啥名堂！你的人怎么管理的！电话上他都吼骂起我来了……"劈头盖脸，新任部长在电话里一阵狂风暴雨，高频波段隔机冲击到我耳中、心里。

从小到大，没受过这般对待；工作20年，哪里受过这等委屈。

连续数日，郁闷、愤怒、抓狂，只想逃离！

家属听闻了这些，他说："依我的个性，恨不得捶他一顿，但是不能打呀。何况他都七老八十了，你还注意到别去激他，整出个瘪鼓来，那不成更大的麻烦。不过话又说回来，文艺界有事，不找你这个文联主席，那找谁？是应该找你哟。只要是从文联工作出发，只要是有利于文艺事业发展，程序呀方式呀都是可以注意、可以商量的嘛，你又何必那么呆板，眼里揉不得沙？肚里撑不得船？这些都是你各人修为不够、能力不足造成的……"

县人大常委会副主任专门为此找他交流，请他多理解支持。3名资深文艺界人士也委婉地给他做沟通建议。

逃避不是办法，出击或可破局。

于是去找时任县委副书记评理。他说"哈女娃，你不是在信访局工作过的嘛。信访工作的精髓是什么，群众路线！开展文艺活动，县委政府投入点经费，不算个什么事。我相信你会处理好关系的。"

是非对错没评析，得到寥寥数语。

县领导，还有家里人，他们说得也在理。樊老先生与我既非生死对头，更非敌我关系。一个落户开江有着特殊时期经历的异乡文艺人，年事已高还常骑着摩托车穿梭于街头巷里，每天坚持读《人民日报》、长年坚持创作的老文艺家，个性鲜明了些、诉求强烈了些、言语犀利了些，好像还是可以理解的。更重要的是他从未有反党反社会反人类的举止，好像他也没那么讨厌、可恶和可恨，甚至，他的勤学、勤思、勤作，都还是可以学习的好特质。为什么不好好谈一谈呢？我的工作没理顺，给领导添烦更添堵，领导不满意事小，耽误事业发展事大。如何与文艺界人士相处、如何开展文艺工作、如何发挥文艺家协会作用、如何提升文艺人才能力素质、如何加强文联工作保障，成为我亟需攻克的课题。

茅塞顿开，恢复白名单。

"喂，您好，樊老师，什么时候有空，想找您摆哈龙门阵。"热茶置前、相坐长谈……

此后，聊国是、文势和家事，信任与支持尽在其里。

我时常在想，如果没有遇到樊老师，我对文艺事业的专注与实践探索或许没有悟得那么透、学得那么深、干得那么真。

二 追悔

2019 年 10 月 31 日，映铮约我去探望病重的黄良鉴老先生，未能成行。没过几天，86 岁的黄老与世长辞。没在他临终前去探望他老人家，从此便成为我文联生涯中永远的自责与追悔。

黄老与我没有任何私交，仅有的几次见面，是在创办、作协开展采风、研讨或年会时。这位退休前因车祸致残、挂着拐杖，仪容整洁，温厚儒雅，从来都不愿给身边人添麻烦的老者，每每发言、烛照后学、甘为人梯。

近来，我多次细读他的书籍，广读关于他的文字。

这位抗美援朝时参军，投笔从戎复从笔，中国报告文学学会会员，先后在吕梁山和大巴山任教，在《中国作家》《文艺报》《光明日报》《星星》诗刊发表作品，主编和参编10余部文学作品，出版3部散文集，开江中学（巴金文学院青少年文学创作培训基地）"新星文学社（全国中学生十佳文学社团）"创始人之一，忠于教育与文学事业的老赤子。

如果，能在他辞世前去看望他，让他感受到文联的关心，那于我该是怎样的救赎、于他该是怎样的慰藉？

三 云中锦书来

此云非彼云。

2021年1月，历时6年、辗转多人，我终于与云南师大原常务副校长、中国作协会员、连续12年被云南省委宣传部聘为文艺阅评员，云南省文联《云南文艺评论》原特约评论员张运贵先生取得联系，互道问候、互溢欣喜。

张运贵先生出生于开江拔妙乡，在开江中学读书时慕昆明四季如春，1956年7月报考昆明师范学院（原西南联大师范学院）如愿录取。大学毕业留校任教，做了个真正意义的在云南工作、生活67年之久的开江云游子。

当我把开江八庙镇（原拔妙乡）魅力乡镇竞演节目《喊水》视频分享与他，他喃喃说着老家的这样那样，说一定要抽空回来。

他爽快地赠予我所著书籍。当一次次研读他的《拔妙集》《集妙集（赏妙卷、品妙卷、探妙卷）》这些著作，共情共鸣的不只有乡音乡情，传授传播的不仅是文艺理论评论。当下，全国文联系认真贯彻落实习近平新时代文艺思想，他的《认真学习马克思主义文艺思想》《文学人民性的现实意义》《努力表现新时代和新人物》《论文艺的继承与创新》《当代英雄形象的塑造》等篇目，仍焕发出勃勃生机。他的《文艺界值得关注的几点情况》（中宣部《文艺阅评》全文转载，中宣部《舆情摘报》加按语摘要转载），在今天仍有警醒借鉴意义。

云中锦书来，这些书籍，成为指导我工作的秘笈和撰写文章的钥匙。

四　从闭门无视到快递咸菜

你知道《流水席的主人》吗？没错，我说的就是那位创作《牛贩子山道》，又名雪米莉、任芙康先生这篇文中的田雁宁先生。大受欢迎的流水席上怎少得了独具特色的灵魂小菜呢，而这灵魂小小菜中就有来自家乡的咸菜。

作为一个文学门外人来说，在上个世纪几乎没关注过任何除课本外的作品与作家。1997 年，那时，我刚参加工作不久，办公楼是一栋两层小木楼，朱红油漆的斑驳，很有些怀旧的况味。雁宁先生的《无法悲伤》就在这里开拍，其中一个取景点就在我宿舍旁边的房间和过道那长长的木廊。拍的什么场景、雁宁先生是个什么样子，门后室内的我不知道。只记得当时外面很闹。谁能料到以后居然还会有交集，甚至包括他的身后事！

2016 年，继全国文艺座谈会召开、中央印发繁荣社会主义文艺文件，达州迅速行动、开座谈会发实施意见。开江同理，将雁宁先生的名字列入拟邀请在外文化名人名单。找到他的电话号码，对接联系，爽快答应回家乡开文艺工作座谈会。

从此每年都有回故里赴文事。每次相聚的时候，他常说的是"俐静，你各人耍嘛，各人吃嘛，想怎么耍就怎么耍，想怎么吃就怎么吃，莫那么客气、拘礼，不用管我们。想写东西就写嘛，每天都要写点，长期坚持天天写。我是天天都要写日记的。"

餐桌上家乡小咸菜每每引起他的啧啧叹，说："那是妈妈的味道、家乡的味道、灵感的味道。"于是当咸菜芋禾秆酸溜、菜心和豇豆节节清脆时，抽了真空，寄他在京在蓉栖居地。

故土山苍又生香，遥寄归雁或可尝？

五 云思云思有目盼兮

2016年11月30日上午，启羽老师向我连发三次微信："深圳本土作家罗尔5岁爱女罗一笑，被检查出白血病，医疗费每天1至3万，父亲心急如焚，选择卖文，每转一次，小铜人公司定向捐赠……"中午时分，又发来一信："紧急辟谣，刚得消息，罗一笑之事是假的。我对我的无知和轻率向所有的朋友道歉，对不起了。"

我当即回他："您是善良有爱的。"

这位曾为开江县文化馆创作员，先后在各级各类报刊发表作品300多万字，创作并公开出版发行20余部长篇小说，编剧20余部电视连续剧，作品荣获四次金鹰奖、飞天奖，一次中宣部"五个一工程"奖的职业作家，胸中笔底该蓄有多少主旋律？

各位亲友：

家父彭启羽因病毒性肺炎……不幸辞世……遵家父遗愿不设灵堂、不置墓地、遗体捐献。特含泪泣告。

女彭云思

2023年2月25日

裂缺霹雳，开江作家群声声羽儿啼悲泣。单位和个人的心意，云思都一一含泣婉拒。红十字会告知，他捐献的遗体将用于医学教学研究3至5年，那对眼角膜的受益人一定会看到他和谭力合作完成有望近期播出的那部电视剧。

云思云思目盼兮，善与大爱未远离，传递、传递！

六　向两端

文联的两端，连着党委政府和广大文艺工作者。四川文联70年，而我仅在县文联工作7年。7年，我有幸推动、参与两端的双向奔赴，有幸见证、书写开江文艺的时代缩影。

7年来，抓政治引领，文艺意识形态领域守正创新；抓班子队伍，基层基础不断夯实；抓线下线上阵地，工作平台不断拓展；抓专业能力，素质水平不断提升；抓活动开展，文艺创作植根广袤；抓机制建设，关怀激励实施。

7年来，开江出版文学作品近30部、书法美术类作品7部、音乐类作品3部2辑、其他刊物1册、编印纪实摄影1部，美术、摄影作品10余件入国展上国刊，音乐、舞蹈作品8次上央视，40余件文学作品见诸《人民日报》《四川文学》《星星》诗刊等报刊。开江女子文学方阵接受《达州日报》专访。开江作协高质量完成中国作协2021年文学志愿服务示范性重点扶持项目。我个人撰写的文章先后入选中国文联新时代文艺人才发展论坛，获省委宣传部、省文联等6部门第六届童谣三等奖，省评协2020—2021文艺评论优秀成果创新奖。

7年来的实践证明，文联事业的发展，党的坚强领导是最为紧要的，一个区域文脉文风永续是十分重要的，良好的文艺生态环境是十分必要的。

纸短意长。除了前述5位老文艺家和文联两端简记，还有不少本土德艺双馨的老文艺家、创作丰硕的优秀中青年文艺家，县创办和7个文艺家协会等组织和文联工作纪实，都给了我受益终生的滋养，文联也得以葳蕤葱茏生长。篇幅受限，未能一一列举，深以为憾！

白首·白手·百双手

——四川省电视艺术家协会纪录片专委会那些事

刘　斌

　　十年前，2013 年，王海兵还没有白头。凌中、王永刚、张平、冉茂泉等也一样。他们都还只是头发花白。

　　王海兵，资深电视人，是四川乃至中国电视纪录片的一座高峰。彼时，王海兵自嘲说，自己两鬓苍苍，但十指不黑，不是卖炭翁，是四川一杯茶——花毛峰。

　　那一年，一杯花毛峰带领着一堆花毛峰搞事情，在宜宾聚会，成立四川省电视艺术家协会纪录片专委会。

　　四川在 20 世纪 90 年代就是纪录片的热土。王海兵的"三家"系列、梁碧波的《三节草》、彭辉的《空山》等作品让纪录片川军在电视江湖扬名立万。但是，总体来说，在各电视台，说纪录片都是叶公好龙。拿王海兵的话说，是"有热情没热土、有想法没办法、有投入没收入"。

　　当时的状况，要想重振纪录片，就是白手起家。

　　但是，搞电视的人，总是把纪录片当成自己的终极梦想，总是想着拍出让自己感动、百年之后都还流传于世的作品。所以，宜宾会议绝大多数是"花毛峰"，鲜有几个"青沟子"。梁碧波当时开玩笑说，虽然电视快要死了，但是一群老电视人依然贼心不死。

确切说，我是死乞白赖加入"纪专委"的"三无委员"——无推荐、无作品、无职称。

当时我正在筹建一档党建类纪实栏目，正没有头绪，偶然听说省视协要成立纪录片专委会，而且筹备组组长是王海兵，因为之前王海兵老师回家乡，我有幸陪同过两次，算是认识。于是大胆地要求"入伙"。筹委会认为，我啥也不是，也从未搞过纪录片，不具备资格。更何况，全省57名委员名单已经定了，基本上都是有一定功力的"练家子"。好在王海兵老师这个人最大的优点就是特别偏爱家乡，他的成名作《深山船家》就是在家乡拍摄的。据说他老人家在关键时刻说："我们不能让一颗对纪录片热爱的心冷了。"

于是我就成了第58名委员。

我以为跟很多协会一样，成立了也就成立了，有其名无其实，入伙的人弄个名头唬外行罢了。没想到的是，纪录片专委会成立半年之后，立即开展了"全省首届非虚构电视节目创作培训"，地点在德阳市罗江县。整整5天，央视的张洁、王新建、寒冰，四川的王海兵、凌中、梁碧波、王永刚、张平等几位不分昼夜，硬生生地把纪录片的理论与实践塞进我们的耳朵与脑子。

这还不算完，培训结束的时候，王海兵宣布，同步启动《纪录四川100双手》大型系列纪录片项目，3年共拍摄100部纪录片作品。更令人振奋的是，他说每部作品省上给5万的制作经费。我当时当听笑话。我以为，师父是说说而已（彼时我已经把王海兵老师称为"师父"，他老人家也欣然接受了）。

所以当《纪录四川100双手》第一季在四川卫视播出时，当2015年在遂宁"四川省第二届非虚构电视节目创作培训"现场点评第一季作品时，我一直感到羞愧。

对于《纪录四川100双手》第一季，王海兵说，当时的队伍真的有点像游击队，长枪短炮吹火筒，男女老少齐上阵。当时大家只是进行了一次紧急集训，差不多只学会了立正稍息和卧倒射击。

第一季的《纪录四川100双手》到交片那段时间，王海兵与他的纪专委一干人基本上是口干舌燥、内分泌失调，天天跟各位导演们打电话，交待如何修改。最终的作品可以说是乡气加土气，虽说清纯，但是看上去质朴、羞怯有余，总不那么自如。

在遂宁的培训会期间，师父王海兵逼着我说："无论如何第二季该找一个选题，拍'一双手'了吧。"我也憋着一股劲，咬着牙答应下来。

于是就有了《纪录四川100双手》之《一个老师五个娃》。说句实在话，在拍这部作品的时候，我跟摄像就扛着一台广角镜的机器，前前后后两个多月，跑了五六趟。片子到底该弄成什么样，从头到尾，我心里其实是没有底的。直到最后新学期开学，我才有了明确的思路。

这就是学习与成长！

初片剪出来，交给师父王海兵审看。没想到他特别谦逊，分别发给了凌中、梁碧波、王永刚。而且很快，他就反馈了很详细的意见，那一刻，我深深地折服于他的敬业与专业。我记得特别清楚的有两条，一是他说我们用的一个航拍镜头中，有一只蜜蜂飞过镜头，留下了一道黑影，看起来不舒服，他说可以换一个镜头，如果不行，把那几帧剪掉，也不会影响什么。我们细看了，果然；按照他说的去做，更是果然。另一条意见是他转述梁碧波老师的，说我们的镜头单一。说实在话，当时我真没听懂，但是由于死爱面子，我没深问。又过了两年，我才明白，我们当时是一台广角变焦镜头，所拍出来的影像确实不咋地。

从2014年开始，王海兵带领纪专委组织了共6届非虚构电视节目创作培训，直到新冠肺炎疫情暴发被迫中止。邀请到了康健宁、孙增田、蒋樾、段锦川、谢晓晶、王瑞、陈晓卿、孙振虎、张斌等国内大腕为我们授课。参训学员从刚开始不到100人其中一半以上是"花毛峰"，到后来如不控制名额人数差点突破 200 人。到第三届，这个非虚构电视节目创作培训已经是四川电视人的"嘉年华"，也是"华山论剑"。

《纪录四川 100 双手》三季，一季比一季精彩，这部系列纪录片夺得了很多大奖。这之后，又启动了《第一书记》《四川非遗 100》。以"以训促干、以干代训"，成为四川省电视艺术家协会纪录片专委会探索出的一种模式。

更值得一说的是，四川省电视艺术家协会开创的影视小屋，纪专委还与播音主持专委会合作，各地两个专委会的委员担任指导老师，效果良好。影视小屋主要面向贫困地区，为偏远地区的孩子点燃理想与梦想。

对于这一点，我得啰嗦两句，我一直以为是因为纪专委多汉子，而播音主持专委会多美女的缘故。比如兼着播音主持专委会主任的省视协副主席寒露，"美丽"两个字都显得浅薄和轻慢。还是师父王海兵有品位，他说，露是天地精华。而天地之精华必然会惠泽众生。所以寒露副主席带领四川省视协干了很多惠及普罗大众的大好事。

2022 年，四川台的《又见三星堆》《川粮力量》等、德阳台的《重装出川》、达州台的《河市·金垭》、成都台的《靠山》、阿坝台的《山花落尽山长在》、广元台的《山高水长》……一部部优秀的纪录片作品正讲述着新时代的四川故事。

在四川这片纪录片的热土上，每天从事纪录片生产的手已经远远不只 100 双，在传统媒体式微的当下，他们依靠着电视本体专业，干着最踏实的事，挣着最稳当的钱，过着累并快乐着的日子。

而这一切，均源于十年前的纪专委开宗立派。当年的"花毛峰"们，不少已经皓首苍颜，而当年的一些"青沟子"，也开始"华发渐蒙头"，成为新一代"花毛峰"。

但是，梦想不死，纪录片人永远在路上。不移白首之心，不畏白手之穷，心口相传，携手相续，纪录片江湖必然举手成林。到那时，纪录四川 100 双手也就变成了四川纪录片 100 双手。实在是功莫大焉！

那间小屋，那片光影

——我和康定中学"视界影视小屋"的故事

黄志兵

轻轻摁下快门，咔嚓一声，九年的光阴定格在记忆的硬盘，储存着那间小屋里一张张明媚的脸，还有那片光影中一个个执着的梦！

犹记得，2014 年 11 月 13 日，中国视协、四川省视协一行，不远千里来到雪域甘孜，在康定中学成立了影视小屋。源于对影视艺术的热爱，我有幸成了康定中学影视小屋负责人。

影视小屋的建立，是国家给予民族地区的一项文化惠民公益活动。孩子们拥有了一个展示智慧、彰显个性、发挥才能的活动平台，将怀着对伟大时代的感恩之心，带着追求艺术的梦想，拿起手中的摄像机，记录丰富的校园生活，拍摄眼中的美丽家乡，敞亮青春的最美视界。所以，我为之冠名为"视界影视小屋"。

当然，要让影视小屋成为孩子们梦想的摇篮，仅有浪漫的热忱是远远不够的。我知道，我们身后有着强有力的支撑——学校斥资，购买了专业的书籍，建立了创编工作室，新配了电脑和软件。这间小屋，光影闪烁，孩子们开始张开惺忪的双眼。

央视鞠萍姐姐来到康定中学，为视界影视小屋的学员讲述自己成长的历程，让孩子们懂得在追逐梦想的征途上，自信是双肩背负的行囊，智慧是腋下舞动的翅膀。她敞开心扉，和孩子们展开互动，关于艺术，关于爱，关于青春期的困惑，关于内心的秘密，孩子们发现自己和鞠萍姐姐原来可以这样零距离交流。

中国视协、四川省视协"影视小屋"艺术课堂在成都开讲。连续四年，我带着学员走出大山和孩子们一起聆听业内专家授课，学习微电影策划、编剧、拍摄、后期制作、鉴赏与评论等方面的知识，走进了四川电视台，走进了杜甫草堂，走进了成都锦里，走进清源际悦读会，感受文艺气息，开阔文化视野，接受文化熏陶，我和孩子们一起成长。

第九届四川省"十佳电视艺术工作者"与我们的孩子结对子。"十佳"们充分发挥他们的专业技能，弘扬大爱精神，做好文化扶贫工作。他们亲临现场，引领孩子们捕捉生命中每一个感动的瞬间，也让每一个孩子都享有人生出彩的机会。

影视小屋北京夏令营活动启动了。孩子们第一次屏住呼吸参加天安门升旗仪式，第一次登上长城抒发豪情壮志，第一次到故宫参与拍摄实践，第一次来到星光大道的舞台，第一次和著名影星留影纪念。

正因为行走在灿烂的阳光里，所以我们更明白行走的意义是什么。我告诉孩子们，我们视界影视小屋，就要用真爱去讲述我们心中最美的故事，创作出我们心中最美的作品。

视界影视小屋第一部作品是由第一届学员编导制作的《翅膀》。该作品以康定中学高 2016 级 8 班无臂女生许方艳一天的生活为素材，用同期声和零度叙述的方式，充分展示了这位羌族女孩乐观向上的精神风貌。没想到，我们的第一部作品在当年就荣获了"第二届亚洲微电影艺术节金海棠奖好作品奖"。本届亚洲微电影艺术节共来自全国各地和亚洲各国作品2237 部，共评出获奖作品 175 部，《翅膀》是其中唯一一部高中生的作品。

于是有了再创作的冲动。视界影视小屋第二届学员创作了微电影《爸爸妈妈不在的日子》讲述了虫草盛产季节，当父母外出挖虫草，8 岁和 6

岁的女儿留守家中的故事。大女儿过早地把照顾妹妹、料理家务的重担扛在了孱弱的双肩。在妹妹睡觉前，她会像妈妈一样给妹妹讲故事；她会清早起床，像妈妈一样给妹妹系鞋带；她会像妈妈一样有条不紊地做饭，给田里浇水，给牛喂草，带着妹妹做游戏，向神灵祈福……这就是民族地区的留守儿童，她们像草原的格桑花一样自然而又坚强地生长，从小就锻造出独立生活的能力。作品告诉人们，人生永远不会像田园牧歌一样宁静，草原的孩子只有在不断的磨砺中，才能拥有一个民族内在的真正强悍。该作品获得首届全国"影视小屋"优秀微电影微视频作品评选唯一的金奖，并同时荣获第四届亚洲微电影节金海棠奖优秀作品奖。

我们的第三部微电影作品《你是我的眼》是与孩子们共同完成的。故事取材于学生的一篇优秀作文，我与孩子们共同讨论，一起编剧，最后由孩子们导演、拍摄、制作。作品讲述了一个富有人文情怀的悲情故事：年少的卓玛双目失明，童年的小伙伴尼玛愿意为她用镜头记录这个天地间的美好，期待卓玛视力恢复后能看到曾经没有看到的精彩世界。岁月在流逝，卓玛接受着医治，而尼玛参加了学校"影视小屋"，在老师的指导下，克服重重困难，懂得"留住记忆也是一种梦想"的人生哲理，为卓玛拍摄出获得亚洲微电影奖的作品《我是你的眼》，可命运注定卓玛的眼睛无法治愈，她将永远也看不到这个世界和陪伴自己成长的好伙伴尼玛。作品能立足现实生活，敢于艺术虚构，融入艺术技巧，通过浓郁的抒情笔调、美丽的雪域风光、细腻的深情表演、感人的主题音乐，形成较强的艺术震撼力。该作品荣获第五届亚洲微电影节金海棠奖金奖和大国工匠奖。

这些作品又不断激励着后来的学员，他们像爱自己一样爱上了影视小屋，像爱生活一样爱上了微电影。感恩母校，创作持续不断，佳品迭出，先后有《梦想从这里起航》；有赞美支教教师的《手电筒》；讴歌母爱的《心灵的圣坛》；展现抗疫精神的《一只口罩》；颂扬脱贫攻坚的《我又上学了》等。截至目前，视界影视小屋，已荣获全国影视小屋作品大赛金奖

3 部，获亚洲微电影艺术节金海棠最佳作品奖 2 部、优秀作品奖 1 部、好作品奖 6 部。

如今，从甘孜小屋里走出了 200 多名影视艺术爱好者。他们有的走进了北京电影学院，有的走进了上海戏剧学院，有的走进了四川传媒学院，但更多的，是怀揣一份热爱，奔向星辰大海。如今，光与影依然召唤着民族地区的莘莘学子，召唤他们在蛮荒的处女地耕耘，同样可以收获一方绿荫；召唤他们在从未曾涉足的地方放开双脚，同样可以踏出一条延伸远方的路。他们会让更多的人了解我们的故乡——大美甘孜！

纪录的力量

——纪录片创作感悟

李铁流

2003 年，为了纪念抗日战争胜利 60 周年，中共宜宾市委要求宜宾电视台创作一部以宜宾题材为主的纪录片。接到任务后，宜宾电视台立即组成了创作团队，紧锣密鼓地开始了先期的调研和筹备工作。经过一年多时间，六集文献纪录片《中国李庄 1940—1946》问世。此片在中央电视台播出后，引起了强烈的反响。李庄在抗战时期那段历史，重新浮出水面，展现在世人面前。此片先后荣获"四川省五个一工程奖""巴蜀文艺奖"等多项奖励。宜宾广播电视台从此也开启了连绵不断的纪录片创作历程。

《中国李庄 1940—1946》这部片子，以现在的眼光看，还很粗糙，还有许多不尽人意的地方。但正是因为这部片子的成功拍摄，开启了宜宾广播电视台纪录片创作的先河。此后的十多年时间，是宜宾广播电视台纪录片创作的高光时刻，先后拍摄了《抗战时期的中央博物院》《国立剧专在江安》《文博大家曾昭燏》《寻吟东巴》《夕佳山民居》《远逝的僰人》《吴孟超的李庄情缘》《罗哲文与古迹》《李庄纪事》《中华文化的守护者——唐君毅》等人文和文献类纪录片。这些纪录片先后在国际国内各类评比中获奖。其中有 7 部纪录片共 19 集，先后在央视一套、九套、十套及国际频道中播出，这在全国市州一级电视台还是不多见的。四川大学的欧阳宏生教授到宜宾广播电视台调研后，把宜宾广播电视台长年坚持不断地进行纪录片的创作，在纪录片创作的实践中，根据自身特点，培养出一支优秀的纪录片创作队伍，并连续不断地有这么多数量的节目在中央电视台播出，总结为"宜宾现象"。2007年，宜宾广播电视台创作的纪录片《抗战时期的中央博物院》《国立剧专在江安》在四川电视台举行鉴赏会。两部片子得到了与会专家和领导的高度肯定和赞扬。纪录片专家王海兵评价说："四川纪录片的水平代表了全国的水平，宜宾电视台代表了四川的水平。"2013年，四川省电视艺术家协会纪录片专委会在宜宾成立。2017年，全国优秀纪录片推荐会在宜宾举行。在这次大会上，宜宾广播电视台推荐的纪录片《罗哲文与古迹》《李庄纪事》分别被评为全国十佳纪录片和中央档案馆典藏节目，是这届推荐会上，唯一有两件作品同时获奖的市州一级广播电视台。长年不断坚持纪录片创作，为宜宾广播电视台在业界赢得了极高的美誉度，纪录片也成了宜宾广播电视台对外宣传的一张名片。笔者在职时，从事了十多年的纪录片创作和实践，主导了上述纪录片的创作，有过一些经历，积累了一些经验，也有一些感悟。

真实，纪录片生命之所在

纪录片的定义，中外学者，根据各自不同的理解，都有不同的表述。但是，有一点是共同的，那就是纪录片是非虚构的，是真实的人和事的艺术表现形式。它最大的特征就是真实。纪录片根据它的内容又分为文献类纪录片、人文纪录片、动物类纪录片、美食类纪录片等等。宜宾广播电视台创作的纪录片多为人文和历史文献类。对这类纪录片的创作，我们完全遵循真实的原则，客观公正，真实记录，每部作品必须经得起时间和历史的检验。为了保证纪录片创作的真实性不出任何偏差，在前期的调研工作中，所有参与者，就以极其严谨的工作态度和工作作风开展工作。对收集的素材，有任何疑问的，必须反复求证，直至有准确的答案。拍摄大纲形成后，我们一般会召开研讨会。邀请涉及创作题材的专家学者，对专业的问题把关把脉，听取他们的意见和建议，避免在专业的学术问题上出现纰漏。

我们在拍摄纪录片《吴孟超的李庄情缘》时，片子中涉及许多医学方面的专业概念和名词。对这些概念和名词的准确理解，有利于我们对素材的选用和对主题的深化。片子初编成型后，我们携片专程到海军军医大学东方肝胆外科医院，听取吴老和相关专家的意见，对表述不准确的地方随即修改。对学术上本身存在的争论，我们在片子中，只客观表现各方观点，由被采访的当事人叙述他们的看法，节目制作人不发表观点，让观众自己去理解。我们在拍摄纪录片《远逝的僰人》时，也同样面临学术问题：僰人的悬棺到底是怎样放在了不同地域、不同地形的悬崖上的。对这一问题，学者们有不同的看法，有各自的道理。我们在片子中，也同样是客观记录他们的表述，我们只是记录者，不发表我们的看法，以确保片子的真实性和客观性。

品质，纪录片魅力之所在

在电视节目制作中，有一种说法，说纪录片是电视节目中的贵族。这是因为纪录片的生产，对各种节目元素的组合要求比一般的节目高，纪录片的生产流程相对复杂。在电视行业里，能做纪录片，对一般的节目的制作就基本都能驾驭。一部纪录片的品质，个人认为首先是题材的选定和主题的确立。选什么题材为好？广义地讲，肯定要选择有积极的社会意义，有历史价值，能对社会进步起到积极推动作用，符合社会主义核心价值观的内容。狭义地讲，选择所在地最具影响力，有深厚历史文化内涵，对当地政治、经济、文化、旅游等有推动拉升作用的题材。

题材选定了，接下来就要确立主题。《远逝的僰人》在确定它的主题时，我们也反复斟酌。这个族群在当年与官军那么惨烈的拼杀中，被斩尽杀绝了吗？若没有，那活着的僰人他们到哪里去了？这是一个全新的视角。经过我们的采访和调研，我们最后主题确定为：僰人在那场大战中不是被全部消灭了，而是为了生存，幸存下来的僰人改头换面，以多种不同的生存方式融合到了社会，改变了以往僰人公开群居时的传统生活形式，千百年来仍然与各族人民共同生活在中华民族大家庭里，繁衍生息，绵绵不绝。若《远逝的僰人》的主题仅仅定位在悬棺的揭秘上，片子可能还是好看，但它的社会意义、历史意义就差多了。

2013 年，在纪录片《远逝的僰人》鉴赏会后，中央电视台纪录频道以购买播映权的方式播出该片。

创新，纪录片活力之所在

宜宾广播电视台拍摄的纪录片，以人文和历史文献类为主。这类纪录片拍多了以后，容易形成固定的模式。表达的方式大同小异，如何把这类纪录片做得好看，符合观众审美情趣，达到国内题材、国际表达的要求？创作团队根据片子的题材和主题，在每部片子的结构和表述上下足功夫，力争让每部片子都能拍出新意。

拍摄纪录片《远逝的僰人》时，对那段遥远的历史怎么表述，以什么为主线把众多散乱的素材完美地串连起来，把史实性、学术性和故事性完美地结合，是我们一直在思考的。若平铺直叙把事情的来龙去脉交待清楚，可以保证片子的史实性和学术性，但节目的故事性和观赏性就会大大削弱。最后，我们从考古发现僰人的一双竹筷上"阿旦木"的名字得到启发，设想"阿旦木"作为全篇的主人翁，以"阿旦木"的身份来讲述僰人的故事，整个结构一下就活起来了。"阿旦木"，专家们考证，是历史上真实的人物。我们在节目中赋予他新的生命，让他作为故事的主线，串起了主题要表达的所有元素。整个节目以史实为基础，在表达形式上赋予新意，使节目在忠于史实的基础上，有极强的故事性和观赏性。整个节目叙述流畅，收放自如，故事精彩，牢牢地抓住了观众的眼球。

2015 年，是抗日战争胜利 70 周年。我们拍摄了纪录片《李庄纪事》。之前台里已拍摄了纪录片《中国李庄 1940—1946》，那这部片子应该怎么拍？有不小的难度。面对困惑，唯有创新，才能突破。在这部片子中，我们没有面面俱到，而是选取了在那段岁月里最耀眼的人和最重大的事。在叙述这些人和事时，都与当时世界的时局有机地结合起来，把那些爱国学者和李庄民众为抗战胜利所作的努力与贡献，放进了全球反法西斯战争的大背景中，使李庄这个中国西部的无名小镇，在那场史无前例、可歌可泣的全民抗战中，绽放出璀璨的光芒。全片 42 分钟的时长，包含了傅斯年、李济、梁思成、林徽因、罗哲文、吴孟超等众多人物。纪录片《李庄纪事》拍成后，在中央电视台纪录频道"精品栏目"中播出，该片还作为经典节目，被中央档案馆收藏。

达州文艺记忆

何 苗

又是一年盛夏，日光辉煌，草木茂密，热烈的气息好像要唤起长久蛰伏在人内心的种种情思，使其随着热浪一同涌动。博士论文进度总是不尽如人意，傍晚时分，我想出门走走。戴维斯小城没有高楼，蒙大维表演艺术中心是少有的多层建筑，余晖下的 Mondavi Center 泛着橘调金黄色，太阳在温柔晚风中西沉。我在这里看过天鹅湖舞剧，听过美国巴赫交响乐团、旧金山歌剧乐团、英国尤克里里乐团的音乐会……明亮悠扬的提琴乐声传来耳边，沉下去的落日在地球另一端的故乡升起来，我仿佛回到了四年前的巴山艺术季，又仿佛回到了更遥远的舔笔欲知墨滋味的童年，有关家园故土的温情记忆与文艺有着千丝万缕的联系。

22 年前，同样是在盛夏时节，刚过 10 岁生日的我认识了彭闽湘老师，开始跟着老师学习书法。正是贪玩的年纪，但随彭老师习书的时光从不乏味，回想起来都是盈满的快乐——郊游野炊、下馆子、逛书店、读书写作、参加雅集……练字仿佛是顺带完成的事情，小朋友的那一点好胜心和虚荣心也得到了很大满足，在达州市青少年书画大赛中拔得头筹，在达钢的庆典晚会上现场书写大字斗方，不知天高地厚地觉得自己厉害极了。

那时我就像老师的跟屁虫，在新华书店看了书一溜烟就跑到对面达州晚报编辑部找老师聊天，老师的家从达钢搬到朝阳东路再搬到仙鹤路，每一处都有我不计其数的蹭书蹭饭，占满一面墙的大书柜让我着迷，一招鲜也成为长存我舌尖和心底的味觉记忆。不知道那时老师有没有嫌弃过这个甩不掉的学生，记得有一次跟老师在彭家湾路买完印章石，老师有事要去见她的前辈马骏华（达州市书法家协会主席）老师，我也屁颠屁颠儿跟着，在马老师书房看着成堆的宣纸、各色毛笔就像进了大观园，尤其是一支几乎和拖把一样粗的毛笔让我惊得合不上嘴。我还喜欢听老师讲故事，比如章继肃老先生如何指点她的习作，章老叮嘱老师的"多读书"也刻进了我的小脑瓜里，我在章老手书赠予老师的"雨过琴书润，风来翰墨香"联句前对千帆过后庐山烟雨浙江潮的笔墨人生心生向往。虽然后来由于学业的日渐繁重，书法学习被搁置了，但年少时埋下的种子一直在那里，我的硕士学位论文选题就是所学专业与书法爱好的结合体。春天里做的事情自有节律，破土成长有时，麦浪滚滚亦有时。

今年春天老师又搬家了，莲花湖畔绿水轻漾，她发来信息："又到搬家时，前一回是营建，尽管时间长了些，走过不少弯路，七层楼梯，爬着吃力，一应了登高的体会。现在搬家，是回到了精神之家，愿这云淡风轻的时光长些再长些，好看着你们登高望远，苦了累了，回来小憩，诗酒茶话，和泪笑春风。"

7年前，我硕士毕业回到达州，入职四川文理学院外国语学院，工作之余，重新铺开笔墨纸砚，开启新的人生阶段。在新进教师的学习大会上，时任学校党委副书记的侯宗明老师做了一场讲座，讲座结束时工作人员备好笔墨请侯老师写一幅字送给大家，说来奇妙，在侯老师刚写下"氵"这个偏旁时，我就想莫非是要写"滋兰树蕙"，看着笔管在侯老师手中律动，最后展现在大家眼前的果然是这四个字，落款"与学校诸新同事共勉"。开学不久恰逢达州市举办首届妇女书画作品展，我写了毛泽东的七律《和柳亚子先生》参展，晴秋下午拾级而上，来到半山腰的巴山书画院看展，遇见马老师，他还记得我是那个跟在彭老师身后的小朋友。凤凰山清秀依旧，而多年前参加少儿书画展的小不点已经长大了。2017年9月，彭老师开办了臻善书院，于是，如果我不在学校也不在家，那十有八九是在书院，从高楼旧址到百龄红豆树下，学习书法是其一，回到秦汉晋唐，在心摹手追之间汲古出新；有关书院的人和事也多可喜，或是一期一会，或是历久弥新。年少初遇彭老师时，不会想到那是如此长久师徒情谊的起点，从师 20 余载，深受濡染，所学当然不止书法，字外功夫在州河上下，在书房内外……

我在四川文理学院工作的三年是从站上讲台到站稳讲台的过程，业余丰富的文艺生活也使我重新认识了达州这座我曾生活多年的城市，正是"莫道昆明池水浅，观鱼胜过富春江"。莲花湖畔的巴山大剧院不仅是城市地标，高质量的演出被密集引进，以惠民票价为小城居民呈上文艺盛宴。深秋夜晚观高腔川剧《尘埃落定》，元旦前夕听德国柏林交响乐团的新年音乐会，心烦意乱时遇兰州歌舞剧院演出《大梦敦煌》舞剧……最难忘2019 年的巴山艺术季，那也是我在达州工作的最后一个学期，常常下班后去巴山大剧院，不管是大舞台还是小剧场，从宝岛国乐到民族管弦，我在舞剧、话剧、音乐会中体会生活与爱。直到快要离开，才开始产生对故土的眷恋。就像陌生化的语言才更能产生文学美感，人总是容易熟视无睹，待在达州太久了，我一度觉得没有什么城市景观可言。机缘巧合之下，几次随万燕明（达州市摄影家协会副主席、秘书长）老师航拍，一辆小红车穿梭在环城路上，我看着车窗外的经开区、教育园区、在建的新机场，发现自己没有真正认识过这座城市。无人机在万老师的操控下腾空而起，航拍镜头下莲花湖的轮廓真像是莲花一朵，片片花瓣盛开。州河从城市中央蜿蜒而过，火炬般矗立在凤凰山顶的凤凰楼正对着好似风帆的金南大桥，凤凰山和铁山之间的聚落就是达城，这都是我不曾留意的巴人故里之美。万老师说家乡日新月异，他想用镜头记录发展过程，留下属于这个时代的影像记忆。2019 年 8 月，以"聚焦巴山，达观天下"为主题的达州建市20 周年摄影特展在四川美术馆开展，生长于斯，念兹在兹，我特地前往观展，从入展的一众摄影作品中见故乡景、故乡事、故乡人——"俊达之州、畅达之州、豁达之州、腾达之州"被我英译为"Beautiful Dazhou, Open Dazhou, Inclusive Dazhou, Rising Dazhou"印在展览图册的扉页，成为那个氤氲夏季留给我的清澈回忆。我也更加喜欢用相机镜头去定格时间的猎猎而过，快门声中光流影动，纵使宇宙浩瀚、人生朝露，光影凝结处是山川湖海，也是内心世界，是历历来时路，也是耿耿欲曙天。

倦鸟的鸣叫拉回我游走的思绪，伴随着丰满浑厚的定音鼓声，最后一点太阳消失在目光所及之处，而天边的云还有着绮丽的色彩，纤纤云尾莫若点画之间的锋杪起伏，"咔嚓"，这一帧是 7 月初的加州晚霞，也是达州人旅居加州者的悠长乡愁。

姹紫嫣红开遍

——记什邡川剧团娃娃班

潘 鸣

谷雨时节，半夜甘露把天地洗濯得格外空灵澄澈。什邡城西一座雅致的农家乐院子，几簇月季蔷薇开得正热闹，一篷藤萝凌空泼撒漫漫青绿，樱桃树缀满晶莹剔透的美果。

大清早，什邡市委宣传部原副部长李元绍和夫人黄代卉已在院子里等我。听说我想追溯了解当年闻名遐迩的什邡川剧团娃娃班的故事，热心的元绍夫妇特意为我邀约了一批40多年前娃娃班的成员在此相聚。

一壶滚热的红白茶刚刚熬泡好，角儿们冒着稀疏春雨接踵而至。一群人围坐下来，话题立即将他们带回那段姹紫嫣红的岁月。

1978年初春，一个令人激动的消息传遍了什邡城关和各乡镇每一所中学：经县文化局和组织人事部门同意，川剧团要开办少年业余艺训班（后来民间俗称"娃娃班"），定向招收有一定文艺表演基础的12至14岁初中男女生，培训川剧表演技艺。结业考核合格者正式招入什邡川剧团，解决城镇户口和正式工编制。

其时，国家改革开放的大门刚刚启开，禁锢多年的文艺舞台渐渐恢复生机。什邡川剧团这支拥有百年历史的艺术团队重新焕发青春活力。团队凭借拥有8位中国戏剧家协会会员的雄厚实力，唱红方圆百里。为了川剧事业的长远发展，剧团决定由沈德蓉、刁成均两位名师挂帅，创办少年川剧艺训班，培养后继人才。

校园里的少男少女们心旌荡漾，踊跃报名，全县参加海选的学生竟多达 6000 余人。经三轮选拔，当年 9 月，第一批 50 多名学员正式入学。校舍是古楼街老二小的旧校园，两间教室分为男女生宿舍，搭设两溜连架上下通铺，学生自带被褥和盆桶等生活用具。校区没有伙食团，一日三餐走半条街去县委党校食堂搭伙，农村娃娃每月享受 3 元生活补贴。学员利用早晚时间学艺，白天插班城区学校同步跟读文化课。同时兼顾两头，时间和课程压得相当紧张。每天早上五点半，起床铃铛响起，一个个睡眼蒙眬爬起来，一刻钟穿衣洗漱，一刻钟跑步，紧接着是一个小时基本功训练。几位老师分别执教，拿顶、压腿、下腰、走台步、武功、吊嗓、眉眼表情，轮番学练。晚上放学后，7 点至 9 点，又是两个小时的专业课。授课老师对娃娃班管教很紧，沈德蓉老师要求尤为严苛。教学时不苟言笑，呵斥学生的嗓门像高音喇叭；辅导女生学唱旦角苦情戏，她要求徒儿们跪在棕垫上，一遍遍念白唱词，琢磨体悟角色悲情，直至练得棕针扎破皮肉，膝头血渍斑斑；发现有男女生冒出早恋苗头，她逮到当事人劈头盖脸训斥，一口气数落一个多小时。但骨子里，沈老师是真心疼爱学员的。艺训班没有洗浴条件，学员们偶尔去茶旅社公共澡堂泡澡。一次有位男生不慎感染了皮肤病，生疮化脓。沈老师和刁老师赶紧请中医开了方子熬药为孩子擦洗，还把他弄脏的衣服被褥用开水蒸煮杀菌消毒，及时帮孩子治好了病患，防止了病菌的传染扩散。朝夕相处时间久了，学生们渐渐明白了老师的一片苦心，情感由畏惧转化为敬重。背地里，大家开始称呼沈老师为"沈妈"，一个温暖的称谓，包含了深深的感恩和由衷的爱意。

1980 年夏天，首届川剧艺训班学员毕业了。经过严格考核，30 多名学员分两批正式入职什邡川剧团。"娃娃班"的旗号堂堂正正亮出来，仍然由沈老师等人带队，单独组队排练节目，尝试商演。同学们憋足劲，短期内赶排出《贵妃醉酒》《五台会兄》《拾玉镯》《打雁》等川剧传统折子戏，赶着春节，前往南泉乡场敲响首秀开场锣鼓。众目睽睽下第一次登台亮相，小演员们难免紧张失常。有穿着高蹬靴子撩衣跨步拧了脚的，有武戏对打失手伤了内伙子的，还有脑袋发懵忘了戏词的……善良的观众很体恤娃娃班，哄笑过后仍然报以宽容的掌声。这样一场一场历练，娃娃班的演艺日臻成熟。接下来，他们一口气演遍全县十几个乡镇。不久后参加温江地区青少年文艺汇演，娃娃班一举夺得两个集体一等奖和个人表演一等奖，10个个人表演二等奖。

什邡川剧娃娃班名声一天天响亮起来，周边县区纷纷邀请赴演，大都市也伸来橄榄枝。1980年秋天，娃娃班应邀远赴重庆市，在解放碑胜利剧场安营扎寨，刷出海报，四个折子戏作主打，又增加了《别洞观景》《拷红》等戏目，演员在台上亮出艺训班两年苦熬积淀的功夫，唱、做、念、打，有张有弛；一个眼神、一个下腰、一个踢衣，尽显韵味。演出结束时，场内掌声雷动。那些天，娃娃班每日演三场，千余人的堂子场场爆满，就这样连续演出一个月。不久后，他们又被邀请到成都邮政礼堂，同样也是多日连场，座无虚席。有关什邡川剧娃娃班的剧照和新闻报道登上了成渝媒体的文化版面和栏目，四川电视台还录播了喻海燕等队员演出的折子戏《贵妃醉酒》，并荐送中央电视台播出。

后来，小团队并入了什邡川剧团，队员们演艺继续长进。喻海燕、姚绍萍等分别与资深演员沈德蓉、徐朝俊、刘昌林、胡慧玲联袂主演、潘正蓉等人担任鼓乐手的现代川剧《丑公公见俏媳妇》，在四川省第一届"振兴川剧"调演中荣获一等奖。1983年金秋，剧组代表四川进京汇报演出，邓小平、杨尚昆、张爱萍等川籍中央领导到场兴致勃勃观看了演出，中央办公厅还安排专车特别照顾剧组在京期间的出行。刘坚、张新玲、郭应坤、叶启会、曾宪润等娃娃班其他成员，也分别以多个角色不同戏目参加了后几届省上的"振兴川剧"调演，收获了不俗成绩。

娃娃班中，个子高挑的喻海燕凭借俏丽的形象、聪慧的天资，加上刻苦勤奋，迅速从学员中脱颖而出，毕业后被剧团委以重任，担纲多部戏剧的主演。后来她先后调入新都川剧团和绵阳川剧团，在川剧舞台上渐入佳境。她主演的《芙蓉花仙》曾在全国巡演，引起热烈反响；1992 年，她参演的戏剧小品《戒赌》上了央视春晚；两年后，她主演的川剧歌舞《人间好》又参加了央视春节戏曲春晚；主演的《白蛇后传》于 1997 年被央视"九州戏苑"栏目多次播放。剧中高难度的"蛇缠腰""超长水袖"等表演特技成为绝活，令观众和业界行家交口称赞。1994 年，喻海燕当之无愧摘得第十一届中国戏剧"梅花奖"，并被评为国家一级演员，2000 年被破格提拔为绵阳市文化局副局长。谁料想，才华横溢、正值英年的海燕却不幸罹患癌症。2017 年初，因癌细胞转移扩散，救治无效，一代名伶香消玉殒。那个凛冽的冬日，上千名粉丝和同事含着悲痛与惋惜为她默默送行。啁啾海燕展翅高飞，从此永不复回……

20 世纪 80 年代后期，由于种种原因，传统川剧艺术的市场影响力江河日下。什邡川剧团高峰期一年商演 755 场（1980 年）的奇迹已成过眼云烟，票房收入日趋惨淡。1987 年岁末，剧团不得不降旗解体。在政府帮助下，全团人员分流安置。徐朝俊、刘坚等少数几人被分配到市文化馆继续从事群众文艺辅导，其余人分别安置到供销社、商店、土产公司、印刷厂、黄磷厂、农药厂等各个行业。

剧团散了伙，昔日的川剧艺人和娃娃班酷爱文艺的一颗初心没有变。他们组建民间业余剧社，到茶馆唱川剧围鼓，踊跃参加文艺志愿者队伍送文化下乡。后来，张新玲、黄代卉等一帮娃娃班的学友还组建了一个特殊的朋友群，但凡天气好，就去户外约聚。小河边、草坪上、花树下，忘情地载歌载舞。一帮人最爱唱的，还是娃娃班走红时的戏曲唱段。

我与百岁文学家王火的"隔空交往"

庞国翔

2022 年 7 月 15 日的《文艺报》头版头条报道了"中国作协致信祝贺王火百年华诞"的消息，接着下一期即 18 日该报头版又刊登《王火从事文学创作八十周年学术研讨会在成都举行》一文，由此可见，王火先生在中国现代文学史上的地位和影响。

已是百岁高龄的王火，是中国著名的作家，他创作了 700 多万字的作品，出书 30 余部，获第二届国家图书奖、第三届茅盾文学奖等。在 13 年前，我与王火先生有一段隔空交往的故事。我们有过书信往来，我曾三次电话采访他。他这样大名鼎鼎的人，是如此谦逊和平易近人。他在写作上取得如此大的成就，不曾想他的处女作是在江津写成发表的。

2008 年，我在江津党史研究室工作，为编写抗战文化专题党史，我曾多次给王火先生写信，他给我回信，寄来了他家的珍贵照片和资料。他在信中叮嘱我那些照片或资料用后要退还他等等，我都一一照办了。在电话中，他说他夫人身体不好，我还感觉他的耳朵不好使，但能听出他身边可能是他女儿在给他当"翻译"。他给我介绍了他在江津生活和学习以及发表处女作的故事——

抗日战争暴发后，日军侵占华东、华中等地，沦陷区大批难民和学生涌入大后方"陪都"重庆，当局就在江津兴办了"国立九中"，九中高一分校位于江津县城长江对岸德感场后山一个地名叫"蜘蛛穴"处。这里有300名学生，多是安徽和东北省份的人。

王火就是这里的学生，当时叫王洪溥。他1924年农历七月初七出生于上海一个知识分子家庭。6岁随父亲王开疆来到南京。父亲是一个思想很革命的人，与友人聂海帆创办了三吴大学，掩护救亡运动。汪精卫伪政权曾威逼利诱，想让他担任伪中央委员等职，他誓不为日本人服务，终于凛然赴义，蹈海明志。这对王火打击很大，少年王火积极投身到抗日宣传中。1942年7月初，18岁的王火由上海到南京，去合肥冒险偷越日寇封锁线，步行至河南洛阳，后经陕西入川到重庆，终于到江津投奔在县城执律师业的堂哥王洪江处，就这年王火考入了国立九中高一分校。

1943年夏天，国立九中高一分校发生了一起震惊"陪都"的学生中毒事件。这天早上，上完早自习的学生纷纷拿着小瓷碗去食堂吃早饭，早餐仍然是稀饭和馒头。约莫20分钟后，可怕而又奇怪的事发生了，学生东一个西一个倒下，床铺上、教室里、操场上、草坪上到处都躺着学生，就连厕所里也有……学校马上就明白发生集体中毒事件了，横七竖八躺着的学生，有的一动不动，有的痛得打滚，有的在呻吟，有的口吐白沫……样子非常的恐怖。

中毒的学生共有120多人，严重的有60多人。王火没有中毒，他看到这场面很是揪心，马上参加了老师组织的施救。

上午9时，王火和其他师生将这120多名中毒学生分批用小木船运到学校对岸的江津县城的卫生所，到上午11点才处理完，晚上8点，中毒学生慢慢地苏醒。

学生中毒事件发生后的几天晚上，王火都久久不能入睡，一天晚自习时，他写了一篇措辞犀利、语言尖锐的评论文章《九中就医学生感言》，次日一早就投向《江津日报》。报纸很快就发了这篇不到1000字的文章，这是1943年的事。当王火在学生宿舍读到这篇文章时，心里非常激动。报纸送到学校后同学们都争相传阅，学校将报纸贴在报栏内。这篇文章对卫生所的官僚主义和医生的冷漠进行了抨击。写得生动有力，表现出王火的正义感。

这是王火第一次发表文章，由此，王火自然对写作热爱起来，他意识到为民喉舌的重要性。

1944年，王火在江津高中毕业后，报名考上了复旦大学新闻系。从此王火不断练笔，常有小说、散文在重庆的报刊上发表。

新中国成立后，王火开始了他更为广阔的文学创作生涯。用40年完成了史诗型巨著《战争和人》。几十年里，他出版了长篇小说《节振国传奇》和文学作品集《西窗烛》等30余部作品，在创作上真可谓舒卷自如，硕果累累。还多次作为文化使者外访。

王火曾对我说：江津不仅留下了他中学时代难忘的记忆，而且留下了他的初恋。他在江津，迈出了写作的第一步……

犹忆问道流沙河夫子

谭国锋

2017 年，我列出了一大堆的问题，随身带着，赶赴成都，去向流沙河夫子请教。

夫子其时年已 86，平日已不大愿意见陌生人了。幸得他学生冉云飞老师帮我引见。

我听从冉老师的建议，自行安排时间，订了 2017 年 12 月 7 日广州到成都的火车。

到达成都已是 12 月 8 日晚上了。次日下午，我随冉老师去拜见流沙河夫子。

冉老师出发前对我说了，最近自己太累，带我引见夫子后，他就先回去休息一下，让我自行与老夫子聊天。他还一再告诫我："老师年纪大了，你挑重要的问题问，也别带太多书去请他签名，免得他太劳累，累坏了身子！"

不料，他和师母及夫子聊着聊着，渐渐就逸兴横飞起来，完全是欲罢不能的样子。

在他们的聊天中，我知道，老夫子的喉咙已出现肌肉萎缩的状况，因此不宜长时间大声说话。

约 40 分钟后，冉老师终于将话题一转，让我向夫子请教，并又一次让我将要问的问题说得精简些。

我先问关于成都的问题。此前，我看过夫子写的关于成都的书，获益良多。先生书中说到，成都是成这个民族建立的都城。可是，后来我看徐松石作品，徐公说"成"就是城，譬如成周就是周民族的城市，成纪就是纪国人的城市。我认为很有道理。我同时还想起了成汉和成濮甚至城父。

夫子说，古人说"一年成聚，三年成邑，五年成都"，认为这是成都的源头。然而，并非如此。他到过甘肃某地，因而知道，"成"是一个部族，意思是头顶，也指高地上来的人。任乃强说过，成人从成这个地方经岷江到成都平原后，水退了，地就成了庭，时在蚕丛、鱼凫时代；开明时代，居地是双流，并非成都。"成"作为一个民族，无可置疑。

我觉得夫子所言在理。这个"成"音，应该就是先秦古籍中的"昆仑"，秦汉时代的"祁连"和"滇"以及后世蒙古人信仰中的"长生天"！用粤语读，"昆仑"和"祁连"音是很接近的，而"祁连"快读就是"天"。"长生天"急读起来，和"成"这个音极接近，和"滇"音也近。而这几个字音，都有"高处"的意思，和"高山""高地"及"天"是同一来源。——远古先民，必然生于地之高处。后来低处水退成陆地，高处的人迁居那里生活，是自然的事。譬如广东五邑地区，至今是名满天下的华侨之乡，海内外的五邑人加起来约千万人。然而，台山市的海宴在明代还大多是大海，其卫城名为潨城。从五邑旧地（新会）分出的中山，在宋时还大部分是大海。如今以经济之强劲名震全球的顺德，在明代前期还大部分是不宜人居的水乡，渔民黄萧养造反被镇压后，始设顺德县。秦开南粤所设郡县，多在今天两广的高山地区。今日两广的商业重镇，昔时基本是水乡泽国。这也是一个明证。

夫子又说，历史学界有一种说法是古代先民"逐水草而居"。其实，这也是错的。古人其实是逐盐而居！石头叫硅酸盐，这个"硅"不读 gui，应读为 xi 或 si（我想起了荀子《劝学篇》里的"故不积跬步无以至千里"

的"跬"，先结切，音屑 xie 或 si，省读则是 xi。"跬步"的意思是一小步一小步，也就是细步）。

我说此前也听说过华夏先民自西东迁逐石而居的说法，但人家说这"石"是玉石。古人虽然的确重玉石，但相比起来，我还是更相信夫子这种说法。毕竟，盐在人的生活中的作用是至今仍然没有任何东西可以完全彻底地代替的。又有史学家如李敖说过，当年炎黄大战的原因，其实就是为了争夺产盐的盐池。

我又问"汶川"和"大汶口"的"汶"字。

夫子说，"汶"就是昏暗，"汶水"就是黑水，水昏黑。

我问楚王熊氏又有书说成是"能"字下加三点的字，未知孰是。

夫子说，古无那个字，基本以"能"字代替。那个字读为 lai。

我说，古书确无，至晋代始有。梁启超家的后山，就有一个"能子塔"，我去访问过，其"能"字正是下加三点，其音为 nai。（川人读 n 为 l，如"哪个"读成"拉个"，湘人读"南"为"兰"，粤人读"你"为"李"，已成一种语言惯例。因此，夫子读 nai 为 lai，不能说读错。）大禹之父鲧治水失败，被舜杀了，死后化为黄能，通常写作"黄熊"，又作三足鳖，就是这么回事。成语"素不相能"的"能"，其实就是这个 nai 字，通假字为"昵"。

夫子边听边微笑，就像一个正听无知的小朋友胡说的长辈。

我问汉代的"乐浪"郡名的意思。

夫子说，朝鲜的原名是"朝汕"，就是原来的"汉城"，这个"汕"是指汉江。

夫子又说，古今地名的译音多有误译，譬如台湾，本来是当地土人说"大官"的意思。"大官"昔时称"大员"，一来二去，"大员"之音就讹成了"台湾"。

我恍然大悟："大"的古代发音是"太"，"大学"即是"太学"，至汉代还是如此发音，但到宋代朱熹作注时，这个字的音已是"读如字"了，也就是说，读为"大"了。然而，今日的客家话中，"大"依然读为"太"。"太"音转而为"台"，是很自然的事。"员"字转为"湾"，虽然曲折点，但也有迹可寻："殒、韻"两字，从"员"得音，而粤语中"殒、韻"两字发音均为"wan"，正与"湾"字同音。

我问四川的德阳、绵阳、资阳、简阳的"阳"字。我说，有一种说法是："阳"与"场"与"堂"音同义同。（我没说的，是我想证明广东阳江的"阳"字的来历与意思。——阳江之名，源于漠阳江。有人说其古名"莫阳"，"莫"的古越语是指牛，"阳"的古越语是指羊。我认为，"莫"的古越语是指牛，这是对的，这是徐松石指出过的；而"阳"的古越语是指羊，是没有说服力的，是牵强附会，是强不知以为知。阳江古代至建国前一直是盐碱地，居民多以打鱼为主业，也种一点庄稼杂粮，并不养羊。）

夫子写出"阳"字的繁体字"陽"，又写出其左"耳"旁的篆字形状，为我解说：这"耳"其实是山与水之形，不是耳朵。山之南，水之北为阳，"陽"右边的"日"是太阳，中间一横是指地平线，下面的"勿"是太阳光投射在地上、水上的影子。

我问司母戊鼎如今改称后母戊鼎，而我认为这个"司"或"后"其实是个"右"，也就是个"祐"或"佑"字，保佑之意。未知夫子如何看这个问题。

夫子又画出"司"字和"后"字的篆字以及甲骨文，为我解说其每一个部件的意义。结论是：以"皇天后土"为证，"后"实为官名。

在冉老师的多次催促下（他是真怕我的打扰影响了夫子的健康），我只得拿了老夫子给我签了名的三本书，依依不舍地告辞。——我列的一大堆问题，有许多未能问夫子，但考虑到他的健康问题，我也只能忍痛割爱，虎头蛇尾地结束这一番问学了。

在回广东的高铁上，我一本一本地细看夫子的书。其中的《字看我一生》让我大开眼界。我至今不知道这本书该怎样分类。说它是散文、剧本、学术论文集、自传小说甚至回忆录，都可以立得住脚。然而，以上这几种所谓的文体，又远远无法涵盖这本书的特点。若非要下一个定义，我只能说它是奇书、好书！——它真是启发了我：作品，原来还可以这样写！

别后两年，我忙于生计，没有再去成都拜谒夫子。

这是我第一次见流沙河夫子，竟也是最后一次见他。但我觉得，他的精神和学问，从此已在我的身上生根发芽了。

文学泰斗阳翰笙创作《草莽英雄》的故事

罗　鸣

阳翰笙是中国新文化运动的先驱者之一、文艺界卓越领导人、戏剧家。他一生主编了《流沙》《日出》等进步刊物；创作了"华汉三部曲"及《前夜》《塞上风云》《李秀成之死》《天国春秋》《草莽英雄》《两面人》《槿花之歌》等 20 多部小说、大型话剧和电影剧本；创作和领导拍摄了《八千里路云和月》《一江春水向东流》《万家灯火》《希望在人间》《三毛流浪记》《北国江南》等优秀影片。

今天，我们再看阳翰笙在 20 世纪 40 年代，以家乡宜宾的生活为背景、"保路同志会总会长"罗鲜清为原型而创作的电影《草莽英雄》（以下简称《草》），是他一生的经典力作，是一部完整的艺术品。我曾亲耳聆听翰老创作《草》的故事……

1911 年，清朝政府宣布"铁路干线国有政策"，并强收川汉、粤汉铁路为"国有"，旋即与外国订立出卖合同，公开出卖铁路修筑权。由此，全国保路运动风潮随之兴起，尤以四川最为激烈。

家住高县蕉村场的罗鲜清，以零售食盐为生。他平时为人仗义，济困扶危，好打抱不平，当地人以"小宋江"相称。他被推选为高县保路同志会会长，举"同志会"大旗，兴义军，推翻清政府，建立新民国。

罗鲜清亲自带领几百人的队伍，从蕉村出发直取筠连。筠连县令闻风丧胆，连夜剃掉胡须，乔装逾墙逃走。起义军深得群众拥护，取高县、克庆符、攻珙县，势如破竹，名声大振，队伍像滚雪球似的增加，川南各县拥戴罗为"总会长"。

罗鲜清的队伍军纪严明，一路秋毫无犯，于1911年4月下旬进驻宜宾市翠屏山。旋即，得四川保路同志会密令，要罗急速收复川南各地，将队伍整编后去成都会师。而这时，他的队伍中有个"变节"的人，早已暗中同官府勾结，突然偷袭罗在山上的不足百人的队伍。罗身先士卒，英勇战斗，从早到晚坚守阵地，最终被流弹击中，壮烈牺牲。

> 罗鲜清打下筠连后，带着威武雄壮之师，从我家乡罗场经过。他们手持长矛大刀，激昂慷慨，义愤填膺直取庆符、宜宾。人民夹道欢送，鞭炮声响了一夜。第二天，街上鞭炮纸铺了几寸厚。可是不久，起义军失败了，抬回一具具尸体，一路滴的血把田坎都染红了。见此惨烈情景，我那颗愤怒的心简直要爆炸了。
>
> ——摘自《阳翰笙日记》

阳翰笙从小就产生了强烈的欲望，今后一定要写出歌颂家乡保路同志军罗鲜清的起义壮举，让世人知道这场辛亥革命的前奏曲响得多么壮烈。

罗鲜清的家，离阳翰笙的家大约20多里路程。当时只有七八岁的他，耳闻目睹了罗鲜清领导的那场悲壮惨烈的农民起义，这是他从小受到的革命启蒙教育。

清朝末年，川南和其他很多地方一样，存在着两种政权：一是官方的反动政权，一是民间的革命政权。罗鲜清就是后一种政权的领导人物。他身上有一股子山野气、豪侠气、英雄气，是名副其实的草莽英雄。阳翰笙在10岁之前，就常听到老人们讲关于罗鲜清的故事，阳翰笙创作的《草》虽然最终修改完成于1942年，但这个故事的雏形，在翰老孩提时候就萌发了。

1937 年，抗日战争即将爆发，正值民众抗日情绪高涨之际，阳翰笙应"联华公司"邀请，写一部电影剧本。他就想把从小就在心中孕育的、罗鲜清领导的保路反清斗争的悲壮故事，以电影的形式展现出来。

《草》描写腐朽的清朝政府卖国求荣，出卖川汉铁路筑路权，而引发的一场保路爱国的革命风暴，席卷全川。草莽英雄罗选青（原型罗鲜清），是川南六县保路同志会总会长，他刚毅强悍，带领队伍与官府展开你死我活的斗争。

罗鲜清的义兄陈竟成被清兵统领李成华杀害后，派同盟会员唐彬贤赴川南协助开展运动，不幸被捕。罗得知后立刻设法前去营救。在清兵押解途中，救出唐彬贤。唐进入罗的队伍后，两人成为结义兄弟。

唐彬贤被劫惊动了李成华。李率清兵强行搜查罗鲜清家。罗怒不可遏，挥刀欲搏。正在这千钧一发之际，县知事王云路前来罗府出面调解，避免了一场血光之灾。

罗鲜清领导的武装起义准备就绪之时，起义军中的骆小豪变节投敌，暗中勾结官府。罗在与各江湖码头的舵爷结拜会上，李成华突然率兵包围了罗府。罗将计就计，以反包围战术，将李成华打得溃不成军，仓皇逃窜。罗率军乘胜追击，直奔川南重镇宜宾城。

然而，由于内奸作祟，义军不幸中了埋伏，死伤惨重。一天王云路请求辞官告老还乡，罗鲜清信以为真，执意要送王到合江门码头。王又施一计，邀请罗上船相送，罗就豪爽地答应了，同王一起迈进靠江的一只船上。谁料罗刚踏进船舱，突然生变，几十个官兵举枪对准了他，一举擒拿了束手无策的罗总会长。起义军一时失去了主帅，整个队伍处在极度的慌乱之中。

阴险歹毒的王云路，就在这时写出一封"真心诚意"的信，信上称他与罗总会长交往情深，不会陷害罗的，只是奉命要抓"革命党唐彬贤"，叫起义军把唐送进城里，交换罗鲜清。

为了救罗总会长，这群草莽英雄个个心切，人人觉得该"换人"，没有想到是官军的阴谋，就逼迫唐彬贤下山，进城换被关押的罗。面对心急如焚、激愤的草莽英雄们的"逼上梁山"，唐明知这是一个阴谋，但他为了这支革命队伍的生存，保存有生力量，义无反顾地"自投罗网"。唐有去无回，也没有换回罗。这时，在翠屏山上的起义军才知被欺骗，让他们两人都为反清爱国大业奉献了宝贵的生命……

翰老写成电影剧本《草》的初稿，联华公司预付了他稿酬 300 元大洋，并特邀当时的著名导演孙瑜执导，但因故没能拍摄完成。

皖南事变后，国民党反动派在重庆加紧制造白色恐怖。我党为了保护好阳翰笙，让他暂时避开敌人的刀锋，安排他回高县探亲。他回到老家罗场住了约两个月时间。在这个期间，他到处去搜集有关罗鲜清和保路同志会的素材，并进行了实地考察，了解当地哥老会的情况等。这次回家探亲，无疑对《草》后来的创作修改成功起着十分重要的作用。

翰老在重庆期间，对《草》又进行了修改。他在创作《草》时，一直受到周恩来的关怀和指导，周还在红岩村主持了剧本讨论会，认为《草》是作者"全部作品中最成功之作，没有一个多余的人物，没有一个多余的场面，是一朵从石上盛开的花，是一部很完整的艺术品！"

《草》完成后，受到国民党的封杀。当时，周恩来还为《草》的上演四处奔走，积极呼吁。1945 年 8 月，毛泽东在重庆与蒋介石谈判签订了"双十协定"以后，《草》才得以复活，上演时获得了巨大的成功，引起不小的轰动。年底，剧本由群益出版社正式出版发行。

1983 年 5 月，81 岁高龄的翰老，率中国文联访川到成都后，说要回宜宾看看家乡。翰老到了宜宾的当晚，不顾一路辛劳，坚持观看了由宜宾青年川剧团，在金江剧场上演的《草》，并专注地看完了全程演出。演出结束后，他又高兴地同全体演员合影留念，并热情洋溢地说："我看了你们演的戏，川剧味很浓厚，我觉得演出很好，我十分高兴。"

1986年，峨眉电影制片厂将《草》拍成宽银幕故事片，许多镜头取景都是在当年罗鲜清活动的场地，如宜宾的翠屏山、真武山，还有罗家大院、江安夕佳山等。

《草》拍摄成电影后，翰老看了几次样片，他满意且激动地说："终于圆了我近半个世纪《草》的电影梦。昨天的'保路救国运动'和今天的'振兴中华'是我们伟大民族精神的延续，值得发扬光大。"

电影《草》上演后，反响十分强烈。直至近些年，一些电视台还在播放此片，仍有较高的收视率。其根本原因，是作品获得了超越时代界线的强大艺术力和生命力。

23 年，坚守与见证

柳恋春

2000 年，我从部队转业到市文联工作，这让我感叹唏嘘——1986 年底我从代课教师的岗位投笔从戎，14 年后，作为志愿兵转业又"退戎从笔"到文艺界工作，我的人生轨迹，如同体育场的赛道，好像是一个圆，跑来跑去就在圈定的空间里奔忙。这一奔跑，就是 23 年。

南充市文学艺术界联合会（简称为南充文联）成立于 1950 年 7 月 2 日，是四川合省前成立的地方文联。20 世纪 80 年代，《光明日报》在头版头条刊载市文联"以文养文"的经验后，南充文艺界闻名全国，被誉为全国四大地方文联之首。一时间，迎来全国各地文联同行前来取经。但是，由于各种各样的原因，到了新世纪，地处内陆的南充文艺界已经风光不再。文艺工作面临新的机遇与挑战。为了找回昔日的辉煌，文联领导带着机关和主要协会负责人到处交流取经，综合判断，因地制宜地确定了两个关键词，那就是"品牌"与"活动"！

众所周知，一个地方文联的声名鹊起，离不开两点：一是人才是根本；二是作品为王。只有有了老中青相结合的文艺骨干队伍，才能有作品立起来。人才需要的是培养，作品需要的是扶持。这两点，缺一不可。基于这样的共识，文联领导命我弄一个全面的东西出来，争取以市委市政府的名义发文固定下来，以建立文艺繁荣的长效机制。我翻阅大量资料，寻访全国各地先进文联的经验，于 2007 年初，终于形成了文字并提交市委市政府。2007 年 2 月 9 日，市委办印发了《南充市促进和繁荣文学艺术创作实施办法》，其中包括《总则》《挂职制度》《创作假制度》《创作成果奖励》《职称评定》《附则》。文件一经印发，文联马上启动首届"嘉陵江文学艺术奖"的评选工作，以市委宣传部名义迅速发出通知。到年底，共评出文学奖、艺术奖各 6 件。因为是首届，积压的好作品太多，在等级奖外，各增设了 5 名"优秀奖"，一等奖奖金一万。这在当时，评奖和奖金之高，就全国而言，都屈指可数。市文联的评奖，意义重大，所辖县（市）区文联纷纷跟进，在全省文联系统影响很大。一时间，很多市级文联争相效仿，也激发了作家、艺术家出精品力作的热情。就我本人而言，依据市委市政府两办的这个通知，先后两次请了创作假，因为有了时间保证，圆满完成了创作任务。现在回头再看，这个 2 号文件，在南充文艺的发展进程中，有里程碑的意义。

在全力推进文件落实落地的同时，市文联领导把打造文艺品牌作为突破口。2009 年，推出了"嘉陵江文丛"第一辑，由财政全额支持，集中推出本地 10 位作家的作品。经过十多年的不断完善，如今，"嘉陵江文丛"已经形成了市文联的品牌，先后推出了"女作家专号""戏剧专号"等等。

文联工作，借鉴经验确实很有局限性，外地的经验再好，也很难为我所用，为什么呢？在文联工作时间久了，有一个切身体会，从上到下，好像都没有一个特别过硬的刚性文件。比如，"县县成立文联"这个事，文件要求"有条件的县市区"，这个"有条件"就模糊了。再有，推进省上工作要求，不是从上到下的一以贯之，而是需要市级文联不停地去找领导、找部门落实。当然，这就造成有的地方落实得好，有的地方落实得不好，极不均衡。还比如，有的地方政府建了"作家村""画家村"等等，其他地方根本难以复制。因此，要发展和繁荣本地的文艺事业，还得因地制宜，还得围绕当地党委政府的中心工作，才能得到领导与相关部门的支持。曾经很长一段时间，本地大抓旅游，文艺界如何借助文艺的特殊功能助力？南充市文联在 2010 年 6 月初搞了一个"全国散文名家南充行"活动，受到了各方赞誉。活动邀请了蒋子龙、张胜友、王宗仁、周明、丛维熙、舒婷、王剑冰等名家来南充，放在当时，任何一个人的名字都在文学界如雷贯耳，但是，他们都没有丝毫的名人架子。当我现在看见一些"网红"或者刚出道的"小鲜肉"们出场那架势，粉丝扎堆、保镖成群，就百思不得其解。在文艺界工作久了才明白，文艺工作需要沉淀，文艺人需要耐得住"坐冷板凳"的寂寞。

自然，名家们的粉丝也是安静的，别具一格的。6 月 1 日晚上，名家在南充北湖宾馆四楼举办了讲座，提前一个小时就座无虚席。这些名家们远道而来，还没有来得及休息，晚饭后就直接进了会议室。他们的敬业和对文学新人的那般呵护，感动了大家。对于南充的文学爱好者来说，他们是真正的巨星。名家侃侃而谈，底下全是"沙沙沙"做笔记的声音。这次活动让本地作者开了眼界，受益匪浅。

晚上 10 点过，我前后脚摸进蒋子龙主席的房间。此时，蒋主席刚好换上拖鞋，还没有来得及关门。或许是因为见我对活动跑前跑后，对我有一点印象吧，他可能还以为组委会有什么事情通知他呢。我当时是一只手拿着一张宣纸和毛笔，一只手拿着两本杂志，看着就是匆匆忙忙、临时起意的样子。再加上，我第一次见蒋子龙主席，心里也紧张，话不成句。蒋主席却笑盈盈问："啥事？坐吧！"

我没有坐，也不敢坐，平稳了一下情绪，说："蒋主席，我们几个文学爱好者，办了一个文学杂志，叫《川北风》，想麻烦您给题一个刊名！"蒋主席接过杂志，翻了翻排版和栏目设置，笑了："发展文学事业，好事情嘛！"又伸手向我要宣纸和毛笔，他把纸铺在电视机前面的桌子上，提着笔，歪着头问："那需要我写什么呢？"

我说："就题刊名吧！"我们几个文学同仁，本来是想请蒋主席题写一幅书法作品的，但一是纪律不容许，我们单位领导说了，不能找名家们题字，我已经违规了，不能太过分；二是没有带墨汁和砚台，毛笔是蘸了墨带来的，也写不了多少字。蒋主席看了一下毛笔，又用烟灰缸接了一点水，把毛笔清润了一下，刚劲有力的"川北风"三个字，跃然纸上。如今，这题字挂在我的书房。2018年12月18日，党中央、国务院授予蒋子龙同志"改革先锋"称号，颁授"改革先锋"奖章，并获评"改革文学"作家的代表。每当我站在这幅题字前，蒋主席对晚辈的和蔼慈祥、对一个地方文学事业的关心和支持，总会让我感慨万千。

此次笔会后，名家们全部在最短的时间内，寄来了采风作品，这些作品多在大刊大报发表，文联把这些作品集结出版了《到南充去》，反响强烈，也拉动了南充旅游，一时间，"到南充去"，几乎成了各地文人的口头禅……

23年的坚守，我有幸参与了南充文艺的重大工作，见证了南充文艺的发展与繁荣。从当初的两个县级文联到如今的县级文联全覆盖，从当初的十几个协会到如今的30多个协会，从1000多的会员到现在的5000多名会员，从单一的自娱自乐到与外界对接有影响的重大文艺活动，从零星的获奖到密集连续地获得"四川文学奖""巴蜀文艺奖"等等，都在证明着，南充的文艺大军正在茁壮成长。从老文艺家无私奉献的传帮带到新文艺人的文艺自觉，从临时起意的文艺活动到组织有序的长期展演、讲座、采风、交流等等，文联的尽责履职，一届接着一届干，协会的主动作为与会员的奋发有为早已经蔚然成风。我坚信，在这样的大背景下，只要南充浩浩荡荡的文艺大军切实肩扛时代责任，必将推动南充文艺的不断发展和繁荣。

巴中市文联创建那几年

阳　云

　　巴中建地设市是 1993 年，巴中市文联正式成立则是 2013 年的事了。这 20 年时间，巴中不是没有文联，而是有牌子，有班子，开过一次成立会和换届会，只是所有人员都为兼职，没有专门机构和人员，有什么与文联相关的事，则由市委宣传部的文艺科代行。2013 年，市里决定成立文联，组建专门的机构，核定 4 个人员编制，同时成立同级别（正县级）市作协，也核定了人员编制 4 人。我成为巴中市第三届文联主席候选人。

　　经过 3 个月的筹备，巴中这个全省唯一没有成立文联的市，于 2013 年 8 月召开了成立大会，值得一提的是，到场祝贺的四川省文联主要领导蒋东生书记是当年巴中地区的第一届文联主席。全市的文艺工作者、特邀的在外巴中籍知名文艺家共同见证了巴中市文联诞生的高光时刻。

　　文联成立了，文联是什么？文联干什么？文联工作又怎么干？这是我们思考的问题，也是我们面临的如何起好步、开好局的紧迫事。我们有一个宏愿，内心有一股热力，虽然巴中是全省最晚成立文联的，但我们有决心来赶超，人少钱少不是问题，因为我们热爱文艺工作。文联之前，我是兼职的巴中市第一届作协的副主席兼秘书长，曾担任过市委宣传部的文艺科长。

　　当时的巴中市文艺界，说起文联，包括文艺家本人，十有九人说不准确文联的全称，不少人还不知道文联是干什么的。如巴中电视台有位主持人获全省"十佳主持人"称号，我们代表文联给予表彰奖励时，他表示还没听说过有文联这个单位。

由于一直以来没有单独的文联机构，各协会基本上属于野生状态，仅有3个协会——巴中书协、美协、摄协，是建区时由市文体局出文成立的，没换届过，也没在民政登记注册过，另外还有一个由电视台成立的电视艺术家协会。其他艺术门类的文艺家协会、学会一概没成立，县区文联也只有南江才有编有人。此情此景，市文联一经组建，便针对起步晚、基础弱等现状，厘清思路，突出重点，着力凝聚力、向心力、活力、品牌力建设，聚集文艺力量，助力巴中发展。总体工作我总结为六个字：有抓手，当推手。在一年多的时间里，换届了市摄协、书协，先后成立了市舞蹈、音乐、戏曲、民间文艺家协会和奇石根艺花卉、红楼梦学会以及检察官文联、市舞协红叶艺术团，特别是红学会的成立，时任中国民协分党组书记罗扬到巴中参加了成立大会，其中巴中的红学会是全国地市少有。全市团体会员单位由以前的7个增加为19个，市级以上文艺家协会会员超过5000人。为汇聚广大的文艺人才，我们对市内外的文艺人才进行统计，建立档案。同时，我们特别重视巴中籍在外知名文艺家的联络联系，专门到北京、成都等地拜会，巴中是故乡，巴中文联也是他们的家，激发大批巴中籍在外文艺家以感恩回报的方式致力家乡文化建设。《挂印知县》艺术总监、梅花奖获得者肖德美，省摄协副主席、川大教授冉玉杰，鲁迅文学奖评委、西南大学博士生导师蒋登科，中央音乐学院教授何鹏飞等经常回巴开展文艺培训，承担文艺服务项目。

出作品，出人才是检验巴中文艺繁荣的标志。从艺术创作规律出发，文联统筹谋划，助推文艺精品，具体工作由各文艺家协会来实施，这就是我们说的"当推手"。

一是项目推动。实施重大文艺题材项目推进制，以各文艺家协会为单位，上报重点创作项目，纳入全市文艺创作年度规划，实行成效预设、全程跟踪、专题推动，开辟创作的绿色通道。

二是搭建平台。创办了市文联的综合性文艺刊物《绮罗文艺》，建设了巴中文艺网。同时利用本地报刊、影视，广泛宣传文艺家和文艺作品。

三是开展专题培训。先后邀请了美术家刘大为、史国良，书法家张景岳、马啸，音乐家赵小毅、李晓明，作曲家敖昌群，摄影家王征，舞蹈家王玉兰、曲艺家李立山、张志宽，红学家张庆善等50余位全国著名文艺家来巴授课、指导。中国文联、中国美协成功地在巴中举办两期美术志愿服务培训班，中国曲协将南江作为"结对子、种文化"全国两个试点县之一。

四是奖励扶持，推动精品创作。曲艺《竹颂》《雪梅雪梅》，电视纪录片《爱在指尖上》，川剧《悠悠万民心》，舞蹈《农家交响》，美术《古镇恩阳》，摄影《殇》《独钓水泥江》等一大批作品获国际、国家、省级大奖。歌曲《巴中 style》走上星光大道，巴中摄影家协会以《有个地方叫巴中》集体参加黄山、平遥国际摄影展。这些精品的创作，既丰富了群众文化生活，又亮出了巴中的文化名片。

文艺品牌，是地方文化影响力的核心。全面深度挖掘巴中文艺资源，突出特色优势，系统整理，创建全国、全省文艺品牌，以品牌提升巴中文化影响力，增强巴中人的文化自信、发展自信。我们根据自己的优势特点给每个协学会，创建协会品牌，通过一年、几年或更长时间来完成目标，通过品牌创建来带队伍，出人才，出作品。比如书协创建"中国书法之乡"、美协"刀锋巴山"版画、音协的"二胡之乡"、戏曲协的"曲艺名城""中国曲艺之乡"等。

我在巴中文联工作接近四年时间，正是文联创建的四年。四年时间，虽短也长，经过努力，文联的抓手有了，路子也探出来了，"推手"的作用逐渐强大而有力。

我为地区文联跑了几年龙套

张万林

四川文联走过 70 年，这是光耀时刻，也是辉煌篇章。回头来看，从巴中成立地区到撤地设市，也是白驹过隙，一晃走过 30 年。想想我与巴中文联的结缘，还真是万端感慨在心间。巴中成立地区时，地区文联有牌子但没有专职人员，具体工作由地委宣传部文卫科负责。那时，地委宣传部办了两本杂志，一本理论刊物《当代巴山》，由理论科自办发行；一本《巴中文学》由文卫科负责。我是一名文学青年，那时已在《星星》诗刊，《四川文艺报》上发表过作品，因为热爱文学，受聘于《巴中文学》当编辑，负责杂志的编辑发行，因而与文联工作挂上了钩。那个时候，人手少，一人顶几人的工作，做事从不分该不该做、能不能做，只要领导安排给你，你会不会做都不重要，你必须自己想法把事做好。

杂志虽然是一个内部刊号，自办发行，但因为是新成立地区，管得没那么规范，允许拉广告和赞助。杂志社招了一大批这方面的人才，而编辑部内部从事编辑工作的只有我一人。这且不说，因为宣传部文卫科也只有一名人员，既当科室负责人，也是办事员。那时，文联作协都只有牌子，没有专职人员，对应省文联和省作协工作，只能由文卫科来具体承担。当时，文卫科负责人既是科室实际负责人，又是杂志的主编，既要应对省上和兄弟市州地区的事情，还要负责地方的文化事业和刊物的操办，人手短缺，捉襟见肘。这个时候，作为唯一的抓手，我不但要办好刊物，还要帮助文卫科做事，协助做了好几年的文联工作。因为文联没专职人员，我也只是一名聘任编辑，不属宣传部正式人员，所以我自嘲为文联跑了几年龙套。

那时，要定期向省文联、作协报工作进度，申请新的省书协、美协、摄协、民协和作协会员，及报送省、市文联作协会员的作品。我就负责收集需要申报各协会会员的资料，并负责填报；通知地区的会员，叫他们把自己出版的集子、创作的作品送到文卫科来，我负责收集归类，然后，由我对接省文联各协会和省作协有关人员，按工作的要求，分类打包邮寄给对应单位。这样的工作一年要做好几次。有时，省上要举办书画摄影展，要求我们地区报送作品，我就得按要求，通知有关书画摄影家把作品送过来，我打包送去。有时，书画摄影家需要赴省上参加有关活动，我就得通知他们什么时候在哪里集中，由文卫科负责人带队赴省上。如若是地区要举办书画摄影展活动，我还得通知各协会负责人来文卫科开会，由各协会负责人回去筹划书画摄影作品，并组织一批人员来布展。年终了，还要负责起草向省上的汇报材料。

这样的工作一干就是好几年，因为地区文联主席一直由宣传部部长兼任，没有正式的文联机构，要了一个文联编制，也由宣传部统筹使用，所以文联工作一直还是由文卫科负责打理。我在与这些书画家、摄影家、作家打交道中，接触得多，也就与他们熟识了，很多人都交成了朋友，于今还是走得很近。在这些书画家、摄影家身上，我也学到了很多东西，对书画作品、摄影作品有了全新认识，鉴赏有了很大提高。如与书法家蒲剑先生成为朋友后，不但能索取他的书法作品，春节期间还能让他为我专门写一幅家用春联。更为重要的是，他鼓励我练习书法，免费去听他的书法课，虽然，我练习书法没有坚持下来，书法课也只听了一段时间，但是，我对书法的热爱和理解却是有了质的飞跃。我也同摄影家们成了朋友，在他们那里学到了如何摄影、如何构图、如何剪裁，对光影的要求有了理解。我在画家们那里知道了国画、油画和木刻版画的区别与鉴赏，在剪纸艺术家那里了解到了剪纸艺术的历史，还得到她们艺术品的馈赠。那些书画家、摄影家朋友们，只要有集子出来了，总是要赠我一套，作家诗人们的集子出来了，都要赠我一本。我也由此，在阅读他们的作品之后，写些评论鉴赏的文字，与他们形成了互动，友情日隆。这也成就了我文学创作新的方向，我的评论文章的名声远远盖过我的诗歌、散文、小说。

后来，巴中地区撤地设市，文联有了机构，有了编制，有了专职人员，我也就不再分担文联的工作。再后来，我考调到政协，看似远离了文联，但不曾想，因为这份文卫科跑龙套工作，原来结识的作家阳云（他后来当了文联主席），又把我拉去做了一段时间文联创办的《绮罗文艺》杂志的编辑，与文联又续上了关系。现在虽然没有再做文联杂志的编辑工作，但我与文联那些领导和职员都成为无话不说的兄弟伙，文联有什么采风活动，我依然有幸参加。去年文联成立了评论家协会，又拉我去当了协会副主席。

我与巴中市文联就这样一直藕断丝连，想想，还是很感慨的。要是没有在地区文联跑那几年龙套，我就不一定结识得了文艺界的这些书画摄影家，没有他们对我的引导影响，我对文学艺术也不一定有这么深的热爱，我后来的文学成绩也不一定有这么大，说不定，我就去某个部门当小秘书，写经验材料去了，我还真有过几次这样的机会，但就是因为太热爱文学艺术而放弃了那些选择，因而与仕途无缘，但我至今无悔，因为文学艺术丰富了我的内心世界，涵养了我的文艺素养，让我本真地活在这个世界，不卑不亢，自由自在。

铭记·感恩

——文联工作散记

黎成田

　　铭记一段美好时光，感恩一路美好遇见。我担任宜宾市珙县文联副主席那年 40 岁（一年半之后主持县文联工作），算起来距今已经十多年了，一个人 40 岁之后的十多年，正是各方面积淀最成熟，最有可能创造出成就的年龄。非常遗憾的是在这样的年龄，我没有取得什么拿得出手的成就。但是，这平凡而平淡的十多年，是最值得永远铭记，最值得常怀感恩的。由于篇幅所限，选取几件我亲身经历的事情记录如下。

领导的鼓励

　　县文联的办公地点在县委宣传部，主席是县委常委、宣传部部长兼任。办公室大约有 20 平方米，窗明几净，配置与县委宣传部其他办公室完全一样，文联有 2 名领导干部、2 名参公性质的一般干部编制，经费和公务用车由县委宣传部统一安排，文联的领导进入县委宣传部领导班子成员序列，足见领导对文联工作的重视。

　　部长姓刘，是一位 50 岁左右的男人，对文化非常重视，我到文联当然首先得去向部长报到。刘部长热情地招呼我坐在他的办公桌对面的椅子上，亲手为我倒了一杯水，递到我手上。开口第一句话："祝贺你，终于来到你应该来的岗位上了。"领导开门见山的一句话，我理解包含了三层意思：一是我适合这个岗位；二是领导希望我干好这个岗位；三是领导相信我能干好这个岗位。我随即向领导承诺：我一定努力工作，一定不负领导所望，诚恳地表达了希望领导在今后的工作中对我多批评指教……临走时，刘部长拍着我的肩膀叮嘱："文联是管文人的单位，文人很多都有个性，有的还有棱角，你要多和他们交朋友，以真情实感、真心实意对待他们，能为他们办的事情积极主动办，不能办的要坦诚说明原因，大胆干，我会支持你的。"

多年后，刘部长已经调市上工作了，他还安排了一个文化课题给我完成。上下级关系从相识相知，成为一种不带任何利益色彩的、单纯的朋友式关系，我倍加珍惜，常怀感恩之心。

知心姐姐

伍大姐是文联的老领导，说她是老领导，是因为她工作时间比我长，其实，她比我大不了几岁。伍大姐对我挺好，我从她那儿学到了不少有益的工作和人际交往的方法。我对她尤为敬佩的有三个方面：一是热心公益，关心同事。我记忆中不少的公益活动都是她组织开展的，她为家不在当地的单身职工联系食堂搭伙，当成她自己的分内事来干。哪位同事家庭、事业有困难，伍大姐总是忙前忙后。为年轻人当红娘，伍大姐也是乐此不疲。二是尊重文化。伍大姐担任过县委宣传部分管理论的副部长，她对文化有很深厚的情怀，对于文联开展文艺创作采风、推荐文艺人才和文艺作品，她不但有丰富的经验，而且还经常不厌其烦地反复沟通，征求多方面意见，务求做到最好。三是尊重文化人。只要有各艺术门类的文艺家、文艺爱好者来文联，她再忙都要放下手头的工作，招呼其坐在她的旁边，以征询、商量的语气与其交谈，拿出笔记本认真听、认真记。她对文联下属各文艺家协会的作家、艺术家们都是称呼"老师"，从不直呼其名。

对于文艺家们取得的成绩，她会及时向领导汇报，衔接报纸、电视台、新媒体开展宣传活动。一些年龄明显比她大的文艺家、文艺爱好者们都乐意称呼她"伍大姐"，大家都说伍大姐就是我们文艺圈的"知心姐姐"。

局长来访

故事发生在我任文联副主席两三个月之后。上午 10 点钟过，一个县管局的局长，忿忿不平地来到我的办公室，我忙招呼他坐下，热情泡茶接待。他开口第一句话："黎主席，你是干文化的，你说说文化怎么能强县？"我有点懵，不知道他的用意，不敢贸然搭话。他紧接着又说："只有发展才能强县，经济才能强县……今天的会上，某位领导居然讲'文化强县'，文化咋个强县嘛？"为了缓和气氛，我半开玩笑地对他说："你提笔就能签'同意报销'，你签'同意报销'是文化吧？你的'同意报销'不也对县里的发展发挥着很大的作用吗？"我向他提出："局长如不嫌弃，我适当时候来向你们局的干部职工做一次文化讲座行吗？"他当场就爽快地答应了。我那次讲座的题目是《文化拿什么自信？》，文化拿什么自信？一是把古人、前人创造的优秀文化传承发扬好，二是当代人创造的优秀文化成果，共同影响、形成和塑造人的生存生活方式、认知和价值体系……

这件事情对我感触很深：我们文联工作，要能得到更多的理解和支持，必须先做好宣传文化重大意义的工作。最朴素的原理：要别人支持你，首先要别人了解你。这位局长之后经常邀请我喝茶聊文化，他当初那些观念也在逐渐发生着转变，前几年退二线之后，对传统文化兴趣浓厚，还邀约我和他一同学习和传播中华优秀传统文化呢。

美女部长

我在文联工作的十多年里，县委宣传部先后来了三任美女部长，由于部长兼任文联主席，每一任新领导初来乍到，我自然就要去汇报文联工作，让领导及时了解文联的工作思路、工作进展、存在的问题，争取领导对文联工作更好的重视和支持。

连续三任美女部长的领导风格各有不同，但是她们都非常重视文联工作，她们对文化、文艺都有很真诚的情怀。在她们的直接领导下，以"以奖代补"的方式为9个文艺家协会解决了每年的基础办公经费（县级文艺家协会是群众性社团组织，没有编制和工作经费）；先后举办了五届县委、县政府表彰的"珙桐花文艺奖"；以"政府购买文化产品"的方式，支持各艺术门类文艺作品的创作和生产。当地作者在国家级出版社出版文艺类图书政府扶持补助2.5万元，在省级出版社出版文艺类图书扶持补助1.5万元；重点主题的重点作品，实行单项扶持和奖励；她们努力提供和创造机会，把优秀文艺家们推荐为政协委员、兴县精英人才、文化领军人才等等；每年的年初，常委部长和宣传部的相关领导要专题听取各文艺家协会和骨干文艺家的创作思路和建议，及时给予关心和支持，年末要召集"庆功"座谈会，和文艺家、文艺爱好者们一起庆祝创作和工作成绩，共话新的一年文艺发展新蓝图。

品　牌

文联因地制宜抓好当地文艺品牌的发掘和建设，是体现文联工作成效、得到领导和社会认可、增强民众文化自信心和自豪感，凝聚民心民力的有效工作途径之一。县里2021年初启动申报创建国家级文化之乡——"中国古僰文化之乡"的工作，成立了以县委书记、县长为双组长制的创建工作领导小组，县委宣传部、县文旅局、县文联负责创建工作，下设创建办公室在县委宣传部，常委部长兼任办公室主任，具体工作由县文联承担落实。

县委、县政府对创建工作高度重视，通过理顺机制、挖掘资源、宣传引导等多项举措，使僰人文化得到了较好的传承和发扬，创建工作对乡村振兴、文旅融合、经济社会发展，具有重要的促进作用。

四川省民间文艺家协会于2022年6月1日正式命名珙县为"四川省古僰文化之乡"，同意并继续指导进一步申报创建"中国古僰文化之乡"。县政府以《珙县人民政府关于申报珙县为"中国古僰文化之乡"的请示》(珙府〔2021〕39号)，向中国民间文艺家协会提出了创建申请，"中国古僰文化之乡"这张文化品牌，即将落户这一方水土。

塑造红岩英烈的鲜活艺术形象

——我的读戏与写戏

徐建成

2010 年，成都艺术剧院拟打造一出创新剧目——音乐剧《车耀先》，我有幸与剧院签约成为这个剧的原创作者。

车耀先是红岩英烈，曾任川军团长，以餐馆"努力餐"老板的身份进行抗日救亡宣传活动，是中共川康特委军委委员……他的故事可歌可泣，他的精神感人至深！那时，我对这个戏的创作成功充满了信心。不仅是因为我业余写作了近半个世纪，有多种文学文艺体裁的创作经验，还因为我在近半个世纪前，就接触过一批经典戏剧，特别是题材与《车耀先》很相近的阎肃先生的歌剧《江姐》。《江姐》对我的影响很深，剧中的唱段我至今仍能背诵……

在动笔写音乐剧《车耀先》剧本前，我又一次沉浸在当年读《江姐》的氛围中，回到了我的中学时代和知青岁月——

1963 年，我还是初中三年级的学生。某日，购得一本《诗刊》，即被刊于头条的歌剧《江姐》歌词吸引住了："看长江战歌掀起千层浪，望山城红灯闪闪雾茫茫。一颗心似江水奔腾激荡，乘江风破浓雾飞向远方……"那时，我早已读过小说《红岩》，还看过根据小说改编的川剧《红岩》，对江姐的故事自然很熟悉，但这种能让我捧于掌心品味吟唱的歌剧唱词仍以它特有的艺术魅力深深地打动了我少年时敏感的心灵。一读再读，好些唱段都能背下了，便感到一种不满足，便得陇望蜀地想读到歌剧《江姐》的全文。数月之后，在我下乡插队前夕，竟然有幸在一家书店里翻阅到了刊有歌剧《江姐》全文的《剧本》月刊，当即迫不及待地掏出仅有的几枚硬币和一角纸币，购得《剧本》，匆匆回家如饥似渴地读着、吟咏着……

下乡时，自然带上了我当时已拥有的几十本书，其中对我思想和业余写作产生过较大影响的有郭小川《甘蔗林——青纱帐》、贺敬之《放声歌唱》《唐诗一百首》《唐宋词一百首》，鲁迅的若干册小说集和杂文集及散文诗集《野草》，吕叔湘《文言虚词》，还有就是三部剧本——田汉的《关汉卿》、曹禺的《胆剑篇》以及这本《剧本》月刊中的歌剧《江姐》。

读书与饮茶不同。饮茶倘至五六道水，茶味便越来越淡，乃至失却了茶味。而读一本你喜爱的书，往往是读的次数越多，意味越浓，越读越有新的认识、新的感悟、新的收获；特别在我 15 岁到 25 岁期间，精力、记忆力俱佳，而能得到看到的书不多，每本书都是翻来覆去读了若干遍。初读《江姐》仅醉心于歌词的精美，音韵的铿锵，而再读《江姐》便与读过的别的诗文挂上了钩。比如江姐的唱段"春蚕到死丝不断，留赠他人御风寒。蜂儿酿就百花蜜，只愿香甜满人间"分明就是从李商隐的《无题》——"春蚕到死丝方尽，蜡炬成灰泪始干"脱化而来，但立意却高了许多。再如江姐眼看丈夫彭松涛烈士的头颅被悬于城门，却不能失声痛哭，及至见到双枪老太婆时，老太婆唱道："孩子啊，千重苦万重恨莫压在心头，当着我亲人面有泪尽量流。我和你发不同青恨同深，甘未同尝苦同受……"其中后两句也分明是从田汉的《关汉卿》中关汉卿的曲子"我和你发不同青心共热，生不同床死共穴"衍化而来。如此读《江姐》和别的作品，便读出了传统文化对当代文艺的影响，感悟得到一条源远流长的中国文化长河……

之后又读，便可由小说《红岩》与歌剧《江姐》之间体裁的不同，情节的增减，叙述性与抒情性的不同处理等方面悟出一些作品改编的 A、B、

C。其后再读，又可从唱词的用韵，宽韵与窄韵、平声韵与仄声韵，古入声字进入现代汉语的走向及异同，唱词的十字句与七字句、三三四的节奏与二二三的节奏与情绪表达的关系等方面领悟到一些诗词和戏曲的声律知识。读过之后又续读，便感觉到《江姐》的歌词风格与《刘三姐》《红霞》《柯山红日》《洪湖赤卫队》《红云岩》《望夫云》等歌剧的歌词风格均有些区别，它基本上是按传统戏剧的路子处理的，但又有所创新；它句型比较典型，留意到了韵字的"上仄下平"……

一日，与我同队的知青岳莽娃向我借去《江姐》。是夜，莽娃读了一会便下楼去"方便"，及至他归来欲再读，夜风卷书页，油灯不识字，已将这本《剧本》烧去大半，刊于卷首的《江姐》已一字无存。所幸者，尚未引起火灾。我串队归来，得见此剧本残骸，虽无泪，却也难受了许久、许久。好在全剧我已大体背得，也就只能常以默背此剧片段的方式，向此部经典歌剧致敬！

——面对采访和搜寻到的厚厚的有关烈士车耀先的资料，我从少年时读《江姐》和别的剧作的回忆中回到电脑前，全身心投入到了金钱板音乐剧《车耀先》的创作之中。

当我写到车耀先烈士大义凛然怒斥敌特的劝降时，剧中车耀先烈士慷慨激昂直抒胸臆唱道："万里长江浪涛吼，车耀先这朵浪花立潮头。这浪花纵被狂风来卷走，长江水依旧是滚滚滔滔向东流！"我泪流满面，难受得写不下去了……

这部剧经成都艺术剧院二度创作公演后，获得了普遍好评。我也因剧本原创而获得了四川省文华奖编剧奖和巴蜀文艺奖。从少年时研读《江姐》等经典戏剧，到47年后有机会写出我的舞台剧《车耀先》并获得省一级重要奖项，我一直通过阅读和写作的方式沐浴在中国文化的长河里，甚至我自己也已变成了中国文化长河里一滴小小的水珠，紧紧跟随着主流的浪涛向着蔚蓝色的大海奔流着、奔流着……

鄢家有个古老的农民诗社

杨进富

　　罗江出县城东 15 里处有一道山梁叫鄢家岭，岭梁不高，风水却好，不知何年兴起了一个热闹集镇，叫鄢家场。

　　鄢家场因鄢姓人氏而得名，但是鄢家岭现在没有鄢姓人家居住。据传，以前有。若干年前，鄢家岭一个鄢姓进士，在外当官犯了法，要满门抄斩。消息传回，一夜之间，鄢家岭全部鄢姓人家都改姓邬。至今，鄢家岭还有很多邬姓人氏居住。

　　现今，镇政府行政机构设在鄢家场，叫作鄢家镇。

　　鄢家镇无名山大川，亦无历史风云人物，因而，名不见经传，近些年来，却因一个小小的云峰诗社，在诗坛风生水起，用诗歌，把鄢家镇这个名字扛在肩上，大江南北地行走，让鄢家镇有了很高的知名度。

　　云峰诗社成立于 1948 年，是我国现今尚存的历史最悠久的民间农民诗社。诗社在鄢家镇及罗江周边地区久负盛名，是当地民众耕读传家的一面旗帜。

　　诗社名称是有来由的。据传，咸丰年间，一名叫"云峰上人"的高僧路过鄢家岭，在岭坡一座叫川主庙的寺院停歇，发现这里民风纯正，崇文尚教，知书达理的才子多多，却没有一处像样的书院。云峰上人本是看破红尘的举人，爱才惜文，就留下来在川主庙修行传教。他住下不久，就将川主庙更名为"云峰寺"，把僧房数间腾出，兴学义教，还亲自手书一块大匾悬于庙堂门楣，名曰"云龙书院"。

鄢家岭在新中国成立前有火神宫、云峰寺、财神庙、凤凰寺等九座寺庙，新中国成立后，凤凰寺改成粮站，火神宫改为学校，云峰寺和云龙书院被拆，修建了人民公社政府驻地。可惜，到现在一座寺庙也无存。

关于鄢家岭的寺庙，有云峰诗社先辈的同题诗《路过鄢家岭》为证："路过鄢家岭，徘徊寺九重。翠柏笼暮烟，百鸟啼林中。"这是云峰诗社先贤——创始人之一周谦所作。

民国三十七年（1948年），在曾任国军团长、江油县长、后辞职返乡在罗江教书的当地文人周嘉禾倡导下，邀周谦、杨伯屏等鄢家众文友五六人集结诗社，取鄢家岭上的"云峰寺"和"云龙书院"之意，冠名为"云峰诗社"，成为罗江地区最早出现的乡间文学社团，并在当年创办了自己的社刊《云峰诗草》，留下手书佳作百余首装订成册，现由周谦之孙保存。

新中国成立后，云峰诗社因种种缘由被解散。诗社从兴起到被终止聚会，历时不到两年，成员从开始的三五人，发展到解散时有十余人。

诗社活动中断，但文脉的传承并没终止。当地人们在劳作之中，常习惯吟诵一些朗朗上口的打油诗或以对唱山歌、对对子等形式，自娱自乐，增添劳动情趣，用以消解疲乏。

2007年，时任罗江县县委书记卢也，是个重视文化的领导，了解到罗江这个地方不仅是清代大才子李调元的故乡，民间也有深厚的文化底蕴。为弘扬地方文脉的传承，在他的倡导下，罗江县文联举行了首届农民诗歌征集大赛，收到的作品，80%出自鄢家镇农民之手。

这年6月19日，云峰诗社在县委、县文联和鄢家镇镇政府的支持下，得以复社。县委书记卢也亲自题写了"云峰诗社"的社名横匾，挂于长堰村"国色天香"农家乐大门口，并在这里为诗社提供了一间活动室，供诗社聚会编刊之用。复社当天，鄢家"国色天香"农家乐广场人山人海，县文联组织的农民诗赛颁奖大会在这里举行，得一等奖的两名居然都是鄢家镇的农民诗人——龙敦仁和杨俊富。

云峰诗社复社后，龙敦仁被推举为诗社第一任社长。在他的牵头组织下，诗社得到鄢家镇政府和县政府的资助和扶持，《云峰诗草》以年刊的形式得以复刊。诗刊以发表和扶持鄢家本地作者的作品为主，兼发外地作者写鄢家的作品。刊物栏目形式多样，有"多情的土地""打工路上""乡村恋歌""触景生情""诗草词丛""诗草新苗"等10余个栏目，分别由诗社骨干龙敦仁、黄世顺、黄蕾、李玉山、魏德、胡晓、鲁小月、李斌、周贵绵、杨俊富等担任各栏目编辑。

2015年5月12日，原罗江县文广局局长肖勇主动请缨下基层，来到鄢家镇任党委书记后，对云峰诗社更是关注，把诗歌文化与乡村旅游产业相结合，在每年四月的鄢家柚花节和十月的柚子节到来时，扶持《云峰诗草》由原来每年出刊一期升为每年两期，并亲自为《云峰诗草》撰稿，诗社有改稿编稿活动，只要抽得出时间，他都会前来参加，进行指导。

文化是一个地方文脉的传承，也是一个地方社会风尚的引领。云峰诗社现在已凝聚团结了当地一大群诗歌爱好者，这些人中，最年长的有84岁的耄耋老人曾文田（前年已故），最小的有不到10岁的孩童，农民、教师、在职干部、学生、商人、在外务工人员都有。鄢家小学还开辟了诗歌兴趣班，有40余名学生参加，在李玉山老师的辅导下，不少学生的作品在报刊发表。

吟诗作赋，已成为鄢家镇民间一种高雅的社会风尚。尽管诗歌不能带给他们物质的享乐，却充实着他们的精神世界。

鄢家镇云峰诗社的诗人们，通过自身的不断努力，现有省作协会员2名，国家级音协会员1名，省音协会员1名，市、县作协会员20余名。云峰诗社成员的诗歌、小说、散文、剧本等文学作品分别在《人民日报》《诗刊》《词刊》《中国校园文学》《绿风》《星星》《小说月刊》《四川文学》《山东文学》《意林》《星火》《诗潮》《草堂》《红岩》《延河》等国内外数百家文学刊物发表，入选多种诗歌选集，引起国内外诗歌界的广泛关注。《德阳日报》、《德阳晚报》、德阳电视台、中央电视台、东方卫视、四川电视台、央视国际频道、《人民日报》、《南方都市报》、《四川日报》、《成都商报》、《文学报》等多家媒体给予了采访报道。2013年正月（2月17日），诗社应成都杜甫草堂管委会之邀，在草堂举行了一场罗江农民诗歌朗诵会，其中杨俊富的一首《在桃花开放之前回家》，引起台下观众热烈的掌声和共鸣，四川电视台做了专题新闻报道。

努力耕耘，必有所获。诗社龙敦仁的诗歌《我们是诗人，我们更是农民》，搬上了中央电视七套"乡约"栏目朗诵，杨俊富的乡土组诗《乡村生活》6首荣登2011年12月7日《人民日报》大地副刊，创了《人民日报》刊发草根作者诗歌首数最多的纪录，诗社女诗人周英的诗被市长在参加央视"中国魅力城"竞选的央视舞台上朗诵……

一个丘陵小镇，一个乡村民间诗社，能够捧出如此多的有分量的诗歌作品，登上国内外顶级报刊、电视台的大雅之堂，可谓是创下当今诗坛奇迹。但这决不是偶然，在于他们像种庄稼一样，不投机取巧，踏实认真努力的创作态度，随时饱含一颗对生活对家乡热爱的拳拳诗心。

由于鄢家镇文化底蕴深厚，在四川省文化厅评定"特色文化之乡"时，鄢家镇因云峰诗社的广泛影响而被命名为"农民诗歌之乡"。

在罗江区鄢家镇这方热土上，这里的一群农民不管自己地位如何卑微，社会如何世风日下，依然热衷于舞文弄墨，"腹有诗书气自华"是他们内心笃定的追求和信仰。

我和南部县文联的小事

曹福章

2022年10月29日16时53分，我正工作在枣儿工业园莱邦玻璃车间。这时候我的搭档范正英大声喊："老曹，电话！"我搓了搓手上的玻璃胶拿起手机问道："您好，请问是哪一位？"对方回答道："请问你是曹福章老师吗？我是南部县电视台负责人刘胜文，南部电视台融媒体公众号需要有关升钟湖题材的稿子，南部县文联刘一凡主席特地向我们推荐了你，能不能发一些你写的作品欣赏一下？"最后还特别强调了一句："南部县文联推荐的人，最值得信赖！"瞬间那信任、责任和震撼萦绕在我的脑海！

南部电视台资深记者刘娟添加了我的微信，查看、审核并编辑和收录我的作品。令我至今汗颜的是刘娟老师那种谦和的态度，一位南部电视台资深记者竟然称呼我一个农民工"曹老师"，令我感动不已。

我的作品题材大都是写家乡的花草树木和大美南部非遗文化。刘娟老师把我转发给她的文章逐一阅读，不因为喊我一声"曹老师"就放宽取稿要求，最后采用了我的文章——非遗《傩戏》、民俗《升钟湖喜席》以及随笔《升钟湖》。我们虽然从未见过面，但是她那种认真负责的态度已深深地烙印在我的脑海中。

2023年3月15日这一天。正在南部县政务大厅六楼参加政协文史委讨论的我，接到南部县文联办公室的电话："喂，你好，请问你是曹福章老师吗？我是南部县文联的毛湄，我们想整理一下你的资料，做一期特刊，请曹老师将发表作品的样刊、获奖证书以及个人简历拿到南部县文联办公室复印一下呗，谢谢。"这是南部县文联第二次提及我，而且文联办公室的毛湄老师也称呼我这个农民工为"曹老师"，这使我更加羞愧难当。我确实没有去过南部县文联办公室，就更不用说和文联的领导和各位编辑主任见面了。

这些年来，在县委宣传部和文联的领导和指引下，南部县作家协会的会员们勤奋耕耘，冲刺省刊、大刊和积极出版文学集多部。南部县作家协会在 6 月 9 号第六次代表大会上的报告中，总结出会员在《中国作家》《诗刊》《人民日报（海外版）》《解放军文艺》《四川文学》《星星》《散文诗》《中国青年》《四川日报》等刊物发表作品 260 多篇，并荣获各类文学奖项 60 余个。目前南部县共有中国作家协会会员 5 人，四川省作协会员 47 人，市作协会员 71 人，在全市县区位居前列，创作实力和发表作品量居全市第一方阵。并且，作协会员中还出现了夫妻作家、姊妹作家、父子作家等多样化方阵。

透过南部县文联和我亲身经历的一二小事，以及南部县作家协会第六次代表大会总结报告的一串数据，可以看出：南部县文联不捧大咖，不贬他人，不薄新人，善于发现新人和培养新人，而且还特别关注生活奋斗在最底层的文学爱好者。

5 月 23 日南部县文联微信公众号"南部文艺人物"（二十一期）编发了我在《星星》、《诗潮》、《四川日报》、《中国青年》、《中国女性》、《中国文艺家》、《语文素养核心读本》（5—9 年级阅读教材）、《党旗引领我成长》朗诵读本、《新发展向未来》朗诵读本、《金沙江文艺》、《2020 年中国年度散文诗》、《2021 年中国儿童诗精选》等发表的文章，以及参加国际微诗大赛北冰洋季赛优胜奖、共青团中央读书征文三等奖和中央宣传部党建颁发的获奖证书复印件。这是我第一次在南部县文联公众号上与大家见面，我心里胆怯，也特别羞涩，不敢奢求多少点击量。因为没有多少人认识和了解一个农民工。我心想：这是我第一次上南部县文联官方公众号，点击量能够突破 100 我就知足了，没有想到的是南部县文联公众号刊发几天，就突破 500 的阅读量了。

这是大家对我最好的鼓励方式，也是南部县文联对我这个热爱文学的农民一种特别的认同、关爱和鼓舞……

静寂的红楼

陈学明

    这座被红油漆反复漆染过的三层式木质楼房，坐落在市委大院后门外的一条小街上。据说这座楼是 100 多年前用"庚子赔款"修建起来的供法国传教士使用的一座半传教半生活用房。

    以前这座楼房曾用来做过机关的办公室，后来又做过报社，还做过生活用房。现在是市信访局和市文联合伙用做办公室。底楼因稍为宽敞一些，且进出方便，因此安排给了信访局。二、三楼僻静些，安排给了文联。

    去年年底，我来到了宜宾市文联上班，因此得以天天与这座红楼相伴。文联在信访局大门边上又开了一道小门，从小门进去几步，径直爬 20几级木楼梯就上了二楼。二楼有 10 间不大的办公室，办公室前后都有三四米见宽的木质走廊，走廊的尽头又有一道低矮的转角楼梯可上三楼。三楼也是阁楼，只有 4 间房间。而且其中 3 间都没有窗户，只有房顶一扇不大的通气窗。

    这红楼除了承重的楼柱是灰色砖头砌成外，其余结构全是木质的。建筑风格属于中西结合那种式样，看起来倒还有些别致。由于年事已久，踩上去，到处都发出吱呀吱呀的响声，尤其是几间屋子里还完整地存有西式壁炉和烛台，更觉得古色古香，别有情调。文联是做文学艺术工作的，在这百年红楼办公，蛮适合的。

我的办公室就在三楼那间唯一有窗户的房间里。每天上下班，都要上一高一矮二道楼梯，伴随着几十声楼板的吱呀声进出办公室。在钢筋水泥的办公楼里待了20多年，现在爬着木楼梯，不但有很多新鲜感，而且还有几分莫名的兴奋和刺激。刚来那几天，我常高声念道："躲进小楼成一统，管他春夏与秋冬！"文联机关人不多，每天大家都各干各的事，除了要开会，要讨论一些作品，联络指导各文艺家协会工作和接待来访的文艺家才聚在一起外，大家都自觉地、静静地待在各自的办公室看书写字，不相互打搅。这样的工作环境和氛围，恰恰是我求之不得的。因为20多年繁忙嘈杂的机关生活使我对喧闹纷繁有些厌倦了，还有我20多年的爬格子涂鸦爱好，也须得要有这样一种环境和氛围。人已半百，难得这样的清静，红楼在客观条件上满足了我多年来逃离喧嚣的夙愿。

听老同志说，这座红楼上曾经住过几个大干部，也曾在"文革"中死过人。我不迷信风水凶吉。一座百年老楼，肯定住过一些有身份的人，也肯定死过人，甚至于还曾发生过一些什么特别的事情，但这与红楼的幽静又有什么关系呢？我喜欢的是红楼的悠久韵味和静寂氛围，以及与红楼相适相应的活儿。所以我心理上完全没有什么疑虑和惧意，倒是文联机关的两个小女同事，一到晚上，就怯怯的不敢上楼，尤其不敢上三楼，说是有响声，有些阴森怕人。

有天晚上，我去办公室赶写一篇稿子，独自在红楼上坐了好几个小时。整个楼上就我一人，其间楼梯楼板上确实发出过几次轻微的响声，我起身出去察看，呵！原来是一家子猫儿老小在嬉戏玩耍。一共6只猫，毛色黑白相间，憨态可掬，看见我不慌张也不逃离，还很有礼貌，"喵、喵"地与我打起招呼来。我索性童心大发地与猫儿们逗玩了好一阵子。从那以后，这家子猫儿老往我的办公室跑，在桌子上、沙发上、地板上随意睡觉、玩耍甚至大小便。同事说，这红楼上长年住着这一家猫儿，是没人喂养的自生自灭的野猫儿，也不知繁衍延续几代了。自从认识了猫儿们，我心中又涌出了一阵温暖，在这繁华的城市中，在这静寂的红楼上，居然还发生演绎着人与动物和谐相处的动人故事。

青砖红墙，飞檐木栏，冬暖夏凉的百年红楼呀，你给了我有为之年的安静和偏寓。正是有了这种安静和偏寓，我才得以静下心来思考总结许多问题和更多地写一些东西，这对于我的人生，对于我工作和生活的这几十年，都是一个极好的机遇和环境。我得感谢这座红楼，感激那些理解我的人。

当然，红楼除了安静、古朴、幽静，同时也还有冷清、索淡、孤寂。这红楼上下的一切都可以说是陈旧的、过时的。那办公的桌椅书柜以及其他所有陈设，都是半古董，唯一不落后的，恐怕就是大家的精神面貌和未泯的童心。加之文联又不是什么行政执法机关，谈不上什么权力，所做的工作就是指导、协调、服务性的。因此，凡进入红楼的人如果不具有一种甘于寂寞、乐于清贫的心理素养，是看不到或体味不出红楼这种绝尘风味和其中蕴藏的深长意义的。

来到红楼的这些日子，我躁动不安的心已经安静了许多。过去一年365天忙个不停，头塞得要爆裂，且晕乎乎地快速旋转着，不能自己，不属于自己的痛苦感觉终于结束了。现在在这寂静的红楼上，至少这颗头颅有一半属于自己了，可以用它来想一些过去没有想也不敢想的事情，并可以细致地思索和指挥着我写字作文了。与我有同样感受的是二楼的罗姓李姓两位作家，一位傅姓书法家以及其他几位同事。他们比我早几年登上红楼，可能他们对这寂静的绝尘之地更有一番比我还深切的感受吧！

我的文联缘

曾小平

作为一名省作协会员，我的文学创作开始于20世纪90年代，那时刚参加工作，理县文联的陈远贵主席在街上遇见我，听说我对文学创作很痴迷，热情鼓励我多向文化馆投稿。彼此熟悉之后，我就到他家里拜访他，看到书柜里摆满了书，就厚着脸皮问他借。他爱人杨碧嫦也在文化馆上班，于是我常常拿着平时写的习作，去请他们给我指点。他们的悉心指导，对我后来的创作影响很大。

后来到了汶川，我和文联的联系就更多了。1995年，我被选为文学协会理事。2011年新文联主席当选后，让我负责作协工作。在文联的指导下，之后汶川作协的工作搞得红红火火，有声有色，在2016年，被省作协评为年度先进单位。那时，文联主席是杨国庆，一个优秀的羌族诗人。因为我和他都写诗的缘故，我们接触较多，常常在一起交流读书体会和创作经验。县文联同时还在编辑《羌族文学》内刊，是目前全国唯一的羌族纯文学刊物，它的创办，对于羌族文化传播有着重要的推动作用，也让广大羌族作者多了发表自己作品的平台。我是县文联委员，分工负责部分诗歌散文稿件的初选编辑工作。作为国家公务员，我干作协工作只是兼职，开展工作大多是挤出休息时间进行的。由于县文联经费少，我们协助工作，更多是尽义务。记得很清楚，有一次审改稿件，忙了好几天，只得到了50

元的编辑费，但我的心情是愉快的。为了确保上稿质量，我对每一份稿件都认真审读，仔细修改，连标点符号都不敢马虎。同时，我和杨主席一道，在一些文学比赛活动中当评委，共同参与文学比赛稿件的评选工作，并部分参与了报送上来的县文艺奖励基金相关作品的审核。值得一提的是，尽管县文联工作条件很艰苦，我们仍然有着极强的使命感。

我业余时间喜欢爬格子，文学创作虽然充满艰辛与汗水，但也正是这个过程带给我阅读的快感和人生的喜悦。如今，文学对于我来说，已经不仅仅是单纯的爱好了，它已然是一种终生的艺术追求，变成我承载生命、放飞梦想的一种形式，成为我一路歌唱的生命奔涌过程本身。这其中，文联对我有着不容忽视的影响力。通过我们的共同努力，汶川文学实现了飞跃式的发展，一批羌族作家、作者伴随着改革开放的步伐，倾情于时代的变迁，吟颂故乡的山水民情，感知生活的内涵，厚积薄发，创作取得了丰硕的成果，形成了一支较为稳定、并有新鲜血液注入的羌族作家群体。以长诗《汶川羌》、诗集《雪，飘飞的诗行》和小说《飘飞的羌红》等大量有影响的文学作品为代表，以生动优美的意象、鲜活丰满的艺术形象和热烈真挚的激情，彰显着浓郁的民族情怀和独立的民族思考的作品频频发表。2011 年到 2023 年，是汶川文联发展最好的时期，也是成果迭出的时期。

祝愿风雨兼程中的文联，继往开来，在新的征程上阔步前行，越走越好！

我们与川剧《芙蓉花仙》

余智会

　　7月10日，一向不刷微信群的我，那天不知咋的，刷到新都作家群的一条温馨提示："7月15日截稿 | 《四川文联70年·'三亲'卷》征文启事"，看完后百感交集，四川文联70年，我们的芙蓉花川剧团1953年建团，今年也70年了。顿时难忘的往事一幕幕浮现在我的眼前。

一

　　1985年4月1日，我与张燕、陈富燕、叶长敏、杨洪等55名正在就读2年级至5年级的小学生，在5000多名报考生中，经历层层筛选，从初试、复试到最后的体检，终于收到来自新都县川剧团发出的《新都县川剧艺术训练班学生入学通知书》。这天，大家在父母的陪同下到新都川剧团艺训班报到。

　　经过了一周的军训，大部分同学也慢慢开始适应剧团的训练，心想也没有老师所说的那么苦吧，但大家谁也没想到，接下来的日子才开启我们与同龄孩子不一样的人生之旅。

　　4月10日，我们正式进入训练，每天早上6点哨子声一响，我们就得快速起来，十分钟时间完成穿衣、梳头、上厕所、洗漱等系列工作，然后整队开启一天的训练，早操、跑步、到公园吊嗓，然后又返回大厅训练场，在老师的教导下开始压腿，从坐老虎凳到踢慧眼，从压肩到弯腰、滚地卷到前后翻、侧空翻，晚上是声腔课等必修课。每天大厅内压腿、坐老虎凳、老师压竖叉、横叉痛得我们撕心痛哭、大叫。有的同学痛得揪老师手，向老师吐口水。尽管如此，管教老师依然没有半点留情，仍然使劲按，还让倒数 50 下才松手，完后又让哭着的我们使劲踢腿，后来才知道，只有这样做我们的韧带才不会受伤。

半年后考核，我们这批淘汰了十几个，看到同学们背着行李回家，大家更加刻苦，都担心自己不合格重回农村。每个人一月除了有一天可以请一个小时的假上街买些生活必需品外，每天都穿梭于寝室、练功房、食堂、舞台，完成戏剧演员必不可少的"压腿、柔韧、跟斗、手眼身法"四大基本功。

二

1985 年 11 月，团长彭代秀见我们成长挺快，就准备让我们从《芙蓉花仙》中的一折《浇花》开始锻炼，以备选拔芙蓉和陈秋林的扮演者苗子，为了让我们对全剧深入了解，剧团编剧吴福志老师就利用晚上声乐课给我们细讲《芙蓉花仙》剧情及剧中人物内心思想，让我们了解《芙蓉花仙》的创作及历史背景。

1986 年大年初一，我们这批 11 岁，最大 12 岁的小女生开始登上舞台上演《浇花》。我们在战战兢兢中完成首次演出。这次演出不算成功，大家都以为会挨批评，结果老师没有批评我们，说这次算破胆，破了胆以后就好了。

首次演出后，我们又继续每天的"压腿、柔韧、羹斗、手眼身法"必修课练习。从那开始，为提高我们的素质，由团长彭代秀亲自指导，加强我们的基本功与《芙蓉花仙》剧目融合，我们逐渐成长起来。除了《芙蓉花仙》折戏，剧团还给我们排了一出与我们水平相适应的神话剧《锦襕袈袋》，还作了短期演出，效果也还不错。

三

1986 年，四川省川剧青少年比赛，我们以《金山寺》一戏夺得表演、导演、创作等六项奖项，各大报纸争相宣传报道，特别是一条题为《凤凰换毛高飞有望》的宣传报道，才让我们得知老师管教那么严的良苦用心，是让我们尽快出人出戏。原来 1984 年 10 月《芙蓉花仙》剧组从北京拍完电影回川后，主力演员张宁佳老师提出申请到四川省舞蹈学校歌剧科深造，团长彭代秀虽有万般的不舍，但为了让这个立志为戏剧事业奋斗终生的年轻人有机会提升自己，还是咬牙批准了，但谁也没想到，其他几个主力演员相继离开了剧团，加上当时盛行的经商风气，不少人都纷纷提出离开剧团，有学开车的，有做生意的，整个剧团人心惶惶。当时剧团原定从重庆顺江而下出省演出的计划也被迫取消。面对这出人意料的困境，在县委和县政府的支持下，剧团和县文教局立即在城乡招进了我们，由团长亲自抓，我们参赛的《金山寺》仅用了三个月就赶排出来，从初赛、复赛至决赛的夺魁，不仅在一年间让剧团再度崛起，也增添了剧团老师对《芙蓉花仙》全剧恢复上演的信心，鼓舞了斗志。

四

1987 年以来，剧团不仅恢复了《芙蓉花仙》的全剧演出，还编排了《锦襕袈裟》《三姐下凡》《五鼠闹东京》等大幕戏。随着剧团的影响力不断扩大，1988 年 9 月，剧团首次应邀参加香港"中国地方戏剧展"，演出剧目《芙蓉花仙》《别洞观景》《花荣射雕》《滚灯》《逼侄赴科》《金山寺》。为了让《芙》剧走出国门，香飘国外，打响"芙蓉花"名片，在剧团的称谓上，经成都市政府主管文化领导和市文化局同意，决定以"成都芙蓉花川剧团"团名对外演出。之后，剧团在日本、朝鲜、西班牙、法国等国家演出时，都用此名。

在主要演员的搭配上，团长彭代秀认为《芙蓉花仙》要走远，就得培养出更多优秀演员，让"芙蓉花"一代比一代强，这次赴港演出，陈智林饰演陈秋林，喻海燕饰演芙蓉，剧团专门请到李天鑫、吴显德、陈正海等知名作曲家、舞蹈家、舞美设计师对剧目从音乐、舞美、舞蹈等方面进行创新。几位专家对音乐、舞蹈、唱腔、表演上依照人物形象，尽可能地选择和创造能恰当流露人物内在情感和宣泄情绪的曲牌、唱段、板式、旋律和调式，通过舞蹈、舞美、灯光服饰的完美融合，使整个剧情表现得更加协调，人物更加丰满。

为了确保赴港任务圆满完成，团长彭代秀要求，无论是我们这批学生、剧团老师，还是外请老师，所有剧组人员每天早上都必须参加早操训练，也将陈智林、喻海燕、廖天麟等外请老师都排上日程，带我们出早操，教我们练功。喻海燕结合《芙蓉花仙》纠正我们的身段，廖天麟教我们形体，陈智林是四川省川剧学校的科班生，文武兼备，除了教男生身段外，还教男女声唱腔和气息练习，男生唱腔以《托国入吴》中越王勾践唱段为教材。女生唱腔以《绣襦记》中李亚中唱段为教材。陈智林洪亮的嗓音，控制自如的气息和对每个同学的耐心教导，深得全团老师同学喜爱。赴港前夕，我们排完戏后练习弹板翻腾，他一个箭步跳上踏板就腾空翻了过去，剧团前辈喻师婆吓得心痛地责怪他："背时娃儿，你那么费咋子，要出国你把哪里摔到咋办嘛？"陈智林赶忙安慰老人家，说自己没事。

1988 年国庆前夕，由时任成都市副市长刘家忠带队，剧团赴香港参加"中国地方戏曲展"，并参加香港庆祝中华人民共和国成立 39 年晚会引起轰动，在香港的成功演出也为剧团打开了国门。

一切似乎都是最好的安排，香港演出后，陈智林便回到了四川省川剧院，谁也没想到他在川剧院的任职，会在后来的川剧振兴征程中，培养出国家一级演员、第 30 届梅花奖、二十大党代表——我的同学张燕，他也在 2020 年当选为四川省文联主席。

五

1989 年 11 月，日本文化财团佐佐木先生在观看《芙蓉花仙》后，当即商定新都川剧团东渡日本作为期一个月的巡回演出，为了此次演出，从四川省舞蹈学校歌剧科毕业的张宁佳愉快地接受剧团邀请，返回川剧舞台，在《芙蓉花仙》中继续扮演芙蓉，肖德美饰演陈秋林，陈富燕作为 B 组芙蓉饰演者登上国际舞台。1990 年 5 月，《芙蓉花仙》由时任省委宣传部副部长李致、时任新都县副县长李宗福带队赴日本进行了为期一个月的演出，大获成功。

随着日积月累的舞台历练，我们这批人的羽毛也逐渐丰满，陈富燕完全挑起了《芙蓉花仙》《白蛇传》《青蛇传》等大型剧目的大梁，张燕又作为 B 组饰演芙蓉、白蛇、青蛇等主要角色。1992 年 4 月，《芙蓉花仙》由时任中国文化部副部长高占祥带队赴朝鲜访问演出，并参加朝鲜第十届 "'平壤四月之春'国际友谊艺术节"，金日成主席很高兴地看了演出，亲切接见全体演职员并合影留念。剧团在平壤连续演出 14 场，受到当地广大观众和各国艺术家一致推崇，荣获本届艺术节团体金奖和 4 项优秀奖。

从 1988 年开始，我们演出的《芙蓉花仙》《白蛇传》《青蛇传》等大型剧目，《金山寺》《石怀玉惊梦》《放裴》等折子戏，从上山下乡巡演的磨炼到国内展演，从赴京在中南海、钓鱼台国宾馆给国家领导人汇报演出到中央电视台春节戏曲晚会，从赴香港、台湾、澳门等地区到日本、新加坡、瑞典、芬兰、法国、美国等国家的演出中，《芙蓉花仙》起到了传播友谊，搭建桥梁，交流文化等的重要作用。《芙蓉花仙》还被拍摄成电视戏曲片，先后获国家文化部、四川省政府的嘉奖、全国电视剧展播一等奖、第十七届全国电视戏曲 "飞天奖"。在各级政府的关怀下，各艺术界的支持下，和一辈又一辈老师的共同努力下，我们芙蓉花川剧团以《芙蓉花仙》一剧，演绎了属于那个时代的完美艺术，赢得了锦城"芙蓉花"墙内开花内外香的美誉，更创下了一部戏上演 3000 场的全国最高纪录。

《芙蓉花仙》的上演，培养和成就了一大批国家一级演员和中国戏剧"梅花奖"得主。其中最具代表性的有：张宁佳，国家一级演员，西安音乐学院声乐系教授；苏明德，国家一级演员，"第二届亚洲国际名丑节"亚洲"金小丑"奖得主；陈智林，国家一级演员、"梅花奖"二度梅得主；喻海燕，国家一级演员、第十一届中国戏剧梅花奖得主；肖德美，国家一级演员、第十三届中国戏剧梅花奖得主；张燕，国家一级演员、第三十届中国戏剧梅花奖得主。

如今，陈智林、肖德美、张燕、苏明德他们仍在为《芙蓉花仙》复排上演呼吁奔走，我们作为曾经一代的"芙蓉花仙子"，期盼着《芙蓉花仙》有一天能再向观众呈现新时代的艺术之美！

致敬与感谢

邓　风

今年是四川省文联成立七十年的纪念之年，本人领命主持本卷编辑，本着尊重历史、尊重人物、继往开来的文艺史观，悉心回望，力求实事求是又有趣好看。

1953 年 1 月，四川省文联在成都成立，地址设在布后街 2 号，省内文学家艺术家陆续汇聚于此。李劼人、艾芜、沙丁、马识途、常书民、段可情、陈翔鹤、萧崇素、西戎、羊路由、李少言、白航、流沙河等文艺名家，群星闪耀。他们既引领着四川文学艺术笃行不怠，又各自生辉，成为现当代中国文学艺术不可或缺的重要组成部分。在后来很长一段时间里，成都布后街 2 号成为我省的缪斯之地，今天这些文艺大家们大多已成为天上的星星，闪耀在中国文学和中国文艺的上空。先贤们明亮耀眼，也照耀着后来者踔厉奋发，不断成长。后学者有的已成为参天大树，有的正冉冉升起。

回望历史是为了新时代的接力者赓续前行，是激励新时代的文艺工作者奋楫争先。本卷以"三亲"为主题，即从亲历、亲见、亲闻的角度，为大众呈现个人视觉、个人感受和个人情感。本卷选编了从 20 世纪 90 年代初到今天，发表在《四川文艺报》上的部分旧文，放在了"回顾"和"怀念"篇里，如白航老记述四川文联成立小记里的《文星成都大聚会》，李致老《人民总理人民爱》，李焕民老师记述的新中国四川美术开拓者李少言，当年沙汀的秘书钟庆成老师讲述沙汀与艾芜的世纪友情，鄢家发、黄少烽等老师记述对艾芜老以及对那一辈文学先贤的敬爱，对后学者的种种激励等等，文章或朴实无华或情感真挚。也有一部分是特别约稿，如刘云泉、罗渝蓉、张大成、曾晓嘉等老师的文章，有讲述初入布后街2号时激动又忐忑的心情，有讲述这个大院里文艺大家的故事，有讲述亲身经历的有趣事情，文章都着重怀念了当年的人和事，部分补充了《大事件》卷的文艺史，皆生动有趣、有血有肉。本卷征文在今年4月底发出以后，得到我省文艺界特别是地方文联同行的积极响应，来稿中如开江县文联的陈俐静、达州文联的吴星辰、珙县文联的黎成田等老师的稿件，有讲述自己在文联工作中的委屈、艰辛和欣慰的，有讲述工作经验和趣事的，有回忆自己的创作、学习和交流的，这部分来稿因内容相似度较高，我们选编了其中有代表性的文章，放在"故事"章节里。文章呈现出文联工作的多样性和复杂性，读来饶有趣味。

编竟之余有感慨有遗憾，先贤的足音空谷回响，那些曾经闪耀的星星依然明亮，后来者也不输前辈，作品掷地有声，屡获大奖，成为新的耀眼明星。这些都值得我们敬仰和编卷纪念！编辑部和我个人对投稿的作者表示敬意和感谢，对未能入选的稿件表示遗憾，你们都给予了本卷编辑最温暖的支持！

本卷成书得到了省文联党组和卷书编辑委员会的支持，得到了编辑部同仁和编印排版老师们的支持，在此一并感谢！

后　记

今年是四川省文学艺术界联合会成立七十年的纪念之年，四川省文联党组决定编辑出版《四川文联七十年》丛书以资纪念。丛书由"大事卷""名作卷""'三亲'卷"（亲历、亲见、亲闻）共三卷本组成。

今年初成立了以四川省文联主席陈智林，四川省文联党组书记、副主席邹瑾担任编委会主任，党组副书记刘建刚，党组成员、机关党委书记江永长，党组成员、秘书长仲晓玲为副主任的编委会领导机构，编委会下设丛书分卷编辑部，由省文联理论研究室具体统筹协调编撰工作。理研室主任赵晴、省评协秘书长白浩主持"大事卷"编辑工作，省民协副主席、秘书长黄红军主持"名作卷"编辑工作；文艺资源中心主任邓风主持了"三亲卷"编辑工作。

四月，《四川文联七十年》丛书编辑出版工作在省文联党组领导下有序展开，编委会对丛书总纲、框架、分卷目录、稿件内容等逐一审定，并邀请了我省文艺界相关专家学者共同参与编写。编辑工作得到了省级各文艺家协会和省文联直属事业单位的支持，得到了地方文联组织和文艺工作者的支持。省文联老领导黄启国、蒋东生、平志英等审阅了《大事卷》，给予了指导性意见；廖全京、李明泉、艾莲等专家学者给予了审定意见。

丛书的编辑尊重历史，尊重作者，开放包容又面向未来，做到了突出史料价值和文献价值，又兼顾了学术性、艺术性和可读性。

《四川文联七十年》丛书最终成书，是几代文联人和我省广大文艺工作者共同完成的成果，编委会感谢七十年来为四川文艺事业做出贡献的老一辈文艺家们，特别是对我省文艺大家尤感崇敬！感谢在新时期不忘初心孜孜以求，接力而行坚持为人民而歌的文艺家们！这套丛书既是对四川文联辉煌七十年文艺成果的回顾，也是对当下文艺工作者们的鞭策。

　　回顾历史，继往开来，我们将按照习近平总书记的要求，"坚持以人民为中心的创作导向"，坚持"百花齐放、百家争鸣"的文艺方针，不断创作优秀文艺作品，以文艺之光铸时代之魂。

《四川文联七十年》丛书编委会

2023 年 11 月